云儒文汇

琴箫酬吟

文学评论选（三）

肖云儒 著

陕西师范大学出版总社

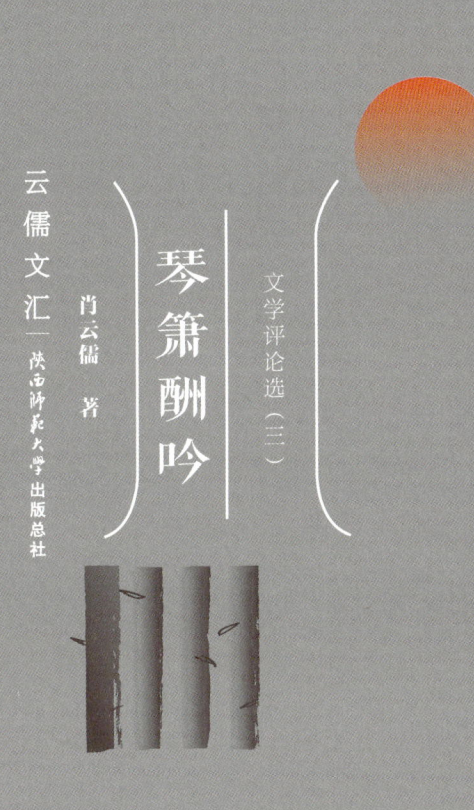

图书代号　SK20N1499

图书在版编目（CIP）数据

琴箫酬吟/肖云儒著. —西安：陕西师范大学出版总社有限公司，2020.7
（云儒文汇）
ISBN 978-7-5695-1709-5

Ⅰ.①琴…　Ⅱ.①肖…　Ⅲ.①中国文学—文学评论—文集　Ⅳ.①I206.53

中国版本图书馆CIP数据核字（2020）第101560号

琴箫酬吟
QIN XIAO CHOU YIN
肖云儒　著

出 版 人	刘东风
责任编辑	梁　菲
责任校对	张旭升
出版发行	陕西师范大学出版总社
	（西安市长安南路199号　邮编 710062）
网　　址	http://www.snupg.com
印　　刷	陕西龙山海天艺术印务有限公司
开　　本	680mm×1000mm　1/16
印　　张	23
插　　页	4
字　　数	309千
版　　次	2020年7月第1版
印　　次	2020年7月第1次印刷
书　　号	ISBN 978-7-5695-1709-5
定　　价	96.00元

读者购书、书店添货或发现印刷装订问题，请与本公司营销部联系、调换。
电话：（029）85307864　85303635　传真：（029）85303879

肖云儒

目录 CONTENTS

《秦腔》：贾平凹的新变 / 1

贾平凹《高老庄》点评本总评 / 12

透析陈忠实的文化审美世界
　　——序《文学文化批评视野中的陈忠实》/ 14

论李若冰的散文创作 / 20

从陌生处看新意
　　——评张俊彪《幻化》三部曲 / 30

在作品的创造性上聚焦
　　——谈《长篇小说〈幻化〉评论集》/ 42

打开那块骚动的土地
　　——读老村的《骚土》/ 46

谈《山匪》/ 51

峡谷中的命运
　　——评文兰《命运峡谷》/ 53

心灵的意绪的女性写作
　　——周瑄璞的小说调式 / 55

吴文莉的《叶落长安》/ 58

王文泸对大地的苍茫审美和哲思追问
　　——在王文泸作品讨论会的发言 / 60

塑造新时期漂泊者群像
　　——评王盛华长篇小说《沦落天涯》/ 63

何群仓《路上有狼》序 / 67

评长篇小说《关中道情》/ 72

古陵像一架书

　　——评王海的长篇小说《老坟》/ 74

李文德、王芳闻《安吴商妇》对我们的意义 / 76

打开陕北生活的另一个窗口

　　——序裴积荣长篇小说《古堡》/ 79

方寸之地的大千世界

　　——序喊雷的小小说集 / 81

评《海南,那一年》/ 84

读《丝路之父》/ 87

十年磨一剑

　　——序郭爱玲的长篇小说《雏燕展翅》/ 90

从玄幻小说《圣剑传说》说开去 / 93

关中牛的《半阁城》/ 96

圆梦

　　——序陈佳贤《囚蛇》/ 98

生命的晨练

　　——读樟叶散文 / 100

贴着大地聆听

　　——序吕虎平《卧听风雨》/ 104

纯情年代的情感化石

　　——阎子的《有风吹过》/ 107

活出美丽 / 111

最早的阳光

　　——序《白玉奇散文集》/ 113

两个张炜

　　——序张炜《总编絮语》／116

关于伊禾长诗《法比奥》给意大利驻华使馆的信 ／119

归卧南山

　　——郑随社的诗境和心境 ／121

从《格调》说开去 ／123

中国传媒需要专栏作家 ／127

建构人生新风景

　　——序秦天行《大洋听涛》／130

作家与传主的高蹈神会

　　——读忽培元《耕耘人生·木刻家修军评传》／134

长大了的杨莹 ／137

悲愤之美

　　——序林荫《月朗野洼庄》／140

王锋居无定所 ／143

用生命开采灵象、形象、理象

　　——序高璨的《你来，你去》／145

一种新文体的原创性尝试

　　——序何金铭《宝鸡峡》／149

读周养俊 ／153

张书省，套种生命的人

　　——序散文集《紫丁香》／155

夜月中的丑石 / 159

由云端到笔端 / 161

在山泉中发亮的一滴水

  ——序董发亮评论集《山泉》 / 164

薛保勤的《视觉与思考》 / 166

大爱大痛李健彪 / 169

《向农民道歉》：社会影响和原创意义 / 172

序叶浓诗文集 / 174

社会理性的四重奏

  ——序《其声有思》 / 178

由热情转向深邃

  ——序罗宁《热情的目光》 / 181

读吴树民 / 183

重新拥抱人生

  ——李邦英作品集序 / 186

树梅和天乐，追梦的母女 / 189

评王新瑛《心音心语》 / 191

致王德强先生 / 193

高歌生命价值的转移

  ——序高歌诗集《解花语》 / 195

读鹏鸣的诗 / 197

序常征小友诗集 / 206

原野上，好大一棵树 / 208

由不惑到随心
　　——段国超《文艺论集》序 / 212

遥远画面中亲近的人 / 216

读尹武平 / 218

穆蕾蕾的散文 / 221

邢德朝的多重角色和多重人生 / 223

个人记忆中的城镇史
　　——《榆林往事亲历记》序 / 226

文学是青春美的华彩
　　——序西安交通大学《大学》杂志作品集 / 229

写作是人生的热身赛 / 231

短说《褒姒》 / 232

山花烂漫报春时
　　——序《镇安文学作品选》 / 234

帮你更深地进入社会
　　——评《税收与社会》的报告文学 / 237

爷爷送你一本书 / 244

春泥 / 247

艺文百字评 / 249

有景有情　有韵有思
　　——读王世焕《槐荫词》 / 265

白云深处有位白先生 / 267

刘高兴长篇 / 269

给程征画展贺信 / 270

延安文艺　精神永存

　　——《延安文艺档案》总序 / 271

这块土地因精神而辉煌

　　——"陕西精神"丛书《爱国守信的陕西人》

　　　前言 / 283

我和孩子们共同的朋友 / 286

吃什么，怎样吃 / 288

百期感言 / 290

让小平的形象走进孩子们心里 / 292

我在阅读未来 / 294

教是心之烛　文是情之焰 / 297

你的好帮手 / 299

一本大书 / 301

怡我情怀 / 304

想起鲁迅

　　——读"阳光杯"获奖杂文 / 306

丰收青睐勤奋的人 / 309

延安革命开拓精神在现代农业建设中的发扬 / 314

都市生活里的土腥味

　　——读孙毅安散文集《我的父亲》 / 317

生命归家于"血地"
　　——评周矢长篇小说《书香门第》/ 321

他的诗情令你怦然心动
　　——序孟建国《东篱诗探》/ 325

长篇小说《流年》即席谈 / 329

以氏族传奇辐射历史风云
　　——序《古虢国传奇》/ 331

岁月给人以胸怀
　　——序张兴轩《岁月的碎片》/ 334

跑步人生,别忘了和灵魂对话
　　——谢斌散文集序 / 338

致忽培元作品讨论会 / 341

韩怀仁的长篇小说《大虬》/ 342

邢小俊用两支笔画世界 / 344

"三农"是中国的"一号文本"
　　——评莫伸长篇报告文学《一号文件》/ 347

汇泉成溪
　　——序董发亮《山溪》/ 350

远村的文化追求 / 352

咏水之沛　若水之韵
　　——序陈再生《长歌水韵》/ 354

《秦腔》：贾平凹的新变

《秦腔》原稿厚厚两摞，整整八百页，作者让我先睹为快。我读得很慢，费时一个半月。边读边记一些备忘的文字，现在整理出来，便成了这篇文章。

《秦腔》中的贾平凹有了变化

《秦腔》中贾平凹的创作心态有了引人注目的变化。这个变化我想用"由对人自身的倾诉，到为家乡（亦即民众和社会）树碑；由天马行空的性灵，到心存敬畏的苦吟"这样一句话来表述。

贾平凹一直以才气横溢、倚马可待而著称文坛，曾经有过靠住行道树，不到十分钟在纸烟盒上写就一篇美文的传闻。他创作数量之多、速度之快，当下文坛恐怕无出其右者，短篇一日、中篇一周、长篇一月就能出草稿，在他是寻常事。前几年常常保持一年一两部长篇的产量，多次表白过"我写作有快感，并不累"，"写是倾诉、宣泄，不停地写着才惬意，不写反倒难受"这样的意思。这次写《秦腔》不一样了。这是一部下了大功夫、大力气而又费时很长的作品，在谈这部长篇的文章和言论中，他反复强调的是三点：

一是强调自己一直在惊恐中写作，写得非常慢、非常苦："书稿整整写了一年九个月，这期间，我基本上没有再干别的事……每日清晨从住所带了一包擀成的面条或包好的素饺，赶到写作的书房，门窗依然是紧闭的，大开着灯光，掐断电话，中午在煤气灶煮了面条和素饺，一直到天黑……古人讲：文章惊恐成，这部书稿真的一直在惊恐中写作，完成了一稿，不满意，再写，还不满意,又写了三稿,仍是不满意,在三稿上又修改了一次。"请注意下面紧接着的一句话:"这是我从来没有过的现象。"还可以再加一句:强调并坦陈写作的惊恐和苦涩,也是平凹没有过的现象。我读的是已经定稿寄出的稿子,上面又用钢笔做了多处改动,粗略算算另抄的竟有十九页,有一处更是长达六页之多,可见用心之苦了。由"写作有快感"到"文章惊恐成",平凹的这个变化实在意味深长。

二是强调在构思、写作中一直心存感激,心存敬畏。心存感激是因为"商州是生我养我的故土,是我写作的根据地","我强烈地冲动着要为故乡写些什么,我决心以一本新书为故乡树起一块碑子"。心存敬畏,最担心的是"故乡人如何对待这本书","他们认可这块碑子吗?"还担心自己"年龄大了,精力不济,江郎才尽",树不好这块碑子;当然也担心"脱离作品的批评炮弹"。这也是平凹创作心态的一个变化。敬畏和感激家乡、敬畏和感激土地、敬畏和感激父老乡亲、敬畏文学、敬畏创作和批评,是作家人文关怀和艺术担当的表现,某种程度上也是作家的文学观由个我自足坐标向群体认同、社会认同坐标转移的表观。如果说在平凹的长篇系列中,《秦腔》切入当下农村社会显得比较深厚,这恐怕是一个原因吧。

三是强调他在作品中表达了对当下农村的关切和焦虑。记得平凹早年曾经说过,他的商州系列只是以自己的眼光写家乡的人事、家乡的风情,后来是评论家将其命名为寻根文学的。这回,他坦陈自己有着意识到的寻根意识和介入意识:"写《秦腔》是一次寻根的过程,我在书中表达了对当下农村的关切和焦虑。无论怎样写,笔尖是有温暖的。"显然不一样了。

由强调主体的倾诉宣泄到强调为客体(家乡)立传树碑,是一种由内向外的转化。早在《浮躁》,平凹便有着对当下农村社会热切的关切和焦虑;《废都》有了变化,重心挪到解剖心灵和意绪而辐射人生世相;《白夜》可以说是一次大幅度向内转的实践,出现了一次否定。再往后,又出现了一次再否定，重新向客体现实倾斜。这个再否定从《土门》着力描写的乡村城市化进程中显出了端倪，又通过《高老庄》在历史人文背景上的乡村风情展示，和《怀念狼》在生态理念烛照下的乡村风情展示这样多方的尝试，而在《秦腔》中集大成，得到了巩固和深化。

所有这些，都让我们感到贾平凹人生和创作状态有了变化。这个变化对作家来说至关重要。对这位特定作家来说，我想它意味着在广泛探索之后的一种认定，意味着文学观、社会观的某种深刻调整和调整后的某种加固。

秦腔是《秦腔》的魂脉

秦腔是《秦腔》的魂脉，是它作为小说艺术存在的重要标志。

这部小说题为《秦腔》，作品中相关于秦腔的描写总不下百十余处，许多地方味道十足，很是传神。特别是用简谱和锣鼓经将秦腔音乐直接写进小说字里行间，极为鲜见。

秦腔在这部作品里，与碑版文字在作者另一部长篇《高老庄》中有异曲同工之妙，结构上能起到隔断转换、时空挪移的作用，从欣赏心理上看也有变化和顿歇。尤其能调动欣赏者在旋律和文字之间的通感，从一个新的渠道激发读者的艺术联想和欣赏再创造。不同的是，碑版古文字是历史留下来的定型存在，它不能随小说叙述和人物心理的进程而随意变化，故而一般只能晕染背景、烘托气氛或暗喻意义。而音乐作为一种独立的艺术语言，可以直接在人物性格、心理情绪、环境氛围的表现中发挥作用；以秦腔曲牌之丰富，要选择来表现人物的各类性格、各种心情，简直游刃有余。记得罗曼·罗兰在《约翰·克利斯朵夫》中好像用过五线谱来写景、写心境，也远没有这样大量地、全方位地使乐谱进入小说的描写。

在这部小说中，秦腔音乐和锣鼓节奏用来渲染人物的心理活动，用来营造气氛，用来表达线性的文字叙述有时难于表达的团块状或云雾状的情绪、感受和意会。管着广播喇叭的村干部金莲承包上了鱼塘，心里一高兴，便满村放开了悦然轻松的秦腔曲牌《钻烟洞》，气得正在远处吃凉粉的老支书夏天义狠声说："再来一碗！"夏天义为七里沟修地和自己的侄子、新任村主任君亭呕了气，四弟夏天智端着收音机走过来，不好正面劝他，老兄弟俩只是躲着这个话题东一句西一句说天气，说护膝，说死去大哥（君亭爸）的坟茔，收音机里却一直在吹打《苦音双锤代板》，那正是哥俩说话的气氛和天义心里的味道啊。引生拾了白雪在河边洗衣的棒槌（对没有"那个"的引生来说，这是阳物的象征），晚上想她睡不着，便抱着棒槌唱《祭灯》，"为江山把亮的心血劳干"，用诸葛亮的忠心表白对她的痴情，又用棒槌在炕沿上击打《慢四捶》《垛头子》，由缓慢而急促有力，再回落到《慢一串铃》，用秦腔打击乐宣泄了一场意念中的性交。这些描写在当代小说中都很少见到。而小说描写的县秦腔剧团的炎凉和演员命运的起伏，也成为时代发展和文化变迁的一种征候。白雪刚出生的小女儿听见秦腔便凝下了神，再不哭闹。秦安病得人傻了，不会说话却记得戏词。秦腔声一起，连狗儿来运"也瞅着大喇叭，顺着秦腔的节奏长声吼叫"。在整部作品中，秦声弥散为一种气场，秦韵流贯为一股魂脉而无处不在。它构成小说、小说中的生活、小说中的人物所共有的一种文化的和精神的质地。

更重要的是，秦腔构成夏天智和白雪这两个人物的性格、命运、气质和精神寄托，构成他们生命本体的一部分。秦腔入文使他们有了标志性的旋律和音乐形象。白雪因秦腔而美丽，用秦腔来表爱，在秦腔音乐中结婚、孕育新的生命，因舍不得秦腔而留在县上，以致和省城的文人丈夫少了共同语言，直到在苦音慢板中倔犟着黯然离异。小说定稿后，作者又用钢笔在原稿上加了六页，专门设计了戏迷为白雪写长篇赞诗和白雪为秦腔写介绍文字两个情节。在这一大段文字中，白雪化为秦腔的精灵，秦腔又化为白雪的魂魄。

夏天智更是一个几乎完全浸渍在秦腔之中而得到表现的人物。收藏、展示、出版、赠予秦腔脸谱是他终生的兴趣和人生的自豪,在村里安装高音喇叭播放秦腔是他退休后自找的职业。他是性情中人,发乎情而止乎礼,是生命的呐喊者却又对社会人生有较清醒的评断,能如此乃是得益于秦腔。秦腔戏文和戏中人物的许多价值标准成为他人生的精神坐标。他视儿媳白雪如亲生女儿,是因亲情,更是因了秦腔和秦腔戏文的价值标准。白雪要生产了,他无以表达又一代新生命在自己心中引燃的激情,竟用胡琴拉起激越恣肆的旋律迎接孙女的降生。得知儿子和白雪终于要离婚,痛惜至极的他当下收白雪为女儿,喊"把喇叭打开,放《辕门斩子》,放!"以示对儿子的愤恨。他自己也在撼人心魂的秦腔中告别这个世界。"夏天智在咽气前,已经不能说话,他用手指着收音机,四婶赶忙放起了秦腔,(以下为乐谱)……花音二倒板里唱的却是一句:天亮气清精神爽","夏天智手在胸前一抓一抓的,就不动了,脸从额部一点一点往下黑,像是有黑布往下拉,黑到下巴底了,突然笑了一下,把气咽了"。带着眷恋和遗憾,带着爱,最终落下了他人生的帷幕。

贾平凹有意识地将时间艺术、抒情艺术的音乐,融进符号艺术、叙事艺术的小说之中,使之成为小说艺术极有活力的表现手段,为小说艺术在以文字符号传递审美信息的基础上,尝试从更多维度上发现和构建新的信息通道和艺术语汇,做了创造性的探索。

夏天义,社会的担当者

如果说夏天智是生命的呐喊者,夏天义便是社会的担当者。

夏天义身上有着深刻的历史烙印,丰富的时代悲喜剧内涵。从 20 世纪 60 年代起,他就是群众运动兴修水利的模范,以后长期担任党支部书记,任劳任怨也有滋有味地为清风街的社会发展和公众事务操劳,一心要领着乡亲们走社会主义共同富裕的路子,几十年不改初衷。他全部的生命价值都印烙在清风街的发展轨迹之中,即便不再担任支部书记了,依然以极强的角色意识将清风街的公众事务当成自己的事来办。夏天义正直公平、执着倔强、大公无私、乐于奉献,能够应付裕如地运用社会主义的和民间的、家族的多重游戏规则,将党的要求和民间智慧结合起来处理农村各种复杂问题。在计划农业时期,我国广大农村实际上靠千千万万夏天义这样的带头人支撑着。

作者以极为节制的笔墨呈现了这个人物身上历史与道德评价、经济与人文评价的错位,但又避免了非是即非的二元对立判断。他从为自己弟弟夏天智办丧事,竟然找不到强壮劳力抬棺椁,敏锐地发现搞活农村经济所掩盖的另一种倾向,即劳力过度外流,轻视农业生产,忽视农田基本建设的倾向。他以为公之德、惜农之心,正大光明地写材料、提建议,切望扭转这种倾向。这时候,在夏天义身上,因人文的道德的坐标和历史的经济的坐标基本统一而闪现出光彩。但当他完全不顾地质条件、人力条件和投入产出的经济规则,一意孤行领着哑巴和引生三个老弱病残强行去修七里沟的地,最后被一场大雨摧垮,这种愚公式的行为,由于是一种脱离现实和经济坐标的道德完成和精神实现,在当今时代也就很难显出崇高和悲壮,倒是多少露出了一点在历史新潮面前的孤独、尴尬和无奈。这时历史与道德、经济与人文在他身上是错位的。这种错位虽系时代造成,不能由个人负责任,却构成了夏天义个人性格和命运的一部分。他因此更受人敬重,也因此有了更大的承担。

作者没有简单地从社会坐标上去臧否夏天义,只是隐而不露地展示他的复杂性,从这种复杂性中蒸腾而出的人生况味和历史惆怅,构成了一种悲剧美,构成了这一形象重要的审美元素和艺术魅力。正如平凹自己说的,"当下,农民渐渐从土地上剥离和出走,对于青年一代是有一种解脱的感觉,但总体上来讲却当然是无奈,许多事情从理论上来讲都是明白的,也是轻松的,但现实沉重而苍凉。每一次大的社会转型，都是关乎人类的命运，这就使作家有了可写的东西，我不能无动于衷"。

夏天义形象的再一重意义，是含纳了社会主义初级阶段和中国农业文明社会转型过程中，社会权力体系和族缘血缘体系交叉互动、相叠相犯的复杂关系。他以自己在基层权力体系中大半生的无私奉献，成为清风街的道德楷模和精神领袖，也成为夏家这个大家族的主心骨。这时候，位（权位）、为（作为）、威（威望）三者统一于夏天义一身。后来秦安、君亭成了清风街党政领导，便出现了三者之间逐层滞后现象。由于政绩需要一个过程才能实现，作为的显示总是慢于权位的获得，这构成一层滞后；又由于人格信誉和精神威望总是在政绩和作为有了较长时期积累后才能建立，才能获得公众认同，这又构成一层滞后。在新旧交替过程中，于是常常出现有权者无为无威、无权者反倒有为有威的错位现象。何况夏天义在家族亲缘体系中又位高辈大，更加固了他的威望。他不是村主任（权力长者），依然还作为族长（家族长者）和道长（精神长者）在公共生活中起作用。夏天义形象耐人寻味地揭示了东方伦理社会的特点，也揭示了这块土壤容易产生人治的深层原因。

在夏天义形象的塑造上，作者总体上采用了历史伦理、人民伦理的大叙事，细部也有极为可贵的个人伦理叙事，让我们看到了一位终生将个人命运和时代发展、社会担当联系在一起的农村基层干部的内心世界。对这个特定形象来说，像现在这样以历史伦理为叙述主线，融入家族文化、个我命运和心态的写法，我以为是恰当而和谐的。

莫不是"灵智现实主义"

在和媒体谈《秦腔》的创作时，平凹说过这样的话："农村的文化形态就表现在日常琐碎生活之中，表现在那些看似鸡零狗碎的泼烦日子里。以往许多写农村的作品，写得太干净，像是把树拔起来，根须上的土都在水里涮净了。"是的,《秦腔》大致承袭了这种贯穿于《浮躁》和《高老庄》中的描述风格。依然是如数家珍地描绘农村日常生活的原生态,发掘其中人生的、社会的、民俗的意蕴和生活的、心理的情趣。这种描绘细腻生动,又节制冷静,也依然显示了平凹那种独特的、俯拾即是、闪念即来的联想比喻天赋,以及将人物心理活动转化为可视画面的妙不可言的能力。

比如写农村久旱逢骤雨,一只鸡张着嘴向空中接雨,一口一口把自己喝死了。小炉匠家的墙泡酥了,塌在墙下的母猪身上,母猪当场流产。无数老鼠跑过街面上了戏楼,而戏楼前的柳树上缠着七条蛇。引生穿着雨筒子鞋到处踩水,有意往别人身上溅。这是村里仅有的一双,又是父亲的遗物,从其珍贵可显出高兴之极的心情。用密集的奇特的画面、简洁而稍许跳脱的语句,写神了这场雨和雨给农民带来的好心情,不着一字(写雨)而尽得风流。又像已经和白雪结了婚的夏风,晚上和竹青走在村道上,路过少时曾爱恋过的金莲家,院门楼上有一篷葡萄架,无数的萤火虫自带着灯笼在飞,夏风伸手抓住了一只,立在那里发了呆,竹青说想见金莲啦?夏风笑笑,摘了门楼上的一颗硬葡萄(当然是酸的了)在嘴里嚼,萤火虫便从手中飞到院门里去了。全是画面和动作,内心活动和情绪流向却跃然纸上。在这种心理语言、画面语言向动作语言的翻译转化中,人物性格和作品意蕴的信息便生动地传输到读者心中,审美客体的内蕴也便经由画面转化为审美主体的感同身受。

不同于《浮躁》和《高老庄》的,是在现实主义的创作精神和生活展现中,《秦腔》似乎在形象描绘之中渗进了更多灵悟的元素。作者的"委托叙事人"引生和清风街的一些山民,身上有许多异于常态的怪诞的东西,眼光可以看见人的五脏六腑,可以穿越时空的阻隔,灵慧到能够感应天地万物,能够祈祷树木为人添寿,还有司马迁式的残缺产生的某种神秘。也许是他暗恋白雪感情波的辐射或心理场的效应在起作用,他的残缺又引发了白雪孩子的残缺。这样,透过引生叙述出来的这个小说中的世界,也充满了天人感应,万物有灵。世上所有的生命都处在千丝万缕的联系之中，天文、地文、生文、人文纠缠胶着在一起，被作为一个有机的整体描绘出来。这种纯然中国式的混沌世界观和美学观，极大地拓展了艺术表现天地，充满了陌生感和神秘感的欣赏悬念和艺术魅力，也反映出农村人与自然的亲近和沟通。夏天智感觉到儿子夏风和白雪闹崩了，便噘了秦腔，寡了耳朵，只见蚂蚁结队往树洞里爬，天上有一朵云落在院里，正扫地的白雪一拧身，却是一把泪珠子洒在了地上。孤零零的引生一个人过年，端碗便想起了自己最牵挂的人，便想着代爹娘吃一口，再代白雪、哑巴吃一口，后来想到了代院里、大清寺和七里沟的树吃一口，代形影不离的狗来运、染坊里的叫驴、万宝酒楼上的大花猫吃一口，代七里沟的石头、白雪坐过的石头吃一口，"他们都给过我好处，要感谢的东西很多很多，我代他们吃一口饭吧"。引生吃饱了，便把饭倒在院子里，让鸟吃，黄蜂、苍蝇吃。结果麻雀、黄蜂、蛾子、蚂蚁都聚过来吃他的饭（原稿上，作者刻意在两处把蜜蜂改成黄蜂、蛾子，表明他不是只从人类好恶的惯常角度，而是从大生态圈来看待所谓害虫益虫的）。"我把最后一颗米粘在了鼻尖，舌头伸出来一舔，吃进了自己肚里。"这幅天人和谐、共享福祉的画面写得何等温馨而耐人寻味。

从艺术精神和方法上看，《秦腔》没有像《浮躁》《怀念狼》那样融时代风云为命运纠葛，走更为传统的现实主义路子；也没有像《白夜》《土门》那样，将时代风云稀释为，甚至异态化为具有神秘色彩的日常生存；而是走了一条折中的路子，既将时代风云融入日常生活，又将许多日常生活场景聚焦到一起，透过"委托叙述人"不完全写实的灵慧眼光，略显变形地呈现出农业文明在农村现实生活中的衰败、市场经济在农村的萌动，以及这一大背景下社会风气、干部作风和文化时尚（如村干部在计划生育和收税中的非法治行为，秦腔敌不过流行歌曲，老支书做的"泰山石敢当"碑没有栽到坚持农田基建的七里坪地畔，却栽到了搞活农村经济的象征万宝酒楼前，等等）。

现实主义在这里多少有了一点变化，逼真写实中多了一点乡土的浪漫和理想，形象和理象中又多了一点灵象和喻象。不可能的事变得有点合理，虚幻的事写得很是真切。这一切又和贾平凹原先作品中对生活的细腻描绘圆融无碍地融为一体，聚合为新的艺术感染力量。

《秦腔》是批判的抑或理想的抑或理念的现实主义吗？都有一点，又都不是。我在想，莫不是那种可以叫作灵智现实主义的东西啊？

遗憾还是没能避免

但遗憾还是没能避免，我想提出最主要的两点，供大家思考。

第一，我以为作品对生活、人生和社会心理还缺乏重大的创造性的发现。前面谈到了这部长篇不少创新之处，属于表现方式和手段层面的居多，如秦腔曲牌的直接入文，如现实主义描写中的灵智泛漫。读者最为期待的当然还是作品对时代、人生、心灵内涵有更具启示力的发现和开掘，惜乎这方面令人震撼的东西还不够多。这主要又表现在对清风街生活中新的经济、文化因子，对清风街乡亲内心世界中新的折光还缺乏充分深刻有特色地展开，而对多年沉淀下来的那些社会现象和心理感情，展现得相当细腻精到，两相比较显出了不均衡。作者的价值判断和感情倾向本是清晰的，也符合历史发展旨归，但由于这种布局和开掘上的不均衡，在艺术效果上，反倒是夏君亭和他的事业显得模糊灰暗，而夏天义道德力量的光彩却多少遮蔽了他在历史轨迹中的尴尬。

第二，通过引生这个"不可靠叙述者"来展开全书，似可推敲。小说透过引生的眼睛看世界，通过他的所见所闻所想缀连和转叙故事。引生不像作家，可以具有全知视角，是全知者，引生的所见所闻要受到自己人生活动和日常行踪具体时空的左右，他的所知所想又受到特定自我认知系统和感觉系统的局限，这样，作家便往往需要枉费许多笔墨来解释他为什么能知晓那些他不在场的事情，又为什么能感知到那些他无法感知到的东西，多少显得累赘拖沓，不够清晰也不很可信。在叙事学上，引生属于那种"不可靠叙述者"，即带有种种个我局限和偏见的叙事者，虽然作者让引生具有超人的灵慧和超时空的感应能力，力图在某种程度上弥补这种叙述的不可靠性，但小说没有设置可靠的叙事者（这常常就是超然的全知的作家自身）来总揽、匡正全书，让读者始终透过不可靠叙事者的眼光来感知书中的世界，极易产生零碎、失真的后果，也极易影响甚至伤害真正的叙事者（即作者）的审美立场。

2005 年 1 月 20 日至 26 日，阴雪相间，西安群贤坊不散居

贾平凹《高老庄》点评本总评

《高老庄》是贾平凹长篇创作的一个合题,让人看出他在文化追寻上和谐—错位—崩塌—建构的螺旋轨迹。

《满月儿》时期,贾氏常常展示社会、文化、心理的和谐,月儿是圆满的。到了《浮躁》,和谐、圆满被社会变革的实践打破了,便进入动态文化追寻。以此作为正题,《废都》和《白夜》则是一个反题,《浮躁》写现实与文化的错位,后二书写文化的崩塌和精神的颓丧——其实是决绝旧文化后在追寻中的漂泊。到了《土门》,尤其到了《高老庄》,追寻开始露出文化建构的端倪,且由心灵建构多少进入了人生、社会实践建构。子路重返人生追寻的出发地,看似在往日的村社生活中如鱼得水,其实不乏清醒的自审意识。在对家乡重温旧梦的温馨和自适中,能自觉到她的缺陷,表现出精神建构意向。

子路、西夏、菊娃这个三角形,是文化追寻和建构的符号象征。菊娃,正在变异的乡村文化人格形象;西夏,现代城市文化人格形象;子路,乡—城转型文化人格形象。三者组成以菊娃为起点,西夏为终端,子路为连接过程的图式。这是许多农裔城籍知识人的心路历程和精神图式。情况当然远比这复杂,菊娃和西夏既是子路文化追寻的两个端点,自身也处在和子路一样的动态建构过程中——菊娃处在以传统村社文化为体、以现代市场文化为用的建构过程中;西夏处在以现代城市文化为体、乡村文化为用、相互植入的文化建构过程中。

《高老庄》写了大生命、大社会、大文化三个空间,又融入最底层、最日常,甚至有些琐屑的生活流程。用感觉提升生活,用民间视角全知生活,寻访民间碑版织纺于人物爱好和情节发展之中,给高老庄的当下生活一个悠远的历史纵深。几十万字不分章节,如生活原脉浑然而下,碑版的插入便起到分切、隔离的作用,欣赏有了间离效果。宏微、古今、文野、畅涩于书中两极震荡,在文化姿态和艺术策划上,亦系合题。

祈望读者诸君沏上一杯清茶,静下一颗尘心,去高老庄好生品味一番。

1999 年 7 月 25 日,谷斋

透析陈忠实的文化审美世界

——序《文学文化批评视野中的陈忠实》

在《文学文化批评视野中的陈忠实》这部新著里，畅广元教授以另一种眼光、另一种说法来解读一位为人熟知的作家和一部为人熟知的作品，使之成为研究评论陈忠实和《白鹿原》众多专著和文章中别有深意的一种。他所运用的文学文化学理论坐标和观照体系，在近年西学东渐的各种现代人文学科中，我以为是属于最能融汇东方和西方文化精神、衔接传统和前卫文艺观的一种，也最切合研究对象陈忠实作为文化存在的实际情况。理论视角和阐释方法的新颖、深刻，以及和研究对象的内在契合，使我有这样的感觉：这本书从一个新的切口，真正打开了陈忠实，打开了《白鹿原》。它贴切而有创造性地描摹出了融解于作品深处的那道文化风景，开掘出了潜藏于作者心灵的那个意识世界，把陈忠实研究推进到一个新的层面。

这部著作理论准备充分而扎实。畅广元多年在高校教授文艺理论、带研究生，近二十年来，主编了十余部有分量的著作。从与眼下这部新著的内在关系来看，他此前的著作大致可分为三类。一类是对文艺学基础理论的学科化梳理和翻新，如《主体论文艺学》《文艺学导论》《当代文艺学新探索》《马克思主义文艺理论》等。一类是对现代西方文学理论的介绍引进和中西文学文化理论的融汇整合，如《二十世纪西方文学理论》《诗创作心理学——司空图〈诗品〉臆解》《中国古代文论的现代转换》等。还有一类是对文学心理学和文学文化学的建构，如《中国文学的人文精神》《文学文化学》《文艺学的人文视界》《神秘黑箱的窥视——路遥、贾平凹、陈忠实、邹志安、李天芳创造心理研究》等。这些著作当然不是专为《文学文化批评视野中的陈忠实》的写作做准备的，但它们给作者奠定了写这部书所需要的各方面理论基础和学术视界。尤其是第三类，即对文学心理学和文学文化学研究的著作，几乎可以说为这部新著提供了直接的理论营养，甚至触发了此书写作的原动机——他必然也必须将自己对文学文化学的研究坐实到中国当代文学的一个典型样态上来。陈忠实在当代文学中的成就，他的创作历程对中国当代文学的全新意义，他代表作品中含纳的丰厚文学文化学矿藏，以及和畅广元多年的友谊，等等，他成为评论家的理论猎物和研究对象，简直是无可逃逸的。所有这些，使得这部书不但有比较密集的理论信息量，显示出切实的理论功底，而且初步形成了一种沉着正大的学术品格。

陈忠实和畅广元，也包括我们这个年龄层的陕西评论界的朋友，相识三十年上下了。正像许多人谈到的，陕西作家和评论家一直相知甚笃。作为文化的艺术的批评，批评主体和客体的关系是一种矛盾冲突中的辩证统一，要把握好度并不容易。交往过多，熟悉会钝化感觉，友谊会软化犀锐；不了解不熟悉，特别是没有一点感性的接触，又容易隔靴搔痒，找不到感觉或感觉错位。文学批评不是纯然的理论演绎，它需要批评主体和批评客体一定程度的生命感应、情绪融通和感觉置换。在我们这一茬文化批评人中，畅广元对这个度是把握得比较好的。他既看重和作家的友谊，又铁面无私敢对作品说真话。由于在理，兼有思辨锋芒和学术魅力，大家（也包括作者自己）都爱听。在批评中相交而相知，由诤友而挚友，该是一种多么好的状态。我因此常常生出几分敬重。

但要对陈忠实做文化视界上的深入研究，通常的交往是不够的，这次，在熟悉资料的基础上，他又登门造访西安东郊白鹿原下陈氏的村居，与作家竟日畅谈而不知西天之既昏。广揽素材，深研内蕴，积淀平时的印象，再以目的性的交谈校正、强化、提升感觉，我想，这就是作者能够打开陈忠实和《白鹿原》的缘故，也是作者的分析能够准确贴切而细密丰腴的缘故。对于当前文学批评界好发虚论、好务玄学的风气，这部专著是一种沉默的拨反。

广元比我年长一点，知识结构、思维方式却远比我新锐，洋溢着一股青春气息。人年龄大了，岁月沉积于生命的尘埃，经验撒播于认知的云翳，以及难于超越的思维习惯和心理定式，常常消减着对新鲜生活信息和新鲜理论信息追索的兴趣。广元却永葆着一种对事物做新向度探究的热情，而且总能将这种热情升华为学理的执着和致思的锐利，对一位学者来说，这实在是最可贵的了。

读到书中关于文学文化批评基本坐标的论述，关于陈忠实小说展示的十种人格意义世界及其对当代农村文化精神深刻变化展示的分析；读到关于长篇小说《白鹿原》所展示的文化精神、文化视界、文化认知控制的阐释，关于陈忠实文学文本创造的十种人的感情类型的归纳；读到对白鹿原文化圈和白嘉轩文化圈四条张力线的归纳，对黑娃、田小娥局限的剖视；特别是读到关于陈忠实精神"剥离"的理论描述，都让我享受到一种理性的美丽，也催发了我思考的兴味。这时脑际常常会浮现他言谈中的种种风采，那是个每茎白发都喷薄着思索、浑身上下无不形而上的可爱的倔老头儿，也就会真诚地想起那句常用的恭维之词：真是宝刀不老。

一路读下来，也感到第一章对作家文本十种人格和第三章对作家文本十二种人感情类型的归纳，有的没有完全按一个逻辑起点或本质属性分类，有的没有完全从文化或学理的层面梳理，稍稍显出了一点牵强。除了现在这三章从三个方面来论述文学文化批评视野中的陈忠实，也不是不可以再拓展一点，譬如分析一下作家艺术手段深处的文化意义，从奇美、壮美话语世界中剖视创作主体在特定文化场中的艺术敏感资质，以及他用文本重建审美世界的能力。

最引发兴趣的话题是第三章的第一部分，即"陈忠实的精神剥离过程所呈现的文化意义"。从中国当代文学的全局看，这也是最具实践理性意义的一个问题。可以说，它概括了五四新文化运动以来，中国现当代作家共同经历过、还正在经历的艺术美学精神的历史性过程。现在，广元以一位文学史上的重要作家和重要作品为典型样态，鞭辟入里而又丰腴鲜活地剖析出来，那意义是不言自明的。

陈忠实文学精神的剥离过程，给中国现当代文学、中国现当代作家最重要的启示是，一旦从困扰我们多年的粗陋理性中剥离出来，而和艺术家个体生命感受融通，并向历史长河、人文世界的深处沉落，转化为真正的人文理性的话，现实主义作家、现实主义文学精神和原则将会焕发出多么丰富的潜能。对陈忠实这一个个我的分析，就这样深入中国现代文学转型蜕变的腠理了。

中国文化的致思方式，以直观内省为主导，往往流于模糊表象的感悟，难于形成总体性的直觉思维。到了近代，西方理性主义渗入，对于改造传统直觉思维当然具有历史意义，但由于沉淀时间短，远未熔铸一体、整合为民族生活和艺术实践中成熟的新思维，倒是将二者挂靠、对接起来的居多。在这种情况下，产生粗陋理性难于避免。

现实主义原则受到粗陋理性的侵蚀，作家眼中的人生世相便容易单层面简化，比如只看见被简单化了的政治社会层面，而缺乏丰富性和复杂度；人性感情容易单向度陋化，比如只有社会性和阶级感情、群体感情，而缺乏个体人在各个层面上独有的欲望、痛苦和激情；作品的时空结构也容易囿于机械的真实，硬性将人的内部外部世界与通用的时空理性对位，而扼杀了作家重建主观时空或心理时空的创造天地。粗陋理性对创作的戕害便这样导致作家、从而也导致广大读者对人和人类生存粗浅简陋的领会,它障碍的不只是文学感知的深度,更是社会认识总体水平的提升。

粗陋理性对陈忠实这个年龄作家的影响,不但是难免的,几乎是深入骨髓的。进入新时期,这一代作家能否跃上一个新境界,又能够取得多大的艺术成就,和他们能否从粗陋理性中剥离、剥离到什么程度,成正比例。"剥离"一时成为新时期文学的重要景观。陈忠实没有争着跻身于最早的弄潮儿之中。有段时期他陷入苦闷,虽还不停在写着,同时在观望,在阅读,在比较,在自省,在思考,踩趔石过河般小心迈着步。最与众不同的是,他避开了纯然在新思潮的喧闹中实行剥离转型的流行路子,而带着新思潮的影响回到了家乡,蜗居于化育了自己生命的精神土地之中,在思潮和生活的交媾中,默默地、艰难地从茧子里挣脱出来。这正是陈忠实剥离转型的切实和深刻之处,也是他能以一部《白鹿原》在剥离转型潮中后来居上的原因。

剥离也是改造,也是转移,也是更新,也是整合建构。陈忠实在剥离过程中致力于恢复和建构的是个体的生命、艺术敏感力,使自己的个体敏感性逐步摆脱粗陋理性的普遍性而进入只属于个人的生命体验和艺术体验的独特世界。艺术家的个体敏感性不排斥理性,作为把握世界的一种方式,它无疑会导向对世界的洞察和理解,不但不可避免会与时代理性汇合,而且还需要借助科学的而不是粗陋的理性的指导。只是这种指导不能是外加的、拼贴的、印证的,而是如盐溶水、如糖酿蜜般溶在作家的敏感力中。这种生命和艺术的敏感力如康定斯基所说,是无言的洞察力、不可名状的直觉、基本的感性,以及所有组成"精神生活"的那些东西,是艺术家的"内在需要"。它具有强大的转化力量,能够不断将客体信息转化为主体的艺术生命感觉,对主体进行自营养。它使一个作家具有进入对象世界的直觉力、拓展内在精神的内省力、穿透存在的洞察力。

当我们思考这一切时,也就不只是在思考陈忠实,而是在思考一个时代的作家和一个时代的文学了。

2002 年 6 月 29 日,星期天,西安不散居

论李若冰的散文创作

若冰先生与我,几十年中亦师亦友,看见他静静地躺在三兆吊唁大厅的花丛中,面对他曾经热切爱恋过、艺术表达过的这个世界,而无睹无言无思,一股泪水从心头沁出,濡湿了我的眼眶。原来生命是这般脆弱,即如若冰这样的坚强者,也终于被疾病击倒!

他是怎样一个充满着生命力的人!

记得前几年"李若冰文学生涯六十周年研讨会"之后的一两天,我与若冰驱车去参加一个会议,路上不知怎么说起能否再策划一次西部之旅的事,气氛便热烈起来。他写了一辈子西部,我近年亦研究西部文化,都是西部忠诚的子民。司机同志也很热衷,建议最好开汽车跑,贴着大地,边走边看。我说:"李老,一定跑这一趟,算是告别西部吧……"他拦住我的话:"为什么是告别?西部以后不跑了?"我怔了一下,兀地懂得了,对他来说,跋涉就是生命本身,西部是不可以须臾离开的!

读若冰的散文,接触若冰这个人,常常能十分具体地感觉到他心中的三个情结——生命还乡情节,永恒跋涉情结,理想追求情结。这三个情结像种子播在心田中,像根扎在血管里,每到春天就要萌动,就要发芽,最后构成一次生命行动,绿它一回。永不止息的对人生、对世界的了解欲望和探求冲动,永不止息的心灵躁动和感情波澜,是作家创造生命的力源,也是形成作家各方面质地的土壤。以此故,若冰创作的方方面面,都可以从这三个情结中得到解读。

生命还乡情结

若冰出生贫农家庭，因弟兄多，襁褓中被卖给杜家，终身未见过生身父亲，成年后在生母身边只待过一个月。而养父母的早逝，又一次使他没有了亲情和家庭。十二岁在集镇看延安儿童抗战剧团（即"孩子剧团"）的演出，被这个团体家庭般的温暖吸引了，便离家随团到各地演出，从此成为这个革命队伍的一员，终于来到了延安这个大家庭中。童年时代这种离家—无家—归家的经历，成为若冰生命中一个永恒的情结，寻找家园的情结，生命还乡的情结。

若冰找到革命大家庭之后，由于这个新家正处在一种历史性的动荡之中，这个新家中的所有成员，当时正在把自己的家园、自己的祖国从国民党统治下解放出来，后来又忙着建设这个千疮百孔的家园，他一直处在一个变动不居的"家"中。离家既然往往是生命的常态，归家也就一直是心灵的渴望。若冰在精神上处于一轮又一轮离家—归家的旋涡中。虽然在每个时期、每个旋涡段，离家与归家的性质和内容都不断变异，但生命还乡的情欲冲动则始终牵动着他的创作，成为他建国十七年间许多作品隐在的心态。

若冰一有空便跑两个地方——陕北的沟沟峁峁和西部的油井队，不为别的，就为这是他心灵的两个家园。前者是收容他个人、解放他祖国的家园，后者是弘扬他生命、建设他祖国的家园。他的小家是那个大家营造的，他为着爱那个大家而不断地和小家离别。

生命返乡欲望不断地得到满足，旋即又在新的离家中变成大漠中的海市蜃楼。他不能停止，又再投入新的还乡追寻。显然，这是一种与农业文明、土地文明、村社宗法文明大相径庭的心态和追求。一个不停打破既在之家、既在之"乡"的人，本质上属于现代，具有现代文化哲理的内在特征。

这带有彼岸色彩的家，经过精神蒸馏和喻态象征后的家，永远是若冰心头可望不可即、可及不可留的温馨。

永恒跋涉的情结

若冰一生都在行走，都在跋涉，都在旅途上。他五进柴达木，无数次去陕北。童年在走，青年在走，老了，还停不下来。他用脚步丈量大地。脚印是他生命的印章，盖满了西部的原野和山川大漠。他的作品，《旅途集》《红色的道路》《在勘探的道路上》《柴达木手记》《塔里木书简》《神泉日出》等等，都是写于旅途中的手记、书简和山川世事人物的见闻感受，都可以放在"跋涉者手记"这个总题目下面。在运动中生存，写运动着的生存，礼赞运动激发的生命，构成若冰创作鲜明的特色。在这个特色中，同样含蕴着现代生存哲学的深刻内容。

"三十亩地一头牛，老婆娃娃热炕头"的静态生存，和在这种生存中化育出来的静态生存意识、生存观，是千百年农耕文明的产物。在不息的运动、选择、竞争、拼搏中，追寻新的生存境界和生命意义，本质上属于走出土地的现代人（包括现代革命人）的人生意义，属于现代动态生存状态和动态生存观。若冰虽然出生于关中这块农业文明渊薮之地的农家，却从小没有进入真正意义的家，少年即走出土地，此后跋涉终生。动态生存观对他势在必行。

生命源于运动，生命的强健和发展、生命的美丽也源于运动。用生命去实践、用艺术去表现动态的生命之力、动态的生命之美，是若冰的大幸福。动态生存意味着生命与原有生存环境一次又一次的剥离，其中必有痛苦，更多的却是从中化育了生存应变的各种智慧和力量——化育出勇于告别熟悉、勇于迎接陌生、转换陌生为熟悉的强健心理和能力；化育出在选择中竞争、在竞争中建构的心理和能力；化育出冲决个体内心孤独，走向群体社会实践的心理和能力；化育出在生命运动中建立开放性文化和思维结构、进行多维智慧杂交的能力；也化育出不满即在状态、苦恋将在状态的文化心理和将目标动态化、将结果过程化的社会能力。目的地（"家"）不是没有，但那是驼峰，是马背，是路，是永远在变换，永远可以看见，永远达不到的地平线，一个永远前置的坐标。

传统人的归宿是"在家里"，现代人的归宿则是"在路上"，这就是若冰跋涉者形象和跋涉者散文在过去的前卫意义，在当下的现代色彩。

理想追寻的情结

若冰的散文从描写内容到表达方式都很朴实，状态写人、叙事抒情切切实实、少有华饰，使你感到一种长河大漠、山湖草原的沉厚和质感。如若因此认为若冰的散文没有形而上的内涵和理想的追求，那就十分肤浅了。

在若冰的散文中，你时时能感到他追求的那个美好境界和理想王国。他对这种境界的表达，有时散散漫漫，从字里行间探出头来，像草原上的小花，这里那里露出笑靥。更多的时候，是执着地、明朗的笑容的大面积铺展，一如漫无天际的草原，风吹草低见牛羊。

若冰理想的生命风景由下列这些要素构成：

一是希望能为崇高的生活理想献身。或者在血与火中奋斗，或是在和平宁静中劳动、建设、创造。从他早年投奔革命，到后来几十年如一日去写西部的、黄土地的建设者，都能感到作家对这样一种人生境界的痴情。

二是希望社会和人生充满真善美。若冰笔下展示的都是真景真人，真情真态。真景（生存环境）陶冶、锻造真人，真人衍生真情真态。他笔下出现的都是好人，都是人性美善的一面，都是自然环境、社会环境与人的美善同构的一面。作家很少写、也许是有意回避写人世的庸俗、虚伪和丑恶。他写过为真理和正义而战的拼搏，却几乎不去写横向的、消耗生命的人际斗争（包括那些被无端扩大化了的阶级斗争、路线斗争）。在他的理想王国中看不到生命和事业的减法和除法，全是生命和事业的加法和乘法。他对世上纵向的、向前奔突的奋争和创造，有着永不衰减的表现热情。"真善美"和"建设"，是他永恒的主题，"破坏"与他无缘。

和20世纪五六十年代一些作家不大一样，若冰很少描写那个特定时代大量存在着的政治斗争生活和经常在"左"和"右"之间摇摆的各类政治性人物、政治性价值坐标和内心感情。反右斗争时，知识分子正在被资产阶级帽子压得抬不起头来，他却一如既往反映知识分子、工程技术人员在开拓建设大西北中的作用，而且把他们的形象写得那么可敬可爱。他总是以充满感情的笔墨去写艰苦创业第一线的体力脑力劳动者。四十年后来读他的作品，字里行间闪烁的劳动的人格魅力和人情之美仍然那么鲜活动人。

三是希望人类和大自然亲如一家，世界有个好的生态，人类有一个好的生存环境。幼时因亲情的失缺，若冰就喜欢泡在山野间，在和自然的亲近、对话中，温暖那颗被冷落的心。后来，这位跋涉者的大部分生涯都在大自然，特别是西部原野中伸展、舒张。投身大自然的热切，离别大自然的怅惘，天文、地文、生文、人文的暗通和对应，成为他作品的一道异彩，令人心旷神怡，也叫人怦然心动。

由以革命改造国家的理想，到以劳动建设社会的理想，再到以自然涵养生命的理想，若冰理想境界的这"三重天"，六十年来各有侧重却一以贯之，都是想着人民能活得更好，想着不断提高人类生存质量，这正是共产党人理想的题中之意。在他的散文中，很少有琐屑的个人欲求，很少有狭小时空内的小追求、小人物、小事件。他写的各方面内容，总是和人类进步的终极目标相关，总是和人类对自身的终极关怀相通，常常是这种终极目标、终极关怀在不同历史阶段的螺旋式发展，既有深沉的传统根基，又有强烈的现代色彩。

衰年变法翻新曲

若冰的散文，20世纪五六十年代在读者中就广有影响，且史有定评。文学史家的论述大致是：他的散文、报告文学记述了我国社会主义工业建设，特别传递了开发建设大西北的信息。他长期和油田、矿山、盐湖、公路、铁路的建设者生活在一起，深切了解他们的生活志趣、思想情趣。在他的笔下，建设者的心灵陶冶得纯净、美丽、热烈而富有感情。他的艺术风格，有大戈壁的辽阔、粗犷，祁连山的严峻、雄浑，柴达木的秀美、绚丽。这个概述很真实，也不失准确，恕我斗胆说一句，似乎并没有将若冰散文的深层文化内涵点出来，也并没有将上述若冰创作中三个情结所含纳的现代色彩点出来。

若冰在年过古稀之后，创作又出现新的井喷。小说、散文、随笔、评论，联袂推出。这时的散文，常常让我惊异其面貌的新鲜和陌生。老作家衰年变法，表现出日新又新的活力。分析几篇若冰的近作，可以更深地印证作家三个情结的现代性。

《紧贴着你的胸膛》写于他在柴达木热土生活四十年之后。四十年积压心中的柴达木的歌，"高亢激越豪放悠长，紧扣我脆弱的心扉，使我振奋使我浑身像火焰般燃烧，任怎么也平静不下来，于是我被歌声所诱惑，便疾步走向远方"。文章开笔便进入热恋青年那种感情痉挛状态。千多字的散文，长句与短段穿插交错，形成文体上的奇诡反差。用繁复的长句、层叠的定语表现心中那前呼后拥的感情浪涛，又以频繁分切、急速闪回的短段从各个视角、各个层面抒发对梦魂牵绕的柴达木的眷爱。若冰恋酒，文章写得酒般醇厚、酒般浓烈、酒般热烈、酒般热辣，是他永恒跋涉情结发出的激情呼号，也是他理想追求情结的集中展示。

和以前写柴达木的作品比，明显的变化有两点：一是由主要瞄准生活客体的人物和景物，转而为主要瞄准创作主体的情景和心境；一是由主要描绘实在的生活，转向主要描绘心灵和感情。笔法由描绘转向抒发，由流畅的线描走向开合自如、一挥而就的涂抹。过去的文章也写感情，但主要是围绕人和事来写对象的感情和作者的感情，焦点在实在的生活画面上，情则附丽其中，起一种展开、丰富人物的作用。现在，焦点转到创作主体的感情上，以情感逻辑打碎人物和事物固有的逻辑，梳理重组，出现了新风景。

另一篇新作《第一次见到母亲》也值得重视。作者的夫人、女作家贺抒玉对我感慨过："这是他第一次写自己的母亲。"他以前大都写别人，写社会，在自身的命运和感情经历中开掘艺术矿藏较少。可能和作者童年缺少父母亲情、缺少亲人无间的交流有关，也可能和他长期担任领导职务有关，非但很少写自己，也不大谈自己。这篇文章中写到的终生未见过亲爸，二十多岁才第一次见到亲娘的辛酸经历，我是读文章才第一次知道。

文章当然也写了这次见面的具体的感情状态和心理反应，但又远远超出了记述散文常见的层次，有了三点重要变化：一是由特定环境中具体的感情描摹进入了人生大感情的表达和传递；二是由生活经历，通过人生感慨，进入了生命感慨；三是捕捉到了最能表达这种生活感悟的独特生活画面、生活细节，使心中的感慨、感悟成为可视的、能够更深感觉到的东西。无形的心情有了有形的画面来做传播渠道，作者的感悟也就可能转化为读者的感动。文章的感情内容和表达形式在真切基础上得到深刻统一。

最重要的是，这篇散文提供了不少独特的感情和心理经验。它来自生命深处，具有难得的感性认识价值（注意：不是我们常说的生活认识价值），而且能够点燃读者深层共鸣。阅读常有共鸣，但这种牵动你对生命做整体感悟的共鸣，实在罕有。譬如二十年后在村头见母亲，母亲不说话，只是用手揉搓他的头发，泪珠掉在他的面颊上。譬如他第一次喊妈，母亲眼中爆发出一种爱抚之光，"这种从母体深处放射出来的光芒"。譬如大小伙子第一次被母亲牵着手，走过村道，走进家门，母子双方那种幸福交融着悲凉、泪光拌和着笑容的复杂心态，那种多年孑然一身终于有了亲情依傍、几乎失望的思念终于接上血脉的复杂情绪，等等，都被描摹得那么真切、独特而具有传染性。文章所写的是亲历性素材，就作者来说，是对自我生命的一种发掘，对读者来说，则是对生命新感觉的一种发现，带有创造性意义。总体上，它是作者生命还乡的一次大宣泄、大奔涌。那种动人心魄的"归家"之情，谁都会为之动容。

从近期作品透露出来的信息，我们可以说，若冰的散文，经历了由主要写客体世界转向更多地写主体世界；由主要写包蕴在客体生活的感情内容，转向更多地表现主体感情；由主要关注社会进程、生活感受，转向更多地关注生命感悟这样一个新变过程。

终身奉献的"沙驼铃"

若冰将整个生命献给了我们民族的文学艺术事业。这种全部生命无保留的奉献，这种奉献中的崇高、真诚、执着，使我们这些他身边的同志无不生出一份敬意。

对于若冰在文艺岗位上的六十多个春秋，我想用三句话来归纳，这便是：三个时代，两个领域，一条路子。

三个时代——若冰是我们省乃至我们国家少有的纵贯三个时代的知名作家。他在延安时代参加革命，一开始在杨醉乡的孩子剧团，20世纪30年代末就揭开了他艺术生涯的序幕。50年代初开始文学创作，五六十年代社会主义建设高潮中佳作迭出，成为新中国最早、最知名的反映大西北建设、反映石油工人生活的几名作家之一。可以说，他和李季，是写石油人的领衔主演。"文革"一度中断了写作，寒冷还未过去，便又踏上旅途，跋涉于陕北高原,拿出了《神泉日出》。到了改革开放的新时期,有的老作家因为年事已高,新作减少,若冰的创作生命却出现了第三次井喷,他收拾行囊重返柴达木,再去塔里木,写出了和50年代《柴达木手记》堪称姐妹篇的《塔里木书简》。他的勤奋,他的激情,他的才气,一如年轻的时候。他说:"我简直不感觉自己老了。"一个作家,在动荡的、多难的、大幅度发展变异的六十年中,创作生命始终旺盛,何等不易,何等可贵。

两个领域——若冰是全国知名的文学家,又是我省文艺的领导者、组织者,文艺活动家。他在创作大量作品的同时,先后在省委宣传部、省文化厅、省文联、省作协担任领导工作达三十余年,参与了几个历史时期文化行政和文艺事业的组织领导,为陕西的文化建设做出了很大贡献。至今在全省各地都还能听到若冰狠抓文化建设、狠抓创作活动的口碑。行政组织需要团结人、为大家服务,用的是求同思维;创作需要张扬个性,和别人区别开来,用的是求异思维。若冰在两种思维、两套方法中自由转换,在两个领域、两条战线上自如游弋,两块地里的庄稼都长势良好,收成丰硕。同样的人生长度,却取得了双倍的人生果实,他的生命是高质量的,当然也肯定是高负荷的,这又何等不易、何等可敬。

一条路子——这便是由宝塔山一直走到新时代的为人民、为社会、为祖国未来而劳作的路子。他一心一意深入时代生活。当战士、当勘探大队长、当县委书记,在生活的深处把时代的精神美提炼出来,把人民的心灵美表现出来。他的艺术长青,是因为时代和人民的精神长青。他一步不停地反映第一线劳动者的生活,写石油工人,写老区群众,写战壕里的战士、最基层的干部和采油塔下的知识分子。晚年也写自己的身世,写母亲,而他和他的母亲也正是泾渭平原上的苦焦百姓。他一门心思培养文艺新人。特别是20世纪80年代以来,培养跨时代文艺新人,扶植和奖励青年文艺家,几乎是若冰年年要说的话题,年年要做的工作。他在省文联主持了全省青年文艺创作会,主持了五届全省青年文艺评奖。他总是用笑眯眯的目光,注视着正在成长的年轻人。这又何等不易,何等可亲。

若冰给自己起过一个笔名,叫"沙驼铃"。这位不息的跋涉者,一生都在旅途上。他在人生的和艺术的跋涉中,不断走出自我的局限,走出时代的局限,走进一个又一个阳光地带。在纪念他文学生涯六十年时,我拟过一联相赠,曰:"长河大漠沙驼铃,山湖草原莹若冰。"愿这副联句伴他驾鹤西归。若冰先生将如长河大漠、山湖草原永生。

从陌生处看新意

——评张俊彪《幻化》三部曲

由《尘世间》《日环食》《生与死》组成的长篇小说三部曲《幻化》，是张俊彪先生近期推出的重头作品。这部一百五十万字的小说，一路读下来，既让人感到熟悉，又给你几分陌生。好似进山探景，由浅山习见的景致，渐行渐变，最后完全进入了一种陌生的深幽境界。

熟悉的是小说所反映的生活——几位农民出身的革命家前半生为建立新中国赴汤蹈火，立下了汗马功劳，后半生在成为执政党的高级干部之后，沉浮于社会政治斗争和权力斗争，心灵深处出现种种病变，这些病变在历史和现实的农民革命者身上，我们听到、看到的是太多太多。

陌生的是三位主人公全是党的中央委员和省委第一书记这样的高级干部，他们的命运和历代中国农民革命和现代新民主主义、社会主义革命有着那样纠缠不清的关系，小说对这种关系在政治上、文化上和精神上做了全维揭示，揭示的细腻程度和深刻程度，都令你叹服不已；尤其陌生的是，三部曲的后半部分，作家将三位毕生在革命大潮中冲浪的老共产党人从政治和权力的旋涡中提溜出来，于暮年沉重而又严峻的反思自省中，回归人性，甚至皈依宗教，而使整个作品沉浸在沉郁的生命悲剧氛围和浓烈的诗性审美情调之中——这些，在当前创作乃至当代文学中都十分鲜见。也许我们正是应该从这些陌生之处，来对这部作品做深层的价值判断。

贯穿于《幻化》全书这种对中国农民革命和社会主义革命血缘关系的深刻思考和全维拓展，给我们提供了许多新的生活景观和精神景观，也给文学创作提供了许多新的选择和新的可能。

一

这种深化和拓展，首先表现在作家的历史眼界和人生视角上。作家以大历史眼界和大人生视角，对霍士斌、何人杰、黎可夫三位主人公的命运轨迹和精神历程，做了不同于众的设置，许多地方出人意料。

霍、何、黎一道离开土地参加革命，一道经历了残酷惨烈的党内斗争，一道从枪林弹雨、碧血烈火中冲杀出来。战争年代的不同表现，已经埋下了他们日后作为封疆大吏不同的思想路线、不同的执政风格、不同的社会和家庭角色、不同的个人形象的伏笔。

已有的这类作品中，高级干部在执政前后思想性格和命运变化的不同，常常表现在三方面：一是因为思想路线、政治路线和工作路线的不同而卷入各种斗争的旋涡，个人命运在其中随之起伏沉浮。二是和群众的关系发生了不同的变化，有的始终视人民为母亲，保持着和群众血肉般的感情，保持着艰苦质朴的本色和廉洁奉公的作风；有的则忘了本，视百姓如草芥，高高在上，腐化堕落。三是个人生活和感情的轨迹发生了不同的变化，引发了命运的种种变迁。这三种情况都是习见的政治视角和社会视角，从这些口子深掘进去，也能深入人物的感情世界，展示形象的精神景观，但往往容易局限在社会政治或感情的层面上，局限在社会政治生活在心灵世界的投影中。

应该说，对像霍士斌、何人杰、黎可夫这样党的高级领导人来说，政治社会实践和政治社会感情构成了他们内外世界的主体，相应的个人生活场景和意绪心理又是丰富和充实人物形象的必要内容。当代文学史上，以政治社会生活为坐标来表现此类人物是常见的写法，已经有许多成功的形象，但这种视角和写法终究只能从人和时代的变迁、人和社会伦理的变迁中展示生命现象的某一层面,生命的全景图,生命更隐晦幽深之处,往往难于展示充分,心灵的某些角落甚至还没有撩开帷幕。

《幻化》将三位共产党人的命运历程和精神轨迹置放在大历史视角和大人生视角中来展示。小说的时空在夺取政权的战争年代、路线斗争(某种程度上即权力斗争)的和平年代、改革开放的发展年代这样的大时空中展开。这三个年代可以说是我们这个东方大国进行社会主义实践的全过程,作者让小说三位主人公的命运贯穿于这三个年代的始终,并且站在改革开放新时代的高度来审视这一进程,审视在这条历史长河中沉浮的三位老共产党人。我们看到,经历流血斗争之后来到和平年代,经历"文革"权力斗争之后又来到改革年代,黎可夫变得平和超脱,何人杰学会了遁世求生,只剩下霍士斌仍不肯向命运低头,在"文革"复出之后,他忘记了打倒时重访故地对人民和土地的忏悔,又操持起十八般武艺厮杀搏斗,想成为人生战场上最后的赢家。结果经济大潮、现代意识和不良风气一个个夺走了他的亲人,也只能无奈地在衰老、疾病和孤寂中离开这个世界。

小说的笔触上溯历史长河探幽索微,对他们从事的革命和建设事业,对他们的精神世界和心理感情状态,一开始便着意揭示出埋伏于其中的历史局限性。农民参加革命的自发性动机,陕北"闹红"时期的游击习气,"左"倾幼稚病导致对革命同志的残酷打击,新中国成立后沿用战争年代群众运动的方式搞现代化有色金属开采,以及对异性生物性饥渴的种种描写,都意在揭示这种局限性。尤其是贯穿始终而且愈演愈烈的权力斗争,以及和权力斗争相关联的、从战争年代贯穿到"文革"的派系斗争和人身依附,更是将那一代革命者文化心理中的封建主义和小生产思想残留表现得入木三分。我们可以感到,作者已经远远跳出了对那些历史问题的具体评价,只是紧扣人物命运和人物性格来展示历史局限和文化局限在这一代人心灵上的投影,既用贯穿于整个历史进程的人本体来提升具体的历史事件,又用质地沉厚的历史实践来充盈形象的人生内容。应该说，这既取得了艺术上的主动，又有了相当的精神深度，也为大历史视角和大人生视角的结合找到了一个很好的交融点。

如果说三部曲的前一半主要是以大历史视角对一个特定历史阶段的革命运动进行的文化审视，那么，从第二部《日环食》开始，并在第三部《生与死》中得到充分展开的几位主人公对自身人生历程的回视和反思，便是从大人生视角对几个活跃在特定历史时空中的革命者所做的心灵剖析。这种剖析也远远超出了对于个人具体是非功过和善恶美丑的评价，而是从人生的本真价值和生命的终极关怀着眼，从自己的一生应该如何活好，如何活得有意义着眼，回眸思考各自不同的革命生涯和心灵历程。

这种思考既是人物的也是作者的，具有那一代革命者的共性，更多的是他们独有的人生经验和人生心得。独特性中最引人注目的一点，在于他们先后不约而同地在终生从事的革命事业中，寻找和思考个人的人生价值。不是说原来他们从不考虑个人价值的实现，在漫长的革命路途上，其实人人都在追求着并且实现着个人利益和个人价值。他们当然也不例外。革命成功、事业成功给予他们以远比常人要强烈的人生实现感和自足感。当在某次血腥的战斗中或某次同样血腥的权力斗争中取得了胜利，当坐着汽车在自己管辖的城市乡村巡视，当在人们的簇拥下做这样那样的指示，他们心理上都会感受到个体生命那种非同寻常的分量，感受到人生的成功。而和这人生主体事业值成功相关联的家庭的优裕、物质的丰盈、情欲的满足等等个体人生欲望也无不一一得到满足。所不同的，只是每个人在革命人生中追求个人价值的主动程度不同而已。

但是，到了晚年，尤其是经历了"文化大革命"的人生坎坷和心灵震荡之后，他们都不约而同地强化了对个人价值的思考和对个人欲望的追求。

何人杰属于那种贪婪的人，常常利用职务和各种人际关系智取个人利益，也许正因为如此，在"文革"倒台之后，他对个人欲望追求的反思和消解，都远比别人走得更远、更彻底，直至遁入佛家"不复知有我，安知物为贵，知身不是我，烦恼更何侵"的境界。霍士斌自始至终是进攻型的，这种强者性格和他对个人利益、个人价值的追求，一直更多地表现在社会斗争和社会实践中。只有到了"文革"过去、自己复出之后，他才开始更多地向自我价值倾斜。这种倾斜在他对权力和女性的异常兴趣里集中表现出来。黎可夫一直是个较为淡泊的人，这种淡泊既和他是土地的儿子有关，也不能不说和他对革命阵营内部长期的路线斗争、权力斗争有了透彻的理解和厌倦情绪有关。到了晚年，在和穆静医生组成家庭之后，他也从自己崭新的生活感受出发，开始思考起革命者个人的人生价值来。

三位老共产党人在对待个体人生价值和群体人生价值态度上的变化，起码有两重意义，一是较深地揭示了出身于农民并且终生受着农民意识影响的革命者身上，自发性的阴影是何等难于消除这样一种中国当代社会十分典型的精神现象；二是在当前创作中较为鲜见地探索了"文化大革命"对那一代高级领导人在精神上的消极影响。"文化大革命"从极端化的政治路线和思想方法、幼稚的政治热情和社会实践热情到对个人的迷信崇拜、愚忠盲从，到那些狂热到病态的群众斗群众的残酷自虐和他虐方式，以及由此诱发的各种劣质民族文化心理，都可以说是封建主义、小生产思想残骸在当代的一次大展示。小说中三位老共产党人"文革"之后对个人价值认识上的变化，使读者既可以感受到新时代新观念对他们的影响，其实不也可以感受到小生产意识的残留物在他们心头的根深蒂固吗？那种顽劣性是一有机会就会复发的。

二

这种深化与拓展还表现在整个作品的人性意识和生命追求上。人性意识和生命追求，在当前文学创作中早已不是新鲜的话题，《幻化》的新颖之处，在于将人性意识和生命追求渗透进几位老共产党员、老革命者的命运长河之中，渗透进他们精神和感情的波纹里。

> 人类相互之间存在着一种人性的关照，像空气和水存在于我们生活的一切方面而往往又被人忽略了一样。人性是一个浩渺的水和洋流，是一片灿烂的日月和天光的辉照，人类须臾不可离开它。只是我们并不真正懂得人性这个字眼的内在与外在的含义。
>
> ——第二部《尘世间》389页

甚至我有这样的感觉，作者极力在尝试着用人性文化坐标替代政治文化坐标来阐释社会政治生活，尝试着用历史、人生、生命的眼光来淡化现实的、功利的、个体的眼光。

何人杰这个形象，可以说细致地描绘了一个共产党人由不很彻底的阶级论者逐渐走向较为彻底的人性论者的过程。小说的第一部，这个形象还比较单面，他贪色、胆小、怕死，会逢迎、善权谋、争功诿过、两面三刀，在"文革"中对老战友霍士斌落井下石，最后自己成为阶下之囚。此人一生可谓顺利，生活没有大灾难，心灵没有大风暴，靠机心巧计爬上高位，只是时代对他最后这致命的一击，促使他不能不痛切地反省一生。这样病入膏肓的人要他在政治思想上、社会观念上幡然改悔是不可能的，因而，最后何人杰于世事纷披中闭眼成佛，转回到自己家乡的寺庙旁，和心爱的女人过起了"采菊东篱下"的归隐生活，好像这种轮回便是皈依了生命本体，好像从此悟出了生活真谛。——应该说，的确写出了一定的合理性，人物形象也的确因此而显得新，具有丰富和复杂的含义。

霍士斌和黎可夫在进入三部曲的后半部分之后，也都有明显的对人性的趋近和对生命的渴求。和何人杰由于政治上的失意和爱情的实现进入人性和生命探求不同，霍士斌的人性感觉和生命感觉常常是由土地和人民诱发的，或者更具体说，是由故地和故人诱发的。小说以相当大的篇幅描绘了霍士斌重访战争年代和建设年代自己留下人生印迹的地方，像槐树庄、红柳村、延安、西安、金山。故地的风光景物唤醒了一个个熟悉的、逝去的故人，柳花、沈一雯、桂嫂、折老汉。这些潜藏在他生命深处、感情深处的人，构成一个人性的生命场，将霍士斌从政治斗争的旋涡里打捞出来，在一定程度上使他由一个政治动物变成一个真人。这时候他会真诚地忏悔，甚至愿意远离政坛，回到土地，回归真性，但常常是一离开这个真朴的生命场，又身不由己地被政治大潮、被权力风暴裹挟而去。

从作品给予我的印象来看，牵动主要人物人性和生命渴求的，除了人民、大地和家园之外，最主要的动力是两个字：爱与死。先说死，三个主人公都活到八九十岁，衰老和疾病使他们愈益眷恋生命，渴盼着人生的爱意；漫长的离休岁月又使他们有时间来细致地做这样的回视反省。活跃了一生的身影，激荡了一生的感情，现在都安静下来，沉淀下来。一直处在台风中心的老人开始有了圈外人的身份和冷眼向洋的视角，他们无一例外地都想在病床上把自己的一生想清，把这个世界想透。凭着他们老到的政治素养和丰富的人生阅历，这反思不会是浅层次的，而从他们总是不自觉地从原初的生命坐标出发来感受和思考生命本体，又多少有了些许天籁、天真、天然。他们是老人也是孩子，是政治的人、社会的人，也是自然的人。生命的螺旋便这样在经历了几个历史时期之后，从不同的高度回到了它的始发点。

再来说爱。在小说中，爱是牵动人物做人性思考和生命体验更主要的动力。三位老共产党人在自己的生命历程中，都和不止一位女性在感情深处有过剪不断理还乱的纠缠。除了梅静亚，这些女性都那般美好，温柔贤淑，既有魅力也有能力。在忙于人生厮杀而身心污秽不堪、伤痕累累的这几个男人面前，她们常常像绚丽的云霓，悬浮在纤尘不染的精神宇空。在物欲、财欲、权欲、情欲甚至色欲熏心的这几个男人面前，她们常常是心灵的清洁剂和平衡仪。在某种程度上，如果说何人杰是阶级斗争、路线斗争、权力斗争中的赌徒和祭品，华馨薇则像天使一样传输着人之真性、生之真谛、天之真籁。她用自己的爱心、炽情和挚意，一次一次帮助男人化解，帮助男人超越。在这个身居高位、颐指气使的男人面前，她看起来那么荏弱，却能够扶助他从命运的歧路和精神的泥淖中走出来。如果说政治失意使何人杰看破红尘，华馨薇却给了他在一个新境界中生存的勇气和乐趣。他们的爱被写得那么美，让读者沉浸在生命的洁净和艺术的华丽之中。华馨薇堪称《幻化》三部曲的华彩段。

在小说中，爱和欲不仅将女人和男人在肉体上联结起来，也在精神上将他们组成一对阴阳互激互补的结合体。在这个结合体中，男人大都有强烈的入世欲望，女人则大都以不同方式、在不同程度上消解他们的这种欲望，用人性消解人欲，以美丽消解丑陋，从彼岸消解此岸。最后，进入一种宗教徒式的虔诚的忏悔状态。

三

这就要说到小说的第三个特点，那便是浓重的悲剧精神和宗教气氛。这是小说对题材深化的又一个方面。

第三部《生与死》交叉写了霍士斌、何人杰、黎可夫在衰老和疾病中和死神搏斗，对生命沉思。这种沉思有着爱与死锻打出来的真实和宗教般的虔诚。尽管只有何人杰、华馨薇皈依了宗教，其实三位老人乃至整个作品都弥漫着一种宗教式的超越和解脱。当然，何人杰和华馨薇的皈依宗教，也仅限于一种忏悔的、宽容的、博爱的心态和思绪，他们在佛禅和爱心中升华精神，以佛的善心从天界、地界对人界俯察反思，对人类的社会活动和个人的人生实践进行遥测遥感。在佛和爱和死的境界亦即宗教和生命境界面前，小说悄无声息地告诉我们，社会实践和在这种实践中诱发的种种功利和情欲，大都多少显出了肤浅甚至污浊。

《幻化》实际致力于写一种人生大悲剧——革命斗争、权力斗争和市场竞争诱发人的生命激情和欲望，驱策着人终生疲于奔命，而爱与死、艺术与宗教却消解着这些欲望，将人导向生命本体的恒常运动。正如紫云法师主持何人杰、华馨薇婚礼时说的："宇宙天体间本没有什么东西是永恒的，一切生命与物体都在进化的过程中存在着。生即是死、死即是生，得便是失、失便是得，大悲之后常常是喜情，大喜之后往往有悲楚。"

这种螺旋形的无常和轮回，这种在螺旋形的无常和轮回中无可避免地由生走向死，本是生命悲剧的题中之意，只是共产党人主张以革命乐观主义和历史乐观主义的态度来对待它，千千万万的人这样实践了终生，或者正在这样实践着。作者描绘了几位主人公由激扬生命的革命斗争，到消磨生命的权力斗争，再到升华生命的精神反思这样一个否定之否定的螺旋轨迹，以及他们之间不尽相同的人生态度，提出了一个十分严峻的问题，这便是，革命会不会走向反面、如何走向反面？准确地说便是：反映着历史前进方向的革命运动，在具有历史局限的革命者手中很可能出现这样那样的问题，会不会走向反面？在这种情况下，是积极发挥革命自身的完善机制、整顿、改革、反腐防变，保持、更新和不断激发社会发展的活力，还是消极地以淡出革命、看破红尘来超越和逃遁？这个问题，具体到作品不同的人物身上，只要合情合理体现了艺术形象自身的思想性格逻辑，当然可以有多种不同的甚至对立的答案，何人杰这样消极看透的态度当然也是可以表现的。但如果作为革命者的一种共同命运，作为在这种共同命运中体现出来的某种必然性，作为对这种必然性的某种潜在的认同倾向，那么，我猜想小说在这一点上很可能引起探讨和争鸣。它不可避免地会涉及对中国农民革命历史悲剧的看法，会涉及对中国社会主义革命和农民革命历史联系和历史区别等等问题的理解。我所祈望的，是这种讨论能够从小说艺术形象的实际出发，具体问题具体分析，艺术问题艺术对待，不要简单化。

无可否认的是，主要人物人生和精神轨迹的螺旋所构成的命运悲剧和历史悲剧，笼罩全书的那种人性精神和忏悔意识的确是《幻化》的一个重要特色。

《幻化》三部曲由战争岁月、和平时期一直写到改革开放年代，由革命根据地、建设大后方写到改革桥头堡，由传统农业文明、中华政治文明写到现代市场文明，老中青三代、几十个人物的人生故事、命运纠葛和心灵世界在我们面前展开。小说对当代生活的反映是多维的、全景的。可以感到，小说中有作家自身人生积累、心理经验和生命体验大量的投入。尤其是对陕甘宁老区农村生活风情和高层政治生活、政治心理的熟悉，使作家能显示出笔下人物的复杂性和深刻性来。何人杰在自己的解职报告已到还没有宣布的那一刻，压下中央文件，借干部年轻化的名义，深谋远虑地任命了几十个厅级干部；后来霍士斌又在清查"文革"的名义下，撤换了他们，重新提拔了一批干部。以革命的名义搞封建帮派、人身依附，对中华政治文化揭示得何其精彩。如果说在作家此前出版的长篇小说《省委第一书记》中，还更多沉溺于具体情节的展开，只是提出和初步触及问题的实质，在《幻化》中则有了幅面更宽、维度更多更深的开掘。这主要体现在霍士斌和何人杰形象在前后两部作品的变化上。在上一部小说中，霍、何二人是界面清晰的正反面人物，都稍稍显得单面。到了《幻化》，在战争和"文革"中英雄一世的霍士斌，复职后却开始玩弄权术、放纵性欲；在战争和"文革"中很不光彩的何人杰，晚年却在爱情和宗教的熏陶下，纯净了灵魂。深究一步，两个人这种逆向的变化，其实都反映了农业文明底蕴上的弱点和特定历史阶段革命事业的局限性，这就有了深度。

《幻化》对心理活动和感情世界的描绘，细腻而充分，常有精彩之笔。这种描绘出入于实践、思考、感悟、冥想四界，出入于社会时空和心灵时空之间。由形象层面落笔，而后超以象外，在情象、心象、理象层面展翼翱翔；到了第三部，更加出神入化，那支笔长驱直入于人物的灵象空间，翻腾飞跃。在形象、情象、心象、理象、灵象的多维展开中，这时心灵之象已经不再是形体之象的说明词和附加物，它独立地作为大生命现象的一道景观活了起来。写实和写灵结合，并大幅度向写灵转化，现实主义便从内里具有了浓烈的现代精神和现代色彩。这种对人物内部世界的描绘，在第三部《生与死》中稍稍感到沉滞、冗繁。虽然符合老年人卧于病床的实际，却不能不影响阅读效果。

《幻化》的结构体现了传统艺术手法和现代艺术精神的结合。总的看，大处时空设置集中而清晰，小处的时空随意识流动而穿插交错。第一部《尘世间》以霍士斌在新时期复职之前三次走访故地为经线，透过霍士斌的视角，夹叙夹议、亦绘亦感，铺展开整部小说的历史生活背景和人物命运轨迹，时间从"闹红"直到"文革"之后，长达三十多年。第二部以《日环食》为文核，通过霍士斌上山看日食发病这一天中的种种心理活动，辐射了1979年三中全会到1987年何人杰垮台、霍士斌重新担任省委第一书记的八年中，时代、家庭和个人精神世界的风云变幻，社会现实生活几乎全部在人物的意识世界中展开。通过心理反光镜来描绘生活，使作家可以从对生活逻辑的拘泥中拔出来，获得了相当大的艺术自由。第三部《生与死》，时间也是集中在1998年9月的一天晚上，空间则是三位老人的病榻旁。他们在和死神做最后的斗争，思绪由回忆转向对自我的剖析和反思。三股跳荡不定的思绪，构成意识流和心理场，在空中云霓般弥漫交织。生命在最后进入了一种"太虚幻境",有超脱,有彻悟,也有对命运永不瞑目的抗争。这就是"幻化"之境吧。初读时觉得结构有点乱,一路读下来,便忽略了时空和结构的复杂转换,被人物命运、生活故事和情思意绪牵引着,顺流而下了。

《幻化》的叙述语言显出一种节制和冷静。心理刻画和景物描绘在细腻中流动着一种诗美。大约也是出于这种诗性审美需求,人物对话大都采用了非人称化、非口语化的语言。这一点,在第二、三部更为明显。对话的书面化、哲思化,有助于实现小说语言上的美文追求,但弄不好也要付出牺牲对话个性化和生活化的代价,削弱对话刻画人物的功能。另外,好几个人物(尤其是女性和青年人)都喜欢在日常对话中大段引用欧美诗文,冗长不说,主要是让人感到不够真实、亲切,性格拉不开距离,气质显得雷同。看来,作品风格上的诗美追求,如何与鲜冽的日常生活、平民心态结合得更好,是个很值得探讨的问题。

2000 年 3 月 12 日,西安谷斋

在作品的创造性上聚焦

——谈《长篇小说〈幻化〉评论集》

  在我的记忆中,这几年文坛出现的这样那样的热点,主要是对各种文艺现象的关注,文学舆论对一个作家的一部作品做如此集中、如此热络的议论,在《白鹿原》之后,大约不多。这样的评论热现在降临在张俊彪近一百五十万字的长篇三部曲《幻化》身上了。《幻化》前前后后写了十六年,去年年底出版后随即上了畅销书排行榜,一版五千册抢销一空,很快再版。同时,引发了文学评论界的广泛关注。不到三个月,京华和各地的专家、学者在全国报刊发表评论四十多篇近三十万字。不久,又由中国作家协会在京召开了高质量的研讨会。评论的数量和涉及问题之多、覆盖面之大,近年少见。会后,人民文学出版社收集各种声音,投资出版这部小说的评论集,不到半年,洋洋三十万言的《长篇小说〈幻化〉评论集》又摆到了我的案头!

  俊彪是个拙于张扬也不事张扬的人,这回凭着自己半生的努力,凭着自己作品的实力,在文坛风光了一回,我想恐怕他自己也始料未及吧?这真应了"不解养生偏得寿,颇思离世乃成名"那句话。

  读罢小说再读评论集,既是对小说世界再次进入——有那种重返故地、重访旧友的感觉;也是对小说思想艺术质量再次的验证——当你把不同时段、不同角度评论这部作品的文章集中起来读,小说的内在面貌也就显现出来了。几乎所有的评论者都说《幻化》是一部大书,同时又说《幻化》是一部内涵复杂的文本。这样,谈小说时也就不能不引发对一些文艺、文化问题的深究。这个集子没有走四平八稳的评论路子，大家几乎不约而同将关注兴趣集中在《幻化》的探索和创新上。论者们运用多种批评方法捕捉小说中的创新因素，从各个坐标分析作者在艺术地、哲学地把握历史、道德、人生和生命方面，给小说创作提供的新东西，由此引发对当前小说创作总态势和总动势的述评。既在大的格局中对《幻化》定位，又从《幻化》出发去探讨一些深层次的问题。可以说，这构成了评论集的主要特色，也是小说本身具有密集的创新信息的表现。

评论家们为三部曲的创新，勾画出了这样一个轮廓：

《幻化》第一次同时描绘了三位中央委员、省委书记几十年的人生经历，展现了三位党的高级干部交织终生的命运，对他们的政治生涯、社会实践、日常生活和精神世界，展开笔墨做了全维度的、网络化的描绘，细腻、真切和深刻的程度，以及独特性，都是当代文学中罕有的。

它敢于在历史生活画卷中，放开笔墨描绘小生产者出身的第一代共产党人文化心理上的缺陷，描绘他们灵魂的变异史和人性的复归史，也表现他们在变异和复归中的自思自审和迷茫困窘。最终进入生命和人性的"幻化"、提升。

新时期写政界人物的小说可以分为两阶段，前段如20世纪80年代王蒙、李国文、张贤亮作品中的主人公（张思远和龙种一类），大多为正面形象。后段是20世纪90年代末，如《抉择》《十面埋伏》，主人公大多贪赃枉法。这两段小说对特定阶段政界人物生活的表现，往往是静态的。20世纪80年代末到90年代中期，政界人物的描绘在文学创作中或多或少出现了空白。这两个阶段的政界人物在精神上有没有某种内在联系呢？《幻化》做了回答。它把二者贯通起来做深层连续性思考，对他们的灵魂在几个历史时期由革命化到异化又进入"幻化"的曲线，做了扫描。从而把两阶段人物的内在联系揭示出来，为新时期政界人物画廊提供了新形象。

这部作品是两个地域、两种文化状态冲撞、幻化的结晶。作者生长于黄河文化之中，在那里孕育并开始了这部书的创作，其后又来到深圳工作、生活了十多年，在海洋文化、特区文化的浸淫中打磨完成了长篇。三部曲的人物大都从黄河写起，黄河文化亦即土地文化的脉韵和局限，影响着他们一生的性格、命运和事业。而他们的下一代，已经有人走进特区，不但在另一种文化空间里开拓着人生新途，也以新的坐标审视着父辈和父辈的生存空间。黄河和海洋，在这里不但是一种文化象征、地域象征、人物命运象征，也是一种生命意味的象征，其间暗含着作者自身的经历和命运。

三部曲在反映生活时具有明显的现实主义风格，而叙述又具有浪漫主义的特征，思考的内涵中更具有现代主义和批判现实主义的敏锐和犀利。小说以整体结构暗示出，人生、艺术、历史其实都是一个幻化过程。幻化也是创化，大量西方的人文、哲学、宗教、科学、政治、艺术的精神在这一"幻化—创化"过程中被融汇进去，并且和人物身上的东方文化融通，精神境界于是得到提升，小说的总体结构也得到完成。这个结构又具有象征主义特征。

作家在《幻化》中将浓郁的史诗情结和心理现实主义做了创造性融合。史诗情结在一个开明盛世，是带有普遍性的情结。描绘广阔的社会生活场景，记录当代人心灵变迁的轨迹，探求历史、社会、人生发展的规律，是张俊彪史诗情结的主要表现。问题不止于此，而在于他的史诗情结在艺术表现过程中走出了新路子。这便是许多文论家谈到的，它是在主观性叙述、心灵世界的开掘和宗教情绪的升华弥漫这样一些新路子中来体现或者说超越史诗情结的，这使《幻化》成为一部心理现代主义、心理现实主义和心理浪漫主义三色相融的成功之作。

传统现实主义以社会为文学的主宰，小说只是社会的一面镜子；后来演进到以人物的发展逻辑为小说的主宰；而在《幻化》中，作家成了小说真正的主宰。如果说第一部还是用写实的方法来描述历史，第二部则开始用写意的方法来展开现实，到了第三部，更是用浪漫和象征的方法来展开人物的心理。作者步步进入，直至完全控制叙事过程。小说将主观言说引进叙事，形成层层相迭的话语浪潮，叙事和言说于是结合成一种独特的新的文体。

这不是一部官场政治小说，也不是社会历史小说，它将一个新鲜的、复杂的、充满矛盾的文本推到我们面前。它属于那种探索生存困境和生命之谜的作品，是那种试图以形而下展现达到形而上感悟的小说。在每段具体描写之后，我们都会听到来自人物、来自作者、来自圣哲的三种声音。尤其是后者，像天籁一样在心头回荡，让你化入幻境。

作品在生活中发现美善，评论在作品中发现美善的价值。作品让我们更好地懂得生活、懂得人，评论让我们更深地懂得作品，从而更深地把握生活、把握人。诚哉斯言。

2001年11月4日，西安不散居

打开那块骚动的土地

——读老村的《骚土》

读《骚土》时，是作品的语言最早使我对老村所描绘的这块土地有了强烈的文化感觉。文字符号是平面的，而符号所承载的信息却立体而多维，有着很大景深。"文学是语言的艺术"这句本应奉为圭臬的话，在文学界早已成了套话而失去意义，而在老村笔下，却是一个极有个性极艰难又极富创造力的实践过程。其实小说最表层的和最深层的东西，都应该去语言里头寻觅。

我是南方人，在关中生活了几十年，这里的土语方言早已是我的第二乡音，但许多词汇只知其意而不知其味，不知其来历。读小说时，每当那些耳熟能详的字儿和词儿，在特定生活情境和语境中"白纸黑字"跳出来，不知怎的，方言所含纳的历史文化内蕴便一下子被感觉到了。我想那奥秘，大约是作者把方言回置到方言生成和流行的生活环境和人物心理活动之中去，回置到方言的根性文化土壤之中去的缘故吧，要不然怎么会有这种青枝绿叶的鲜活感觉呢。

老村在把乡音变成文字时，远远突破了过去习见的仅用谐音字来表达的做法，而是回溯方言的原义和古意，精心寻找既和方言谐音又能传达方言原本意义的字来表现，如"哪个"不用"谁些"用"谁氏"，"说话"不用"言传"用"言喘"，"滚开"不用"避失"用"避尸"，"欺侮"改用"苛掐"，"我不动他"改用"我不逗他"等等，都更传神，更能表达说话人的原意、神态和感情倾向。我忍不住在书后版权页的空白处将这样的例子录下来，竟有三四十处。这些我几十年常说而道不明、写不出的词儿，一旦被老村用文字表述出来，便成了文化信息的某种符号。

用文字精确而有意味地传达方言的内在意味，不只是表述的智慧，更是对乡土文化的一种解读，一种再造。语言是交流、传承、营造人类生活，尤其是人类文化的主要手段，《骚土》的语言不仅传达了作者对关中民间生活和文化丰富的知识和深刻的理解，也倾诉了作者对这块土地至深至爱的感情。对此，老村曾有激情的表白："我从呱呱坠地由母亲搀扶着学步起，每天就生活在鲜活而有趣的语言暖流之中。它是如此的简约和美好，乐感是如此强烈。""那真是能让你流泪的语言啊。""《骚土》的写作，就是在这苍老而真实的语音背景中完成的。为还原实情实景的感觉，我甚至用手指敲打着桌沿，像唱歌一样抑扬顿挫地吟诵，以捕捉语言那特有的美感。"

老村在《骚土》的写作中，认真而自觉地承续中国古典小说的结构美学、叙事美学而又有新的探索。他采用了类似古典评话体的写法，但讲故事的人已经由职业说话人置换为乡土民间讲述者，这就在某种程度上使得叙述主体的隐在人称由"他"转化为"我"，隐在位势由出乎其外的评说转化为入乎其内的倾诉，隐在视角也由俯看而转化为环顾。就连插入叙事中的词曲，也在用古典诗词的同时，尝试采用了民间小曲、快书、绕口令。叙述者和人物在身份上的分离，常常使小说叙述和人物对话两类语言不得不采用两种调式，《骚土》则没有了这个问题，二者浑然一体，活脱脱是一个渭北的乡党在讲述自己村里那群"土命人"的故事。可见不只是内容选择语言，形式也选择语言，而语言又是小说形式最重要的载体和表征。

《骚土》有着稠得化不开的渭北乡土气息，这种气息通过生活场景、自然风光和人物的行为方式、致思特色，也通过许多含纳原生态文化"觅母"

和根性文化基因的独有的民间风俗和民间艺术,流贯在小说的字里行间,使被字符排满的每一页书,散发出腥冽的泥土味儿,弥漫为一种特有的氛围,最后沉淀为读者心理中的和感觉中的氛围。这里还要特别提到于庆成用关中泥塑专为小说创作的封面画和三十多幅插图。它加强了氛围的营造,揭示了《骚土》的审美文化姿态,这便是:以土得掉渣的外观,传达对这块土地极为文化的思索;又以土到极致的变形,造成对这块土地稍显现代的观照。二者都显示出一种苍凉悲悯的情怀。

《骚土》一方面与乡土生活、乡党心理贴近得几可乱真,另一方面又给你一种距离感。这种距离感是作者的现代视角、文化思考和写作时的冷静造成的,而古老的民俗风情、古典的小说写法和没有进入流行话语而有些生僻的方言土语和句式,也都将小说的时空与当下生活拉开了距离。对"文革"那一段生活的描绘,不像有些社会政治类小说,往往采用"热贴"的话语体系来表现热烈的时代,《骚土》没有这样做,而是将那个热烈的时代浸渍到古朴的民俗和传统方言氛围中进行冷却,极左时代在他的笔下便有了一种历史时空的间离效果。

总之我想说的是,内容也好,民族民间写法也好,乡土风情氛围也好,当它们在小说中出现的时候,最后都表现为语言。语言在小说中这时候已经不纯是一种叙述表意工具,它本身就是正在流动的生活,活起来的传统,就是句式、用词、口气中所包含着的社会角色、文化姿态和心理感情;当然同时又是有意味的符号,是审美对象。因此,语言的色彩、调子、节奏和组合方式,与小说的生活、情节、冲突、人物、意蕴、氛围和艺术形式之间,是否找到了最佳关系,常常决定了小说的最后面貌。当这些小说元素处在一种符合美学规律的关系中时,它们会生成强大的审美聚合力,将你引进一个艺术天地,一个生活天地,感染着你也启悟着你。

你进入了这个天地,会顿然感觉到书名"骚土"这两个字儿,其实是一个意象，意味着一块极具生命力的土地，生长在这块土地上的万物是骚动着生机的，生活在这块土地上的人们是骚动着激情的。"骚土"象征着一种生存土壤、一种精神温床。

近几年写农村乡土生活的小说，或取文化反思和生命关怀视角，或取历史开掘和社会关注视角，或取知青悲情、青春记忆视角，或取表现社会改革和生活变化视角，老村的路子却不同，他执着地走了一条用乡土化主体的身份、视角和语言，来写"骚土"、写"土命人"命运的路子。这和近年来写农村的路子都不同。为什么要选择这样的路子？作者在《在历史深处——写成〈骚土〉的日子》一文中做了回答："根子上说，我的写作缘起于自己对人生苦难的觉悟，缘起于我对贫瘠如天惩的黄土地，对苦难无边的父老乡亲们无比悲悯的感情。"这种"时刻潮动于我的心灵深处"的悲悯感情，是他拿起笔来最根本的动力。他要用大害、歪鸡、哑哑一代人的命运和性格，把中国农村在那个时代的底层民生状态和他们改善自己生存的本能奋斗，告诉世人；也在这种写作中，宣叙自己对人生苦难的觉悟和悲悯。父老乡亲们的生存看来似乎都有一点像哑哑，处于自在无为的状态，如落叶或残枝被时代潮水、被个人命运浮载着播弄着无可奈何淌过去，甚至不容你开口说话。其实又都有一点像大害和歪鸡，一直在以自己的方式抗争。这抗争既存在于他们改变自己在外部世界中的位置的奋争之中，更存在于他们改变自己内部世界的努力之中。就连哑哑对大害的爱，不也可以视为对自己命运的不屈和不甘吗？他们在土地文化的氛围中活着，也在时代风云和命运纠葛中活着，活出种种悲剧、喜剧、闹剧，活得无滋无味而滋味自在其中，活得没盐没醋而酸甜苦辣自在其中。

《骚土》是一部作者花了大气力的认真的书，它的一些不足我感觉也恐怕是用力过大、认真过度所致。人物性格和生活氛围的拓展不够明显，情节运行、命运演进稍嫌缓慢。在细碎的日常生活展示背后，缺乏大悬念深层次的拉动，小说的内驱力便容易显得不足。密度过大，拥塞而不透风，加之起伏跌宕少，阅读时往往感到信息超载、审美疲劳，感到冗长和沉闷。对艺术家来说，认真是可贵的，认真过度是通向驾轻就熟难以省略的过程。老村是一位对土地和乡亲有大爱大痛的人，对艺术有大想法大目标的人，他的未来便也可以想见的了。

2004 年 6 月 26 日，星期六，酷暑 38℃，西安不散居

谈《山匪》

有见识的作品不容易独特，但《山匪》很独特；太实在的作品，不容易有天地、有气息，但它有天地有气息，艺术上有一种气脉，能感受到什么又说不清。

这部小说的独特性，主要表现在山跟匪。

他写山野之民，即由民向匪转移之中的山野之民、化外之民，写他们整个脱离了社会体制、被溢出社会主流道德之外的这一批化外之民的生存状态。他们的山气和匪气，构成了这本书很重要的一个特点。

这本书写了山民失去土地之后的两条路，或者当兵，或者当土匪，都是扛枪，他们扔了锄把子之后，只有拿起枪杆子才能生存，这两种对他们都不是信仰，只是为了求生。乡绅和小士人，在失去土地、失去道德秩序之后，或者变成小官僚、医、巫，士绅和乡绅，这是他们的出路，这里边不具备侠的形态。于是，匪、兵、士、绅、官、巫、医，这些构成一个社会现象。不是儒道释这个概念，是儒道释之外，即化外这个层面的、底层的生存状态，我觉得写得很好。这些又跟家族文化相交混，家庭文化是静态的，而兵匪文化是动态的，把中国家族文化静态背景上的动态转型写了出来，从而呼唤着未来还要出现的新的动态社会，《山匪》就写了这样一个历史段落。这中间，社会管理已经不能维系这个社会，政府没有了，智性的道德也不能维系这个社会，道德体系没有了，善无以抵抗恶，那么社会的运转靠什么？只有靠血缘、靠民俗，民俗在这里已经不是形式而是内容。它是凝聚、维系这个社会的。在匪气乱世的深处，能感到这本书的一种呼唤，就是重建秩序的呼唤，一切秩序都崩溃了，必然要重建秩序。这些个东西变成了民俗描写,事实上,古代的巫、祀祭等所有的民俗,是文化血缘,也是一种精神秩序。无秩序社会的最后秩序,就是这些精神文化层面的东西。小说在结构上用孙老者这个家长贯穿,他辐射力很强,凝聚力很强,他什么事都干过,用这样一个人物来结构他的人物谱系。这一点上有兴趣的同志可以做一个比较,在陕西的三部家族小说中,陈忠实的《白鹿原》,叶广芩的家族小说,以及孙见喜的这部《山匪》,可以做很有意思的比较。叶广芩写了皇族家族崩溃之后的逸民、遗老遗少的生存状态;忠实写的是在儒学阴影比较浓厚覆盖下的关中土地上的家族文化;而《山匪》写了山乡匪气中的家族生存和家族文化。对这三个家族做比较,可以有很多话题。应该说,陕西的家族文化坐标上的小说在反映社会生活上是有贡献的。不足之处是,民俗展开有点静态,一大块一大块的,没有更好地结构到故事和人物命运中去。作者对长篇小说在结构上的把握不够老到,若干片段拉出来都是好散文,这是优点也是不足,因为若干个好散文拼接起来不见得是好小说。民俗描写、语言,没有充分地融会到人物的感情世界和文学情境中去,因而,怎样把民俗、方言,民俗文献价值的东西,进行长篇小说审美的转化,还可以做许多工作。

峡谷中的命运

——评文兰《命运峡谷》

《命运峡谷》是文兰的一部力作,是近年来现实主义经典化写作的一个收获,可以看出作者动用了生命中最珍贵的积累。这部作品鲜活地写出了几个富有典型意义的艺术形象,譬如葛东红、蔡文若、白丽,他们不但凝聚了那个时代深度的社会信息、心理信息,而且在相当程度上揭示了人的复杂性,具有艺术冲击力和社会思考的启悟力。

一部作品的价值,主要看它给文学是否提供了新的因子。以此为标尺来看《命运峡谷》,最值得我们关注的是葛东红这个形象。我以为这是一个罕有的、可以引发许多话题的艺术形象。葛东红以他的似曾相识唤起了读者对那个特定时代的民族记忆,这种记忆不但是社会层面的,而且是心理、感情层面的;这种记忆不但是集体共有的,而且叠印着许多个我的人生烙印和心灵痛感。葛东红还以他的独异性和陌生感,启动我们在时过境迁后对那个特定时代做另一重解读和思考,并为这种再认识提供了新的形象素材和思考素材。

葛东红的命运,是极左峡谷中的命运,揭示了错误政治对道德的强奸,错误道德对人性的强奸。一个人的向善之心和向善实践,如若在悖谬人性的社会道德背景下完成,便必然会导入特定时代普遍的伪善。这里既有打着鲜明封建文化印记的极左道德窒息扭曲人性的深刻悲剧,又有葛东红生命的真诚和时代普遍伪善的深刻冲突。葛视男女之爱为"资产阶级",爱情完全被政治感情窒息,以学习毛著度过新婚之夜;后来又为自己面对白丽时竟然萌生爱欲而恐惧不已；他真诚对待友谊，不揭发蔡文若过去的"污点"，而以他所信仰的思想去帮助蔡；他把像章血淋淋挂在赤裸的胸前，冒死在火场中抢出"红宝书"而烧伤；直至生命的最后仍然每天向红太阳行注目礼。这是个被极左政治文化、政治感情所窒息而终生没有苏醒的生命，又是一个善良的人，"好人"。作者把极左政治和个人品质区分开来，不但避开了原先许多作品对极左人物简单化的处理,而且将葛东红和白丽、蔡文若一道作为那场政治灾难的受害者、更深的受害者对待,这便高出一筹。葛不像别人还能感觉到受害，因而有痛苦、有反思、有抗争。葛对自己精神生命的死亡全然不察，心甘情愿用自己的生命去"捍卫"桎梏自己的精神牢笼，这才是更内在、更深刻、更具涵盖效应的悲剧啊。

葛东红形象还揭示了中国农民参与革命的精神基础常常是比较原始的狭隘的阶级感情。该书第99页，写到葛自小不愿学算术，因为他把计算和万恶的地主打算盘收租子联系在一起，认为这是剥削行为。第100页，写到他打靶不打靶心（胸膛）而打靶心上方（脑袋），"我们要消灭的是敌人的坏思想而不是肉体"。这些细节从一个侧面揭示了农民革命的原始性和提升到历史、科学理性层面的重要性，甚至对理解党在今天大力提倡科学发展观和增强执政能力都有所启悟。

小说的不足我提两点，一是作为长篇，人物关系还嫌简单，生活格局还嫌小，只是围绕着三四个主人公所涉及的生活场景展开，没有拓展到更广阔的社会生活中去展开笔墨；二是最后的梦境太实，传达作者的意图太直接，起不到提升意蕴的"豹尾"作用，有点多余。

2004年12月26日，星期天，西安不散居

心灵的意绪的女性写作

——周瑄璞的小说调式

周瑄璞是女性作家,却不好划入当下很亮眼的女性主义写作群体。她生于20世纪70年代,也似乎不属于70作家群。她没有走70年代作家群的时尚路子,也不是那种非常西方非常现代非常女权的女性写作者。创作上她好像是个游子,其实她所归属的群体、她的家,比谁都大。她自小至今一直生活在城市底层,在密如蛛网的街巷里穿行,在街坊邻里的院门里出没,在家庭的生计、单位的工作和自己的爱情、婚姻、生育以及一方小小的精神天地中艰难浮沉。她对这个几百万人口的城市耳熟能详如同自己的家,她是从现实的庸常的城市生活中来关注普通女性、解读普通女性的。周瑄璞对她们、对她们的生存状态和生存环境,有着浸入血脉的承担,这种承担使她千方百计要写出这些人心灵的诉求。为了使自己的创作精神、创作方法与感情担当、表现对象和谐一致,她只能选择这种写作姿态,即现实主义现代改造的姿态,舍此别无选择。

周瑄璞的长篇小说《夏日残梦》《我的黑夜比白天多》写的是典型的西京都市风情。这两部作品拓展了西京题材创作的宽度,开掘了这座古城常常被人忽略的现代精神质地。

根据我有限的阅读印象,以往写西京都市风情的长篇小说,大致可分为以下三类:一是老西京风土人情,代表作有鹤坪的《老西安的故事》《大窑门》,子心的《黄色》等;二是表现现代西京知识分子心灵断裂和文化的失落,如贾平凹的《废都》,还有乔犁的《古都》;三是西京的回坊风情,如冯福宽的《大迁徙》，写了苦难、坚强的回族弟兄经历漫长的迁徙，最后在古城生根开花那种大痛大爱的历程。这些西京都市风情小说各有千秋，成就无须在这里论及。总体上也有缺失，那便是，都很少写出西京作为现代化大都市的气度风范，作者也还没有形成恒定的群体和执着的追求。

周瑄璞的作品开辟了西京现代都市风情小说的新领域，展示了在钢筋混凝土森林背后的市民故事，反映了都市小民百姓的生存状态和感情心态，反映了他们在时代生活大河中命运的沉浮，追求的分化，以及庸常的喜悦、无奈与痛。描绘很是温馨细腻却又声色不动，作者对底层人民出自血脉深处的痛惜和关爱、出自亲情的审视和剖析，在感情倾向上又显示得十分明晰。就作者的生活储备而言，今后以西京都市风情系列为主来布设自己的创作，可能是她的优势。我心存期待。

周瑄璞的作品大都注重于生活流的铺陈，没有异常的、精巧的生活故事，也不追求情节的戏剧效果，人物行为和语言幅度都不大，命运的起伏和感情的波澜也都控制在常态范围之内。作者善于捕捉微量感觉，捕捉人生喜、怒、哀、乐几个大的情绪音阶之间，那种微妙的半音，然后自如地把这些微量感觉倾吐到稿纸上。她很少让自己掉进刻意的描写。周瑄璞总是表露出一种女性特有的情怀，她笔下的现代生活场景是用女性娴淑恬静的情怀浸泡过的，或者说，是给现代生活镀上了一层娴静的女性目光。不是时下热销的那种，张扬、尖锐、激烈、风风火火、惊惊怍怍，而是内敛的、蕴藉的，是那种被温馨的情愫包裹着的女性写作，是那种普济的人性关爱中的女性情怀。

《夏日残梦》用淡淡的舒缓的口吻，讲述了一个较为完整的情感故事，写出了一个较为单纯的女主人公形象。作品呈现出明显的意识流形态，主人公内心纷繁复杂、激烈动荡的情绪，都被巧妙而无奈地融入日常生活，在看似平静圆满的生活下挣扎着心灵的焦虑与情感的残缺。艺术上很是有那么一点长辔远驭的意味呢。

在《我的黑夜比白天多》里,周瑄璞对主人公苏新我在感情倾向上是理解的,相知的,审美判断是肯定的。苏新我的性格塑造,主要在与周围人的交往和与环境的关系中得到完成。她急切希望从大杂院文化中剥离出去,但终究没有走出小市民的心理场,这是她的悲剧。她对大杂院的价值坐标充满厌恶,但她的价值归宿最后还是带着大杂院的影子。这是一种无奈的真实。作者写出了人物的复杂性,唯其复杂转成丰富。不过作品正面打开她的精神世界却稍嫌不足,人格和性格上的饱满度还大可加强,如果在苏新我的心里甚至梦境中更多出现大杂院阴霾的纠缠,我想会令人物更加可信和感人的吧。看来作者对大学教师的内心世界多少还有些陌生。何幸福这个人物的出现不很协调。苏新我最好始终在平淡的日子里沉浮,她身边出现何幸福这样漫画式的人物和情节,非但不可信,反倒破坏了小说在温馨平和中见深度的基调。作家似乎不适合浓墨重彩、大喜大悲、大善大恶的表达,如果始终在那种淡淡的、丝丝缕缕的情绪中演进,不是更好吗?

周瑄璞的长项是艺术感觉好,善于将感觉到的细腻而又微妙的情感意绪转化为小说审美形态和艺术语言。希望她学会储藏自己的灵悟和这种原生态的感觉,将创作当作一种生命倾诉。切不要人为地给自己树一个目标去刻意追求,更不要为了新潮、为了市场、为了创作数量强自己所难。还希望于她的是,要更加注意捕捉生活中的独特性格、独特内心状态,挖掘别人没有或很少表达过的东西,提炼、强化,锻造为文学元素,逐渐形成自己的艺术路子。

2003年冬与作者谈,2004年9月5日,星期天,整理于西安不散居

吴文莉的《叶落长安》

全方位展现西安城东北河南社区生活的长篇小说，《城墙根》可能是陕西长篇小说中的第一部。对上百万流落在秦地，生活了几十年几代人的河南弟兄，陕西文学终于有了一个交代，终于给了一个审美的说法。

作者吴文莉有很强的形象记忆能力、形象联想能力和形象表述能力。正是对父辈祖辈生命记忆活跃的联想、心理经验灵悟的移植，还有被亲缘、地缘融为一体的感情，这位并没有经历那个流徙时代的青年作家，才能用三十几万字把那一代人的苦难生存复活于我们眼前。你看她细针密线一路写来，流落秦地陷于困境的河南弟兄们，那种置之死地而后生、咬紧牙关相互帮扶朝前走的生存相，便有如中国山水画一层一层的积墨，得到了细腻的丰腴的甚至稍显凝重的展示。作者的描绘不动声色，但在看似不动声色的描绘中，却传递出内心炽烈的热度。你能感到她是他们中的一员，和他们共患难、共拼搏，共同着命运。这也就暗传给了读者一种生存的力量，生命的力量，一种生命乐观主义和历史乐观主义。

故都长安由于自古以来文化主体的强大，有着内向性的堡垒式的稳固，异质生命、异质文化是很不好融入的。但小说写出了中华民族中最能适应动态生存的一个族类，我们的河南兄弟，如何在古长安的城墙内外容身，由一无所有到求生、发展，最终融入这座古城的血脉。小说也写出了他们被长期的流动生存锻打出来的那种过人的活力和智慧，写出了既流贯于日常生活之中又渗透到人物气质深处的乐观自信、急公好义。他们的贫穷让人揪心，他们背水一战、哀兵取胜的坚韧和悲怆却更让人震撼。他们所经受的，其实是整个中华民族共同在经受的；他们用以抗争命运的，也正是我们民族共有的道德力量。

长篇的语言，在家长里短中跳荡着鲜活，不滥用生僻的方言土语，但在北方普通话的基础上有一种河南乡音浓浓的韵味。在她笔下，生活之河总是挟泥带沙，不动声色、沉沉缓缓地朝前流去，很少有大起落的急弯飞瀑，一般也不去直叙对生活的评断和哲思，却有本事把日常生活和心理意绪中一些说不明道不白的感觉，丝丝缕缕传达出来，让你感觉到了那种最难用言辞表达的弦外之音、象外之绪。这是很要一点功夫的。

吴文莉有工作和家庭两副担子，又在美术学院正经八百读着硕士研究生，专攻难度很大的工笔花鸟，业余课余却又专门去拜师习书法。她的画满纸柔媚秀丽，字却写得很有几分须眉气度。书与画还不足以宣泄这个女子内心涌动的生命情愫，又拿起笔写开了长篇，以洋洋洒洒三十多万字，吐出积攒在心里的话。嘿，长篇竟然写得蛮不错。真是个活出了才气、活出了勤奋、活出了充盈的女子。要知道，并不是人人都能让自己的生命做这种多维的、环状的、七彩的喷射的啊。当然因此也就有理由担心，正是这样的四面出击，有可能影响她在每一个方面的冲击力。不过话又说回来，倘若在这个耕耘的过程中生命得以美丽一回，又何必称斤论两去计较收获呢？

2006年6月10日，星期日，西安不散居

王文泸对大地的苍茫审美和哲思追问

——在王文泸作品讨论会的发言

王文泸先生的作品,和我特别投缘的是写西部大地的那些篇什,像这次新出版的《在季风中逆行》中第一辑"大地苍茫"、第二辑"走过昨天的地平线",以及其他几辑中的相关文章。

"大地"与"土地"是两个相关却不同的概念。"土地"是一个深深纳入了社会范畴的概念,土地是人类社会生产资料,在此基础上发育的乡村风情和农业文明,是人类社会史的重要阶段。而"大地"则是出入于社会和自然的更大范畴内的概念。在王文泸先生这一部分作品中,农耕村社文明还没有发育成熟,牧业文化也稀释于广辽无际的大天地中,少了与农耕文明相关的记忆与情愫,因而作者便可以回避、穿越当下出现的城乡二元对立中的种种具体的社会问题,在一个城市化浪潮大的时代背景(主要是情绪背景)下,使人与大地、生命与自然直接面对。这显然已经不是我们熟悉的乡土文学了。

所以我把这些篇章命名为"大地文学",是生命、生态范畴内的文学,是人的生命与大自然直接相互酬唱、相互追问的文学,走在天文文化、地文文化、生文文化、人文文化大格局中,进行大地审美和大地追问的文学。他在这些篇章中全力开掘大地的真善美、大地的文史哲。

文泸先生把青海高原,把昆仑山、三江源、祁连山,把整个西部大地写得如此美,又如此充满了忧患,那是西部独有的悲怆之美。他担忧三江源那中国大陆对生态最敏感的皮肤发生溃疡,出自这里的中国第一滴晶莹的水,千万不要变成最后一滴水。他那么细腻地描绘金子般的黄土地,在缓慢的冷静中透出深藏的爱恋。他如数家珍地将这里的好山好水好风光向你娓娓道来,总也掩饰不了那极力掩饰着的炫耀。

文泸先生在这些篇章中铺陈家乡的历史,常常随手拈来就像拉家常。他的家乡太古老、太辽阔。昆仑山、祁连山、青藏高原三大文化板块的雪帽下、山褶中、草甸里,有说不完道不尽的古贤古事和新人新绩。青海是中国的山之根、河之源、族之祖——古羌人从这里出发的大迁徙,衍生化育了中华民族大家庭中的多少好兄弟。这里还是玉石之路、彩陶之乡、神话之源——昆仑神话系列和蓬莱神话系列构成中国古代神话的两大源流。历史长卷在他笔下徐徐展开,在可见可闻中让你有沉有吟。

文泸先生是位老记者,追问不但是他几十年的职业习惯,而且已经升华为他文章的哲理色彩。在追问中开掘思考、提升哲理,让我们读来时有启迪。三江源的曲麻莱地处海拔几千米的高寒地区,姑娘们竟也穿上了裙子,这个新鲜事被作者抓住不放,逐层剖析,天气正在转暖,气温正在升高,雪山正在融化,也许这个世界的噩梦正从曲麻莱姑娘的裙裾下开始!美国一位林务官叫利奥波特的说过一句流传天下的哲言:这个世界的启示在荒原。荒原有未污染的生态,有未开垦的资源,也许是人类未来的家园。荒原也受到人类生活各种弊端遗落的残片,这些残片正通过蝴蝶效应,以先兆预示着人类的灾难。当然,荒原丰美的水草也是人类未来福祉的先兆。高踞中华大地之上的青海,本是为我们预卜祸福的哲人啊。

文泸先生的大地文学,写的是寒冷的高原,内里却自有其温度在。这温度便是爱。作者对大地的爱,人类对大地的爱。这些文字因此亦可视为在天寒地冻中,人与大地、人与山川自然关于爱的对话,温暖的对话。大地的背后是人的影子,因为上苍有阳光,高原正丽日中天。

文泸先生的文字,像他办报时用的黑体字,像牛群马队踏过高原的脚步,有质感有力度。他远离纤巧和机智,看重沉郁和凝重。从内容到风格到话语体系,是那种大山气派,大河气象,大生命状况。不过有时候,他的大视野中又常有显微式的取景,像写南门峡的油菜花,笔触又何等细腻。看来他该是有十八般武艺的,只是轻易不出手罢了。

根据 2014 年 11 月 16 日在西宁研讨会上的发言整理

塑造新时期漂泊者群像

——评王盛华长篇小说《沦落天涯》

我和盛华在一起工作已经有了很长的时间他是个永远在忙碌的人。无论是组织活动、编辑报刊还是起草材料,又无论是职务性工作,还是个人的写作,你总见他勤勤恳恳、任劳任怨地去干。单位里的同志都知道这是个干活而且出活的人,是个好说话的人,是个给了任务你就可以把心放下的人。

尽管这么忙,他仍然连珠炮似地推出自己的作品,长篇小说、散文集、诗集,还有书画等各类评论文章,我奇怪成天八小时上班的他在什么时候写的,又哪里来的这么多精力。毋庸说,这背后当然是无休无止地加班熬夜,毫不吝惜地透支自己的生命了。每想及此,同为躬身在稿纸上耕作的苦命人,常常会有一种感同身受的悲凉从丹田渗出,心里便溢满了那种笔耕者共有的人生喟叹。

我是把这部书当成盛华的自序传来读的。字里行间时不时跳出来的那些异乡漂泊者的感受,那些在生存奋斗中简直无法虚构的生活细节、人生况味和感情歌哭,都不可能出自二手材料。那种沦落天涯的真切和痛切,永远只能属于亲历者。但我又不知道他在什么时候有过这一段经历。他送来的书稿是厚厚两摞打印稿,拿起便从第一章第一页看起,及至看完,才读到后记,才知道这竟然真的是他到文联工作之前的那几年的亲身经历。他还的确有过这样一段南下闯海的生涯。不像我辈,一生只有案上春秋的书生,原来他的生命是经过锻打的,便不由生出了几分敬意。盛华这段生涯,为我们解读这部书、这个人，提供了最好的人生背景。

小说从痴情的小文人若白到绿岛千里寻妻开始，通过若白和妻子林秋以及白洁、李庭娟三位女性之间，林秋和老总杨一凡、孟省长之间的人物关系网，渐次展开改革开放初期那些难忘的岁月，展开构建社会主义市场经济伊始的社会生活场景和精神生活图画。小说比较准确地表现出了这一历史转型期的生活主色调，这就是：社会转型和个人发展的万千机遇，与"摸着石头过河"即探索中的无序并存；生命活力的空前释放，与人们情绪的普遍浮躁交混。善与恶都有了展示的冲动，也都得到了展示的空间。

由于整个故事主要是在一群异地谋生的人群中展开的，命运、心灵在动态中的颠簸感较常人便更为强烈，这有利于将人物的展现凝聚到生活画面的焦点上来。书中的人物几乎都带着一种改变境遇的冒险精神，来到海岛，来到这个人生的竞技场上，从零开始、背水一战，打拼、失败、再崛起、再折倒，愠恼颦嗔，酸甜苦辣，最后有的成功了，有的败下阵来，有的锒铛入狱，有的带着人生的几许经验几许感慨，黯然离开这个叫人伤神、叫人后怕、又叫人留恋的岛屿。这样，一段极具历史信息的特定社会生活便和一个个极具人生信息的特定命运，在小说中交融一体。作家以时代风云和命运纠葛铸就了作品厚实的审美内涵。社会历史的脚步声在人物的心灵中回响，而人物命运中的每一道折光又无不闪现着时代的光彩。命运故事中最感人的地方，恰恰是历史信息密集之处，而种种社会的变异也大都演化为人生故事和人物心理。小人物在时代大潮中的坎坷悲凉之处，正是历史人生在我们心里生发出深深感喟之时。最感人之处也是最深刻之处。

小说集中塑造了市场经济初期的特殊漂泊者群像，这是在人物描写上的功劳。有好几个人物，譬如若白、林秋、白洁、杨一凡，在我们脑子里都站立起来了。若白的才气和知名虽写得稍嫌简单，但那种骨子里的无可救药的书生气和不可泯灭的正义感却表现得淋漓尽致。报社为利益所驱，强迫他用稿件介入社会经济事端以图利,要他用笔名各执一词报道对立双方,将事端炒大。若白在坚守道德操守和适应生存利益两者间徘徊、斗争,尽管有被强奸的感觉,还是不得不承受着巨大的痛苦,让良知屈就利益。他只能用"记者这个职业原本就是妓女"调侃自己。这真是流泪的调侃。

林秋与白洁两个女性在性格气质上有明显的区别,一个细腻多情,看似柔弱却有主见,一个豪爽明快,却又有内心独特的苦闷。也许她们的内心世界还可以揭示得更充分,但她们显示了女性在资本积累初期的拼搏中,由于需要付出特殊成本而具有双倍的感情和命运痛苦,却极有认知意义。杨一凡凭借"太子"身份在商海中优游自如地发展,还有孟省长的所作所为,都揭示了改革开放初期,由国家管理的计划经济向自由竞争的市场经济大踏步过渡中,权力设租、权力寻租、化权力为私利的社会病态现象。这是我们民族在现代化进程中付出的额外成本。它在理论和道德层面似乎应该避免也可以避免,但在实际生活中我们总是看到满目疮痍。

小说中这组漂泊者群像,是一个处在动态生存中的群体,他们不仅经历了地域空间的漂泊,更经历了文化的心灵的漂泊,整个是一个精神的移栽过程。在这种为了生存的移栽中,漂泊者们要在短期内,甚至是瞬间之中承受许多层次剥离的痛苦和重构的艰辛,气候、习俗、人际关系的变异还在其次,不同价值坐标和文化心理的变异,以及相应的感情和家庭生活变异、命运和性格变异,则最为深刻。生命在这种漂泊和变异中,往往会进入一种孤独状态,那是"两间余一卒"的孤独,旧环境不再存在和新环境难以融入的孤独。人的性格和精神在变异和孤独中经受考验,或被淘汰而消沉,或被重构而成熟。作者抓住漂泊中的动态变异,便在一定程度上揭示了当下历史进程的深刻性。

漂泊就是过程。在小说中,这个过程虽然急遽,却一定要注意它的合理性,要写得既必然又自然,尤其是人物精神世界和情绪世界的变异,万不可太硬。情节、细节是承载历史社会信息和性格心灵信息的载体，要尽可能发掘出其中的内在意义，包括象征性意义，否则容易委屈了好素材、好元素。文学语言问题应该提到更高的程度上来重视，语言不仅是一种传输符号或表述形态，它不是被动的被驾驭，它是作家感受、思考、叙述的特定审美方式，是生命的、审美的特定气质，也是小说艺术最后的浑然一体的表征。语言的文学性与语言的日常性不矛盾，语言的文学性恰恰要求语言的日常性，只是要在日常性中灌注进各种暗示性信息，使之富有各种超日常的意味。

我相信在盛华今后的作品中，这些方面都会有明显的新变。

2007 年 1 月 22 日，西安不散居

何群仓《路上有狼》序

在这一两年对陕西长篇小说有限的阅读中，何群仓的《路上有狼》是有分量的。三十多万字，拿起来便放不下，为跌宕的故事吸引，为坎坷的命运感慨，为感情的纠缠，为几处精彩的描绘击节，不但沉入对这场悲剧社会、文化、性格内涵的思考，也唤醒了自己散失在那个噩梦年代的许多痛切的感受和心理经验。不错，正像小说结尾写的，现在黄土地上已经看不到狼了，但狼也没有完全被关在动物园内。夜半更深有时还能听到它们凄厉的嗥叫，就像红荞她爸的嗓声，那是人生路上的狼，是心灵路上的狼。红荞和三岸的乡亲是在对"狼"的逃避和对"狼"的战胜中活出来的，我们不也是这样的在活着？

"路上有狼"，群仓用自己的生命体验凝练成这样一句谶语，构成全书的整体喻象。由于这个喻象有鲜活的生活场景、人物性格、感情形象和心理经验来涵茹，显出了丰腴，也有了思考的启动力和欣赏的感染力。"路上有狼"，是作者对人生的一种揭示，对人类的一种警示。这是一本可读、可感而且可思的书。

小说的社会背景和情节冲突主要在"文化大革命"的极左年代展开，一直贯通到改革开放。作者没有将这部作品完全处理成社会小说，他始终关注的是人，关注人的命运演进，关注人性人情的华彩。社会、世相、命运、人情这些客体的描绘，和作家主体投入的体验、感悟、思考，在小说中多维度交融，熔冶一炉，极大地提升了小说对那一段社会、那一群人的认知深度和审美品位。作家用创造性的艺术劳动将一个社会政治性很强的题材转化为极富艺术冲击力的世相人情小说，是《路上有狼》的一个重要特点，也是它的价值所在。

　　细读这部小说，感到这个转化过程大致是通过两步实现的：第一步是将社会风云转化为命运纠葛。在极左思潮的拨弄下，"文革"前后的社会风云急剧动荡，作家虽然花了一定的笔墨来描绘当时的社会政治情况，但总体上是将其推到背景上，而把焦点放到以叶红荞、汪百成两家为中心的一群人的命运上来，侧重写社会风云如何牵动着、制约着、改变着这些人的人生轨迹。他们的悲欢离合，他们的升沉荣辱，他们的冲突、争斗、谅解、执着、隐忍，都无一不能感受到时代长河的波光。不像那些有史诗追求的作品，集中笔墨正面表现时代大变迁，作家笔下，时代被融进了普通百姓的命运和日常生活。

　　第二步，又将人物命运融解为人性人情的冲突和交织。小说的笔墨虽然大体沿着红荞的命运来展示，但常常大幅度省略、跳跃，集中笔力对人性人情含量密集之处（主要是汪百成、叶红荞、夏玉兰三人的爱情和红荞母子的亲情）做细致铺陈，姑且称此为一种感情特写吧。它没有在空间上放大什么，但放大了人物在特定状态下的感情世界，尤其是放大了感情的聚焦点、动情点，使震撼力得到强化。红荞未婚生下百成的孩子，迫于舆论不好回娘家，也不好在姑姑家久住，于黎明抱着孩子出走，路过不能进的家门，在门缝里窥视自小生长的院落和养育自己的父母，这一段眷恋之情，有牵心动魄的内心独白，有叹息，有伤感，有如歌剧的咏叹调。另外，忍痛让赵姨抱走儿子，又难于割舍，孤身跑几十里山路将儿子追回来，直至最后和汪百成一道去看已经分别了七年的小无名，恰遇无名和小伙伴在山上思念、呼唤他们。这些段落都深深地打动了我，也会在读者感情深处引发共鸣。

　　从命运纠葛入手写时代风云者，并不鲜见，从人性人情切入时代脉络，则进了一步。小说没有展现群众和极左思潮的正面斗争，只是在善良对苦难长久的、超负荷的承受中，闪现人性光彩、人格力量，显示了民间道德真善美的坚不可摧。他们用这些更内在、更深沉的东西对极左思潮做沉默的审视，也许更具有审美价值和灵魂的批判力量。作品里正义在受难，正气却浩然弥散，美善在受难，邪恶却总处在受审的地位，那原因恐怕在此吧。

《路上有狼》的作者在刻画人物方面显出了自己的功力。红荞和百成的苦难爱情占去了小说的主要篇幅，描绘其他人物的笔墨应该说并不多，却能写出十来个生动感人的形象，有的还具有相当的审美价值和思辨价值，实在很不容易了。给人印象深刻的人物有叶红荞、玉兰、建建妈、聪聪、赵姨这样一个女性群落和汪百成、百成爸、红荞爸、建建、红林和高远这样一个男性系列。有趣的是，女性群落都执守自己的爱，她们或韧强，或泼辣，在性格上构成互补性映衬。男性系列却都重功利、守世俗，背弃了自己的爱，他们或内疚，或麻木，也构成反差性的映衬。成系列成板块地结构和表现形象群，是小说人物塑造一个明显的特色。

将人物放在命运的颠簸和感情的旋涡中来做动态的展示，是小说人物塑造的第二个特点。人物永远在一种动荡的过程当中，看不到终点，也无法安静。红荞和玉兰是一对被社会踏进污泥而后冉冉开放的并蒂莲。赵姨是映衬她们的绿荷。她们不是一般的殉情者，在她们心中，爱情和道德操守处在一个精神层面，爱情和人生追求构成一个价值体系，对爱情的认定亦即是对人生精神价值的执着。她们用望不到尽头的苦难，用无法挽回的岁月来换取生命的形而上价值而义无反顾、情无反顾。她们是弱者，对于极左路线、传统观念和陈规陋习不能如战士挺身抗争，顶着逆风屈辱着、隐忍着乃至以生命来殉情，就是她们的抗争。她们在读者感情的深潭激起了巨澜。建建妈和聪聪是这个女性群落的别一种色彩，她们从苦水里跳出来，抖落因袭的重负，大胆、热烈地去追求自己的爱情，色调明朗，多少跳荡着一股鲜活劲儿。这两种色调可视为作家女性之歌的大调和小调，其中展示了女性世界不少新颖而又深刻的历史信息、人生信息、感情信息、思辨信息，价值不可小看。

男性形象系列，除了汪百成、红荞爸等人物塑造的成功，值得格外注意的，一是，以对汪百成一家的描写，正面展开了处在漫长阴霾中的地主家庭（所谓"黑五类"之首）生活。由于这种描写毫不简单化，公正、细腻、丰满、有生活气息，是真正文学意义上的，在现当代文学创作中还不多见，有相当的价值。二是，透过叶红林、高远、红荞爸的性格和命运，抓住了具有深层悲剧内涵的东西。这三个人都有过炽热、纯真的爱情，后来却因种种原因放弃了感情追求，屈从于功利或世俗的结合。前二人，作为县委和基层支部的书记，为了政治功利背弃了爱情，但爱的种子一直活在心头，成为他们终生的痛苦。正是这痛苦，这思念，构成他们干枯心灵中一块洁净的绿地。红荞爸在背弃了和建建妈的感情之后，似乎看不出什么痛苦，而且以旧道德铁杆捍卫者身份造成了红荞的悲剧。如果说，我们能够从建建妈一直以年轻时的爱情而幸福、自豪中感受到一种长流不息的活力，我们也正是在红荞爸的麻木和毫无痛苦中感到了一种生命的枯槁和死寂，"哀莫大于心死"，这才是最要命的悲哀。

《路上有狼》生活气息浓郁，作家对农村生活氛围和日常生活细节的描绘常有精彩之笔，像红荞生孩子，建建妈去工地接孩子，在家族的强迫下磕头悔过，对地主家人出门进门两种排列顺序等等描写都历历如在目前。看来群仓对农村生活是有积累的，创作的生活准备也是充分的。作家的结构意识在小说中得到了很好的体现，一条主线（叶、汪、高的爱情）贯连几个大的人物群和故事板块，每个主要人物和板块又有几个关键场面，草蛇灰线、跌宕起伏、相互勾连，不少情节带有戏剧性，很是可读。语言干净、明快，表现力和乡土味兼具。可惜的是有些地方还嫌不够丰腴、充盈。另外，苦等半生的红荞最后被汪百成抛弃，也许作家是有意要打破大团圆的模式，把女主人公的悲剧推向极致，用心良苦却写得草率，终于显得突兀而心理感情根据不足。

群仓和我平素来往并不多，是他的书告诉我，这是一个非常努力的人，一个有深度的人，一个有了想法便会千方百计去实现的人。我猜想，他在这部书付梓的同时，大约正在开始下一个动作。我翘首以待，也劝他不要急，一步一步一步，将自己的脚印在路上留下。

2000年6月23日，西安谷斋，骤雨初歇

评长篇小说《关中道情》

我与李碧不熟，虽然她写作很有些年月了，惭愧，却未读过。这本三十万言的《关中道情》，流畅而好读，拿起就放不下，随着她那支笔，曲曲折折，起起伏伏，不觉从第一页就到了最后一页。一种意外给了我惊喜：面前站着的，竟是一位创作准备很充分的作家。

她有女性作家特有的生命激情，对女性生命较之别人有着远为透彻的了解。她将鲁红、白一兰两个女主角性格的鲜明度和复杂性把握得那么准确，命运铺展得那么坎坷而又合理，内心生活和感情世界真正打开了，其中有细腻丰富的期冀和痛苦、幸福和惆怅，不仅进入了两个人物的世界，也使人对整个女性世界有一种亲历的感受。

李碧又能从女性独有的角度切入男性的生命。四个男主角，井渭水、鲁援朝、武秦忆、马青山，性格反差很大，命运、感情、社会使命却相互交织，纠缠成一组群雕。作者以女性的视角和笔触，使四个男人的内心感情得到了尽情的释放、充分的展现。

千万不要认为李碧是人们通常想象的那类或小资或婉约或前卫的女性作家，她完全不是。李碧对县城、乡镇各个行业、各个层面的生活烂熟于心，而且从社会全局的视点上有着宏观的综合的把握，这就使作品隐隐藏着一种大格局大气象。作品也便从人性感情的鲜活奔涌中，从细针密线的灵动描写中，显出了一种结实，一种厚度。我们从几位男女主角整整半生中的悲欢离合，从鲁红在苦难中的忍让和纯化，白一兰在苦难中的变态反击，井渭水、马青山的执着与成功，鲁援朝失明后的畸形心理，以及武秦忆的阴毒中，分明都感受到了大时代的投影，那是社会由苦难的极左走向活跃的改革的脚步声，农村由传统农业走向市场化、城市化的脚步声。我们从这里找到了个人命运莫测变化深广的动因，也从个人命运的变化中看到了时代发展血肉丰满的注脚。

这就要谈到《关中道情》的结构。两代人，上一代的两个男人和三个女人，这一代的两个女人和四个男人，他们的感情纠葛、命运冲突，总是和社会矛盾、时代进步，多层面多维度地交织在一起。作者没有仿效时尚的时空倒错，而是在主线顺向的进展中，合理合度地穿插逆向的倒叙和回忆，所构成的是那种鞭炮式的结构。同时，主线的顺向展开和重点场面的横向延伸，又总是交叠着不同人的叙述和回忆，转换角度，层层敷色，使主线和重点显得丰满。李碧是个具有长篇小说结构意识的作家。

作者的文学描写能力也至为难得。小说一开始，景色在动态中的变化，回溯悲情时的叙事交代，井渭水和武秦忆两个情敌久别重逢握手时的心理活动，祭灵供桌前于无声处听惊雷的冲突展示，还有对人物性格和内心活动的交代和分析，都表明李碧有较为全面的文学描写能力，能够以多种笔墨，胜任长篇小说在叙事、对话、写景、心理描写、展开冲突、剖析心理、概述性格等各方面的要求。

当然在阅读中也有另外两点想转告作者的感觉。一是语言，现在亦雅亦俗，雅得恰好，俗则稍过，如何熔雅俗于一炉，熔通用语言和方言于一炉，创造自己独有的语言体系，似乎还需要再下功夫。二是井渭水对鲁红的爱，尽管大致符合井的家庭背景（母亲终生以诗眷爱着心中恋人）和身份、性格（小资情调的浪漫，寄情音乐的嗜好），但放在大时代和小社会的背景上，还是有点过分和失真的感觉。

2006年4月2日，星期日，西安不散居

古陵像一架书

——评王海的长篇小说《老坟》

四十年前刚到陕西,就听说过咸阳原上古陵多,历朝历代帝王显贵的陵墓,在北原像书架上的史志典籍一样陈列着,等待着后人阅读。而且听说白居易《赋得古原草送别》中的"古原",即指咸阳原(那时大约叫毕郢原或五陵原)。诗中家喻户晓的名句"离离原上草,一岁一枯荣,野火烧不尽,春风吹又生"中那离离萋萋的"原上草",所以和我们在别处随便见过的野草不同,它的枯荣所以竟会含蕴生命如此深厚的苍凉,和生命如此沉着的信心,也和这草是古皇陵下的草,是写满历史兴衰的咸阳原上的草有直接的关联。千年古原使当时才十六岁的白居易有了穿越光阴的诗情,这种穿越光阴的诗情又将古陵的野草浇灌成悲怆而不屈的生命意象。

但老实说,这原,这陵,在我心里一直没有真正打开,一直像封尘的书,沉默、神秘地躺在身边的书架上。我与它对视,它与我无言。直至到了那么一天,那是四年前,我读完一本写咸阳原上古皇陵下家族生活的长篇小说,这便是王海的《老坟》,想着该怎样用一两句话来捕捉这本书内在的文化质地,于是心里乍然蹦出了四个字:古陵文化。这四个字烛照了沉睡了几十年的感觉。

《老坟》所写的人物,都是守陵人的后代;《老坟》所写的村落,是守陵人的村落。这是他们可见的社会角色和社区色彩,也是他们世世代代心理上磨不掉的胎记。他们的生存样态、生活方式、道德规范、行为准则,既有整个民族和所在地域所给予的共同性,既有时代生活新元素的深刻影响，也会传承咸阳原上、古陵脚下独有的文化氛围、独有的心理因子。这是无可逃遁的，这是定命，这是定数。老坟也好，皇陵也好，古原也好，在一代一代生活之河的默默流淌中，纷纷由具体的物象、具体的生存空间置换为一种文化象征、一种文化符号。古陵自打原上隆起的那一天起便死了，却又没有死。古陵永远不会死。活着的古陵，在后人心中传承着，也发育着，以不同的形态在历史舞台上演着永不闭幕的连台戏。

如果说历代风行的古都文化，主要关注的是皇族集团和皇城子民的生存状态，是主体文化和主流心理现象，是古代城市生活中的文化心理现象，那么，古陵文化则让我们的目光由葬在陵中的高贵者转向守护陵墓的卑贱者，转向这个历史上京畿之地农村的底层民众，转向疏离中心的文化边缘地带。这不但是文学创作容易忽视的地带，也是我国历史研究从来就忽视的地带。

要不我说古陵是一架书、一架大书呢。

2004 年 3 月，西安不散居

李文德、王芳闻《安吴商妇》对我们的意义

李文德、王芳闻的长篇小说《安吴商妇》,是陕西描写秦商文化的第一部长篇。在读这部题材内容独秀一枝的长篇时,我反复想到的一个问题是,它对陕西文学的创作,对陕西文化资源的开掘和文化观念的转变有哪些意义?

陕西作家素来以表现农村的历史变迁,农民的性格、命运和文化心理见长,他们以对中国农村深刻而沉厚的审美再造在当代文学中确立了自己举足轻重的地位。在对农村生活、农业文明和农民人格做深度开拓时,许多作家都关注到了社会、政治、文化层面新的生活动向,关注到了这些动向在人物命运、性格心理中的投影,但是,对经济层面新的生活因子却往往不够敏感,或多或少忽视新的经济因子对传统中国农村和农民命运的影响。在陕西的长篇小说中,《安吴商妇》第一次集中笔力表现了农业文明大背景下秦商的生活和命运,显示出特有的亮色,具有开先河的意义。它开启了秦地文学题材、秦地文学观念和秦地文学视觉的新生面,启发我们的创作从更宽阔的格局、以更新异的视角来开掘脚下这片土地无比丰富的文学矿藏。

事情远不止于文学。其实,更值得我们重视的也许是《安吴商妇》的社会文化意义。它给我们打开了一个认识陕西历史、陕西文化新的窗口,而这个窗口长期被层层习见的云霓遮蔽着。第一层云霓是"长安自古帝王都"。恰恰是这个"长安自古帝王都"的定见,使陕西历史的宇空中密布着政治风云、宫闱迷雾和战火硝烟,一些国家民族的重大事件常常掩盖了秦地丰富的百姓生活和真实的民生状态。我在评论另一位咸阳作家王海的

长篇《老坟》时说过,历史和社会的目光,关注的常常是皇陵(也就是皇宫)里的人和命运,却忽视了世世代代守陵人和陵下人血脉一样流动着的鲜活的生活。他们也许不是历史的主角,却是构成历史运动最活跃的力量,当然更是文学艺术最主要的表现对象。但一直被这层云霓遮蔽得依稀而模糊。

这第二层云霓是,在本来就不多的对秦地平民生活的历史关注中,目光又常常被农本文化和农家生活的云霓遮蔽了。我们的许多作品除了农家生活,很少旁及其他,以致使陕西的平民生活有许多被遗忘的角落。在写农家生活时,也常常忘却村社文化以外更多、更丰富的生活存在和文化样态。《安吴商妇》不是虚构小说,它其实属于非小说,不但安吴堡实有其地,安吴商家实有其事,周莹和书中许多形象也实有其人,它的纪实性都在当地的建筑群,流传至今的地方史志和民间传说,以及书前的照片中得到了充分的证明。小说正是以它的历史纪实和社会报告的性质,透过两层云霓,为我们打开了全面认识近代三秦社会生活的窗口。

当徽商、晋商早就誉满天下,这部展示秦商、塑造的近代杰出秦商周莹形象的作品,虽然姗姗来迟而让人遗憾,却终如一道闪电劈开了层层云霓,让我们看到了秦地近代历史生活的新景。一贯以重农形象出现的陕西,现在终于有了自己的近代商业形象,秦人过人的政治、军事智慧和农业文明智慧早已被历史认可并一再彰扬,现在,秦人的经济智慧、市场智慧也终于以文学形态呈现出来,让世人不能不刮目相看。尽管稍嫌晚了点,其意义却不可忽视,它对于廓清世人对陕西的偏见,对于当下市场经济的促进,大有裨益。

《安吴商妇》的创作出版,还在保护陕西文化资源方面给我们以启示。《安吴商妇》不仅启示我们要加大陕西文化资源发掘的力度,更让我们感到地域文化资源保护的不可忽视。近年来,文学、影视、歌舞各艺术门类的历史题材一直热度不减,先秦、汉唐题材更是风行天下。如《英雄》《秦颂》

《大明宫词》《汉武大帝》《武则天》《高阳公主》《贞观盛事》《贞观长歌》，但大都是中央或兄弟省市创作、演出和出版的，陕西本土作家艺术家的作品简直凤毛麟角。陕西历史文化资源之富集跻身全国前列，而陕西历史文学创作却鲜有集群性的大型作品和具有集群影响力的作家艺术家群体。相反，这方面的人才、资源，流失十分严重。上海京剧院的《贞观盛事》，不但题材是唐长安的，主演尚长荣、导演陈薪伊也都是陕西走出去的人才。河南出版的八卷本文学巨著《大秦帝国》（同时投拍电视连续剧），作者孙皓辉也生活工作在陕西。他的大秦系列创作几经呼吁，在秦地一直无法出版投拍，才愤而出走他乡，最终在外地实现了自己的艺术创作宏图。

当然，当今是一个文化资源共享的时代，我们无意也无法垄断地域文学资源。更何况陕西是中国古代政治文化中心，秦地的资源同时也属于全民族和全人类。但对本地古代文学资源的丰富蕴藏给以更多、更有力度和深度的关注，我们总是有着更大的责任。

由《安吴商妇》引发出来的这些话题，是那么值得我们深思。

2007年6月30日，西安不散居

打开陕北生活的另一个窗口

——序裴积荣长篇小说《古堡》

裴积荣已有几十年的写作历史。他写得勤奋、认真，写得执着，退休多年仍然伏案笔耕。在我的印象中，他的小说集怕有少一半是退休后出版的。他偏居小城延安，有房子有工资，生活安定，写作少有名利欲求，纯然是因了心里有话要说。关于人生的话，关于这块割舍不了的土地的话，关于文学的话，他都远没有说够。再有，他对小说艺术的探求起步稍迟，刚刚开始，兴趣正浓，又怎能半途搁置？

裴积荣是一个在写作中有追求、有创造力的人。惜乎早生了二十年，黄金岁月正逢上那个窗口还没打开、空气很不流通的时代，他不能不像所有同代作家一样，"每当提笔总要给自己画出一连串的框框来"。文以载道，对症下药，结果读者不买账。20世纪80年代和90年代之交，年近花甲的他，作为艺术创新的迟到者，开始"图谋不轨"，从大一统的粗陋现实主义中挣脱出来，他尝试着以西部文学观念、西部生活风情定位自己的创作，出版了中篇小说集《西部女性》。这是他发现自己、发现陕北的第一步，让我们感受了一次他的活力。虽没引起大的反响，原因很是复杂，积荣自己的创作的确上了一个台阶。不料他还不想止步，时隔不久，又来了这次衰年变法，让世人从《古堡》这个新的窗口，刮目看一回陕北，刮目看一回自己。

《古堡》改变了陕北文学素来给人的印象。十来年前我曾经参与组织了两次陕北文学讨论会，两次讨论会都将"关于革命历史题材的创作"列为副题，讨论的内容也没有超出那个单纯的范围。可见在那时候，陕北文学和革命历史题材创作和表现延安时代生活，是二而一的问题。裴积荣用他的《古堡》告诉世人，陕北生活除了革命，除了边区，在革命者和反动派之间，在共产党、国民党和日本侵略者之间，还有绿林，有民团，有匪痞沉渣，有桃色兵变，有贫民悲情，有与之相关的无比丰富的瑰丽市井生活和浓郁乡间风情。但这些东西几乎一向不大受陕北文学的关注，以至于今天积荣写出来，竟让我们这些看惯了陕北题材作品的人感到那么新异，那么惊奇。

虽然写的是一个大众的通俗作品，裴积荣却尽可能赋予它以文学的品格。他以这个具有特殊性的题材为基础，细腻地展示了卧虎山这个时代怪胎的特殊社区生活和异样民俗风习，生动描绘了生活在这个社区中那一群命运极为独特而性格心理极为怪诞的人物，结构了他们之间复杂而又畸形的关系，而且一一编织进离奇惊险的故事情节。这一切，他都能够换一个视角、换一种语言传递出来，谈何容易。

对裴积荣的创作来说，《古堡》也具有文学观念转变的意义。这一点作家自己做了十分清晰的表述。他说，写《古堡》时"我撤销了强加在创作中的许多岗哨，不要那么多的创作思想、创作原则、创作法规来约束自己了，让感情像小河流水，像闲云野鹤似的自然流淌，自由飞翔"。这些话放在今天，说来很容易，读来也平常，如若和裴积荣六十岁的一把年纪、三十年的写作历史，和他过去呕心沥血的近百万字作品联系起来看，你就会明白这都意味着什么了。

2002年7月8日，星期一，西安不散居

方寸之地的大千世界

——序喊雷的小小说集

小说的篇幅在历史上经历了由短到长的发展过程,最终出现了今天这样长篇小说、中篇小说、短篇小说和小小说(或称"微型小说")"四大家族"并存的格局。陕西是文学大省,人们都知道当代陕西出了路遥、陈忠实、贾平凹、叶广芩、高建群、红柯等等好大一批写长篇小说的名家,却未必都知道陕西还有不少写小小说的作家正活跃于当今文坛。

近日笔者在《小小说出版》2005年第1期上读到了《精短小说》主编刘公写的《陕西小小说发展态势》一文。这位似乎不是陕西人的刘公,对陕西文学创作却很是了解,他说:陕西的小小说创作正如火如荼,出现了有影响的喊雷、芦芙荭、陈毓、陈敏、刘立勤等。是的,喊雷以自己的实力连续五次荣获《微型小说选刊》读者投票评选的"我最喜爱的微型小说"奖。这在全国是少有的。

2003年,被誉为小小说最高奖项的首届中国小小说金麻雀奖评委会给喊雷的获奖评语写道:"喊雷的小小说题材宽泛,或直面现实,写当代百姓之喜怒哀乐,或勾画历史,写古代奇人奇事……其笔下人物生动、饱满、富有个性。"

2005年第二届郑州小小说学会奖给喊雷的获奖小说集《魔袋》的授奖词写道:"喊雷能以宽阔的视野和娴熟的故事结构技巧驾驭各种题材,擅长营造激烈的矛盾冲突和戏剧化的场景来凸显人性。"我想,太白文艺出版社选编这本书,就是为了让读者了解这位写小小说的"重量级的喊雷"

到底有多重吧。

近年，由于喊雷的小小说入选中学教辅读本，入选《感动大学生的100篇微型小说》之类的近百部选集，人们便以为他写的小小说数量很多。其实不然，这位作家是在尝试了其他文体的写作之后，从20世纪90年代起才专门从事小小说创作的，至今发表的小小说不过三百篇。但是，各地报刊转载他的作品却远远超过了三百篇（次），有的作品甚至被转载过数十次。

他的作品遭剽窃的次数也令人吃惊：仅一篇《鸭趣》就被文抄公们以文字的形式抄袭过四次、以电视小品的形式"改编"过两次。说来也是一种现代幽默，在知识产权保护不力的今天，剽窃数和转载数、引用数一样，不都是作品质量高低的一种检测吗？

喊雷获得了包括中国人口文化奖在内的各种奖项二十余次，使他得以成为陕西加入中国作协的第一个专写小小说的作家。鉴于此，那位以调侃著称的作家方英文，竟以少有的隆重，称喊雷为"短篇圣手"。而泰国知名作家、《大众文艺》主编黎毅说到喊雷更是来劲："你的文章是千足黄金，什么时候展读都光芒四射。"

有了这些评价，我已经无须多说了。

列夫·托尔斯泰曾说："小小说是训练作家最好的学校。"许多人以为托翁这里所说的"学校"是小说创作启蒙的"幼儿班"，因为在他们看来，写小小说不过是写"大"小说之前的热身练习。这恐怕是误解。我以为托翁其实是说，对写作训练来说，小小说是一所"高等学府"。因为"小说就数短篇难写，而且是越短越难写。"（张贤亮语）越短，限制越多，审美信息承载密度越大，要克服的困难也就越多，越要求在剪裁、提炼、构思、表达上完成高难度动作。本书附录了喊雷前期发表的部分中短篇小说，我想编者的意思，恐怕是让读者全面了解喊雷，了解他不是不能写"大"小说，他从写"大"小说转为专门写小小说，其实是一种精进和超越。

喊雷已年近七旬,手里那支笔依然年轻,充盈着生气。让人想不到的是,除了写小小说,还常常要为海内外热心的求字求画者挥毫泼墨呢。

读一部长篇需耗时数日,读一篇小小说只需几分钟,读者诸君要判断作品的优劣,那真正是"立等可取"。各位如若想验证我的这些话是不是在溢美,花几分钟看看,结论便自在心中了。

评《海南，那一年》

要评《海南，那一年》，还得先从北京那一夜说起。那是 2000 年元月的一天，我和黄海先生都在北京和平宾馆参加一年一度的中国文联全委会，恰好住隔壁，便断不了聊天。他把聊天叫"扯谈"，这天晚上没事，他来我房子里一扯便扯了两个钟头，像也在会上的曲艺名家刘兰芳那样，絮絮叨叨演绎了他从湖南调海南的始末，演绎了他在海南这几年的见闻和这本书写作的情况。他一边搞行政领导工作一边写，每天躲半天，加上一个夜班，紧张而有节奏。由于写的是自己经历过和感受过的一段生活，展开得挺顺当，加起来不过两个多月便拉完了初稿。关于顺当，我记得他说了两个细节，一个是从头到尾没有撕一张稿纸；一个是三十三万字恰好用完了一瓶墨水。看来那全是烂熟于心的故事，全是不吐不快的感受了。北京那一夜，使我对这部小说有了期待，也有了信心。

回到西安，我一个下午带一个晚上就读完了《海南，那一年》，扑面而来的是鲜洌的生活，是真切的感受，是活脱脱的人生。你感觉不到作者在怎样经营结构、故事情节、生活场景、心理活动，乃至民俗风情的插入，都朴素自然，毫无做作。随着人物行踪、人生活动的展开，人际关系的变幻，你也便卷进了行云流水的时代生活。

我很喜欢作者的文字，乍读时看到的是那种毫无雕琢的大白话，流畅、质朴、平实、可读性强，读下去，便感到了藏在平实文字中很强的表现力。白描的素养在作者极为松弛的写作心态中得到了超常的发挥，很有点像黄海聊天的本事，绘形绘影，有声有色，而且如长河滔滔而下，一气呵成。功力尤其表现在对话语言上，倒不是太讲究每个人物说话的个性方式和特性用语，但流畅、跳脱、极富生活气息，闻其声如见其人其景。更不容易的是，用对话来开展场景、转折故事，用对话来表现微量的人物心理和微妙的人物关系。每读到这些段落，我会不由得想起《红楼梦》来，真的。

离开内地到海南去，使得小说所有人物的命运起了变化。这种命运的变化，乃改革开放的时代使然，故而"南下潮"便构成了作品浓郁的时代底蕴。人物命运的变化同时也是小说矛盾冲突和故事情节的内在动力。四面八方的人涌到海口想大干一番，到了海口他们又参与到生活的四面八方去，小说在商场和校园、海口和内地、事业和感情领域展开，这使得小说时空幅员较大、有纵深感。原先不认识的人在建立关系的同时，开始了矛盾冲突，如朱日昌和胡明、黄金海。原先认识的人在新的利益组合中延伸着关系，矛盾冲突或转化，或激化，或深化，如朱日昌和曾树松、高英、彭鸣、王小娟。人物关系，尤其是爱情和友谊关系变动不居的动态组合，激活了小说故事情节的推进，也显示出感情世界的波光浪影，不但使展现人物心灵深处的东西有了可能，也使这样一部没有大跌宕、大悬念的作品，有了相当的可读性和可信性。

朱日昌、曾树松、黄金海，书中三位男主人公显示了商海弄潮的不同的价值标准和道德水平。朱日昌从湖南到海南、从机关到经商，地方变了，职业变了，工作方法以至心态语气也变了，但是成就一番事业为国家、社会做贡献，同时实现生命价值，在实践中成熟完善自身这样一个高尚目标没有变。在市场经济运作中，他能够遵守游戏规则，又能在宏观上准确把握市场走向，做出科学选择，最后成为胜利者。曾树松是朱日昌的老同学、老朋友，曾经是一对珠联璧合的优秀者。后来，急功近利使他目光短浅，蝇头小利使他做出错误抉择，加之各种负面污染，精神世界也变得晦暗起来。他可以说是个正在善恶分界线上徘徊的人物，我们期望他能够经受住市场经济的拷问。黄金海是个不法奸商，为了赚钱不择手段设置圈套拉胡明下水,然后落井下石。他使我们看到,在不规范、不成熟的市场阴湿的角落里,霉菌是怎样生长的。这三个人物,还有教授王惠民、校长胡明以及高英、彭鸣、马莉等女主角大都面目清晰,从不同的角度传达了市场经济对正确价值标准和美善道德的呼唤,显示出作家对市场经济时代精神文明建设的沉重思考。稍感不足的是人物面貌过分清晰,这容易使人物单面(这方面,女性形象稍微好一点)。对处在转型时代人物的复杂性展示不足,特别对他们心理上的压力和感情深处的苦闷展示不足,又极容易影响作品的深度。表现一个喜剧时代,如何突破可见的喜剧层面,深层开掘出历史进步的悲剧内容,让人感受到历史的悲怆和人生的况味,是长篇作品创作中需要引起重视的问题。

错综交织的婚姻爱情和两性生活描写,是小说的一个重要内容。商场和情场交织,商场风云引发情场变幻也考验感情的真伪和深浅,情场风景又展示了商场的多彩多姿,有时还成为小说的华彩段,增强了可读性。其中朱日昌的感情世界展示得最为充分,成为作者塑造这个人物的一个主要手段。他的感情生活是在和三个女性的爱情关系中得到表现的。妻子彭鸣和他的分离,实在是道不同不相与谋。和妻妹高英的感情是真挚的,爱与责任在纠缠和障碍中与日俱增。王小娟向朱日昌表白的爱情,纯真而现代,其中既有对朱的倾慕,更多的是小娟青春生命不可遏止的自我展示。在一定程度上,三条婚爱线都成为表现人物思想境界的手段。

就我所知,《海南,那一年》是黄海先生的第一部长篇,起点能这样高,很不容易。今后如若稍稍摆脱一些行政事务,定会有更多更好的作品问世。朋友们都在期待着。

2000年3月19日,西安谷斋

读《丝路之父》

海帆、长勇的长篇小说《丝路之父》我收到很久了,因为忙于别的事一直放在案头。上个月和几位艺术界的朋友去了一趟河西走廊,在凉州、甘州、瓜州一带的戈壁和草原跑了近一个月,有一天,望着大漠孤烟兀地便想起了这本未读的书,有了一种强烈的阅读欲望。回到西安次日,花了整整一天半一口气读完了它。这次阅读,联想思维活跃,联想空间很大,常常就将自己这次河西之行的许多见闻感受编织了进去,有一种挺新鲜又挺熟悉的感受。

中国西部,准确地说中国的外西部,即大致指黄河兰州段以西的广大地区,以及和它接壤的部分中亚地区,是古代的西域。这里是欧亚文化、东西亚文化交汇的走廊,是古代中国人看中亚和欧洲、欧洲人看亚洲和中国的重要窗口。这个通向世界的窗口和走廊是中国人张骞发现的,张骞是中国走向世界的第一人,是呼唤我们民族放眼看世界的第一人。这块土地、这个人,在历史上的重要性众所周知,而文学作品反映得并不多,有一台驰名中外的歌剧,似乎还没有长篇小说,《丝路之父》可以说开其先河。我们感到了生长在汉唐故都的两位作家那种独有的开创性和责任感。

这是一部新的"西游记"。吴承恩的《西游记》具有神魔色彩,《丝路之父》则氤氲着浓重的史实气氛。前者通过去西天取经的唐玄奘小群体,写了我们民族对执着、勇毅、忠诚、正直、团结协作等优秀人格的理想化追求;后者则将我们民族的这些优秀人格集中到主人公张骞身上。作家笔下的张骞既是唐玄奘,又是孙悟空,他有唐玄奘执着的目标感和国家责任、民族气节，有他的忠诚、宽容、正直、凝聚人心的人格魅力，又有孙悟空的智慧、勇毅和忠贞不贰。更重要的是，张骞还具有中华民族那种宽阔的胸怀、外向的眼光、多维交汇的文化意识和思维方法。两千多年以前，这样的眼光和意识是罕见的、超前的，这使他成为中国走向世界的第一人，也使他成为冲决封建王朝内封性政治和文化，进入世界格局的先行者。这是张骞对于我们历史的意义，也是小说的张骞形象对于我们文艺的意义。

《丝路之父》在情节结构上采用了纵横交错的设置。纵写张骞两次西行，结盟大月氏等西域各国，遏制匈奴，同时开展文化经济交流和科学文化考察。横写在匈奴的被俘滞留和两次婚姻的感情波澜，写张骞对民族和朝廷的忠诚不屈，写他与家人、朋友的仁厚关系。纵横捭阖之间，流淌着祖国情、民族情、亲情、爱情和友情。主人公张骞处在情节和结构的中心位置，处在历史实践和优秀精神的聚光点上，得到了较为充分的展示，形象显得生动而丰满。尤其是写西行路上稀世的艰难、写政治上感情上坎坷曲折的篇章，因为能够诱发读者的生活经验和心理经验，启动对社会人生的思考，很是感人。

在我的印象中，两位作者均是第一次写长篇，却都有较长的创作准备。他们九年前便在繁忙的工作之余阅读史料、积累素材，开始了张骞题材的电视连续剧的写作。中经几度修改，渐趋完善，然后又拐回来写小说。那认真的态度，读者在全书对历史背景和古代生活场面的把握中能够感觉到。也许正因为是从电视剧本的基础上来写长篇的，有的地方还可以看出较多戏剧性的痕迹，对事件过程的表述常常压抑着对人物心理的描绘，有时人物心理的描绘写的仍然是梦境中的事件，实际上没有真正进入心理活动丰富复杂的展示，这可能是造成有些人物稍嫌简单的原因吧。再有便是生活细节和心理细节的运用还可加强，如何使语言更具个性和特征也大可探索。

海帆和长勇，一个是我的老朋友，一个是我的新朋友。朋友当是诤友，故有此直言之文字。还望二位有以教我。

1999 年 7 月 10 日，西安谷斋

十年磨一剑

——序郭爱玲的长篇小说《雏燕展翅》

大约是十年前，大约也是一个夏日，一个稍稍显出一点凉爽的晚上，郭爱玲和先生、孩子来家造访。她和我夫人都是老三届，虽不同学，也不在一起插队，从农村出来安排工作时却分在同一个工厂、同一个车间当工人。后来夫人考上大学，毕业后留校任教，她也调回西安一家大厂，结婚生子，油盐酱醋，如此这般地活着，大家都忙，来往渐渐就少了。相互存在记忆里的是那一段很青春的回忆。

这天她兀地便领来了已是成熟中年人的丈夫和十一二岁的儿子，倒叫我吃了一个惊。猛然悟到她也是快四十的主妇了，身上压着大家庭的重荷，厂子效益又不太好，想来活得不会轻松的，正要感慨光阴和岁月的无情，不料她却直筒筒撂出一句石破天惊的话来：老肖，厂子不行了，我们俩都下岗了，一个月只发一百多元生活费！我和夫人默然半晌。都是一块儿从苦难中走过来的朋友，这些年我们的日子好起来了，心态也安宁、事业也稳定，对艰难困苦多少有一点淡忘，想不到爱玲过得这么难场。一时竟不知该怎样安慰她，只是在心里一个劲地慨叹、同情。文人加弱者遇到了难题，也就剩下这么一点能力了。她先生也默然无语，房子里显出一点压抑。倒是爱玲笑着打破沉默来安慰大家，没事没事，"文革"十几年都过来了，还能叫这困住手？咱不领他那一百多块钱的生活费，咱凑钱买了个夏利，娃他爸开上，我管上，这不，自己给自己就把工作恢复了？说着便又笑起来。那晚坐了很久，说女人生儿育女的受罪，说在大家庭当大媳妇的艰难，连王熙凤都不如，"活活脱脱"就是个周瑞家的，没一点权，尽干活不说，头上还压了一撮一撮"冒号"。她还说到，自己早就想写小说，也不全为的是爱文学，就是想把这半辈子经的事写出来。我连忙劝她不要沾文学，那是个虚无缥缈、吃力不讨好的事，只能耽误你的正事，还是先抓出租车，赚钱养家是正理。

那个晚上一晃就过去了好几年，其间也听说爱玲把事干大了，发了，由一辆车滚动发展到八辆，儿子十六岁也开上了车，还雇了几个司机，她变成了车队"脱产"管理人，忙得一塌糊涂。家里老人由久病到辞世的侍候和忙碌，兄弟分家的周全大度，一关一关都闯了过来。我为她高兴，想，这才是爱玲这样一个上有老下有小的家庭主妇应该干的，是她生命和能力结结实实的证明。

三年前，又是一个夏夜（她知道我们家晚上才有人），她又来了。儿子开车送来，还扛了一箱汽水。落座闲话不说，掏出一个纸包，打开，双手送上，竟是厚厚一本用线订好、牛皮纸封面的手稿，说："求你帮我看一下，指点指点。我先叫山西一位老师看了，他热情得很，给写了好几页纸的意见，还动手改了。他说改好了可以出版的。"我吃了一惊，想象不来她是用什么时间写下这十五万字的，也想象不来在为一家人生活奔波的这几年中她怎么还有心情写长篇小说，但是我在这一刻真正懂得了爱玲：别看她嘻嘻哈哈马大哈，却是个沉浮于生存线而不忘记精神追求的人，是个说话算话、执着于目标的人。我和夫人对这位老友肃然起了敬意。

说实话，对书稿我没有多大的信心，便又絮絮叨叨给她摆了摆目前出书的种种难处，劝她不要在这个"泥淖"里陷深了拔不出腿。她依然嘻嘻哈哈，似乎赞同又似乎不放在心上。以后两三年事情的发展，几乎一步让我吃一惊，一直大惊失色到今天——几年里她不停地修改，其间山西那位老师也帮她改，然后送到出版社，然后说动编辑读稿，然后输入打印，然后送来要我写序。在这个漫长、曲折、坎坷的过程的同时,她家的出租车队因为不景气解体,她要辞退人、卖车、了结纠纷、弄清账务,记得好像一度还想买中巴,组建专为机关单位服务的车队,当然又是一番折腾。爱玲终于在现代人的竞争、选择、焦虑和失衡中,拿出了《雏燕展翅》,也走出了下岗的困顿。不论她现在是否富裕,她都是个富有的人,不论她作品质量高低,她都是个有质量的人。

我不厌其烦地写爱玲创作、出版这部长篇小说的过程,是想让读者了解,在这本书中,和你对话的是怎样一个人。作者的经历、性格、气质总要投影到小说里,而且常常构成作品最内在的东西。不用说,艺术素养和表现技巧是重要的,没有它,作者心中的声音得不到智与美的传输,但我也想说,耳聪目明的读者也常常能够透过文字符号的信息,接收到作者生命深处的声音。

我希望大家对这本书用如此读法,恐怕这也是作者的心愿吧。

1999 年 7 月 26 日,西安谷斋

从玄幻小说《圣剑传说》说开去

我和严峻的父亲曾经共事多年，说起来，严峻该是我子侄一辈。这位年轻人进暨南大学时学的是计算机软件，最后却从该校历史学专业毕业，拿的是历史学学士证书。这样的经历本身就很有点玄幻。在截然不同的两种学科中转专业，说明了他对文史的挚爱，也说明了他能写出这部长篇玄幻小说（一曰奇幻小说）的某些缘由。可能正是学计算机软件的经历，让他的作品吸聚了网络时代各种最时尚的信息，也浸渍了软件文化无孔不入的影响。

说来惭愧，我对玄幻小说实在所知极少，少到什么程度呢？少到等于一无所知。由于年龄、爱好和业务关注的多重隔阂，兴趣也并不是很大。严峻几次找来要我为这本书写几句话，实在没有办法推托，又实在没有工夫去对玄幻小说的 ABC 从头学起，处在不可为而不得不为的两难之中。不懂而偏要说、偏要写，那是需要足够的勇气和冒险精神的。要担当将自己的无知示于人的风险。友谊有时竟然会逼得年过花甲的人如此胆大而不知羞，真是奈何复奈何。

对于玄幻小说，我们这一代虽不懂，在时下年轻人中间却很流行，开始于网络版，蔓延于印刷物，写的人、读的人都不少。这就必有它的道理。所以我读这本小说时，最想探究的是玄幻小说流行的社会文化和时代心理方面的原因。我感到某种程度上，玄幻小说是从小浸淫于网络的"80后"乃至"90后"这一代人，在为储存于心间的童年记忆和屏幕幻象，寻找一种成人化的生活延展和成人化的文学表达。

他们长大了，他们急切地要介入社会，要向社会表述自己，也要在这种介入和表述中确认自己在精神上文化上的存在。但是，他们还缺少丰厚的人生阅历和感悟，可以用来承载这种表述，也没有构成自己独有的语汇和言说体系来传输这种表达。于是，他们采用了"借代"的方式，将自己从小耳熟能详且浸润于心的各种想象元素和思维语汇，作为他们参与社会、实现对社会文化干预的代言符码。我们所以从《圣剑传说》中能够感觉到网络游戏中种种玄幻元素的影响，能够感觉到欧美童话、中东神话以及相关的动漫故事种种玄幻元素的影响，也能感觉到中国魔幻小说、武侠小说种种玄幻元素的影响，也许原因就在这里吧。

《圣剑传说》的"借代"不是简单的重复，而是借酒浇愁、借壳上市、借腹生子。他们利用已有的时尚资源，在习见的阴谋与爱情、悬疑与追索、艳丽与惊悚、玄想与破灭、伪善与率真、挫败与成功、灾难与胜利的描绘中，清晰地传达了起码的美善追求和童真的道德评价。而这一切，所有这一切的文化嗜好和价值尺度，都是属于严峻这一代人自己的，都是他们之间、他们和社会之间的一种沟通和交流。我可以想见他们在这种"借代"性写作和阅读中所获得的人生实现和精神满足，以及与之相伴的审美愉悦。我在其中看到的是青春生命的稚嫩和蓬勃。

玄幻的构思却采用了极真切的写实手法，通篇以真切细腻的描绘去展示心中的幻象，这既构成小说写法上的特色，又反映了作者对心中的幻象的认真程度。别人看来也许是荒诞奇幻的故事，在他却是煞有介事的。奇幻虽是一种玄想的游戏，认真地对待玄想，认真地对待游戏，并力求对其做现实主义的文学再现，却演化为一种人生态度。当然，倘要从惯常的写作尺度要求，从写作上看，《圣剑传说》在情节上还缺乏节制，文字上也还需锤炼，长篇小说结构意识也还需要提升。在对故事合理性（尽管是虚拟的合理性）的推敲，在以细节塑造人物方面，也还大可加强。

一个网络文化时代到来了，玄幻小说是这个文化时代的一大副产品。让我们在年轻人的搀扶下，试着去冲一回浪。

2008 年 3 月 3 日，西安不散居

关中牛的《半阁城》

这部小说给我最深的印象就是它的真，真实真切真挚，真到具有了文献价值。

作者对"文革"期间关中农村的风云变幻和平民生活，做了细腻的艺术记录，那些残酷而又荒诞的岁月逼真地再现在我们眼前。细腻到甚至有点烦冗。作为经历过那一段浩劫生活的过来人，读着读着便会掩卷联想，一切都不可思议而又千真万确！真是那样。就是那样。作品的历史文献价值自不待言。

但作者并没有单维地去记录那一段政治风云，而是将这段畸形的社会生活凝结于特色各异的性格之中，融解于乡土文化心理之中，浸渍于民俗风情之中。《半阁城》中的生活不像有的小说那样，在精心的铺排下，目的性很强地朝前进行，而像关中村子旁的小河，漫不经心却又确有指向地流淌着。一段历史便在乡村生活的方方面面和人物精神的方方面面得到了全维的展示。于是在历史文献价值的基础上，我们又感受到了特定时代、特定地域的个性心理和民俗风情，那不也是具有文献价值的吗？

写"文革"生活的长篇小说，我看到的大致有四种视角。一种是当事者对浩劫的控诉和批判；一种是反思者对浩劫的审视和深掘；一种是后来者对荒诞的冷讽和解构，甚至戏说、恶搞；还有一种则是对那一段历史的原生再现，是那种稍显冷静却又冷中有热的审美。我感觉《半阁城》属于最后者。作者以一种平常心、平常眼来写一段不正常的生活，在不正常的社会现象下面，正常的社会力量、正常的人性力量、正常的文化心理感情依然生机勃勃地流动。作者心中有一种处变不惊的大气，才可能把历史进程的大气、民众生活的大气传达出来。

我们这个文学时代，有人致力于写交响乐式的史诗，有人热衷于搞哈哈镜般的解构，关中牛则说，我么，还是给那个时代当书记员，做一点切切实实的生活记录吧。

2007 年 9 月 16 日，西安不散居

圆　梦

——序陈佳贤《囚蛇》

几十年前就认识了陈佳贤，几十年中却很少联系。癸未年年尾的一天，她突然出现在我的办公室，一手拉着孙子，一手拿着一摞打印好的书稿，这便是《囚蛇》了。两样都是她人生得意的成果，孙子是她生命在第二代的延续，稿子则是她生命某一部分在文学层面的结晶。孙子天真而可爱，那么稿子呢？

这天晚上睡了个迟觉，一口气把《囚蛇》看完。我是约略知道佳贤身世的，因而在相当程度上，我把这些文字当成她真实的人生遭遇来读。我吃了好大一个惊！作为老朋友，竟然完全不知道这几十年中，她娘家的家庭遭到了这么大的变故，她亲人的命运竟是如此坎坷。她该有六十岁了吧，直到那天送稿子给我，言谈话语中还能感到一份未入世的本真，谁能想到这是个在苦难中打熬几十年的过来人呢？有了深重苦难做背景，她的那些真性便更显出了珍贵，而这真性的保持也便可以读为人生真谛的获取了。在苦难中将自己熔铸得强韧而成熟的人是可佩的，能够穿越苦难，由强韧、成熟而复归纯真、恬淡不是更不容易吗？打开《囚蛇》，为佳贤的遭遇倒抽一口冷气；合上《囚蛇》，又为她眼下的状态而欣慰。用一句俗不过的老话，"吃亏是福"。

读完第一遍后，我在电话里谈了感觉，也提了如何从加强文学性方面修改充实的看法，譬如加强家庭纠葛和特定时代风云内在关系的铺陈，更注意人物性格的描绘和内心活动的展开。我还说，你不要急，多读读，多想想，谋划好了再下笔修改。不料不到两个月第二稿便到了我案头，篇幅几乎增加了一半。我说你搞得太快了，有不相信她能改好的意思。她又真性发作了，说我放不下呀，家里这些事在我心里憋了半辈子，不写出来不行，放下慢慢写也不行，不由人么。说这些话时她眼睛一亮。多好的一种创作状态！文学本来不是一般的匠艺，创作最深刻的动力本来就来自生命要求倾诉、要求释放的欲望。这种欲望愈强烈，到了放不下、憋不住、不由人的时候，恐怕就是最佳状态了。这是许多以创作为职业的作者可遇而不可求的。

改得还算差强人意。想不到她手头快，悟性也不错。当然还是毛糙，有的问题一时半刻也不可能从根本上解决，譬如作者对人和事的描绘还缺少个性，也欠细致；有的社会问题把握得还不够准，内心深处的"恋沪情结"常使她的眼光偏执。但我不想苛求她再去打磨了，我担心那会把字里行间的人生激情和生命感觉磨光，便怂恿她印出来。我相信这本记叙一个家庭变故的真切的"毛边书"，会有它独有的价值。不信，你就读读看。

这本书付梓了，我能想见佳贤的高兴。这辈子她遭遇了许多她不愿遭遇的事，却也完成了她最愿完成的事。对社会、对家庭、对人生乃至对自己，她都有许多问号，这些问号肯定至今也没有全部找到答案，但总算在自己的手里把心里的话一一变成了铅字，印成了书，可以让自己、也让更多的人慢慢去咀嚼、去寻味。她在精神和情感上圆了自己的梦，有什么比这更好呢？

2004 年 2 月 10 日，星期二，西安不散居，时值春气萌动之时

生命的晨练

——读樟叶散文

樟叶先生有职业篮球运动员的大个头,结实的肩膀上压着一份举重运动员也未必担得起的重量。他的忙碌,他的责任,他内心的压力,生命怕是早被瓜分得荡然无存了,不想却在你始料未及的当儿,蓦地拿出了一本散文集,就是此刻摆在我微机旁的这本《晨练恋曲》。

在凉爽的夏夜里,由今年第一代蛐蛐儿伴奏着,一路读下来,我渐渐觉出了一点儿独特。和许多领导干部的诗文不同,樟叶的散文几乎没有涉及自己几十年的工作生涯,也不涉及职务范围内这样那样的事情,那里面尽管有许多很精彩的素材,他却固执地躲了开去。在散文这块天地里,作者褪尽公务角色的铅华,一味抒写个体生命的感受。写亲情,写故园,写人生行踪,写个人与历史、自然的酬唱,我们读到的全是普通人眼里的世界和心中的情思。文章的内容由公务活动转换为人生情怀,这同时,角色的心理乃至行文的人称、口气,也便由"我们"转换成了"我",历史、社会的宏大叙事转换成了个人家常生活的抒怀。在密不透风的公务生涯之外,樟叶拓出了个体生命辽阔的草原,平素无暇发微的一些画面,无暇眷恋的一些情愫,无暇表达的一些感觉,都自在、自适而又自洽地在这里驰骋开来。怪不得樟叶写得那么尽兴而惬意,很有那么一点乐而忘返的味儿呢。

每个人都拥有自己的一生。为政者,社会的实践者,能够在不同程度上将心中的社会蓝图,譬如一面绿化了的山坡,一弯清漪的水库,一段铁道路基,或者整个一座崭新的城镇,转化为物质形态的现实存在,实实在在留存于大地上。作家，以及其他的精神劳动者，虽然不为社会直接创造物质产品，却有别人没有的本事，这就是能够对生活做精神提升和审美转换。现实每一个瞬间都在消散，随时转化为记忆，写作却能将消散凝聚起来，将记忆结晶为物质形态的文本，作为人类共同的生命历程和经验而长存于历史。二者各有不同的乐趣，却都拥有了自己的幸福。

而倘若你一方面在社会实践中改变着这个世界的面貌，一方面又再二再三地对自己的实践人生做精神的、艺术的咀嚼，反复体味其中的喜怒哀乐，发掘细腻的心理感觉和微量的感情元素，然后形诸文字，传播社会，那你便比常人多经历了一重生活、多享用了一次人生。你先在实践活动中获得了现实创造的喜悦，继而又在写作活动中获得了审美创造的喜悦，你的幸福是双重的。

樟叶先生能成为这种双重幸福的拥有者，真是令人羡慕。繁重的公务非但未能独占他的生命，反而激发了他抒发个人情怀的强烈欲求，促动他拿起笔，以写作来张扬生命中平时被压抑了的另一部分。写作便又在一定程度上宣泄和消解着公务的压力。樟叶追求在实践世界和审美世界自由出入，力图构成形而下和形而上的良性循环，真是个深谙怎样提高生命质量的人啊。

不过，一旦拿起了笔又谈何容易。那要具备一些常人难得的能力，譬如在工作和生活中，建立起两个甚至多个关注系统；在公务角色之外，珍存自己的个人本体和真性真情；在公务关注之外，同时能用感情的、人生的、生命的另一种目光关注这个世界；当然，还要具备公文和美文两种思维方式和表述方式的能力。问题难就难在这二者存在着某种悖论：公务（包括它的表述文体）需要的是求同思维，在异中求同，聚合、组织各方力量，调动、发挥各方积极性去完成社会赋予任务；文学需要的则是求异思维，在同中寻异，并且将这种异点延展、强化到极致，以实现个体生命的张扬。愈异样、愈独特、愈个性化的东西，常常愈有审美价值。作者能够使这两种相悖的东西和谐共存于自己身上，在人生的不同场合自如转换，不是难能可贵吗？

集子里的散文，就题材内容看，大约有三类，一类是对童年的回眸，一类是和自然的对话，还有一类是生活行止的纪实和纪感。各有千秋，我尤其喜欢前两类。

在第一类文章中，《南城墙根儿》充分发挥了童年记忆在文学创作中的优势，对串街走巷锯碗补瓷器的匠人，书院门摆摊卖字的老妇人，拉洋片，爬城墙，做长安糍糕，"练麻郎"逮蜻蜓，以及当时西安城斑斓驳杂的民风民俗、世相人情，做了那么细腻精到、原汁原味的描绘，表现出作者状物叙事相当的能力。更难得的是，作者能够将自己的童趣和亲情融汇在如数家珍的白描中，通过孩子的眼睛和感受来再现古都风情，泛漫的历史沧桑便和鲜活的童年生命形成了一种张力，既激活你的生命感喟，又引发沉厚的历史慨叹。《爷爷》揭示了作者精神上和土地的血肉联系，也显示了他状写农村风情的能力。两篇作品都散发着温馨而又香洌的泥土气息，在文化上都是寻根的，合在一起又简约地勾勒出了几代中国人相似的命运，这便是由农民而市民而干部，几代人生命的轨迹。字里行间便有了更深的历史文化意义。

第二类作品，不妨以《旱莲、女人、水》为例。这篇散文在将旱莲、女人和水联系起来时，略略显出一些散漫，但大体抓住了三者在生命之源这一点上的内在联结，加之融进了对陕南山水和女性的爱意，生命意味便显出了活泛和灵动。虽然感到有时提炼不够，却又显出一种特有的翔实和丰满。其中写水源在山中由涓滴而始的生成：山林以发达的根系盘根错节于山体的石缝和薄土之中，形成厚厚的生物垫层，一场春雨使林木喝足了水，在春风里抖擞着身子满意地微笑，那个生物垫层像硕大的"海绵体"吸附着地表渗入的雨水，缓缓向山坡浸出，形成细如竹笛的小溪，唱着唱着流向江河……写得细致、老到、传神,很有表现力。在人与自然悄悄的絮语中,文章内里的意蕴由写景抒怀,到生态思考,到生命哲学,不露痕迹地深化着,悄无声息地升华着,很耐人寻味的。

现在看来,提炼和剪裁恐怕是作者需要着重解决的问题。文字水平参差不齐,有时落差较大。记游之作稍欠火候,主要是以意蕴、感情来熔铸素材的功力稍显不力。不过,在稍稍有点粗粝的文字中,始终活跃着的那种生活兴味和生命激情,却分外引人珍爱。因了这个缘故,《晨练恋曲》写的那个在晨风中,在朝阳下,在人流里,执着的晨练者的形象,一直印在我心中很深很深的地方。

他永远在跑着,跑着。跑出耐力,跑出刚毅,跑出朝气,跑出旺健的生命,跑出新的速度和新的里程。

2002年6月1日,星期六,西安不散居

贴着大地聆听

——序吕虎平《卧听风雨》

我与虎平不熟,翻开他的散文集《卧听风雨》,果然很有点陌生。他写乡村、写老家与别人大有不同,尤其与那些和他一样从乡村来城里定居的人大有不同,似乎少有回眸的感慨和怀旧的情愫,少有因时空的改变、境遇的改变而造成的距离之美。他的心一直埋在土层深处,耳朵也一直紧贴在大地上。文章所描绘的一切,叙述的一切,感悟的一切乃至联想的一切,都直接来自乡村的内里,来自乡村的心脏和血液。读他的散文,你处处能感觉到那种"村里人"的气息和脉冲。

怪不得写乡村他首选的题材,竟是麦子,竟是棉花,竟是油菜,竟是这些农家世世代代用汗水浇灌作物却很难进入文人雅士笔下的物事儿!《感谢麦子》《温暖的棉花》,多么质朴又多么质感的题目。噢,对了,我想起来了,原来早就读过这位小乡党的文章——那是去年春夏之交,《华商报》文艺副刊要我参与他们散文征文的评选,看完参评文章我有事先走,未等讨论便画了选票,名列第一的就是《感谢麦子》!资深记者王锋追到走廊里,采访我当评委的感言,我也侧重说的是这篇"麦子"。我以为作者能从人人熟知的事物中发掘出人所少知的意义,感觉到人所少知的情致和味道,而又能把一切还原为朴素的表达,很见功力的。这篇文章被评委一致看好,拔了头筹,报纸还摘发了我几句评价。那时不认识虎平,也没记住他的名字,这回专意通了电话,坐实了这戏剧性的缘分。我们在不经意间走近了。

一般人写散文,常常喜欢选择超越实用价值的物象,如风花雪月、民俗民艺来寄托自己的审美理想和人生感情，虎平则致力开掘一些平常、实用而令人感到很难下笔的东西。对这些浸透着虎平生命和亲情的东西，别人看着平常，他是怎么写怎么有滋味，怎么写来字里行间都散发着一股子土腥味、艾草味，那种叫人神往的苦香苦香的田野的气息。他用"麦子"来赞美矮下身子的高尚、垂着头（穗子）的伟大，"麦子"其实就是他那世世代代奉献而永永远远朴拙的乡亲父老啊。他用"棉花"抒写乡村的温暖和乡情的洁白，"棉花"是乡村在他心里留下的母亲般的记忆，温暖、温柔、温润、温馨而有一点酸楚。又有哪一种花能像油菜花这样诠释乡村的意义呢？她有如亲娘的目光一生一世追随太阳般的儿女，她以土地、水和阳光组构自己的生命，而给人们奉献一个金碧辉煌的世界。正是这些陌生的、原创的想象，这种苦香苦香的气息，使虎平的散文从故作深奥的前卫散文中，从浓妆艳抹的脂粉散文中，从俯察遥感的乡土散文中区别出来。他以草根生命力穿透当下时尚散文厚厚的覆盖，始终让自己的文字、自己的心，紧紧、紧紧地贴着大地。

我读文章喜欢去感觉文外的格局和文后的目光。在虎平的散文作品中，我感到了个人乡间的生命记忆是怎样和恋母情结、恋土情结交融而成为一种恒定的、宏阔的意象，感到了"乡村"这个词在作者心里是怎样由灵象而形象而意象而理象，逐步进入大地、父母、奉献、质朴、淳厚、谦和、宽爱、勤俭、坚韧这些人类精神极致层面的词语系列的。

我还读到了一种仰视的目光和敬畏的心灵。这种仰视和敬畏，并不影响年轻的作者从都市文明角度对农业文明做科学理性的思考，像他在"历史夹缝"和"城市细节"两辑的文章中所做的那样。这种仰视和敬畏，是一位切实的作者面对大地和民众、文化积淀和精神薪火的态度，唯有这种态度才能从中获取到营养，也才能在审视和反思时切中肯綮。

敏秀的虎平，多思善感，长于联想，有对土地最基本最牢靠的感情垫底，总能将各类驳杂而零碎的见闻、知识,用感情、感觉、感悟贯穿起来、聚合起来,形成有冲击力的情绪流,引发审美的、思辨的激情。

纯情年代的情感化石

——阆子的《有风吹过》

西安的夏季闷热，无风。

翻着看阆子女士的《有风吹过》，厚厚的，一页一页读，似有风来。是一缕从20世纪90年代吹来的纯情的风，清丽、忧伤、直入肝肠，而又有着难禁的美艳。

这是一位纯情女子的情感独白，也是一个纯情年代的诗样化石。当你透过这些溢满了生命爱恋和灵悟唯美的文字，去捕捉潜藏其中的生命主体，一位长久被烫心的感情湮没却依然保持着生命思考和精神矜持的女子，一个因超重的爱而痛苦，因超重的痛苦而超越，而更深地爱着、感谢着的灵魂，便活脱脱站在了面前。

她这样感知着爱，表达着这种爱在情感深处的生动情节，"我听见心开花的声音／枝枝蔓蔓舒展成翠色欲滴的模样／呵护着蓓蕾／婉约地站成绿色的走廊"。听得见"心开花的声音"的耳朵要有怎样的听力，这是只有恋人，只有女性恋人，甚至只有诗性女恋人，在纯情年纪，在排除了物质杂音的纯情年代，甚至在整个世界不存在的虚拟环境中方可听到的。

作者其实在后记第一句就坦白地讲道"这本诗集源于一个故事"。而且置于最前面的两封信也正是这个故事的准开端了。因而可以判断，这本书正是一个真实爱情故事的诗化纪实。"踟蹰的脚步在景色之外徘徊／孤独的沉吟把朝霞唱成夕阳"。然后"执着的心／奔波在追逐你的路上／从相遇的那天起／你就是我永恒的方向"。

这个"你",便是这本书所有抒情的对象,所有情感的靶的,所有词语的磁极。

这大约是一个只能成就歌吟的文字而不能成就姻缘之现实的爱情,这样的爱总会因其凄苦而美丽。然而抒情主人公不这样认为,她在《殉道》一文中将爱上升到了宗教高地,"而能够让他们殉道的对象,就如同可以托生的躯体,为之朝拜,为之献身,何足怪哉!也许,唯有这样,他们的灵魂才真正得到了抚慰,他们的价值之光才有了折射的镜面,无论他们的身心受到了怎样的摧残,但在精神领域他们是永恒的胜利者"。因而,她在现实爱情的狭小空间之上,打造起了"精神领域"的辉煌建筑。这一段话依然是写于她写诗的 1996 年,虽然高亢,"精神胜利"依然湮没不了红尘中真切的情感涌动。

这本书真正的价值所在,远不止于那些诗文本身给予我们的唯美享受,而在于它如此鲜活、率真地剖白了一个热恋女性在幸福和痛苦的旋涡中脱颖而出的生命状态和人生情怀。"怀抱一瞬,沉沦百年","古人的金钗别不住西行的银蟾,聚首的时光没有闲时慰我流连"。那样逼真直白,那样自然奔涌而又华丽奢靡的表达,为社会留存了一份极其珍贵的感情个案和精神个案。这个个案让我们感受到生命的大爱大痛,也便在一个新层面上感知了生命巨大的独特性、丰富性和永无止境的美丽。

中国女子从古便是表达思念的圣手。"蒹葭苍苍 / 白露为霜 / 所谓伊人 / 在水一方"。从站在《诗经》首篇的这位不知名女子,到咏唱"上邪"的那位南北朝的不知名女子,再到李清照,直到才女石评梅,一路下来,这种歌吟凄丽、哀婉,千百年来穿心而过。这便是从中国诗歌源头一脉而来的"中国风"。这风一吹三千年,浸着中国女性的幽兰气息,不仅美化了一册中国诗歌史,也纯净了读者的情感世界。阎子女士置身其中,直接传统,唱出了自己独到的心声。

从 20 世纪八九十年代，舒婷以绵密的意象成为读者心中的抒情之神，她这样抒写自己的思念："一幅色彩缤纷但缺乏线条的挂图／一题清纯然而无解的代数／一具独弦琴，拨动着檐雨的念珠／一双永远达不到彼岸的桨橹"。美丽而富有技巧。对同一种思念，阎子却采取了另一种抒情方式，"键字／似轻拨丝簧／流淌成柔肠百结的形状／我在文字里沉醉／醉成万劫不复的模样／游移的手指／辗转在你滚烫的唇上／即使隔着万水千山／依然把我的指尖灼伤／呼啸着飞雪的冬夜／思念渐渐暖热了苍凉……""走不完山重水复的寻觅／越不过岁月棘障的隔离／我只能躲在诗歌里哭泣""思念把瘦骨嶙峋的渴望／在生命的周期里雪藏／……唤不醒绝望的沉寂／揭不开岁月的忧伤"。较之舒婷，阎子更加率真，更加直抒胸臆，染着古典幽香的文字充满了生命深处的疼痛，女性独白的感觉更明显。

与舒婷似乎在局外旁观的抒情方式显然大异其旨。阎子是在苦涩的思念之海里结晶生命之珠。如果说舒婷是用优美的意象群阐释抽象的思念，给人以美感的话，阎子则是把自己的生命剖白给你看，是把浸透泪水之光的灵魂之花盛开给读者，直接、真切、凄丽、绝美。

让我们无限留恋的 80 年代、90 年代已无可挽回地过去了。我们已经挟裹进一个全球化背景下的商品经济时代。不说这个时代物欲横流，但精神的空间遭受着物欲的巧取豪夺，浮躁成为这个时代的精神通病。当爱情成为快餐、思念被通信消解、利益取代了价值、现实消解了永恒……阎子的这部作品显得和这个时代那样的错位、别扭，仿佛一位《诗经》里的纯情女子出现在琳琅满目的现代购物中心。然后我想，不管时代怎样变化，心灵深处总残存着一片柔软的净土，期待着真诚的滋润。而且时代的心情愈浮躁，心灵回归的欲望便愈焦渴。《有风吹过》应这个浮躁时代的焦渴翩然而至，吹开滚滚红尘，直入心灵。

也许是年龄的差距抑或经历的相异，在阅读散文（还有部分诗歌）时，有时会担心，不至于因为行文过分追求对仗和韵律感而影响原生态的真情真态无羁地奔涌吧？作者要考虑的是，在自己心间十分协调的东西，在万千读者心间，是否会产生完全同步的效果？

掀开我住处 22 楼的窗子，繁花似锦的西安夜景波动在我的视野里，然而阎子给我的纯情的风也依然回荡在心中。眼前的风景和心中的风景总是如此不同，也许正是这一点构成了人的复杂性。如果将纯情归于某个年代的普遍心态，那么这是一曲纯情的挽歌，如果说纯情是一种情感素质抑或一种生存方式，那便与时代无关了，每个时代、每个人都可以自由选择、无悔执守，也就不必去埋怨时代的浮躁了。

闷热的夏夜，"有风吹过"。

2007 年 6 月 14 日

活 出 美 丽

文学界的朋友总喜欢议论女性之美，像晓梅这样容貌和作品都出众的女性免不了在背后甚或当面成为关注的对象。她在文学圈、传播业内前前后后待了十多年，你能想象到，关于她的说法那定然是和吸聚在她身上的目光一样多的。其中，大约是1986年我在陕北扶贫，她参加省上诗会路过榆林北去沙漠，身后留下的一句议论，至今没有忘记，这是一位比我年轻却已驾鹤西归的作家用鼻音很重的陕北话说的，他说："这样的女子不该写诗，创作是用痛苦消耗生命，长得像一首诗的人儿，应该活得诗那样美丽。"

可不是，几乎所有的人都为她的秀气所吸引，又为她竟然痴迷于一种沉重的劳作而惋惜。

读了张晓梅的《淡淡的却难忘》《走过人的丛林》《星星知我心》三本书，对这十几年前的议论，蓦然有了另外的感觉。我想恐怕她只能这样活着，也唯有这样活着才是美丽的。这样活法，美丽的容貌才同时活出了美丽的精神，像诗一样的人才活得真正像诗一样。这样的活法才不亏待自己。

不活在别人对自己的感受和赞美中，而用自己的诗心去感受、赞美生养她的母土和化育她的世界，为人生添一道小小的风景。也不活在职业给自己固定的"四合院"里，她的关注，她的情怀，总是从职业狭小的藩篱中飞出来，在社会的人生的精神宇空中滑翔。甚至她的职业也不像传统中国人那么固定，编辑、记者、诗人、作家、青少年工作、电视人等等，总在多重社会角色中游动，总在以各个角度观察感受生命，却又总是不离开对社会对人的精神关注这个基本点。只有精神聚光灯才能使美丽的生命多姿多彩般显示出来。你于是领教到晓梅的聪颖：她实在是个很懂得怎样把生命用足用尽用出密度和质量的人。

就她的作品来看，也是在多种体裁、多种题材、多种情调、多种风格、多种笔法中尝试、探索、转换。写诗歌、散文、报告文学，写"知心姐姐信箱"、电视专题、人物专访。字里行间有一股婉约之气弥散而出，有女人的柔媚，也有母性的关爱、孩童的纯真。这不奇怪，让人想不到的是她的报告文学和人物专访，文字简洁准确平实又极富表现力，不动声色地写下来，字里行间流动着一种质感，一种中年风，这是经过人生和文墨多年打磨才能达到的。更让人想不到的是她诗歌中的许多篇章，像《长城风》《西北风》《黄土风》这一类，那种如山的沉重、如马的雄强、如鹰的疾骋、如河的汹涌、如酒的浓烈，纤秀几被滤尽，完全是西部硬汉子腔子里喷发出来的歌吟。在一个"雌了男儿"的萎靡时代，一位女性诗人竟然振笔而呼，吼出黄河、黄土地的大调和强音，这真是奇妙至极的美丽。

她就是这样尽量让自己活出多重角色，活出多层深度，活出多种情调。生命因多样而美丽，因丰腴而美丽，因厚重而美丽。到这份上，你才算读懂了她——艺术地写作也许并不是她人生的真谛，艺术地活着才是她最终的追求啊。这也就是为什么已经写了近二十年的晓梅并不执求成就，并不炒作这样那样的效应，甚至也并不想以写作和工作来湮没自己的原因吧。她只是让生命在一种精神的审美的波流中随意而自如地游弋着，在游弋中享用生命的实现和实现的美丽。照我说，这才是真正的艺术家呢。

2000年8月2日，星期三，西安谷斋，酷暑稍退

最早的阳光

——序《白玉奇散文集》

这部书将中国大地上一道新景观的帷幕拉开来让你看，将中国大地上一个新事物内里方方面面的情况剖析着让你思索，将中国大地上一批专门干新事走新路的人活灵活现而又披肝沥胆地展示出来，让你感同身受着他们的喜怒哀乐。

这部书以电视系列片解说词、报告文学、散文多种形式，从各个角度再现了青岛崂山高科技工业园的形象，把这个诞生在胶东土地上的新事物挪到了书本中和屏幕上。高科园于是既有了现实的存在，又有了精神的存在，在两个维度上进入史册。我首先是把它当历史来读，当作青岛乃至我们民族现代化进程的一份极其珍贵的精神文献来读。

百年上下，美丽的青岛为中华民族写下了两份现代化的答卷：一份是19世纪末"曹州教案"之后，德国在这里设立租界；另一份是20世纪初，日本势力大举渗入，这里较早有了现代工业，也带动了现代商贸和现代社区生活的建设和管理。但是，这次现代化，一开始便和殖民化同步并且互为表里。每一间工厂，每一座建筑，都拌和着血泪，拌和着屈辱，拌和着主权的丧失，拌和着压榨和剥削，也都更深地把这座城市拖进殖民地的深渊。历史和人民否决了这个答卷。

另一份答卷是党的十一届三中全会之后，尤其是在沿海十四个城市实行各种特殊政策以来，青岛以自己深刻的变化提供给历史的。这变化不光是我们常说的经济指数的变化、社会面貌的变化、生活水平的变化、精神状态的变化，更重要的是从发展战略、城市管理、社会结构和社区建设，以及群众在生活和精神新追求中体现出来的人的变化——人的素质、人的观念、人的思维、人的生活质量和人的生存方式的变化。人的质地最终决定城市的质地、社会的质地。这份答卷提供了用有中国特色的社会主义对一个古老国家实行现代化改造成功的路子和经验。

青岛是最早迎来阳光的地方。高科工业园则像镜头一样将阳光凝聚为一束束的华彩。它是青岛现代化的窗口，也是中国改革开放的全息切片：在中韩镇用崭新的观念和运作方法飞速建起来的高新产业，由产业运营提升为资本运营化育出来的像张瑞敏这样世界性的现代企业家，从文明和文明的创造者，从可持续发展高度，重视教育，培育新人，等等，这些令人耳目一新的现象，不都正在中国大地上雨后春笋般地涌现着吗？我们从石老人那些新款楼房里面，从张瑞敏这样的新人身上看到了什么呢？看到了的正是未来要在中国普及的那种现代的生产方式、管理方式、营运方式和崭新的价值观念、思维观念、生存观念。崂山工业园何止是新经济、高科技的孵化器啊，她更是新精神境界、新生活境界的催化剂。

无巧不成书，去年我有一家亲戚由西安去了青岛工作，就住在高科技术园区一带的海滨。内地和沿海的反差、国家单位和新区体制的反差，使他们感慨良多且兴奋不已，信、电之中常常宣传那里体制管理如何科学灵活，那里社区服务如何周到有效，那里的生态环境尤其是空气如何宜于人的健康。最近的一封信里更是直接发出了热情的邀请："肖大哥，快来这里住一段吧，你会对自己晚年的活法重新定位的。"弄得好静不好动的我由不得心猿意马，心向往之。

恰在这时收到了玉奇寄来的书稿，嘱为序。白君几年前乍然失踪于古城，蓦然就职于青岛，大半年后又突然带着一个摄制组杀回老家，对我做旋风般采访后再度失踪。后来在几处看见了他拍的片子，却无缘再见故人。今年冰山再度浮出海面，又有了一部书和另一部片子。冰山在海平面下那看不见的努力，我是分明看到了，也想起了一句说俗了的话："是金子放在哪里都闪光"，更何况金子放进了崂山科技园如此现代而又优质的炼金炉中呢，那定然会放出夺目光彩的。

       2000年7月22日，星期六，西安谷斋，时高温38℃

两 个 张 炜

——序张炜《总编絮语》

张炜是位雄踞一方的出版集团的总编辑,手下摆布开七八个出版社,涉及社会生活和文化书写的方方面面。而在我日常的接触中,很难将这位总编和他运筹帷幄的职务联系起来。他骨子里是个文人,甚至还带着一点学生气,透出些许天真。他平和、真诚,见人以友相待,三句话便显出性情。他爱唱歌,歌也唱得的确是好,这给了他信心。工作之外的不少场合,常常跃跃欲试,一展歌喉,从大家的掌声中独享一份满足,获得一点成就感。这种成就感,我想,一定是与他工作中的绩效相感应着,而充盈了自己的生命。

因而在这部冠名《总编絮语》的书里,出现了写他童年、家乡和人生历程的整整一个大散文版块,也便在情理之中了。

巧的是,他的家乡汉中和南郑,也包括童年生长的小南海、牟家坝,都是我漫长的人生旅途上曾经的涉足之处。我曾在汉中巴山北麓一带多次采访、下放、工作数年,累计羁留达四五年之久。记得在汉中旧城的钟楼左近徜徉,是那样勾起了我对江南老家的乡愁;而么二拐的梆梆面和东关长街的凉粉,又是那样让人放不下碗。小南海、牟家坝当年是群众文艺活动搞得火红的地方,闻名全省,我曾经骑着自行车从汉中城里一路上坡跑四五十里,去那里采访,实地调查当地民间文艺、山乡歌舞,那种出自天性、出自山水的纯真表演,那种和关中的粗犷截然不一样的秀美清灵,让当时还年轻的我很陶醉了几个晚上。许多镜头感光于心间,至今色彩鲜明。

记得我那次写了《歌飞小南海》的通讯，发表在《陕西日报》上。

这些回忆，和张炜书中写到的乡情，在阅读中自然地融为一体，心头便生出了一份感动，也对张炜这位从巴山走出来的文化人有了一份敬意，一份不可言说的亲近和理解。

但是这本书里是有两个张炜的。作者在"散文随笔"篇给我们坦露出一个"性情张炜"，在"理论研究"篇则勾勒出了另一个张炜，这便是作为出版集团总编辑的张炜，"职务张炜"。我对出版业务所知可谓甚少，但作为一位年迈的写作者，几十年受惠于出版家们，我总是时在念中的。

出版理论文章和策划文案这一部分，给我以知识，以文化理性的开启，更让我打开了一位出版家文化和精神的世界。出版界许多帮助过我的朋友，在阅读这些文章的过程中，会不期然而然地从心头掠过。我知道了，这些躲在文化创造、文化产业、文化展示舞台幕后的朋友们，是如何殚精竭虑地为社会的文化积累、别人的文化成果在操劳，在辛苦，在付出自己的智力和精力，在失眠和加班。他们将自己人生和事业的实现，融化进别人的成就和社会的成就而怡然自乐。

他们中许多人本来完全能够在写作和研究中做出结实的成果，但是他们选择了幕后，选择了书页的背面。

又不尽然如此，常常是他们的见解、眼界、创新思路，让一本书、一位作者潜在的价值大放光彩，像明烛那样点亮了一盏盏灯笼。当作者和作品名声大噪，他们依然选择沉默，在远处笑眯眯地看着彩灯照耀下的舞台，享受着自己用心智和汗水浇灌的又一季收成。大山无言，绿树和清泉就是它的声音。大地无声，庄稼和城乡就是它的声音啊。

张炜在繁忙的职场事务中，竟能好整以暇，从容不迫地坐下来思考，对整个集团乃至每个社的编辑出版做理性观照。既从高视点、大视野对社会文化的走向，图书市场的走向做宏观把握，又从具体的项目和选题出发，让创造性思维星星点点地闪出亮光。在具体谈一套书、一本书的时候,也不失文人气质,是那种经过研究和思考的、有学术含量的论评。

过去和现在,今天和今后,两个张炜在两个轨道上留下自己的人生轨迹,这大约会是他不可改变的命定。相信他会在两股道上给我们带来不停的惊喜,更相信张炜的两股道会在人生路上同向而行,交相辉映。

2018 年 3 月 26 日,西安不散居

关于伊禾长诗《法比奥》
给意大利驻华使馆的信

意大利驻华使馆文化处文化专员诺贝托先生：

您好，中国作家伊禾的叙事长诗《法比奥》新书发布会请柬收到，本已安排时间赴京参加，因省里昨日通知去云南开会，不便推辞，只好来函向你们致歉。

伊禾是陕西西安走出去的少女作家。她忍受严重疾病的痛苦，以这个年纪罕有的毅力坚持文学创作，出版了受到青年人欢迎的长篇小说《午夜天使》，接着又创作了这部意味着中意文化结晶的长篇叙事诗。她带病为中、意两国文化交流而写作的事情，在西安、北京各大媒体报道后，引起了积极的反响，传为中、意友好的佳话。伊禾在创作中"完全忘记了国界和种族的文化差异"，她为自己作品中生命的真善美最终战胜假恶丑而感动、而震撼，"灵魂得以升华，精神得到净化"，又一次证明优秀文化从来是属于全人类的。

中国、意大利是闻名亚欧的文明古国，西安、罗马是屹立东西方的千年古都。这也许是西安女孩伊禾选择18世纪意大利题材进行创作的历史文化背景。而她特意以二百多年前鲜为人知的阉伶法比奥作为自己故事的主人公，又不能不使我们联想起两千二百多年前发生在长安（古西安）的司马迁的故事。司马迁被施宫刑后，发愤写作中国第一部历史经典《史记》而永垂青史。在个体生命极致的苦难中，孕育艺术之花、文化之果，以营养人类心灵；在丑恶横加的屈辱中和丑恶搏斗，闪现生命的美丽彩虹，以照亮社会良知。——这是法比奥和司马迁两个形象的相通之处，也是法比奥和司马迁所象征的意大利、中国两大民族精神的相通之处。而像法比奥那样凄美的、难以实现的爱情悲剧，在中国古代一样多有传唱，只是常常被掩盖在重重叠叠的金瓦红墙下面。

感谢意大利驻华使馆文化处和中国作家出版社为伊禾新作面世所做的工作！

祝贺《法比奥》的出版，祝愿新书发布会圆满成功！

肖云儒

2006 年 11 月 25 日，陕西西安

归 卧 南 山
——郑随社的诗境和心境

随社要我为他的格律诗集写几句话,实在是找错了人。我对古典诗词外行得厉害,可以归入一窍不通之列。这件事很叫我难为,再三谢绝,声明"非不为也,乃不能也",随社仍不答应,且上纲上线到"够不够朋友"的高度,我只好冒同人之大不韪而勉为其难而又难了。

既然不懂格律诗,我就老老实实,干脆把古诗当新诗来读,不管平仄,不管对仗,不管用典,只是真切地进入诗句去琢磨它的意境,感觉那意境背后的心绪和情愫,体味作者这个人,一来二去,反倒觉着了随社的种种难得。

随社的诗中几次出现过陶潜陶渊明和王维王摩诘,的确,他的诗乃至他这个人,也追求那种"羁鸟念旧林,池鱼思故渊""田夫荷锄立,相见语依依"的田园之乐,也有那种"问君何能尔,心远地自偏""归卧南山陲,白云无尽时"的散淡之心。他似乎有意要挣脱大都市的各种尘屑和喧嚣,回归土地家园,回归山川自然,用土地文明和自然哲学化解现代生活加于自己的感情冲撞和心理压力。他用他的诗为自己构建了一个心灵栖居的境界,这个境界高悬于现实生存之上,经由审美再造而有了如佛如仙的理想光彩,平衡着他眼中倾斜的现实,净化着他的情绪世界,化解着他胸中的块垒,也是可供他逃逸、藏匿(其实也是展示)的一个山中的精神"吊庄"。若要给这个"吊庄"拟一副对联,我想好了,便是"陶令篱下菊,摩诘川中林"十个字了。

随社构建的这个诗意境界,从诗句看常常和几个关键词联结在一起,一个是"南山"即终南山,还有"故园""客舍""山居"。你看,"雪里铁骨见精神,南山含笑抱清芬""终南烟雨世外天,深院垂帘性悠闲"。你看,"南山人家少,烟村接坡田""偷闲终南去,岭北观音山"。你看,"思君村梦绿,遥见终南山""淡淡轻寒浸南山,漠漠烟云悬百泉,飞花已随旧时梦,丝雨如织秋无边"。南山的铁骨精神,南山的绿色笑靥,南山的烟雨坡田,南山的悠闲自若,都是诗人梦中的牵挂,永远的生命记忆。你看,"终南深处数重山,精修客舍八九间""深居南山忘尘世,耳听泉声远喧哗",以及在《忆神禾故园》《癸未夏末宿南山客舍》《祥峪山居》《山居》的许多诗句中,人生、故园和南山已融合一体,而故园转成"新园""客舍"和"店家",又引发了几许惆怅,几许感喟。

这几个关键词在他的诗中反复出现,构成了一种象征、一种符号。从中可以感觉到诗人对故乡故园儿女般的依恋,诗人是将终南山、将大自然当作自己的家乡、自己生命的归属地。也能从这几个意象感觉到诗人内心的某种冲突:作为一位由乡入城的游子,"南山"虽是他的归属,有着"家"的温润和宁静,而"客舍"则是他临时的落脚地。家园变异为"客居",土地的儿女变异为过客,其中有多少人生的酸楚和无奈?

随社还有一些西部的记游诗,生命也常常浸渍到大地山川之中,显出一种隐而不发的苍凉。他对社会的弊病也有不满,也有劝诫,却在南山的空山淡云和家园的宽怀厚情中多少有所化解,而没有了时下流行的激愤。

其实,放牧生命,宣泄心绪,寄寓人生理想,难道不是诗歌最根本的功能吗?我想,如果一个人是从诗歌最本质的意义上来介入诗歌的,对于他诗作的未来,我们还有什么不放心的呢。

2004年10月31日,星期天,西安不散居,正是"丝雨如织秋无边"时分

从《格调》说开去

友人送来一本书，书名《格调》。软面精装，封面没有哗众取宠的大色块，用几种相近的冰淇淋浅色营造出一种现代味儿，你马上就感到了那种我们称为格调的东西。友人说这本书现在挺火的，希望我能看看。

这本书谈的是，什么是人的格调，人怎样才会有格调，人的格调怎样表现在衣食住行等生活的各个方面，不同的格调又怎样把人区别开来，甚至形成阶层，等等。美国保罗·福塞尔著，中国社会科学出版社出版。放在"另类丛书"中，足见编译者认为此书多少有些新意，而对其中的见解又多少有些保留。

《格调》在美国出版于1979年，二十年以后在中国读者中不胫而走，实在是耐人寻味的。这二十年，也许正是国人的生活步子和现代西方大致的时间距离？这二十年，也正好是改革开放以来的时期。初步解决温饱之后的中国人开始关注生活质量，向往自己和家人、朋友活得有滋有味、有格有调了。"格调"者，格是档次、品位；调是情调、色调，都指的是某种有层次的精神境界和感情色彩。我愿意相信这本书的走红，记录了中国人的生活追求由更多地关注物质层面到逐渐关注精神层面，由维持生活到美化生活的内在变化。

《格调》里贯穿着一个见解，那就是炫耀财富不等于格调，追逐时尚不等于格调，制造怪诞不等于格调。格调是在一定的物质生活基础上，长期的人生追求和文化品位、审美情趣积淀而成的。我们在和人的交往中都会有这样的体会，格调是一个人各方面的素质交融之后，形成的浑然一体的精神质地，却又随时随地地在人生实践的各个方面表现出来。一个人格调的高低文野，既是可感的又是可见的，甚至可触可摸。如此来说，格调、风度和气质主要是自然形成的，它不是不可以培养，却万万不能故意为之。仿效风度便大失了风度，为格调而揠苗助长那就全无格调可言了。

　　仔细想来，在生活中我们能够看到，人的层次有两种。一种是人们不同经济地位决定的层次，有如当下常说的贫困层、温饱层、小康层、富豪层，一般比较好定位，层与层之间常常有大致确定的界面，有的专家和传媒甚至定出了量化标准；还有一种则是人们不同的精神品位决定的层次，你能够感觉到这种层次的区别，却很难做清晰的量的划分。保罗·福塞尔在书里力图对人的精神品位做量化的和物态的表述，比如以领带的样式和打法、领口和脖子的熨帖程度等等形态性的东西来判定人的格调层次，不是没有一定的道理的，却失之表面化和简单化。人的内在质地和外在形态的关系是世上最复杂的组合，有时是内外同步同向同构，如富裕的人同时又有真善美的行为和精神准则，此人便具有了高尚的格调。有时恰好相反，为富反倒不仁，金钱诱发贪婪，而贫困却有利于磨砺出坚韧、执着、互助、博爱、奋发等优秀品质。有时，古代的一些名士和济公这样的愤世嫉俗者，还常常以丑陋、怪诞和反讽来表述自己的真善美，这时人的内质和外形便处在不同角度的异步、异向、异构之中。问题当远不止这样简单，两者可以组成的关系形态何止千万种，不然又哪儿来如此千变万化的人生风景呢？

　　《格调》被当下的读者看好，我想也反映了社会对人、对人本体的重视，人对自身、对自身生命的重视。这种重视不是物质的而是精神的，不是自我抚慰的而是自我审思的。一本书能促进人生愈来愈走向自觉，这当然好，但不可不注意的一点，便是书中津津乐道、反复写到的关于阶层的划分。作者虽然是以格调的高低来将人划分阶层的，这似乎没有什么不妥，因为这里用的是精神的标准。但是明显能够看到在这个精神标准的后面，有物质生活的标准即财富的标准做基础，也就是说，归根究底保罗·福塞尔是以财富为底线给社会划阶层的。其间虽也有它的道理，也有符合中国社会当前某些情况的一面，比如说，改革开放以来，在平均主义造成的整齐划一的生存状态过去之后，竞争机制和革新了的分配制度使人们收入档次拉开，产生了一定程度的社会分化，甚至在经济上出现了隐在的阶层。大家对追求格调感兴趣，实际上是经济处在高阶层的人要求相应的阶层意识和阶层情调，并希望将这种意识的情调理性化、自觉化的一种表现。但书中划分阶层的主导内容是不符合我们国情的，我们并不单纯以物质生活水平的尺度来看待人的格调，更不以格调的高低来给人划分阶层。如果读者以财富来定自己的格调档次，而且在生活中执意去追求这种档次而和别的社会层面隔膜，以至于真的形成这样那样营垒分明的社会阶层，比如现在常说的"蓝领阶层""白领阶层""工薪阶层""老板族""打工族""下岗族"等等，恐怕既不利于修养和完善自身，也不利于社会稳定和共同富裕。

　　时下，国外有不少像《格调》这样大众化、通俗化的理论书籍，它们将深奥的智性见解和理论思维变得具有可读性和可操作性，将论著转化为读物。读者不但能从中获得知识和思考的启迪，而且可以照书上的具体设计操作，将见解变为行为。这样，新知新识便可即时地在自己的人生实践中结出果实，因而这种书很受读者的欢迎，对大陆理论的研究性著作的写作也是一种改革。可以说，前一段风行的《学习的革命》和《个性色彩搭配》都是这一类读物。不过，它们的短处也是很明显的，一是理论信息不够密集，大量篇幅被同一理论层面的例证和操作方法占去，影响了理论论述和分析的充分和深刻。二是为了使理论见解可操作，常常将不可操作或难于操作的观点做操作性分解，既显得牵强附会，也容易忽视论题的复杂性和丰富性。三是引导读者对像格调、气质这样需要长期熏陶的精神境界的问题刻意操作、精心练习，最后适得其反，恰恰表现出格调的不高。

　　我想，人的综合素质才是提高生活格调最基本的因素，多读一些这方面的书，扩大视野、增长知识是需要的，千万不能舍本逐末，让大量的操作方法遮蔽了自己精神境界的升华。

1999 年 9 月 20 日，西安谷斋

中国传媒需要专栏作家

　　早就读陶冶的杂文,在《文化艺术报》头版的左下角,总有以异于其他报道的楷体字排出的千字文,围以花边,在版面上辟出一个特区,那便是陶冶给我们营造的特区风景了。鲁迅先生早已将报纸上的此类文字命名为"花边文学"。每次打开《文化艺术报》,便忍不住目光下移,去寻找那块花边文字,以先睹而为快。

　　陶冶在《文化艺术报》开杂文专栏,是《文化艺术报》的专栏作家,文章多从艺文观察和人文观察的角度进入。进入之后却能从大文化大社会的视角去打开,去拓展,去深掘。有时笔墨也直接游走于方方面面的社会问题,经过一番梳理分析,又总是收束到、落脚到文化感觉和人文理性上来。陶冶的杂文,立足平民视角,喜用口语行文,简洁明快而有穿透力,很适合报纸读者的口味。他以聊天的方式转叙最新的社会文化现象,然后三锤两棒子说出现象背后的东西。字里行间可以感觉到他作为传媒人的担当,作为文化人的责任。略感不过瘾的是,思想和文字还可以更添点儿犀利、更添点儿幽默,有的话题还可以想得更透、说得更透。

　　陶冶的杂文引起了不小的社会反响。关于对农民工问题的思考,关于高考有没有"状元",关于教育改革的思考,关于从狼牙山五壮士谈到爱国主义、英雄主义对民族的重要性,关于如何对待荣誉如何回报社会,关于《老鼠爱大米》唱出了现代爱情怎样的变化等等话题,在读者中、在网上都有不少反馈。有的帖子说:"读您的文章豁然开朗,您用真诚体悟生命,用热情编织思想彩虹,让我等小字辈惭愧。""你年近不惑仍然如此有社会责任心,让人佩服。"有的更直截了当:"多谢对农民工的支持。"

陶冶的杂文在参与社会改革和精神建构的进程中，起了十分积极的作用。

读陶冶杂文，脑子里冒出一个念头：中国的大众传媒实在需要一批自己的专栏作家和知名评论员，报纸尤其需要。专栏作家是一家传媒的主要发言人，是主笔、是主播、是名嘴、是名牌。知名专栏作家是公众媒体借助个人的身份、个我的观点、个性的语言，对普泛的社会问题向普泛的社会受众发言的一种方式。知名专栏作家使报纸的潜在人称由"公众"转换成"个人"，由"我们"转换为"我"，这便有了亲切感，有了对话和争鸣的可能，有了读者参与的空间。知名专栏作家使无所不报的、公正持平的报纸有了一种独特的人格形态，积以时日还能升华为独特的人格形象和人格魅力。可以说，知名专栏作家、名牌专栏文章，是现代报纸融入社会生活的重要渠道。

传媒靠策划、选择、组织新闻报道来营造社会舆论，更靠专栏作家和其他作者的文章来深化社会舆论。专栏作家对传媒所报道的社会、时政、文化现象做深度解读和人文诠释，它营构着传媒的形而上层面，也发育着民众的草根理性，对整个社会的科学理性也施加自己的影响。在社会理性整体的多层次的结构中，大众传媒的社会评论，一方面运用基础科学理论分析各种社会现象，而在传播基础科学理性的同时，又收纳、反馈社会和民众的关注倾向、情绪意向和实践理性的碎片和闪光，向基础科学理性提供鲜活的思维素材和理论资源，不断以新的因子去诱发民族精神的创新。

专栏作家首先要是杂家。千奇百怪的新闻事件、社会现象、文化动向、情绪心理征候，莫不在他们的关注之中，而且要在第一时间迅即解读，谈何容易。同时又要是某一方面的专家。多数是专于文史哲方面，也有的精于经济社会学甚至自然科学。前者如我一位在新华社上海分社当经济记者的大学同学，三十多年里坚持调查研究上海经济社会的发展，认真周密地积累资料、梳理思路，成为上海经济发展的权威发言人和活资料库，上海市委市政府决策时他是必请的高参。后者如科普专栏作家黎先耀，早年从事文学编辑和创作，1957年反右遭受冤案后贬到自然博物馆打杂，此后几十年苦攻自然科学，在许多报纸开专栏，写了大量的科普杂文。以美文解读自然，内里却暗传社会信息和人生哲理，备受读者欢迎。

举凡中外报纸，都有设立专栏作家的传统。鲁迅和瞿秋白是"五四"以来我国现代报纸最早的专栏作家，鲁迅后期的《花边文学》《且介亭杂文集》等十几本杂文集，都是他报纸专栏文章的汇编，标志着我国报纸专栏文章的海拔高度。那以后，张季鸾、范长江、邵飘萍、乔木（乔冠华）及至当代的邓拓、马铁丁、林放（赵超构）、梁厚甫、南方朔等一长串名单，构成了我国现代报纸专栏作家蔚为壮观的风景线。在国外新闻界，我们熟悉的埃德加·斯诺、基希、爱伦堡、约翰·里德、法拉奇等专栏作家，不仅在新闻界而且在整个社会政治文化生活中都闻名遐迩。苏联的爱伦堡，还以出色的报纸政论，获得了世界和平奖章。

新中国成立以来，新闻界由于受到极左思潮的干扰，由于怕犯所谓政治错误，很难也不敢发表独家新闻和独家观点；由于怕助长名利思想，不重视也不敢培养自己的专栏作家。上面举到的两位名家，北京的邓拓和上海的林放，在极左政治运动中的悲惨遭遇尽人皆知。这使中国现代报刊专栏作家的传统几乎断流。影响所及，电视广播也几乎没有自己独家的社会人文评论，没有思想型学者型的主持人和主播，清一色的靓男俊女，以娱乐化的插科打诨替代了屏媒、声媒对社会舆论的科学引导。这对国民人文素质的提高、对民族文化的建设不能说是有利的。

话说到这里，再拐回来看多年执着于报纸专栏写作的陶冶，他的意义也就远不止于这些杂文本身了。

2006年2月19日，星期天，春光乍泄之时，西安不散居

建构人生新风景

——序秦天行《大洋听涛》

一本学术著作,带你到哲智的高原涉险;一部小说,领你去感情的旋涡沉浮;这本书则陪你走遍世界。色彩缤纷的见闻,纷至沓来的感受,把异域风情、大千世界推到你面前。你徜徉其中,领略"大"世界,看东"洋"景、西"洋"景,"听"作者心中的"涛"声,也诱发了自己心中的共鸣。

这是我读天行散文集《大洋听涛》的感受。

我私下里是将天行同志划入"双语作家"行列的。这是我杜撰的一个词,意指那些长期弄文字而不以文学为业,却又时时忍不住弄点文学的作者。在我们的干部、教师、记者队伍中有一批这样可尊敬的人。他们有两种或多种社会角色,在工作中、在职业角色中,是好干部、好教师、好记者,在写作中、在业余角色中,又是勤奋而有才气的作家。为了适应两种或多种角色在不同坐标上的要求,他们在多年的实践中,化育出两种或多种角色意识、两套或多套角色思维和角色表述体系(其中包括两套或多套语言体系)。

不过,这两种角色意识和思维表述体系很不一样,有时甚至悖反。行政组织工作更多要求全局观念和求同思维,要求尽量找到不同人、不同群体的共同之处,团结大家去完成一个公众性的任务,达到一个共同的目标;而文学创作则更看重个人体验和求异思维,要求你尽量捕捉自己独有的体验,并以一种与众不同的表述方式写出来。"双语作家"们在两种角色中随机转换,虽然有趣,却很不容易,往往需要比一般作家更多的智慧。时间长了，这个群体逐步形成一股文学力量，也逐步形成了自己在艺术上的一些特色，为文学输进了新的营养。

其实追根究底，天行还算不得半路出家，也不能归入公务员写作，他本来就是行中之人。在大学学的是中文，毕业以后一直在文化宣传部门做文艺行政组织和创作评论指导工作。他干得很负责，很辛苦，也很有成绩。强识博闻、思路清晰，谈创作到位，评作品准确，还写过不少精到的评论文章，这是陕西文艺界都知道的。可惜的是，一直没有时间和精力大规模进入创作境界。以此故，我以为他是典型的"双语作家"，《大洋听涛》是一部以记叙为主的行旅散文。

这部行旅散文具有"双语作家"写作的一些共同的优长，比如广泛深刻地参与现实，使作者对生活的描绘、联想、开掘比较得心应手，作品有着较浓的社会实践色彩，这就增强了可读性，有可能拥有各个层次的读者；在长期组织领导工作中养成的全局观念和全维视角，使他的思想不怪诞不偏颇，总能够抓住生活的主流和要害，得体地表达出来；文笔常常带着感受和理性相结合的色彩，夹叙夹议，间以描绘和抒情，进退出入自如，等等。从这里可以看出，人生经历和社会角色对创作无可移异的影响，作家应该对这些影响有清醒的认识，既发挥它们对写作的积极作用，又走出它们的局限。

除了这些共同性的优长，天行的散文写作也有着鲜明的个人风格。

天行同志在工作中表现出很强的逻辑梳理和信息记忆能力，这是我所熟悉的，但他形象的观察力和形象的记忆力也这么强，却始料未及。这是作家素质中很重要的一点。他不是一个专业的或个体的旅行家，他去国外，每次都有繁杂的公务，要处理千头万绪的事，照应几十个上百个人，但忙碌并没有磨损他形象的观察和感受能力。他每到一国一地，不但勤奋、精确地了解记录那里的历史情况和社会情况（只要努力这是人人可以做到的），而且注意细致和独到地观察正在发生的鲜活生活。从对德国风景和关于米开朗琪罗的描绘，以及其他许多精彩的段落中，都能够看出作家在这方面有过人的能力。在匆匆掠过的旅途中，一旦出现有意味的形象、人物和画面，天行能够在瞬间集中自己的注意力，对观察对象做心理感情的留驻和文化历史的聚焦。因而他能看到别人看不到的东西，能从大家熟悉的东西中看出陌生，从大家走过的画面中感受哲理暗示。文章不但有声有色，而且亦情亦景，读来便兴味盎然了。这是勤奋，却远远走出了勤奋，是艺术家素质的重要表现。

天行能在散文中保持和发挥自己理性思维和知识占有方面的优势。这不是指在文中插进几段议论和分析，而是将哲智意蕴自如地渗进人物和画面的形象，渗进文化联想和生命抒情。他驻足于威尼斯阿诺河畔，极为动人地描写了但丁和贝雅特丽齐其在此处的热恋，使你如临其境。他在芬兰，由回忆中芬戏剧交流，到分析中西文化异同，一气呵成。这些文字让我们读到了作者知识、学养和生命激情的交融。靠引资料、吊书袋是做不到这一步的。一，它需要具备在旅途现场对观察、感受和各类相应的知识、理论，做随机重组的能力；二，它需要让知识、哲智在心头多年积淀，逐步转化为学养和气质，才能自然流淌出来；三，还要具备从一开始观察生活起，便将形象、感情、知识、意蕴糅为一体的能力。说到底，这当然还是一种作家的素质。

在有些出访记中，天行集中笔墨写了人物。这些人物大多是他旅居国外的亲友和同学，因为熟悉，又有青少年时代的人生经历和感情景深可供展开，大都写得鲜活生动，跃然纸上。比如写美国马里兰州的表妹和由西安迁往日本东京的那对兄妹，就很感动我，引发了我对亲情的许多美好的联想。一路读下来，对天行的人生经历有了进一步了解，也对他的心灵世界有了更多的对视和探测。可以说在这些文章中，作者不但写活了亲友，恐怕首先是写活了自己的。从整个集子看，凡是作者人生经历和内心感情有较多投入的篇什，都很动人。由于天行不是以写心灵、写内心世界为主的作家，他的行旅散文主要描绘的是外部世界，这些坦露内心的文字便格外显出珍贵来。

不少"双语作家"的写作，现在都面临着一些共同的问题，比如怎样更好地处理记叙、描绘和感受、抒情之间的关系，更好地处理历史背景材料和现场见闻之间的关系，更好地处理表述的准确、切实和美文的艺术语言要求之间的关系，等等。天行同志在这方面已经很有心得了，相信在今后的写作中会做得更好。

作为多年的朋友，希望更多、更经常地读到天行的新作，在持续的创作中，天行生命的潜能会更多、更全面地得到发挥，定能在知命之年建构起自己人生的新风景。我想老朋友们徜徉其中，定然会流连忘返的。

2001年9月9日，星期天，西安不散居

作家与传主的高蹈神会

——读忽培元《耕耘人生·木刻家修军评传》

忽培元先生是位公务员,在繁忙的行政工作中坚持笔耕,多年不懈而成果迭出,现已出版五六部作品。二十万字传记文学《耕耘人生·木刻家修军评传》是他新近推出的力作。当搜寻语言来表述这本书给予我的印象时,颇费踌躇。我不想说这是一部通常意义的艺术家传记,也不想一般地说它是一部文学感、生命感、哲理感很强的传记文学。与其这样说,不如说它是两位哲人、两位诗人——作家与传主心灵的谈话录和神会记,是一位高层次文学家和一位高层次艺术家在生命宇空、精神宇空、艺术宇空的对话。艺术家的灵魂打开了,作家的灵魂也打开了。培元毫不吝惜地将自己的人生经验、心理经验投入书稿,以此作为钥匙,去打开修军的心灵之门。被作家那支笔引领着,我们一步一步走进了修军的世界。

全书落笔于小处而着力高远,格局宏深。作者没有采取常见的传记写法,即以经历为经、事件为纬,编织传主的人生故事,进而展开一段特定时空的社会历史生活,也没有再走他上一部写老革命家马文瑞的长篇传记《群山》的路子。这次的写法是:从可见可感、一鳞一爪的细部引入,散点式打开,之后经由细腻的心理剖析,融以哲人式的议论,提升到人生和艺术哲理层面,聚焦为一个人生命和艺术的辉煌。从写法上看,这是一种创新。从作品的具体情境看,符合修军在长期艺术劳动中养成的寡言多思的性格,符合截取传主在病中回眸一生的纳动于静的结构,同时还发挥了作者自身的优长,即培元素有的哲思气质和沉静写作心态。

《耕耘人生·木刻家修军评传》一开始描绘到的那些细节多么令人难

忘啊。像版画家几次拒绝出售自己心爱的画作,像在病房里出神地观察花荣花枯而浮想联翩生命,像走路遇见石子总喜欢一脚踢开,都无一不和人生、社会大的价值观、艺术观相贯通。所谓点式打开,就是从这一类细节中切入,去打开一个大的精神世界。这些细节可能是不经意的,作者在采访中能抓住它们,是作家的敏锐;在写作中能深度地表达它们,更缘于作家对细节超常的理解,缘于作者在传主的素材中大量投入了自己的感情经验和心理经验。要不,这些细节怎么可能焕发出如此的光彩,含纳着如此富集的性格信息、感情信息和社会价值信息呢。可以说,培元写修军也在写自己,也是在借传主倾诉自我。书中许多具有审美价值的地方,都是作家和传主双向投入的结晶。

再要说的是语言。培元的语言已经形成了自己的风格,是那种平实、真实、结实的风格,我一直很欣赏。用语节俭平朴,控制中却有一种质感,沉厚中有一种奔放。以控制有度、几近白描的语言而要表达诗人情怀和哲人气质,是有难度的,这要有成熟的驾驭,有无驾驭的自如。早从《群山》开始,就能看出这方面执意的追求。

修军先生与我,"文革"前相识而相交,友朋多年。他20世纪50年代参加中国人民志愿军赴朝作战时的战友车轰,战后考入中国人民大学,成了我一年的同学,毕业后一起分配到陕西日报社,又成了二十几年的同事。后来我调省文联,更与修军先生工作于一个系统。以此故,我们经常往来,虽未有竟夕的深谈,却是那种淡而味长的君子之交。他在我心目中留下的是三个印象,这便是大师之相、凛然之气、铁木之趣。培元的传记不但重现而且加固了我心中的这一形象。整个阅读过程常会不由自主地沉浸在对修军先生的忆念和回味之中。我能清楚地感觉到,这种忆念比前几年是更鲜活而鲜明了,我知道这是因为加进了作家创造性劳动的缘故。

第一个是大师之相。修军终身从事黑白版画,选择了一种艰难的艺术样式来表达自己对生命、生活的感悟。他长于以极简约的构图，传达深沉的生命象征和生活理解，就像《冬之晨》中那场丰年之雪，落在农舍上竟产生了丰腴的感觉。而《夕照》只用单一的暗橙做底色，四两拨千斤，就把浓浓的故乡感觉表现了出来。这都是大器、大道、大师气象。

第二个是凛然之气。书中写了修军不同意将美术家画廊出租给商家的情况，那时我正在文联的岗位上，为这事他找过我，说陕西美协是出艺术家、出长安画派的地方，再困难也不能变成商场。尽管当时管理机关的同志并非轻慢艺术，而是确有困难，实属无奈之举，却反映了一位老艺术家执守信仰的凛然之气。凛然不是肃然与悚然，而是人情味和亲切感深处的一种高蹈襟怀。你仔细玩味第十二、十三节胡征与修军诗画酬对、心有灵犀而互访不遇的精彩篇章，就会懂得在当代生活中，这种具有古风的高蹈是何等令人神往了。

第三个就是铁木之趣。他的许多作品，特别是表现陕北的很多作品，抒情色彩极浓，装饰趣味极浓。饱满的生命感、亲切的乡土情，与艺术创造激情、天籁般的童趣相融合，也与上面说的凛然之气形成鲜明的对照(《陕北之春》《高原秋爽》《春》)。而在艺术表现上，铁的进击、木的砥砺，迸发出了审美张力和艺术感染力，刀味、木味两相宜，产生了类乎汉画像砖的古拙金石之味（《黄河入海流》《黎明》）。

修军、忽培元，一个是我所敬仰的艺术家，一个是我所敬仰的文学家，他们原本分属两代，却在人生价值和艺术价值的相同坐标上走到了一起，走进了这一本书。读这本书，传主的人格和作家的文格，都涵养了我，真是受益匪浅。

2007年5月20日，整理半月前发言

长大了的杨莹

杨莹在我眼里似乎一直是个长不大的女孩。她还是半大孩子时便写诗，发表作品。那时我还不认识她，常听见大家说到她总要加一个封号，"杨莹那个小女孩"。

后来见了，可不，圆圆脸，说话赖赖的，成天高高兴兴，而且百无禁忌。文友们传着一些她长不大的故事。我和她熟悉，是她到一个十分忙碌的报馆从事一份十分忙碌的记者职务之后。大家都忙，常常只能在各种会上见，有事便三言两语谈"事"，无事则远远打个招呼，笑笑，擦身而过，各自去办各自的"事"。这个快节奏的时代每个人都活得很具象，我和杨莹几乎没有抽象和灵象境界的交流。

七八年来我和她挺熟，却不能说真正了解她。甚至忽略了她肯定要长大，而且已经长大这样常识性的事实，常常以对孩子的口气，逗乐着和她说话。"杨莹那个小女孩"便这样在我心里定了格，难以改变了。尽管她写过《初为女人》的文章，尽管她多次谈到过她的何先生和何小子，也多次感慨过她已届而立之年，这一切暗示和明示都不起作用，在我眼里，杨莹依然是"那个小女孩"。

仔细读了霍松林先生题签的《品茗》这部书稿，她以字里行间坦露出来的女性生命世界，强调地、强烈地告诉大家："杨莹长大了！"是的，杨莹长大了，由女孩成了女人，由一个含茹灵性的女孩成了一个充盈理气、扬厉锐气的女人，却又仍然保持着素有的真性。合上书稿，我最初有一丝惭愧——为我一直把她当作女孩，一直以逗孩子的口气和她说话惭愧。忽视眼面前一个正在成熟的生命，将一个丰富无比、日益深刻的生命稚童化、简单化，未免太有点对杨莹不尊重了。

在这本书里，杨莹仍然记录了自己在花季岁月的孤独、苦闷，那是青春给一个善感的女孩播种的美丽的忧伤；记录了自己在启蒙时代的萌醒和骚动，那是文化世界对一个渴望文化生存的信徒在做醍醐灌顶的宗教仪式。她躲开喧闹拥挤的日常生活空间，离家独居老屋，学习，思考，冥想，感悟，以艰苦和孤独换得了精神的自由和有意味的生存方式。她春雨潇潇地写诗，淡云随月地追寻自然，苦茶醇酒地微醺于友谊。这是我们在《望天阁梦忆》《休憩南心》《丁香先生》等等篇什中读到的杨莹。她对生命意趣、生命意义、生命意识的追索，让我们看到杨莹正从"女孩"那透明的茧子里挣出来，向知识女性自由的精神空间飞翔。

然后我们读到了爱情。杨莹堕入情网，文章却一笔带过。有个追求她的男生，在字里行间掠过背影。她一封封地写情书，一封封收到情书，并没让我们知道一点内容。我确信，对杨莹这样看重精神生存的人，那爱情中的灼热、寒冷、狂热、消沉、纠缠不清和抽刀断水，种种种种，都会较之一般人强烈多少倍，都会进入一个极致状态而煎熬着她，幸福着她。少女正是在爱情熔点的冶炼和冰点的淬火中成熟为女人的啊。

然后我们读到了家庭，进而读到了社会。她描绘了为人妻、为人母的责任怎样在自己心头萌生，而且天然转化为奋不顾身的行动，也描绘了相夫教子给予一个女人的满足和乐趣。忙罢了自己的事，又去为丈夫的事奔忙；甚至丢下自己的事，牵肠挂肚为儿子操劳。新闻传媒职业更是把她逼出家门，赶到社会生活最繁杂最喧闹的旋涡之中，我们于是读到了她对某些社会问题的发言。作为文艺版的编辑记者，当然更多是说文艺。而以公众传媒身份说文艺，常常又取社会和民众的角度，一定程度上仍可视为她对社会问题的发言。此类文章集子里收得不多，从中却能看到另一个杨莹，她不能不从形而上的云霓中回落大地，为家庭生活，为文艺事业，为社会发展奔走呼号。

很可能这样的杨莹是勉为其难而又力不从心的，也许还是违拗她天性的。我们从文章中看到，时间不长，她便从具象生存的泥淖中挣扎出来，重又翱翔于理象和灵象生存的天宇——或者说，她从世俗生活一切可能的缝隙中，执着地窥探着精神的灵山。《台历边语》《痛哭三毛》《初为女人》《2000年1月1日这一天》，许多描绘内心图像的篇什出现了，却并不是过去那个女孩杨莹的再现。她在记录日常安排的台历上，忙里偷闲写下对社会生活和精神现象的思考和审视，留下人生情愫中美丽的东西，也对丑陋录以备考。她借哭三毛，哭女性，哭知识女性，哭文学和精神的失衡。她从自己的灵魂下刀，解剖女性；又由女性悲剧性的社会地位和族类命运，诊断方方面面的社会病征。当她对视而立之年的自我，她的感喟和领悟，其中含茹的人生感、命运感和思辨、深虑色彩，虽不能说"曾经沧海难为水"，却已经很有一点中年风了。同样是多愁善感、喜思嗜文，女孩杨莹已经被女人杨莹替代。杨莹真是长大了。

这本书暗传着杨莹一段重要的生命转折，这本书无意中勾勒出长大了的杨莹形象。我对友人戏言，书名《品茗》实在应该改为《品莹》才好。

2001年1月30日，星期二，旧历龙蛇变幻之时，写于长安碑林之侧谷斋北窗之下

悲 愤 之 美

——序林荫《月朗野洼庄》

他说，山沟是荒凉的，残垣、断路，老人头发般稀疏的庄稼，讨饭孩子伸着手似的枯草。可是，叙说山沟风情的"西北风"音乐为甚那么流行，还有那么多人鼓掌，被说成美呢？

他说，山沟是苦难的，烈日下赤身露着肋条骨，头俯地拱起山一样的脊背，沟壑般的皱纹，如注的汗点，这些一变成画儿、照片，作成诗文，便获大奖、得特佳。可得奖的主儿，有哪个愿意像美的原型一样，老牛般在土地上匍匐一生呢？

他说，山沟的故事是卑贱的：男人抽辣烟喝辣酒，身上汗泥搓成条，女人们头发荒如草面皮粗似麻，穿着饭迹斑斑的百衲衣，惹得文人雅士发笑。假如这些人生在山沟，他们该是怎样的面目呢？

问得真好！

他还说，我们练着演戏的本领，却无法明白自己在尘世大舞台上扮的是生还是旦，是净还是丑，更不知道自己把生命演成了"流水"还是"倒板"。世俗对下层演艺人的浅见，真个让人承受了太多的炎凉。

这个林荫啊，敏感而多思，发痴时就想，想不开时"就产生疯人的笑感，号啕着朝山呼喊"！

在林荫散文集《月朗野洼庄》中，读《山沟》《背山》《巍巍的山》《陕北》《信天游》《我从小城走过》，你会感到有一种悲愤之美喷薄而出。那是一个住在大山褶皱深处的人，一个背山的人，一个付出了远比别人多却得不到公正报偿的人，于内心很深很深的地方压抑着不平，压抑着悲怆，压抑着愤懑。

在土地上任饥任寒的受苦以供人温饱，在舞台上流汗流泪的表演以供人欣赏，是这种悲愤的主要原因。只是作者没有停留在具体的人生遭遇和命运公正上，他的笔墨由此拓开去，而驰骋于大地的苍凉中。这是生命的苍凉，感情和心境的苍凉。一种深广忧愤便像秋天的晨雾，悄悄在字里行间弥散，濡湿了我们的心。我们于是感动了。相类的感情体会和心理经验被点燃了，相关的人生思考也启动了。不经意间，荒僻、困窘和苦难，便转化为感情眷恋，转化为美。

林荫这几篇散文的悲愤之美，和当下精英层面常常议论的悲悯情怀，拉开了明显的距离。两者都是对世界一种悲怆性的深虑性的感悟和思考，但悲愤之美更多出自切身的人生体悟，多表现于感情层面，悲悯情怀则更多出自宏观的社会文化思考，偏重理性层面。悲悯情怀的文化姿态多少有一点居高临下，又容易陷入纯理性的逻辑推断。林荫写散文则大多出自真生命的大痛大爱。

现在有些作家笼罩在文化膜中，少有机会也不太愿意走进时代生活，一味从文化膜拟态的生存中讨素材、讨体验，导致了生命不同程度的委顿。而原创性创作资源的缺乏，又导致了他们笔下的苍白。林荫和他们大不一样，他一直生活在陕北小县城，相当程度上逃逸了当代社会那些流行文化膜的包裹和窒息。处在源头上的真生活真人生，他的体验便常常是生命和感情的亲历亲知，有着一种心灵尖锐的疼痛和切肤犁心的感动，不仅在艺术体验上，也在生命体验上显示出一定的原创色彩。这是极可宝贵的。

林荫也有一些不是从生命深处得来的文字，是为文而文还是为生命而文，马上便有了高低深浅文野之分。他的文字应该说有力度有质感，但色彩还嫌单一，在表现复杂事物时，张力稍差。要注意拓宽文路，多练几副笔墨以应对千变万化的世界，否则便显出了单调，有时还容易重复了自己。

我与林荫本来素昧平生，1997年的那个夏日，竟然同时被组合进"黄土地"艺术团，去荷兰恩斯格德等地参加国际民间艺术节，冥冥中真有老天作合。兹后又转道巴黎，在中国驻法大使馆招待所迎来了香港的回归，一起度过了人生难忘的一些日子。这就是缘分了。在国外时，团里不少人都给我说过他的能写，那是作为县上的一个骄傲来介绍的。林荫虽不多说话，也给我约略说过自己的创作情况。终是异国他乡行色匆匆，只能相约回国后再读他的作品。虽未深谈，他的文秀之气，他的多思善感，是给我留下了印象的。不想一晃五六年过去，林荫再度在我面前出现时，手里捧着的是这本书厚厚的初编稿。他依然不多说话，我亦不多问询。我知道，他的勤奋，他的辛苦，他的才智，他要对我、要对这个世界说的话，大概全在这一页一页的文字里了。

我接过书稿，握住了林荫的手。

2003年6月5日，星期四，夜10时，西安不散居

王锋居无定所

读王锋的散文,看到了一个居无定所的灵魂。

王锋处在爱热闹的青春岁月,又处在聚集社会各方热闹的大众传媒,却有着一份出奇的沉默,一份让你始料未及的沉稳。在娱记行当里,他的眼光和文笔都经得起掂量,而前卫、新潮和时尚则恐怕稍逊风骚。不为别的,全因了那无法了断的文学缘分。在繁杂的闹市中,他无法让自己忘情地投入,他总是悄悄地想着文学。心远地自偏啊,在媒体最喧闹的一刻,你常常能感到王锋的自我放逐,或者感到他力图将这喧闹引到文学道上的尴尬努力。他和自己所爱的文学一个样儿,挺可爱的,也挺叫人心酸的。这个年轻人的灵魂还没有找到合适的窠,还在漂泊,居无定所。

此前王锋已经漂泊过一次了。从大学出来分配在铁道建设部门,在机关和基层干了三年。从他的文字中可以看到,第一线的生活和工人朋友至今温暖着他的心,而指挥机关的森严等级,政工工作的虚假无效,以及一些人的奢靡,却伤害着他的清纯。他决然告别单位所有制,开始了第一次漂泊。他不是去寻找一个新的饭碗,而是去寻找一个可以惬意安放自己心灵的所在。于是来到传媒。不过文字并不就是文学,传媒首要的职责也并不是放飞心灵。王锋可能还要寻找,乡关何处?不敢妄测。

校园青春,人生初旅,江山情思,是王锋散文的三重奏。写校园青春,一个个风华正茂、无忧无虑的生命,经由热辣而调侃的笔墨传达出来,活泼泼直在眼前打跳。写人生初旅,很快便有了一丝酸楚,那是无邪的眼光在阅世之后的幻灭和幻灭之后的痛生出的沉着。——"回想起参加铁路后南上北下、东奔西走的三年时光,是一种来自底层的、真切的、深重的东西,如钢轨和枕木一样沉重坚实，无形中已经狠狠夯实了我的人生路基，使我在以后的日子里不至于跑冒漏滴、不至于滑坡塌方、不至于裹足不前、不至于轻易脱轨。"尽管是初旅，由于感受全来自亲历，便显出真切和结实。写江山情思，要求驾驭得很老到是难为他，但情景交融的能力，开掘生发的能力，俯仰自如的能力，都已经很不简单了。

担心窠儿一安逸，引发他灵魂的怠倦；却又不忍心鼓动王锋再漂泊下去。这如何是好呢？

2003年6月22日，星期日，西安不散居，一个停开空调的炎夏

用生命开采灵象、形象、理象

——序高璨的《你来，你去》

读高璨的散文，心里始终盘桓着一个结。她今年满打满算才十三岁，鼻梁上架个小眼镜俏皮的样子，还完全是个孩子，却早在五年前八岁的时候就开始出版童话集、诗集、散文集。那么小个人吧，观察的能力，感悟的能力，想象的能力，思考的能力，还有将内心的这一切用富有创造活力的文字传达出来的能力——也就是说，文学创作的一些基本素质和能力，在这个小女孩的身上都有比较充分的显示。这不能不让人吃惊，吃惊到有点百思不得其解。

翻开她新出的这本散文集《你来，你去》（这该是小高璨的第七本集子了吧），最先、最直接让我惊异的是文字。她对汉字常有一种特殊的理解，文字符码在她笔下常常以全新的理解、罕有的张力和弹性组合到一起。联喻与象征、暗传与通感、借代与置换，以及名词的动态化、动词的状态化，文字在动静之间的自由出入，对语境、语感的领悟与驾驭，等等，都使得汉语在她笔下陡然增大了信息量，由字之义而字之意而字之象。而随着字码的新关系的形成，又常常营造出一种作者独有的语言感觉和语言氛围。你看——

"没有记忆就相当于没有曾经。"

"当我身上落满毛茸茸的雪花，我突然感到一种神圣，这雪来自何方，它当时怀着一种怎样的梦想，选择了以洁白的形式划过天空。"

"课间操，有些晚来的同学匆匆从身边跑过去，一两秒钟后，风才跟着掠过我，好像只要奔跑就会有风忠实地跟着你，追随你一般。"

人的影子在脚跟处与自己相连，"但树叶离自己的影子一生都那么远，当它终于要触摸到自己的影子时,生命的最后一秒就离开了,它和它的影子都永远离开了"。

的确有点鬼斧神工的味道,好令我惊异。

其实一个作者文字的能力,有时倒未必是程门立雪、凿壁借光练字造句的结果。就高璨而言,恐怕主要得益于她的天性和气质,得益于她天性中存在的那种超常的艺术观察和生命感觉功能,得益于她气质中具有的那种早熟的形象联想和感情发酵机制,得益于她能将身外的一切事物都看成可以和自己对话的生命体。

她说:"每一天都有炫彩会出现。""随意一处阳光,一丝风,都在我的思绪中永生,而如此多的美丽都在我身边,所有的事物都在微笑。"她说:"每当阳光灿烂,每当会心微笑,总会有一支笔在心中跳跃。""五年级我的笔开始学走路。后来,我的笔第一次长出了羽毛。"

正是潜藏于生命深处的这种艺术天性,使高璨得以从自己的个性出发,对汉语潜藏的表现力做深度开掘。

如果说感觉、感悟、感情的生发、延展、发酵,更多出于天性和气质,那么思考呢?思考难道也是她这个年龄这种气质所具有的吗?她看飘雪,脑海里飘过的思绪是,"雪花飘落就是为了融化吗?一个人出生不也是最终要走到生命的尽头吗?"

她清明祭祖,感到墓穴是人世间的另一扇门,像宇宙中的黑洞,无论多么宽广深远,永远只有单行道。

她喜欢踩别人不踩的雪地,脚印杂沓的地方是习惯跟在别人后面的人走的,没有脚印的雪地才是别人没走过的新路。

"我记不住刻意要记住的事情,忘不了刻意想要忘记的事情,一切经历都在走过,无论脚印深浅总有一些可以不被磨灭的深度。"

思考能给人快乐,"更多的是涟漪般的想法和迷宫般的没有答案的答案,有点像站在深渊中思考刚刚从悬崖上掉下来的过程的感觉,有点冷,有点嘲讽"。

如若仔细品味,就能发现高璨这些关于生命、死亡、创造、记忆、思想的种种思考有一个特点,那便是紧紧结合着俯拾即是的形象、结合着意象迭出的感悟来开展的。她的思考,本质上是诗性的。

也就是说,相当程度上还是她那过人的灵智启开了各种生命现象、社会现象内里的意味,敏锐和聪颖又使她能够充分意会这些意味,了然于胸之后,才以一种别林斯基论述过的"融汇形象描绘思想"的方式,将思考表达出来。更准确地说,我以为这是用文学语言将人类的灵象、形象、理象这三种感知方式熔冶于一炉。这三种感知方式各有不同,或重灵,或重形,或重理,却又在两个基点上相同。一皆为"象",即皆为可观可感的画面。灵象、形象不用说了,即便所思之理,亦是理象,说的是象中之理,表述方式是寓理于象。一皆为"感",皆是"感知",而不是"认知",是因感悟的生发而知而思,不是因逻辑的推演而知而思。

由此我们可以看到生命在高璨写作中的重要性了。在所有的文字背后,在所有的灵智、感悟、思考、表达背后,是一个无比活跃的蓬勃的生命。她用明净的眸子和洁净的心灵不断叩问着这个最初接触到的陌生的外部世界,也叩问着刚刚开启的新鲜的内心风景。童真的生命赋予了她一种能将一切物象化为心象和情象的能力。这才是作为写作者的高璨最大的优势。这个优势切入了文学最本体的层面,说到底,文学是生命的一种喷薄啊。

中国画论在谈到艺术家与心灵与世界的关系时,有一句名言叫作"外师造化,中得心源"。高璨的写作得之心源者可谓多多,因心源的单纯而纯真纯洁,有时也因心源的单纯而单调和单薄。我曾经想,随着年龄和阅历的增长,以高璨如此丰沛的心源,有了造化世界的营养,生活大河与生命源头在笔下的汇流,她会怎样的像种子掉进沃土,快速地拔节、开花呢?

实在是未可限量。

同时也就有了一份忧虑。固然高璨现在认定自己此生要和文学结缘，却不能也不应该荒废学业，荒废系统的知识学习和专业训练。只是在漫长的岁月中，模式化的学校生活和规范化的学科讲授，对她保持自己的艺术敏感和生命灵悟利弊如何呢？会不会反倒对已有的天性造成戕害和窒息呢？这是曾经发生在许多写作者身上的两难的命题。聊可乐观的是，以高璨现在对自我天然质地保存的成功，想必她内心有一种远比常人强大的机制，既能很好地在他人他设的知识体系中学习成长，又能很好地在自我自设的天性体系中良性循环。

祝福高璨。

2008年6月21日，西安不散居

一种新文体的原创性尝试

——序何金铭《宝鸡峡》

几个朋友在省政协会上闲聊，有位担任过要职的同志谈了陕西历史上几件大事的高层决策和运作过程，听得大家饶有兴趣。我一辈子没有走出文化圈，在这些熟悉而又陌生的幕后故事中，收纳到了密集的历史信息和文化信息，便建议他能将这些亲历的事写出来——这都是文学家视如珍宝而又难于得到的创作素材啊。

好些人表示也有这方面的素材，极愿参与，当下便凑题目、议体例、谈写法。有的说可以把新中国成立以来的陕西大事编年，用蔡东藩二十五史演义的写法，搞"陕西当代演义"；有的说写地方演义从无先例，各方面怕有难度，不如选几件可写又好写的先试试，学咱的乡党司马迁《史记》的办法，以史为主，历史与美文结合；还有的说，也不妨独创一种介乎于工作报告和文学报告之间的文体，既保存了史料，又能适度再现当时的场景……"说得轻巧，吃根灯草"，聊得很热闹，聊完了各人忙各人的，至今没有听说谁认真动了手的。

倒是没有参加那次"宏伟策划"的何金铭何老，悄悄地给这件事开了头。

一月前的一天，金铭先生翩然而至，提来一厚沓打印稿，足足二百个页码吧，说自己在几个朋友敦促、帮助下，把当代陕西最大的水利工程宝鸡峡写成了书。我听他介绍了事情的始末，回来又从头到尾读下来，心里一高兴，便电话遍告各位朋友，说那次聊的"陕西当代史记"，已经有高人"剪彩"了。的确，金铭先生的《宝鸡峡》，正是以那次议论中设想的文体，即史美结合的文体，将宝鸡峡放在历史的、时代的、水利的、地域经济的多重背景和多维坐标中做了真实而又形象的再现和解剖，有特定时代高层决策的曲折过程，有干部群众艰苦奋斗将蓝图付诸实践的写真画面，也有作者理性的思考和辩证的分析。应该说，从文体上讲，这是一次带有原创性、拓荒性的写作，是完全担得起"剪彩"二字的。

以金铭先生的经历和资质，恐怕最有条件来为这种现代史记体写作剪彩了。他长期在领导机关工作，是许多覆盖全省重大事件的知情者和当事人；他从青年时代起就以思维和文笔的鲜活而负有盛名，离休后笔耕不辍、佳作迭出，出书在十部以上，是省上的一支如椽大笔；最重要的是，他有难能可贵的责任感和认真精神，有多年在理论和实践的结合中造就的认识水平和分析能力。

作者在跋中说，这是件吃力不讨好的事。是的，他以古稀之年却舍得花几年工夫去干这件不讨好的事，千方百计往好里干。他切切实实梳理、研究了六大箱原始材料，整理出几百页、二十多万字的资料。他不但以创造性劳动注意处理好史与美的关系、历史真实和文学表现的关系，更注意处理好在一个特定的时代，极左的政治路线和极左的思维、用语，与被其压抑下的人民群众发展生产的积极性和改善生存状况热切愿望之间的关系，处理好错误路线和具体人的复杂性之间的关系。他常常一方面坚持写出历史原貌，一方面又加以切中肯綮的评论，使我们在字里行间既读出了历史的真实，又读出了作者的真诚，读出了作者清醒的反思和恳切的情怀。

《宝鸡峡》给人最直接的印象是它的质朴感和纪实性。作者吝于描写，却常常不惜篇幅引用历史资料和当时的原文原话，在翔实真切的铺排中情态尽出。接踵而来的印象，便是它的宏阔视野和历史景深。空间视角由"航拍"逐步推近为特写，由全国的鸟瞰图凝缩至宝鸡峡；时间视角则常常穿越历史的烟尘，将景深伸进遥远的灾害史和抗灾史，伸进漫长的水患史和水利史。

这便使作品显出了厚实。

《宝鸡峡》的文字准确、干净，间或也能遇上一点幽默，又让你感到些许跳脱。不过，这种幽默是那么恰如其分和不动声色，还总是渗进一种无处不在的沉重，这是那个时代浸入骨髓的沉重。以幽默化解沉重，显示出面对历史、面对沉重的一种从容。是的，从容，恐怕这是作者写作中最值得注意的精神状态，也构成了《宝鸡峡》最难能可贵的特点。

在中国文化中，从容不但是待人接物的一种具体状态，也是沉稳自若、进退自如的一种人生风度。从容是儒道结合的中国文化精神和行为方式一种恰到好处的体现。《宝鸡峡》一书中弥散的从容，更不止这些内涵。因为作者面对的是一个很不从容、发着高烧的时代，发生在这个时代的这事件——修建宝鸡峡，虽然是大好事，却无可避免会带上极左思潮透入腠理的辐射，正确与荒谬不仅鱼龙混杂，有时简直就是一个问题纠缠不清的两面。这时，作者的从容——从容的思考，从容的剖析，从容的表述，便显得分外重要。不过光靠通常理解的从容风度，这里显然远远不够了，在金铭先生从容自若的深处，我们看到的是中国文化的沉稳缜密和共产党人实事求是科学精神的结合。

这种结合的直接表现，是作品着力写了黄东诚等好几个具有实事求是精神的人物，写了关于宝鸡峡调整缓建的争论、劳力为什么上不去的分析等几个体现实事求是精神的事件。但更主要的，是表现在作者以实事求是的科学态度去反思、分析、评判那个特殊年代发生的故事，引导读者从荒诞的外壳中感知事物正确的内核，或从貌似正确的语言外壳中感知事物内里的荒诞。

在这种分析中，作者首先采用的办法是剥离。主要是三个层面上的剥离，即将时代的某种荒谬和造福人民的具体工程剥离开来，将时代的某种荒谬和为人民服务的具体人剥离开来，将时代的某种荒谬和生命的创造激情剥离开来。这种办法作者用得最多也用得最好。在作品中，常常能读到表述这种剥离或界定事物区别的准确而又明晰的文字。

在剥离的基础上，作者也注意描绘两者间的难于避免的影响，比如造福人民的工程常常不得不在极左的思路、简单的方法和偏激的情绪、语言中进行，不得不曲曲折折地走弯路；即便是那些具有精神光彩的人物，也不能完全走出"左"的阴影，不自觉地做一些可笑的事；而群众的尤其是青年人的生命激情和创造能力也便因为输入了某种荒谬的渠道而被轻易地抛掷和耗散。在这些描绘中，作者的笔是动态的，既写相互影响，更写相互纠葛、冲突，写相互转化，使笔下的生活呈现出特定时代的复杂性来。作品因而有了深度，读来耐人寻味。

为了地域历史资料特别是经济建设和科教生活史料的精确保存和形象传播，在《宝鸡峡》成功地开头之后，热切希望更多的有志者投入这项写作活动，也相信在这个领域会有更多的好作品诞生。

2001年10月3日，星期三，西安不散居

读周养俊

读书其实是读人。每一次阅读都是去会一次朋友，去阅读朋友的内心世界。我与养俊相识多年，交谈与交往很少，这些年来，我们是在各自的文章中逐步相识而相知的。

读养俊的诗和散文诗，你便在他的心中款款穿行，他也便在你心上深深走过。

这是一个充满爱的人。和生活里我们常能碰上的一类人不同，那种人永远在怨天尤人，似乎社会、人生永远亏欠着他们，养俊不一样。在人生的旅途上，他总是发现时时处处都有爱在等着自己，他也将爱施于生命的角角落落。他爱春夏秋冬每一个季节，为一年十二个月歌唱，为每一个日子歌唱。春节中红火和温馨的一月，绿色开始睁眼的二月，花蕾在春雨中探头的三月，绽放灿烂梦想的四月，歌唱劳动的五月，收获的六月，草原在和风中翻滚的七月，穿行在江南烟雨中的八月，背起书包赞颂师德的九月，歌吟祖国的十月，以音符般的落叶奏响生命苍凉的十一月，雪花如白焰般燃烧的十二月。他爱土地、家乡、小屋和浸泡在乡情乡韵中的祖父母，爱山川花鸟尤其是西部大地，甚至宇空中的日月星辰。他爱珍藏在记忆中的朋友，在"读你"系列中读友人，读自己，每个生命都是感情的交流渠道，很短，却有大量的感情信息。他就这样将各种人生经验经过审美转化寄于情寄于物，这是一个看重精神生活和意义生存的人。他喜欢思考，善于感悟。在工作中，旅途上，每天的日常生活中，他如同就要启碇的轮船，升火待发。他的思考总是渗溶进特定的物象、特定的情境，或者倒过来说，他善于在特定的物象、特定的情境中感悟到埋伏其中的哲理和意蕴。他在清明霏纷的细雨中对生命和亲情传承做思考；还有秋日的浪漫，秋日的谦虚，秋日的诗意，秋日的矛盾；他也会从手机和种种现代信息中找到感觉，手机信号中断后那种被社会抛弃的、掉进深渊的感觉，丢失这些意味着丢失整个世界；他这样说思念：思念是流在心中的泪，刻在记忆中的笑，是不知缘由的病痛和无法遏止的病变，是流浪者灵魂停泊的码头，是翻不动又忍不住去翻的昨天的一页；等等。由于在养俊笔下，思考不是说理，而是以一种感情形象和生活形象展示出来，便有了亲和力和感染力。

你可以说养俊的语言有时还显得有点浅白，那可能是工作太忙，操作性事务性生存对生命审美境界干扰太多，而不及做更多艺术沉淀的缘故。其实对精神生存和感情世界的执守，常常使他出语不凡，你读读这些句子："在人生的旅途上，每个人都买的是单程票。""世上的一切不都是美丽的，被有思想的人选用了，才会有生命力。""迎春花是春派往前线的记者，把消息写在了山坡、崖畔、田垅、沟坎的版面上。"还有，把延安窑洞比喻为黄土地一双双深邃明亮的眼睛，望着世界的昨天和今天。从这样的语句中，我们能感到一个人生命的深度和感情的烈度。作家精神的海拔高度，也便从这些语句中显山露水，崛地而起了。

2006 年 6 月 29 日，西安不散居

张书省，套种生命的人

—— 序散文集《紫丁香》

与书省君相识已近二十年，不敢说深知。都在尘世中忙碌，有时寒暄都来不及便擦肩而过。有时回头说一句："你最近几篇文章读了，不错。"有时则干脆以一迭连声的告别词代替见面礼："闲了细谝，闲了细谝。"便消失在各自操劳的领域中。

这次坐下来读书省近年的一些散文，算是和老友少有的一次"神聊"。从中大致了解到他的经历，他感受人生的坐标，表述人生的方式。这还在其次，更难得的是，他用文字为别人、为社会营造了一个真切的空间，同时也营造了一个展示自己内心世界的天地。在他对社会人生的挚爱和思索中，对亲人朋友的描绘和眷恋中，他自己的精神世界也得到了呈现，淋漓尽致地展示出来。其实散文不管写谁，第一主人公都是自己。读书省时，我是又一次确认这一点了。

书省在大学校园，从学生到教师，有十六七年的熏陶，文章免不了发散出一种学院气息。而在这段大学生涯的前后，他先是当过基层机关的通信员，干勤杂服务，这养成了他的勤恳周到。后来到了省电视台，负责最繁忙杂乱的新闻部，社会人生眼界和社会参与程度可谓省上的顶级，这给他以宏阔和务实。一前一后两段人生于是又使他的文章有了沉郁的社会气息。从质地上看，社会气息和学院气息本来有隔膜，甚至相反对，书省却能在二者之间自如出入，思维和笔墨随机转换，了无痕迹。他的特色和功力恐怕都在其中了。

抓全省电视新闻意味着什么呢，意味着一个人的时间表除了已经大大压缩的睡眠之外，几乎没有属于个人的时间。人的全部精力和思维感情关注，一点不剩支付给了外部的社会实践，哪里再有时间和心情捕捉个人的艺术感受和生命体验？这种状态非常不利于创作，尤其不利于倚重抒情的散文创作。而书省偏偏就在这种状态下不间断地给我们拿出有质有量的散文来，简直匪夷所思。我可以想到这位老弟是怎样在汪洋大海般汹涌过来的社会信息和具体工作中，抓住一切机会、利用一切空隙誓死维护个人性灵的领空和领海。又是怎样在日积月累令人能力强化而感觉迟钝的工作中，像呵护干裂土地上的嫩苗一样呵护着、培育着自己心中那些极可宝贵的生命感受、心理经验，酿成美文。

这还不够。书省还并不想抛弃深潜在日常工作中的审美矿藏和散文资源，这是他生命支付最多的领域，他不愿只有现实工作的收获，还要让它有心智审美的收获。于是他在这块土地上"套种"，在繁忙的工作之余辛劳地对自己的繁忙工作做记录，对自己在工作中的感受、思考做记录，也对工作中接触到的各类社会现象在描摹中做剖析和议论。

这样，我们面前就大致出现了书省的三类散文：一以抒情为主，却又将情感寄寓在人与事的摹写之中；一以叙事为主，却又在叙事中浸润着一种情怀；一以议论和思考为主，而议论、思考总是不和形象的描绘、感情的抒发分离。中国的各朝各代都喜欢铸鼎，鼎以三足立地而稳，三足相通于鼎罐而丰。这就是书省的创作了。

书省在散文中很看重写人。小说写人可以调动十八般武艺，情节、冲突、命运、对话、细腻的心理活动，全上，散文的本事却不在这里。散文的杀手锏是白描，素素淡淡几笔就把人物勾勒出来。《羊肉泡的韵味》那位老人有着郑板桥式的难得糊涂，却对世事洞若观火。他对环境加于自己的轻贱歧视了然于胸却又淡然处之，从而轻视了一切轻视他的人。不惊咋，不玄饰，不感慨，结构上也不故弄跌宕，只是不动声色地写这位不动声色的老人，给喧嚣的市声引入一泓宁静，给浓艳的心态平添几笔素色。从中也便不动声色地显出了他的操守、他的追求，暗传着他对社会弊端的批判。此乃白描高手了。

白描如白纸上的炭铅速写，几笔下去便要传神，遇到丰沛的激情要喷发、细腻的感情要倾诉，就需要国画的泼墨在宣纸上流泻。这套笔墨书省毂中也是有的。他是个很重感情的人，亲情、师恩、友谊时时流于笔端。他写自己的爷爷、父亲、儿子。写姑姑苦守终生，在思念和等待中度过几十年，临终还将满腔怀念洒向海峡彼岸的丈夫。这类题材本不少见，但书省写姑姑为了在逆境中自卫而变为"歪老婆"，写姑姑对兄弟（作者父亲）的亡故超乎寻常的哀恸，眼泪和哀号中隐隐能听到她对自己命运的哭泣，对那虽然活着却无异逝去的丈夫的哭泣，便有了耐人寻味的深意。喷发的感情在这里蓦然转化为血肉分离和民族分离的况味，那真是别有一番滋味在心头。

细节对散文致命的重要性，书省非但理解得深，而且把握得好。散文的细节当然也用于表现人物性格，却更倚重于表现一种情怀、一种情绪，一种情境。《太阳花》中写楼下老人去世后，阳台上的太阳花枯萎了，"我"在给自己浇花时经心朝楼下花盆里滴水，竟然让花儿重开一片灿烂，那是故去老人又活过来了吧。这个细节的独特新颖和哲理含量极为难得，它一下子点亮了整个文章，点亮了读者的审美激情，拓出一片开阔的联想天地。细节在这里是审美的杠杆，它用一个支点撬起生命的宏大思考。后面作者关于他自己也会故去，楼下老人的花还有他的花会不会有人帮着浇的思索，提出了生命衍生接续的问题，深掘中泛出些许悲怆，正是五十岁人的情怀。文中有真书省在也。

绘景以寄情、状物以生论，是中外散文常见的写法，也是作为社会传媒从业者的书省写散文的一个特色。对社会情况和时代心理的熟知，使他的议论切实而不浮泛，但在写人、状物基础上通过简洁的议论来深化意蕴，或依托画面引而不发地暗传哲思，似乎还做得不够，容易给人以直露的感觉。在

《知北游》中,庄老夫子说:"天地有大美而不言,四时有明法而不议,万物有成理而不说。""不言""不议""不说",何必为文,怕我辈难以做到;怎样言,怎样议,怎样说,怕是要我们去好好琢磨的啊。

2000年7月19日,星期三,西安谷斋,酷暑39℃

夜月中的丑石

月光在商山里流泻，石头便湿了，透着明净的水色。水清石读月，对影成三人。月无言，石亦无言，静中生谧，谧里幽出七分奇诡三分鬼气。寂然中又分明感觉到种种喧音，那是月在石上流，石往涧里滚，还有心的搏跳，世的纷攘。

平凹很早就写过名篇《丑石》，其自喻虽未言明而不言自明。丑亦读作怪、读作奇，石乃刚也，天下能以"丑"自喻者那是自信，以"石"自喻则定然自强自尊。这个推断，我想朋友们大约都会认同——其实平凹近三十年来上千万字的劳作和山路般曲折的经历，已经塑造了自己的丑石形象。

现在这丑石平添了几分美韵。这美不是平凹早年的秀美，更不是时下流行的"臭美"，而是"丑美"，是那种被称作拙怪和奇崛的美，这种美在东西方美学的范畴体系里都榜上有名。现在有了月光水影的映衬，更叫人流连忘返了。月光水影生自哪里？生自一个叫孙见喜的文人笔下。

这就要说说孙见喜先生其人了。文人文人，人尽藏于文中，说文则其人自显，无须旁及其他的。孙君写过小说，亦写评论，尤工散文。参加作品讨论会，发言必念稿子，稿子皆为美文，言简意赅，几句话即挠到痒处，奇特感悟与惊人表述相配伍，让你当下读出一个异数，感到几分怪诞，不愧是古城鬼才群里很骨干的一个。小说散文都构成村野风景系列，晓村、雾村、静村、夜村、雨村，写尽秦楚牵手之地山乡的韵味。小说集和散文集不约而同以月命名：《望月婆罗门》和《浔阳夜月》，可见月是他行文的偏好，也是他为文的精神了。欣赏孙君的散文，整个一种山月泻地的感觉。

现在这月光流泻在了丑石上，两心相酬唱，便有了眼前的《贾平凹前传》

三卷本。读者诸君徜徉于一百五十万字的情与景中，自会有种种新的领略。

2001年11月14日，星期三，西安不散居的一个无月之夜

由云端到笔端

我和水平先生是好多年的老朋友了，巧的是近几年又成了楼上楼下的邻居，抬头不见低头见的。别看我和他同处于地球经纬度完全重叠的这个点上，人家的足迹和眼界可是比我大了千倍万倍。阅读和写作生涯，把我钉在了家里，钉在了书房中和电脑前，我的人生以静为最佳状态。水平所担负的对外贸易促进会的职务角色，却"逼"着他去跑世界，周游各国，拜访各界，促进陕西对外贸易的发展，跑得越欢越可能成功。他的人生与我相反，是尚动的，是个以动的频率和幅度来衡量人生成就的人。这本周游列国的书，作为水平动感人生的一个印证，也作为水平贸促事业的一个副产品，由此得以诞生。

《行云走笔》，恰如书名，视野开阔若高天行云，广采博取若高天行云，兴随笔走、思随叙至亦若高天行云。走遍天涯海角，使作者具有了难得的世界眼光，常能自如地在东西方文化和中外文化的比较中深化笔下的见闻。比较便成为他写作的重要特色。

他写大英博物馆，一方面从政治视角上谴责殖民主义的文化掠夺，另一方面，从文化视角上充分肯定了他们对文物和文化的广收博聚和精心保存。写富裕的瑞士人却偏偏秉持崇节俭、重散淡、尚太平的人生态度，不但与急功近利、动荡不安的现代社会做对比，而且和东方古典文化精神相承接，在逐层的深化中，提出"太平是无价的财富"这样有启发性的思考。写哈佛大学，从这里的教授竟开设快乐学，听课率最高，而且整个社会也重视培养人的健康积极、享受生活的阳光心理，培育效率和效益并重的社会风气。结果呢，创造性人才、各方的大师反而出得多。作者以此和中国学生在应试教育的重压下"学着""累着""苦着"也"呆着""迂腐着"相对比，对我们的教育制度做了深入的反思。这都体现了在多维文化的比较中拓展、提升的视角和写法。

从许多篇章中，我们可以感到身为国家公务员的作者心中有一种责任意识，他总是在促进中国发展的大坐标下来描述异国见闻，却又能以清醒的头脑去科学反思世界经验，或者将异国见闻和个人的人生思考融为一体。于是反思成为他写作的另一特色。这种理性反思、人生体悟和场景细节的描绘，有时结合得那么好。

他写法国的玩文化，从法国人爱休闲娱乐的表象中，引申出西方人以知识和创造换取效率，以效率换取更多休闲时间，又以休闲消费促进经济发展，这样一种财富与休闲同步增长的良性循环机制，一路写来，层层深入。他写印度圣雄甘地一生倡导"非暴力运动"，既称赞甘地的简朴、低调和"非暴力"，是如何降低了社会改革成本，有利于历史的稳定进步，又以这位"非暴力"的倡导者终于倒在暴力之下，引申出对"甘地方式"意味深长的反思。作者对社会改革、社会进步有着强烈的责任担当，又能理性分析各种改革主张的利弊，这不正是我们所提倡的科学精神和科学发展观吗？

在那些翻过一页页历史之后的实地参观和现场思索中，在那些质朴到有些平淡的文字里，我们又常常能够感觉到水平先生炽热的心中，其实弥漫着又濡染着一种如烟如雾的淡定、从容和宽厚，这是不是那种叫作"文化感"的东西呢？恐怕是的。无处不在的文化感构成了他写作的第三个特色。

随着某些历史的日渐远去，有不少炙手可热的政治意识形态问题正在沉淀为文化积累和精神沉淀。《耐人寻味的赫鲁晓夫墓碑》和《"资产阶级也需要马克思主义"》两篇，前者站在世界社会主义运动发展到今天这样一个新背景和中国特色社会主义实践所取得的新经验的高度，对赫鲁晓夫做了较为公正的评价。在这种公正中，我们看到了作者的历史文化襟怀。后者则特意介绍了执政的德国基督教民主联盟领导人发自内心的见解："马克思主义是德国的骄傲,世界上没有一个理论家可以影响全球三分之二的人。无产阶级需要它,资产阶级也需要它。"是的,一旦将马克思主义作为一种科学成果和文明结晶,便超越了阶级的和制度的局限,成为人类能够共享的精神财富。此外,写滑铁卢和金宇中的两篇,都强调了不以成败论英雄的看法,也让人感觉到了作者远远超出了一地一事和一功一利的层次,显示出在大时空、大利害中评断人和事的文化襟怀。

水平能把游记类散文写到这个程度,够不容易了。我在阅读中曾发奇想,他为什么很少写自己在国际贸促活动中的人物和故事、见闻和感想呢?应该说这方面他更熟悉,观察感悟也更细腻,完全有可能写出别一种精彩来。也许受传统重农轻商思想影响的缘故,当代写商贸的散文一直凤毛麟角而且质量不高,水平先生以几十年的商贸生涯,倒是大可一试,说不定会拓出一片散文新天地来的。

2008年6月7日,汶川余震之中,西安不散居

在山泉中发亮的一滴水

——序董发亮评论集《山泉》

董发亮先生要我在他的评论集《山泉》前面写点文字，当时几乎不假思索，脑子里就把"山泉"和"董发亮"连在了一起：这个人，实在是深山泉水里一滴发亮的水。

发亮——朋友们平素都这样叫他，发亮是一个市的宣传部副部长又兼着文联主席，你闭眼就能想到他有多么忙，他却能做得有声有色有滋有味。这些年来恪尽公仆的职守，完成各项党政中心工作，搞好全市文学艺术界的组织联络协调，为文朋艺友们的创作、评论和生活创造条件、尽心服务。"文联围着协会转，协会围着会员转，会员围着创作转，创作围着人民转"这句著名的话，现在已经写进全省文代会的报告和工作要求，成为省市县文联工作的一个口号，最早就是发亮总结出来的。他这样说也这样去躬行，使全省成立最晚的商洛文联，工作走到了最前面，一直是省级先进。

想到这些，我常常觉得真可惜了这个兢兢业业的发亮。因为我深知发亮远不只是这样一个发亮，身上远不只是这样一个发亮点，他其实是个极有慧根、极有灵性的人，在他的摄影作品、散文、评论中，随时都可以感到这种灵气在散漫。他涉猎的艺术文学门类很宽很杂，加之忙碌的政务，给深入专攻一门带来了困难。但发亮有一种别人少有的功夫，便是能够让不同的艺术语言互通互汇，交叉感染。他的文字有很强的画面感色彩感，这当然得益于多年搞摄影养成的对光与影、对色彩与构图的感觉和表达功力。他能把评论写得跟散文一样有感情，有文采，而且能大幅度拉开笔墨，表现出一种难得的大眼界、大思路、大格局。他的评论常常在说别人作品时将自己对生活、对艺术的感受融进去，他的散文则又表现出较别人更强的人文理性质地。这就不只看出了他熔冶评论和散文于一炉的写作上的本领，更感觉到了多年行政领导工作带给他的优势——能够从全局着眼和落笔，能够在时代生活和民众甘苦中生发出种种鲜活的感受和思考。

靠什么来交汇熔冶呢？靠真情。多年的政务并没有把这个人的心磨出茧子，他依然在性情之中，以不惑之年有时还会露出小儿态，表示歉意时还习惯于羞赧地吐吐舌头。他用真诚的心灵，以朋友的情谊，来沟通评论者和作者，沟通审美主体（读者）和审美客体（作品）。因而他的评论既有理性精神又不摆理论做派；字里行间有时免不了显示出文联的职务身份，却又全是挚友般的关切，而没有半点居高临下的关怀。

是公仆，是慧眼，是园丁，是诗人，这就是商洛文艺界的发亮，这就是秦岭山深处山泉中那滴发亮的水。因以为序，并为题。

2005 年 2 月 3 日，星期四，西安不散居

薛保勤的《视觉与思考》

读了这本书，你由不得会说：保勤真是个勤快人，勤快真是人生一宝呀。保勤年轻干练，活力充沛，尤为勤快，腿勤、手勤、脑子勤。这些年岗位变换频频，从来是干一行爱一行钻研一行，行行争状元。从他出书的轨迹就可以看出来：在团省委做青年工作，写了关于青年道德修养的《善》；调省纪检委工作，又主编了反腐倡廉方面的好几本书；主编《党风与廉政》杂志，则从战略上思考陕北农业生态建设，写了《从"红色革命"到"绿色革命"》，并拍成电视政论片，获得全国奖。勤奋得连出国也不例外。几年前去了一趟日本，回来就写了一本十多万字的《现实、未来与人》，你别以为这是一般的见闻性游记，不，而是一本对日本教育状况有深度的调查报告，情况翔实，思考和建议都很切实。这次去了澳洲，又给我们拿出了这本十多万字的《视觉与思考》。

保勤出国，不是为了观光，为了镀金，而是去了解世界，学习世界，在各国先进文化和经济社会发展中勤恳辛苦地采花酿蜜。

从他两本出国札记中，可以感到保勤学习世界的一些特点和能力。

一是有一种从日常生活中敏锐发现意义性问题的能力。他常常从有新意的甚至稍显异态的生活现象入手，以此为载体，深入开掘其中的内涵，寄寓自己理解社会人生的新思维、新方法、新观念。譬如通过对牧场主生活状态的描绘，展示现代农牧业的前景和现代人崭新的生存状态；通过农民教授将农民和教授这两种传统身份自如地合一，展示人的全面发展在现代人格建构中的作用。有时甚至是单纯的景观描绘，像老人与孩子、企鹅的画面，也会由生态、环保这样具体的论述，引入人类由自在的生存到意义的生存这样有生命哲学意味的话题。

二是有一种在事物发展的动态过程中理解问题的能力。他敢于学习世界，学习西方，又不是简单地、静止地膜拜西方。他能够从复杂的关系中来理解西方社会，从社会、人生全局中来观察具体事象，或从具体事象中去思考社会和人类全局性的问题。他常常将观察到的现象从社会制度和意识形态的先验性的格局中拎出来，解除其静态的桎梏，而将它做发生学和过程论的还原，从事物发生发展变异的过程中，从事物所处的多重关系以及综合效应中，去理解、分析资本主义的社会文化发展和管理经验。这样，个别性的生活现象和具体的思考元素便进入了历史进程和精神链条，变得鲜活而好理解，使我们多有启发。

三是他有一种以中国西部为坐标，感应和发掘国外生活亮点的能力。这种对比性感应，最后常常无一例外地落到启动西部大开发的思考上来。他从中外留学生的"逆差"现象，谈到澳大利亚、新西兰的"教育出口"，再谈到西安教育优势如何最大限度地转化为产业优势和资本优势，一路写来，水到渠成而又大开眼界。从在国外购物常常买回来中国货，而谈到我国出口的小商品产量大而质量不高、信誉不强，档次和科技含量与发达国家还有相当差距，表现出一位人文知识分子深深的忧虑。还有那些常常在文章中出现的海外华人和留学生的身影，他们在国外创业的勤奋和艰难，在繁忙的生存奋争中对家乡深深的眷恋，更是时时牵动读者的心弦，引发幽幽的共鸣。

读后唯感不足的是，有的文章还停留在一般性的联想和感慨上，大约是因为在澳洲停留短暂，无法避免浮光掠影的缘故吧。希望保勤能有机会在国外待长一点，把这本书中和还没有写进这本书里的许多思绪，延展，提炼，深化，在中外对比中、在中西方比较学的角度上做出更扎实的成果。这日子恐怕是为期不远的吧。

2003 年 12 月 30 日，星期二，西安不散居

大爱大痛李健彪

这部书使我更了解、更亲近，也更尊重了回族；使我更了解、更亲近，也更尊重了中国版图上西部这块地方。

健彪以确切的资料津津乐道了回族对于中华古国的诸多贡献，其中他们对于元大都（北京）设计和建设的贡献，对于最早建立并长期管理上海的贡献，对于开发、管理云南和昆明的贡献，都是孤陋寡闻如我者向来所不知的。健彪忧愤而深广地描述了回族人生存的血泪，又轻灵而沉醉地展现了回族和西部各族的民俗风情，展现了熔冶在这风情中的文化心绪。他写出了苦难、眷爱、信仰和其他种种非物质文化，如何锻造着回族人和西部人的亲和力、凝聚力，使他们具有了异于常人的韧强和执着。

读着书中这一类文字，不止一次让我痛感到汉民族乐感文化的肤浅和弊端——经历了苦难却缺少苦难意识，受尽了耻辱却麻木了耻感，在充满残缺的历史和现状中总是幻想着皆大欢喜的大团圆结局，这样的文化怎样能够深刻？受着这种文化营养的人又怎样能够强大？我因此比在读这部书之前更加倍地敬仰我们的回族弟兄，亲近我的回族朋友。他们的面影在这部书的字里行间淡出淡入，是那么叫人牵肠挂肚。

这部书使我不能不换一种眼光重读历史，重读文化。

健彪以充分的素材和思考，促发我们从习见的单维庙堂视角或单维汉族视角表述中国历史文化中跳出来，启动我们从西部，从一种多民族的大中华视角中来解读历史文化，把握历史生活和历史人物的复杂性。林则徐在永昌惨案中处理民族问题的失误，王夫之在认识汉族和少数民族关系中的偏颇，足以说明民族沙文主义的情绪和汉族中心主义意识遗毒之深。精英人物尚且如此，何谈其他？

这种历史的偏颇，留给学术界、知识界的思考尤为深刻，它涉及对中国史编纂观念、更新结构、揽辑素材和表述方式的整体改造，也涉及对许多重大理论问题、重要历史现象和关键历史人物的评价（譬如古代民族战争中的爱国主义问题以及相关的价值判断、道德评价问题）。需要我们以更宏阔的历史气度、更科学的历史精神和更现代的研究方法，以艰巨的研究逐步完成这一转变。这方面的问题人文学界虽然早已提出，而健彪能从记叙解剖具体的历史生活出发来触动读者的思考，也就有了别一种意义，有了不同于一般散文文字的沉甸甸的分量。

这部书让我对健彪的感觉更新鲜也更深刻了。

我与健彪相识怕有五年开外了，属于那种淡如清茶的君子之交。然这位忘年之友以他骨子里的谦和内敛，以他在现时代青年中很少见的文质彬彬的书生气，吸引着我，焕发我的信赖。在这部书将他的内心世界打开之前，我真不知道这么年轻俊秀的一个小伙子，内心会藏着如此深沉的大爱大痛。我曾经诧异他为什么少了一点回族兄弟常见的那种炽烈，却原来是深沉的民族之痛渗进了血脉，沉淀为生命的苦难感啊。大痛养育大爱，大痛大爱转化并且固着为一种深沉的气质。生命于是早熟，于是超越季节结出了思想之果。有痛有爱，人始能丰富，大痛大爱，人才能变得深沉啊。

但健彪又不仅仅属于他的民族，同时，也许首先属于当前这个时代。他的文字展示了一位现代回族人、知识回族人的科学性、多维性和审美感觉、终极情怀。从他的文章，能感觉到健彪的文化心理坐标发展变化的轨迹。儿时有着回坊风情自然的浸渍和沁入，虽然其时还处在集体无意识心绪层，并未上升为一种意识心态和理性文化，却为他的精神世界铺垫了底色。青少年时期，由于接受的是系统的中等和高等教育，超越本民族的各种普适性现代文化坐标和学理知识，建构着他新的意识世界。但他念的是民族学院，在新意识世界建构的同时，儿时民族文化心理底色非但未被覆盖，也在相应地延展、提升。由学校走向社会之后，他基本以两重文化身份出现：一是从事意识形态工作的国家干部，是国家精神的群体代言人；一是具有理性思考的回族学者，既是本民族的文化代言人，又是本民族的一个精神个体。

这个精神轨迹，在《西部民族风情》中能够清晰地读出。我想说，这远不是作者个人的精神轨迹，它全息着新一代知识回族人、文化回族人的精神之路。

以此之故，隐藏在全书文字背后的李健彪，也就或多或少具有了解读一个民族的典型意义。

2002 年 12 月 15 日，星期日，时大雾，西安不散居

《向农民道歉》：社会影响和原创意义

西北大学出版社出版、马银录撰著的《向农民道歉——一个县委组织部长的驻村手记》是近年来不可多得的一部长篇纪实文学作品，在现实思考、价值观念和文学创作的走向上，具有多方面的原创意义。出版后引起了广大群众、党政部门和新闻界、文艺界业内人士的关注，产生了巨大的社会影响。

该书自 2002 年 6 月出版发行后，不足一年时间里，先后有二十余家报纸杂志发表了五十余篇评介文章。中央电视台和省、市电视台在新闻频道发了消息，并在《新闻调查》栏目对该书涉及的事件做了细澄的追踪报道。《美文》《新华文摘》《报告文学选刊》以好几万字的篇幅转载了该书的主要内容。《文汇读书周报》《西安日报》做了连载。此外，各类网站涉及该书的话题也有近百条。《向农民道歉》是文学创作自觉实践"三个代表"重要思想，在新的历史时期贯彻文学艺术为人民服务、为社会主义服务的"二为"方向，落实宣传文化工作贴近生活、贴近现实、贴近群众"三贴近"的一次成功尝试。

我认为它对于社会生活和文学艺术的原创性意义，主要有三点：

第一，触目惊心地提出了重大的社会问题——中国现代化进程中的"三农"问题，并做了较有深度的开掘。作品以一种强化的形态，传达出作者对改善农村生产和生活现状，尤其是改善农民兄弟生存境况痛切的呼唤，传达出对传统村社文明在现代化、城市化的历史进程中，如何转型和重构的深挚忧虑。由于提出的问题号准了时代脉搏，引发了社会各界对"三农"问题的广泛共鸣和深切关注。"向农民道歉"五个字不胫而走，成为整个社会反思"三农"问题的标志性语码。一部作品对现实能够起到这么大的作用，难能可贵。

第二，作者到农村去和群众同呼吸共命运的实践，启示作家艺术家反思自身，纠正文艺创作的偏斜。当前创作不同程度存在着奢靡之风、滥情之风、虚假之风，有的作家走不出文化圈、白领圈，津津乐道一己的私人生活，甚至掉进了自恋的泥淖。文学关注社会生活最前沿的鲜活生活，关注农民群众和弱势群体十分不够。广大农村在文学中被边缘化甚至缺位。这不但失去了文化公正，也大大削弱了文学的社会性和震撼力。马银录带着十二个人，背着铺盖卷，在器休村一住就是九十六天。他们不当吃喝队、糊弄队、催款队、整人队，而是和大家同吃同住同劳动，替农民说话，为农民办事，与农民在感情上融为一体。不这样，他们怎能感悟和发掘到第一手的、原创性的素材。马银录虽然不专门从事写作，却给专业文艺家要不要深入生活，如何深入生活，怎样摆正自己和群众的关系，提供了正确的答案，应该大力提倡。

第三，为散文写作的创新，提供了新路子、新视觉。马银录在自己的农村实践中有了感悟，发而为文，拓展了文学新生面，扩充了文学生力军，这是对文学原旨的回归。书中，作者既是描写者又是被描写者，创作主体和表现对象的合一使他的文笔能得以在朴实中传神。散文描写的形象性、纪实的质朴感，都得到了充分发挥。这使作品信息的密集、心理的逼真以及感情的可信程度，达到了相当水平。许多地方甚至超过一些描绘细腻和铺陈烦冗的小说。《向农民道歉》走出了当下流行的唯美散文、文化散文、抒情散文的路子，以时代生活的大气、百姓心灵的真味，给日见柔弱的散文写作输了氧、补了钙。

我们应该关注那些真正触动了社会和真正有原创性、有活力的作品。

2003 年 5 月 20 日，星期二，西安不散居

序叶浓诗文集

  为叶浓先生诗文集写序很是惶恐。叶公年长我一轮，人格文格素为我所尊崇，为尊者序有非礼之嫌。记得前几年曾为他的书法艺术写过一些话，题标《叶到浓处》，本是老友间倾心的聊天，不想好些报刊刊载，竟然惊动了舆论。我们近在咫尺，平时疏于见面，怕是因了君子之交淡如水的缘故，看重心驰神往，倒把见面放在了其次。好几年过去了，叶公兀然送来厚达六百多页的诗文集，算是又找到了这么一个促膝而谈的机会吧。

  我想从生命谈起。作为人，我时刻意识到一种幸运——在亿万斯年的亿万种可能中，只有我们获得了生命，又只有我们获得了万物之灵的人的生命，不但有欲有情有智有灵，而且有语有文有艺有术，可以表达和交流心中的欲、情、智、灵。这种幸运使我们拥有了世上万物所没有的幸福。在人生白驹过隙的几十年里，每个人实在都不应该错过这份造化独赐的馈赠。可叹的是历史和社会，还有人自身，在抛洒和作践生命时竟何其轻易，何其轻松，何其轻率，何其轻狂。多少人空掷，多少人虚度，多少人委曲着、屈辱着，只活个五六成，甚而活成零，活成负数！无数生命就这样灰飞烟灭于太空中，多少才能、智慧、业绩、瑰丽的爱和闪光的灵，无端地耗散了。少数在有生之年赶上了澄清和甄别，获得了心灵抚慰和命运转机，便被大家视为幸运者，其实本应拥有的生命已经无可挽回地逝去，转机只是提供了一种可能，让他们把生命负数尽量减小而已。不过是带泪的笑。

  我最痛恨伤害生命的人，最理解在这种伤害中负重生存的人，最惋惜被耽误的生命，最敬佩能以苦难营养自身、加倍努力追回光阴重又翱翔天宇的强者。叶浓就是这样的人。这样的人命运多舛，却从不同的视点上看过苦乐多变的岁月，从不同的速度上感受过顺逆互换的光阴，也就领略了许多人所未见的风景，有了许多人所没有的能力、经验和感悟，怎么说这都是一种福分。他们比常人多活了一次，多活了一个层面，多活了一分质量。

接着我想说说叶浓这个人。叶浓一生在精神层面经历了好几个阶段的转移，但构成他精神底色的是对土地母亲般的依恋和土地赋予他的忠厚切实。读他的诗文书画，知道了他是一个很诗性的人，一个自小就想法子将自己置于乡土艺术氛围中的人。总角之年便吟诗绘画演戏编报，在个体诗性生命的自足中广泛参与社会，范围日渐扩大地取得群体的认同。这是他精神的第一重色彩。

只是时代的走向、命运的安排、职务的要求没有允许他潇洒地走下去。他服从了革命时代和宣传职务的要求，将自己的爱好悄然保存下来，认真而努力地向理性人生转移。这种转移不会没有感情的苦恼和冲撞，却也有相当的自觉性和自控力。他用精心的工作，也用热情的歌颂，加上啄木鸟的忠诚，回报养育了他的人民，回报解放了他和他父老乡亲的政党。在书中读到的那些新闻、通讯、调查、评论等职务性作品，以及格调相应的诗文中，我们能读到这种热情和忠诚。这便感受到了他精神的第二重色彩：农家子弟的质朴和革命干部的觉悟。

从20世纪60年代中期开始，历史的误会和"左"的偏见使叶浓的命运趋向悬崖边缘，在纷至沓来的审查和遥遥无期的厄运中，那些热情的讴歌、切实的报道和睿智而时显犀利的思考都看不到了，他转向了古体诗词和书画。热情被浇灭，思想戴上了镣铐，对工作的切望年复一年换来失望，才能朽蚀于山野之间，叶浓只能在诗书画这种更隐匿却又更直抒胸臆的艺术空间里，舔舐自己滴血的心，同时举起这滴血的心向世界发出屈原式的天问。这样，我们便又感受到他精神的第三重色彩：韧强，既有韧性的隐忍，也有韧性的反抗，也就是鲁迅先生说的那种韧性战斗精神。直至改革开放第二个春天来临，他年届花甲却像年轻人那样重新开始热情的工作、热情的讴歌。只是晚年的诗书画中更多了深刻，更多了沉厚。

这部书，诚如书名所言，是"历史的脚印"，是叶浓个人的历史脚印，也是他所处时代的历史脚印，是命运史的脚印，也是心灵史的脚印。

我还想说说杂家。和许多资深报刊编辑一样，叶浓是杂家。杂识、杂思、杂才、杂艺，无所不能，却难以在某一个领域里形成巨大的冲击力。非不能也，是不为也；亦非不为也，乃因责任因职业未能为也。世上可为而未为的事实在太多了。他一生厮杀在新闻和文艺的楚河汉界，论新闻行当，消息、通讯、评论、调查以及业务组织领导工作十八般武艺都精良；论文艺行当，诗书画文都很了得。如果毕其一生以才能和精力浇灌其中哪一棵树，大约都会长成乔木，像近二十年他的书画成果一样。从写作成就看这也许是一种遗憾，从实现生命的角度来看，也许并不是，多几种活法未尝不是好事。一个人活在许多层面，活出许多色彩，在有限的生命中多经历一些，多感受一些，多思考一些，而后又以多种方式在形而上境界多表述一些，使个体的收获变成社会共有的财富，如此人生，不是很有滋有味吗？

这样来读这部书，我便像在夏夜走近了一座彩色音乐喷泉。一个人生命的歌哭，他的人生轨迹和精神操守，他的奋争和有为，压抑和内忍，灵性和智慧，从许多许多管道里喷薄而出，色彩斑斓却又和着音乐的旋律摇曳起落。这音乐是由电脑程序设定的，那便是时代和命运的定数了。一方面受制于时代程序，受制于人生规范，一方面是极力挣脱，极力展现——和许多从20世纪四五十年代走过来的人一样，叶浓的诗文创作在生命的动力系统和生命的控制系统交叉作用下，描摹出了自己的风景线，形成了属于自己的色调：睿智和严谨相结合的色调。

睿智的内里是对人情和诗性的感悟。这种感悟在没有障碍的情况下喷发，往往造成《瓦砾集》那种哲理的犀锐。但大多数情况下，人情和诗性长期受到时代的、职业的，也有作者自身的意识过滤、心理障碍或情绪"检波"，终而成为一种睿智和通达，多了一点书卷味和长者气。严谨，以及相关的质朴，则是特定的时代（20世纪五六十年代）、特定的职业（新闻工作）、特定的性格（沉稳宽厚）多年涵养而成的。灵悟和犀锐在苍茫的岁月中沉积内敛为严谨质朴，才有了二者对立的统一。

这和他的书画风格相同亦不同。我曾说他的书作"不光昌琉璃，不丰腴华瞻，不珠光宝气，甚至也不像有的书家，以横溢的才华酣畅淋漓地表达内心的自由"。这是和诗文相同之处。我又说叶浓的字"以朴拙的笔墨显示朴拙的艺质，以枯涩的线条诉说艰难的人生之旅和内心的苍凉之气。节制暗传着压抑，又暗传着冷峻，沉稳暗传着中国文化的老到，又暗传着中国文化的狷介"。这就在相同之中有了些许的不同。我还说过，他的字中"可听见大风的嘶鸣"，"被特殊经历磨砺着的强劲心力注于笔端，尤其是撇捺，如刀锋削出，剪尽了世故和圆到"。这在诗文中却感受不够强烈。原因恐怕在于书法比之文章诉诸感情更为直观又更为抽象，不像白纸黑字容易抓辫子打棍子，内心的真切便更易流露也更无须掩饰。而叶浓全面开始书画创作又在改革开放之后，环境和心态与以前自是不可同日而语了。

叶公的人生和艺术在20世纪的后五十年留下了清晰的脚印，这脚印将向新的世纪伸延。在新世纪，他的人生和艺术定当进入一个老当益健、老当益精的新境界。

2000年6月25日，星期天，西安谷斋，两日之中骤雨数度光临，好了秋庄稼

社会理性的四重奏

——序《其声有思》

收在《其声有思》中的文字,曾络绎不绝地见诸《西安日报》和《西安晚报》,现在辑到一起,四位作者分成四个板块,恰是一曲社会的理性的四重奏。许是因了我曾有过一点办报的经历,略知一点报人的甘苦吧,作者嘱为此书作序。朋友的托付不好回绝,便重又拣起我那已经锈色斑斑的新闻笔来,为这个四重奏写上一段文字。

社会评论是传媒影响社会舆论最有力的体裁样式。文艺评论中有一类是立足于社会学坐标的,那是借文艺作品中展示的生活对社会发言,可以说是对镜子里的社会指手画脚,而报纸的社会评论家则是用自己那支犀锐的笔直接去点社会的穴位,号生活的脉搏,生动得多,时效得多,也难得多。舆论是什么?是集聚为一种公众声音的街谈巷议。如若说街谈主要是传递新闻信息,这巷议之议,就该由评论来提供议论素材和思维元素了。故而报纸的社会评论既是将民心民意和民间理性集腋成裘、形成社会声音的重要渠道,又是将主流导向、精英理性和深度思考输送、弥散到民间的重要途径。可以说,这就是传媒评论对于提高百姓人文素质,升华民间理性精神的意义了。

本书以《其声有思》命名,我想"声"者,既为作者之声也,亦为民众之声也;"有思"者,既指作者的声音是"有思"的,亦指作者的这些声音可以给读者提供见解,使之"有思"也。如果这样理解略有几分道理,我便想在"其声有思"后面再续上四个字,曰"其思有声"。意思是,作者的这些声音都是有思考的,而作者的这些思考又都是能够转化为社会的声音即社会舆论的。其声有思而又其思有声,是报纸社会评论的特点,是报纸社会评论的优势和魅力之所在。

给报纸写社会评论也真是个难。记得我在报社时,最佩服的就是写评论的那几把刷子。它不像新闻报道,有鲜活的充足的事实素材摆在那里,有读者的关注和期待构成的阅读场,作者只须雪中送炭,大都有好的效果。也不像文艺作品,可以天马行空、天花乱坠地虚构想象,慢工出细活,做的是为读者锦上添花的事。这都容易讨好。社会评论既要跳出当下发生的事实又不能远离当下事实,既要天马行空地宏观思考又不能天花乱坠地随意想象。它是在森严的游戏规则中做思维体操、跳理性舞蹈。

它要快,快到在新闻事件或社会现象发生的同时,就要观察、思考、写作同步进行,往往头天的事,第二天就要评论见报,那真是快到了《世说新语》里说的,"袁虎倚马前,手不辍笔,俄得七纸"的倚马可待的速度。它要新,不但新在表达,"唯陈言之务去",而且要新在见解,"唯陈思之务去",还不行,还要做到每次、每篇都新,"日日新而又日新"。它要短,千字太长了,最好三五百字,甚至一语中的。几百字要把道理说清说准说深说透,是容易的么?没有大造化登不了这个场。它要俗,要从百姓生活日常事中捕捉见解,更要有本领把深刻的道理变成大白话,把专业术语说成家常话,说得可以在街头巷尾口传,说得大杂院里的老大妈都懂,都有兴趣。

上面说到的这些,在徐艺源、许志强、任莉娟、李晓莉四个人的文章中都有上乘的表现。这个四重奏是一个水平非常整齐的组合。一路读下去,或在浅表的生活现象中深掘,或把模模糊糊的事理清,或将晦暗的领域照亮,或对顺向思维做逆向反思,其中显示了多少智慧杂交和思维组合的素养,又含蕴着多少洞察幽微和独立思考的能力。我甚至感到这是四个伽利略式的人物,他们很少露面,成天用望远镜观察这个社会,躲在版面背后对生活做旁白式的理性的解读。

理性来自生活，理性又能够触发对生活的记忆和回味。这本书不但提炼了一个阶段的社会理性，其实内里也活跃着一个阶段的历史情怀。它用理性的语言诉说着那些我们共同经历过的日子，也引领着那些我们正在经历和将要经历的日子。

2004年12月8日，星期三，西安不散居

由热情转向深邃

——序罗宁《热情的目光》

算来和罗宁相识快有二十年了,他在《文化艺术报》,我在省文联,多年共同在一座楼办公。时有相逢,坐下来细聊却很少有机会。到1998年夏,我和罗宁终于有了一次西部之行,那是参加山水画家苗重安先生的黄河采风写生活动。二十多天里,由西安而西宁,而玉树、玛多,而黄河源头的扎陵湖、鄂陵湖,一路"亲密接触",谈笑风生。罗宁于是在我心里日益具体起来。

原来他不光精于摄影,也旁涉绘画;不仅以大量的文字显示了自己的写作能力,还有相当的组织才能和决断魄力。对他印象更深的是,他给我谈到自己上美院读史论系研究生,后半生专攻绘画的打算。那时罗宁已经四十有五了吧,你不能不佩服他中年改行变法的勇气。记得在那个四千五百米高的玛多之夜,高原反应把每个人折倒在简易旅社的炕上,成了一堆昏昏沉沉的灵魂,唯有他挣扎着起来,踉跄几十米到大门口的电话前给西安的妻小打电话,诉说由于身体不适而放大了的思念之情。这成为大家嘲笑罗宁"多情"的段子,一路上竟编出好几个版本。

你读这部书,可以感到罗宁在文字上,十八般武艺都练了一手。而无论报道、特写、议论,都有很强的当下性和时效性,明白、晓畅、切实,状物写人常常在白描中举重若轻,议论能删繁就简,有时又不失透辟。我是有意无意把这本《热情的目光》当作那些年与陕西地区有关的文艺活动、文艺创作、文艺人物的纪年史来读的。许多事我亦曾身处其中,读时现场的情景一一从脑际闪过,引发出种种回忆,是分外的亲切。作者说他的目光是热情的,而他目光中陕西文艺这些年的来路,又再度引发了多少人的热情。史实经过对史实的记录,由实践财富转化成了精神和感情的积淀。

罗宁的这些文字，亦可视为热情告别过去和进入未来的文字。罗宁正处在职业转换的当口、人生转换的当口，这本书记录了他最重要的事业转向和人生变角，梳理了记者的罗宁、文字的罗宁，预告了画家的罗宁、色彩与线条的罗宁。就在这本书编辑出版的过程中，罗宁已经读完了西安美院史论研究生，由报社调到了陕西国画院，而他的画作也开始屡屡在展览会和社会上浮出海面。此后他将由在当下生活中炽热地穿波击浪，逐渐转向潜沉到视角艺术深处去探骊得珠。那里自有新的拼搏，也自有新的风景。这也正是一个人在四十而不惑的年龄段上应该有的风景。这本书给我们展现的，便远不只是事业，更其是人生了。一种自强不息的人生！

今后的罗宁，面临着几个方面的转换。这些转换主要是从事业上来说的，当然也会在思维、气质乃至人生追求上对他提出相应的新要求。一是，感受生活角度的转换，他将要由主要关注场面、事件、命运和艺术文化、艺术社会问题，转向绘画要求于创作者的全维感受，或者更确切地说，将全维纳于瞬间的感受方式。二是，由文字写作的符号传达方式，转向绘画要求创作者的以色彩、线条再现或表现的传达方式。文字符号的传达因为是一种抽象而不是具象的传达，欣赏时联想空间更大，但线形的表述方式又给文字传达造成种种局限。绘画的全维性虽然避免了这种局限，却又因为画面的拟真性而对欣赏联想产生新的局限。三是由报道文艺界的艺术活动，转向具体组织、参与画院艺术家的高层次创作。前者重的是敏感和快捷，后者更重深虑和意趣，这会给罗宁的气质和能力带来新的变化。

在逐步实现这些转变之后，艺术家和艺术理论家的罗宁将会出现在我们面前，那时大家可能又会读到一部罗宁的新著，书名我想会由《热情的目光》改为《深邃的目光》吧。

2003年8月8日，星期五，西安不散居

读 吴 树 民

我和树民是一个大学的前后同学,又是三原这块土地的半个乡党。尽管在学校交臂而过,却在三原或和三原、和文学有关的场合经常见面。每当他有了作品,我总是要拜读的。他写得真不少呀,几十年中,好几百万字呢。在我的印象里,但凡见面,或书或文,他都有新作赠予。我笑说,你好像在新华书店工作,见人就送书。

20世纪70年代,"文化大革命"把我下放在汉中。"文化大革命"是什么革命,"下放"和旅游有什么区别,一种"文化的革命"为什么要把人下放了,这些对我们这一代还记忆犹新的事,现在的年轻人是弄不清也很难三五句话说清的,所以暂且不去说它。"文化大革命"把我下放在汉中,也把京城名校毕业的树民分配回陕西铜川的基层单位。一个机遇使我们在西安,在"文革"后期很难得的一次全省文艺创作座谈会上见面了。在那次会上,一群可怜的挨整的人,神往而又神圣地谈着文学,谈如何带着镣铐还要把舞尽量跳好。柳青就是在那次会上,一边用喷雾器缓解哮喘,一边给我们说,作家有三个学校,文学要六十年为一单元。老人说得那么艰难,那么神圣。其时树民血气方刚,见面就谈诗(那时他写诗),对诗的真诚使我确认了他对生活、对生命的真诚。我们交往起来。后来他调回家乡,住在三原城隍庙的文化密林里,与完美的明代古建筑、绝伦的于右任书法,当然还有文学,终日相伴。不久我也神使鬼差转到三原郊区一个工厂,交往就更多了,当然仍是限于文学。

以此故,树民的作品我一直陆陆续续读着。他的诗、散文、纪实长篇、企业报告、国外游记,我或多或少都读了一些。给我强烈的感受是,这是个有爱的人。树民爱生活、爱家乡、爱他的父老乡亲。他从北京回到老家,一干就是一辈子,再不挪窝。他爱创造,爱有创造力的人,写报告文学,大都是家乡土地上的创业者,这不但捕捉到了家乡内在的活力,也通过写作不断激活着自己的生命。日常生活的一切思维素材和感受素材,经过这种爱意的酿造,都化为美文。

爱生活、爱家乡、爱乡亲,这还只是一个人的内心感情,树民没有止于这一步。他执着地要把这种爱变成不可磨灭的文字记忆,以做永久的留存。他执拗地要把这种爱表达出来,向朋友倾诉,传播于社会,以延展这种爱。这就不能不进而去爱文学。他拿起文学的十八般武艺,拿起一切可以传播自己感情的武艺,比如新闻文字,从各个渠道宣泄他对吾土吾民的爱意。一个作家心中没有爱,便没有激情,无法感应时代和生命的脉冲,笔下就会出现那种绮靡的苍白,就会失去锐气,就会变"肉"。

树民的作品经常诱发我去想象他一生文化姿态、文化坐标的变化。他由这片土地走出去,在京城扩大眼界、接受教育,又回到这片土地。他面临着在文化上和这片土地二度融合的问题。他得重新调整自己的视界,重新打造自己的审美观念,并娓娓流淌于笔端。现在我们已经看到,他写作最大的特色就是质朴,从里到外都能闻见土地的味道,都能闻见春动草萌芽的气息。他的基本手法是白描。小说、散文、纪实作品都走白描的路数。你很难看出作者曾经是一位诗人。写母亲的两篇大家都说感人,也都是白描。通过白描,在真切的描写中产生艺术感染力。不光是作品,就是言谈话语,恐怕也包括行为方式和致思方式,树民都日甚一日融进了他脚下的土地。树民的人生,在几十年中像拉了一个弧圈,最后在家乡落地生根。

事情总是有悖论的,也可能正是这种落地生根,使树民作品的精神格局文化视野还不够阔大,常常跳不出具体社区的局限。这不是要树民在题材上走出家乡,而是说,即就对三原这块土地而言,树民的关注兴趣也更多停留在当下进行时的世界,对三原历史文化和社会心理层面的丰厚矿藏,开掘较少。在三原打深井,绝对能出现大井喷,能拓出大格局的。

2002年7月6日,星期六,西安不散居

重新拥抱人生

——李邦英作品集序

邦英同志和我是四川老乡,"文化大革命"期间,又同时在靠近四川的汉中地区工作过一段,可以说是老相识了。我这位戴深度眼镜的老大哥,在热闹场合言谈不多,默然有长者风,有时朋友之间逢场作戏的玩笑话,他也会极认真地对待。所以,当这一天他提着一包书稿的清样走进我办公室,说他和朋友合写了一个中篇小说集,要我看看,在前面写点文字,我真是始料未及,意外而又意外。

严野(严志忠)、李宁(李邦英)的这几个中篇小说,从内容上看,一部分是作者经历过而且深深烙印在人生记忆中的生活,一部分是以当前社会生活的感受为依据虚构的生活。可能《暴雨之后》《我和三个女人》属于前者,而《美色的诱惑》《唢呐王》属于后者。小说的语言多为白描,平易质朴而生活化,故事的展开自然流畅,一些关节点交代清晰,很少有雕琢的痕迹,有的(譬如《暴雨之后》)甚至带着相当的纪实色彩。当然,在质朴和流畅后面,显然有着精心的构思和表达,只是作者将这精心隐藏在生活不经意的流脉之中罢了。

《我和三个女人》《唢呐王》是情真意切的悲欢离合故事,时间、空间的跨度大,有浓郁的人生感和命运感。而主人公命运的纠葛,又无不或多或少和时代的风云变幻胶着在一起。孟亮和白梅、赵薇、哲子三个女性充满传奇色彩和悲剧感的爱情,所以历尽坎坷,所以开花而结不出果实,都与特定时代的政治背景和社会矛盾有关。地下工作的飘忽离散,战乱年代的各奔东西,国际战争的森严纪律，极左思潮的惨无人道，牺牲了多少人的生命，毁灭了多少人的爱情，孟亮不过是他们中的一个。作者在对孟亮这一个命运的展示中，有着几十年中民族历史和国家命运变迁的侧影，也有着几十年中民众心灵和感情歌哭的回响。作品的人生内容便和意识到的历史内容互为表里了。

现在来说说《暴雨之后》。小说所描写的放射源"钴60"流失对社会造成危害和恐慌这件事，是一次真实的事故。20世纪70年代初，我在"文化大革命"中被下放汉中西乡，被借调到《汉中日报》工作，曾多少参与过这个事件的报道。记得当时有好几位记者和搞创作的朋友表示要将这个国内首例放射源泄露事件写成长篇报告文学，我翘首盼望，却一直没有读到。倒是在记忆逐渐淡忘的三十年后，第一次读到了关于这件事的细致的文学反映，而作者就是事故处理的组织领导者、当年的汉中地区科委主任李邦英。他应该说是这个历史事故当之无愧的主角和最有权威性的写作者了。

这篇小说具有明显的纪实风格，自然而清晰地展现了"钴60"事故发生和处理的全过程，令像我这样关心这一事故的人读得兴味盎然。更可贵的是，小说能够从事件的表述中跳出来，写出了几个人物，像黎明，像杨金虎，像秋忠祥，像钱天金。"钴60"泄露，关系到人民群众的安全和党的声誉，黎明勇于临危受命，善于运筹帷幄，调动各方面的积极性来打好这一仗。杨金虎敢于承担责任，主动请求组织撤换自己的领导工作，要求去最危险的地方守护放射源，工农干部的淳朴、乐观、忠诚，都跃然纸上。突发事件当前，钱天金想的却是如何利用这个事故，渔翁得利，赶走一把手杨金虎，压住懦弱的秋忠祥，使自己扶正。通过一个事故，检测众多心灵，小说就有了寻味之处，就由具体事件的实录，提升为承载社会人生泛泛联想的空筐。

作为小说，相比之下《美色的诱惑》稍微差一点。那原因，恐怕还是作者对这一类生活缺乏深切的体验，我想大约是作者对当下一些生活现象和社会问题有想法也有看法，于是结构一个故事或借用一个现成的故事来传达这个看法，多少显出了一点表面。

两位作者都是老同志，在人生的赛场上奔波了一辈子，为职务所规定的任务劳碌了一辈子，"今日得宽余"，现在有工夫来回首、咀嚼走过的路了。一旦由当事者"人在事中迷"的角度，转向冲和、超脱的心态，往日的经历便会显现出许多原先没有感觉到的意味：人生的意味，情感的意味，美的意味。这时候，最好的方式便是倾诉，在倾诉中重新领略一遍自己的生命，在倾诉中把自己走过的路变成一道风景，提供给大家徜徉观赏。

他们便这样在写作中重新拥抱了生命。

2003年8月10日，星期日，西安不散居

树梅和天乐，追梦的母女

芳闻送来她和夏坚德主编的三卷本《陕西女作家》，散文卷、小说卷、诗歌卷，好精致好厚重的三大本。这套书在空间上覆盖了全省女作家，时间上几乎揽尽一个甲子中的老中青三代，是半个多世纪陕西女性创作的一个鸟瞰图。虽是鸟瞰，能见度清晰度却高，读着一篇篇具体的文字，便可以大致把握到每位作者精神感情的脉象。

芳闻说，散文一卷中，同时收入了杨树梅和她女儿马天乐的作品，也算一个亮点。树梅急着去香港述职，行前托她将书送给我。我知道树梅现在在香港《文汇报》驻陕西记者站和办事处负责任。我们认识已有十五六年了吧，此前在《三秦都市报》《当代女报》待过，每转战一处均有出色表现。其间组建的"女性沙龙"，搞了一百多次活动，在全社会尤其是女性中广有影响。对她的能干早就有所耳闻，对她的文章却很少读，尤其是散文。便由不得先翻开来看。

奇了，母女二人文章中都一再说到梦，说自己喜欢做梦，是追梦的人。母亲文章的题目就叫《追梦的女人》，写了一个在内地生活有着保障而且已经当了奶奶的退休女士，晚年不甘平庸、独闯海南的故事。作者从她爱说的一句话"我不是来海南淘金的，我是来寻梦的"生发开来，抒发自己对寻找梦、实现梦，对理想追求的心仪与向往："梦想是一个人奋斗和希望、力量和价值实现的动力。""我崇尚那种拥有一个美好梦想而敢于追求的品格和精神。"看来，树梅是以这个人物自况的。从她二十几年在不停的职业转移中不停地获得成功的人生轨迹中，已经印证了，她的不安分，其实是一种追梦不息的人生境界。她和许多人一样，在社会最现实的游戏规则中为生存、为活得更好而忙碌，不同的是，她也在心灵的云霓层面，为实现自己的精神感情、为追求形而上的生命意义而忙碌。正是不息的追梦，使树梅有了人生拼搏的动力和乐趣，也有了一位拼搏者才有的幸福。也正是追梦的不断成功，使她的幸福指数与利益指数有了某种成功的合一。

女儿马天乐的《深夜随感》，则是初入世的花季少女用一颗探寻的、讶异的、迷离的心，在观看、感知世界的记录。上初一时，她对学校的教育方式不满，便写了《我的三个梦想》；十六岁时，还在上高中的她参加 AFS 组织的国际文化交流活动，只身闯德国，在那里生活了一年；十九岁出版了自己第一本书《天乐在德国》。她在此书的自序中说："我好像在做着一场不知道接下来会发生什么的梦。"但和母亲所写的中年、晚年追梦中那淡淡的人生况味不同，天乐的梦是跳荡的、变幻的、多彩的、兴高采烈的。各种新鲜的随手拈来的见闻、感觉、联想，来不及取舍和修饰，便拌和着新鲜的生命，纷至沓来涌将出来。有如溪水中跃动的光斑，在这里那里无秩地跳荡着。——这不正是一种青春的秩序吗？她的青春梦便在这期间不断实现，更多新的梦想也在这期间被激发出来。

人是要有梦的。有梦的人生可能有更多的苦恼，却也更幸福；人生因梦而获得了精神上的充盈，那又是多么美好。

2008 年 1 月 27 日，西安不散居

评王新瑛《心音心语》

王新瑛给自己这部书冠名为《心音心语》真是十分的恰切，可以说它正是我读后的感觉——质朴无华地写自己经历过的生活，倾吐自己体验过的感情，诉说自己沉淀过的哲理，让读者感受到一种质朴无华的生命之美。

我和新瑛并不相识，但从她的履历可以看到，她是在县城一个文化单位上班，"县城生活""文化单位"这两个关键词，可能决定了作者和作品的特点：一是她所拥有的是常人的经历、常见的生活、常态的感情，像血亲之情、家居之趣、故乡之恋、山川花事之美，以及一个徜徉其中的女人种种多彩的感受。对创作来说，波澜不惊是短处，也是长处，还是考验。它不能带来常人无法感受到的跌宕起伏的冲击，却能传达人人都能感同身受的温馨散淡。写作走这条路子，欣赏的亲和力和共鸣度更大，而要在常态生活中提炼美，难度却也更大。

同时，由文联工作和作协会员标志着的作者的文学素质和写作素养，又使她有了咀嚼、感悟、沉淀和强化生活见闻的能力，使她能以从生活见闻起步，去放飞心情，品味寂寞，感受周庄，能以由"鱼"而"趣"，由"雨"而"诗"，由"朝露"而"情思"，常人经历和常态感情于是得到了审美的升华和文学的再现。作者便常常在许多熟悉的生活场景中，让我们读出一些陌生、一些意外来。

从严格的艺术散文意义上看"心旅无痕""芬芳记忆"二辑较之"流动风景""河池情韵"更耐读。有的地方要注意捕捉具有个别性、唯一性、私密性的生活细节和感情、心理细节，并在表达中精心地放大、聚焦、铺陈。思路和行文也可以更跳脱，显出生活的鲜活来。当愈来愈多的人能够以美文记录下自己具有个别性的生存状态，而留存于人类生命的长河，世界将变得更美、更丰富。

2007 年 6 月 20 日，西安不散居

致王德强先生

德强先生：

因为倒不开时间，不能来镇安参加你《心韵流声》的讨论会，很是不安，只好在这个燠热干燥的夏夜，渴念着秦岭山地的清凉和湿润，给你写这封短简了。

书我还没有读完，但你心韵在字里行间潺潺的流声，我是那么清晰地感到了，引发了我心中音乐般的鸣和。陕西的文学艺术对商州总是情有独钟，商州的文学艺术又常常在镇安山花独秀。陈彦、方英文、徐小强，以及我熟悉和陌生的朋友们，以自己的山野气息、化外色彩、小民幽默，以水的曲妙、绿的灵秀、月的阴柔，以秦楚相激因而非秦非楚的巧思妙境，构成了陕西这块周秦汉唐首善之地崇尚主体文化、追求中心地位传统的一个异数。镇安的文学艺术家以自己的耕耘使我对这块山花迷目的土地充满了神奇的向往和彩色的眷恋。

但在我品味过的镇安作家中，你似乎又是一个异数。因为你一直是党政部门的公务员，公职角色不能不深刻地在你各类文字中盖上自己的印章；又因为针砭时事的杂文是你的常用武器，以天下为己任的时代情怀常常压倒以宣泄为目的的个人独白。这构成了你写作的契机和动力，构成了你写作时的内心状态和文章的基本状态。于是你异于了你的文学乡党，而更多地秉承了中国文艺"诗言志、乐善民、戏教化"的主流传统。虽然你的公务岗位和作家岗位给了你双重角色，在你的内心，社会要求的"我们"和文学要求的"我"，经常在打架；二者却也正在这打架中成为形影不离的朋友，互相影响着，渗透着。在这种情况下，一般总是"我们"以强大的力量进入"我"的领地，社会的宏大叙事以强攻之势改变着文学的个人叙事。

每个人都拥有自己的一生，你的双重角色却使你拥有了两倍的人生。你一方面作为社会实践者，为改变山乡的面貌付出了几十年的生命；同时，又再三地对自己的实践人生做精神的、艺术的咀嚼，反复体味其中的酸甜苦辣、喜怒哀乐，发掘内里的种种感觉，然后形诸文学，传播社会。你比常人多经历了一重生活，也就多享用了一次人生。你在实践中先获得了现实创造的喜悦，继而又在写作中获得了审美创造的喜悦，不用说，你的幸福是双重的。当然，你的苦恼也是双重的。在生命实践和生命创造中，幸福和苦恼本是一而二、二而一的双胞胎啊，哪里有什么蜜甜的生活，人生之果从来是苦甜苦甜的啊。

业余习文真是谈何容易，要承受超量的辛劳和压力且不去说了，还得具备一些常人难得的能力，譬如在工作和生活中建立起两个甚至多个关注体系。在公务角色中，要珍存个人的真性情，在公务关注外，又同时能够用感情的、人生的、生命的别一种目光看这个世界。当然还要有能力在公文和美文两种思维方式和表达方式中自由出入。难就难在这二者存在着某种悖论：公务角色和它的表述文体主要用求同思维，在异中求同，聚合、组织各方力量，调动各方积极性去完成社会给予的任务。文学需要的则主要是求异思维，在同中寻异，在作品里将异点延展、强化到极致，以实现个体生命的张扬。你能够让这相悖的两种东西共存一身，我太知道那个难了。

这方面，我和你有相同的苦恼和快乐，"渭北春天树，岭南日暮云，何时一樽酒，重与细论文"，有机会了，在山里找个茶寮酒肆，再做竟日之谈吧。

请万城同志捎去荷月的问候。

肖云儒

2002年6月7日，西安不散居

高歌生命价值的转移

——序高歌诗集《解花语》

我和高歌先生不在一座城市生活，相识是由于一次偶然的出国组合。我们由两地直接赴京会合，还来不及去天安门，法航班机一个双翼展翅便把我们带到了巴黎凯旋门。此后的十几天便在国际民间艺术节上"同吃同住同劳动（组织演出）"，而此后的十几年也便一直相互心仪着，成了老朋友。

他的人生位置在政坛上，内心却向个体生命倾斜，充溢着灵性的搏动。他能唱极地道的陕北民歌，那次出国就有两重身份：管理者和歌者。到一场合便即兴编词、脱口便唱，很让我领略了陕北汉子的才情和气质。此后他一直在政坛的负责岗位，多有问候来去。前不久在塞外见了他，竟送上了这部厚墩墩的诗集《解花语》，心中大讶：原来他也一直没有放弃自己的歌手身份，一直让自己的生命在管理者和歌者两个渠道实现着和释放着！他对我说，这些诗主要是写爱情，写女性的。心里有话，总得说出来，管它呢，我就都说出来！

当个中国人很难，心中的爱情是不好尽情表露的，实在忍不住了也顶多"犹抱琵琶半遮面"，未敢全抛一片心。当个中国男人更难，"男儿有泪不轻弹"，儿女情长之事哪里是好男儿随便可以倾吐的？更何况西部的硬汉子，还有塞外风云锻打出来的重强力轻柔情的传统呢！政坛上的中国男人更是难上加难，能把人难死。为了社会道德风尚能够规则性运转，往往需要他们以身作则，先堵塞个人畅达而公开的爱情表述渠道，然后又去担当将他人的乃至社会的爱情表述渠道控制在一定范围内的神圣责任。实际上，事情可能并不需要这样，但实际上，事情往往就是这样。

大多数人都不想越出这个中国式的看不见的陈规旧习。他们将自己激情澎湃的生命奔涌、感情奔涌压在了大山般的、古原般的身份认证之下。有的个性生命也许就这样永远埋没于地层之中而枯萎。但高歌同志冲决出来了。他敢爱敢怜敢唱敢写，高歌着爱情，袒露着心迹，勇敢地从精神桎梏、文化囹圄中大踏步走了出来。他既创作新编的陕北民歌，也写古体的、现代的和网络的诗词，用各种诗歌形式吟唱自己心中的爱。当然，他既吟唱情爱，也吟唱对自然和社会的爱，山川时序花卉、医师教师朋友无不入诗，无一不情动于衷。

这时候，诗歌和爱情已经远远超越了具象性的所指，而升华为意象性的能指。《解花语》在这里成为对花，亦即生命爱情的解读之语，更成为一种象征性宣告，宣告着作为公务人的诗人，对自我生命和内心真情坚定执着的认定，宣告着作为公务人的诗人，精神价值坐标由群体认同大幅度转向个体自足。这是价值转换，更是特定意义下人的觉醒，如他在诗中所言，"觉醒愈知主义真"。

当我们从这个层面来阅读、感受诗集，也就无须在意境、语言、韵律等等艺术和技术问题上来苛求作者了。

希望高歌，永远高歌，高歌生命，高歌爱情，高歌自由的心灵。

2007 年元月第二日，试笔于西安不散居

读鹏鸣的诗

自序·序诗

粗粗的石柱上用铁链锁着一个诗人
赤裸的身躯鲜血淋淌　似殷红的花纹
一双刚强的眼睛高高的倾注天空的浮云
思索家乡的湖水和岸旁的片片浓荫
…………

——《诗人》

我虽是生在被野火烧秃了顶的山庄
我的生命尽管露着奄奄一息的模样
但我不想像月亮那样偷反太阳的光
只想借春风赐给我的一线力量
唤起我的血嗓把积蓄的心泪洒扬
我要像小草那样愤愤悲壮
我要像南去的大雁把哀肠鸣放

我的破烂的衣裳　虽像被炸开的棉絮那样
仍是母亲一针一线的缝补纳上
裹在了我干枯的布满青痕的身上
尽管尘土改变了我真实的貌相

但我仍然吐着激昂的诗行

野草和霉糠在我的饥腹里变为力量

…………

——《自序》

在这些诗行中，鹏鸣为自己作了序，也为诗作了序，宣告了自己的人生追求，也宣告了自己的诗歌追求。他来自大地来自荒野，却企盼像小草和大雁那样绿一回，飞一回，让自己的生命实现一回。他来自贫困来自饥饿，贫困却给了他力量，苦难倒酿成了诗。他命运里有苦难，灵魂里有枷锁，但他永远让自己有思索，有自己。他让自己的目光永远倾注于高天远云。

可以说，鹏鸣是以整整前半生的经历写下这些诗行的。字里有泪，行间溅血。远远艰难于其他人、坎坷于其他人的，事倍功半却难于被认可的奋斗，使这个关中汉子分外自强，自强到有时甚至急于求成而行为出格；使他分外自尊，自尊到敏感过度而痛苦万分；也使他分外自珍，自珍到很有几分别人受不了的自我欣赏。其实这一切都和一个人在底层多年的拼搏、那些几乎是无望的拼搏有关，也和这种拼搏终于有了一些结果有关啊。

人是复杂的，诗人更其复杂，像鹏鸣这样艰难拼搏上来的诗人是尤其复杂而又复杂的啊。我们只能接受这样一个复杂的、站在我们面前的、活生生的鹏鸣，包括让你不能不赞许的他和让你实在有点受不了的他我们只能都一道接受下来。

母土·家国

我是一只枯旧的木船

在你的江面上把螺旋桨昼夜旋转

我是一把失修的破犁

是人拉的犁

在您的荒原上耕翻

我是枯没的小草　凋谢的花瓣

落在了深山

把撕碎的心泪

凝进您的呼唤

把绞肠的血滴

染红你的脚板

——母亲呵　破碎了的心肝

…………

我是你用苦辛编织的花瓣

冲出冻土

刚刚嫩开叶片

我是你蓝天下的风帆

刚刚升上桅杆

我是你止住了哭声绽开的笑脸

我是你东方洁净的晨天

是年轻的星辰

大放光焰

母亲呵　破碎了的心肝

——《母亲的心肝是如此的纯净如此的鲜艳》

鹏鸣大量地写了母亲、乡村、土地方面的诗，这是他诗情不竭的源泉，构成了他诗歌中恒定的"老母·老家·老土"形象系列和意象系列。如果说，十一岁发表的一千二百行的长诗《娘在我的心上》，是恋母情结在审美形态中最早的结晶，表明了母亲在诗人的童年记忆中那种压倒一切的分量和化不开的浓稠，那么，接踵而至的《致我的亲娘》《致亲娘》《桂花——我亲爱的妈妈》等许多写母亲、写娘的诗,或是更充分地抒发了对母亲的爱,如《桂花——我亲爱的妈妈》一首,真名实姓地反复歌咏自己母亲;或是拓展、升华母爱这一意蕴,如前两首。在这些诗中,母爱渐渐泛漫、蒸馏为望乡之爱、寻根之恋,母亲、土地、家乡甚至祖国,融为一体,成为他生命成长的沃土和须臾不能离开的精神依傍。

你看,在都市生活时间愈久,他愈是喜欢甚至可以说愈是执拗地在诗里宣告:我是农民的孩子,我是关中那块土地的孩子,我是饥饿和困顿哺育大的孩子。现代都市生活不是减轻了,而是加剧了诗人对老母、老家、老土的思念和精神依赖。

这一点,我们可以在他同期写都市生存的诗句中得到印证,比如《城市·街道·精神病》和《隐居的感情》。都市在他心灵中的映象是:

> 当我来到这扭曲了灵魂的街上
> 一切的一切都在披上雪霜
> 昏昏沉沉的车辆和楼房
> 以及那愤怒了又欢乐欢乐了又愤怒的灯光
> …………
> 夏夜里本应是舒适的月光
> 为何这么可怕这么凄凉
> 我的心和我的灵魂一样
> 悄悄地收起飞翔的翅膀

——《城市·街道·精神病》

于是进入都市愈深,鹏鸣愈思念乡村:

> 我憎恨这患有多种风湿病的地方
> 多么想念我可爱的故乡
> 难道再也不能听见那晚风里山鸡的鸣唱

难道再也不能看见那柳丝里荡漾的村庄

——《城市·街道·精神病》

于是他身居都市却生发了"隐居的情感","独自住在山清水秀的田园,自己砍柴自己做饭,和百鸟在林子里和睦相伴,和水牛在稻田里一起耕田,倾听牛羊在傍晚的叫唤,慢慢点起一支长长的香烟"。

鹏鸣也为自己能由乡村走进大都会而自豪,有时甚至忍不住会对人炫示自己在大都市优越的生活条件。其实这只是表层的满足,当诗人在精神上还没有完全转化为都市人时,当诗人又在精神上感觉到了现代都市的种种弊端和现代都市人的种种病象时,他只能无奈而又无望地呼唤那渐行渐远的母体,呼唤母亲、母语、母土。这种心灵的痛苦和感情的撕裂,几乎是所有农裔城籍、由乡入城的漂泊者,和那些程度不等患有城市病的现代人都有过的切肤的体验。

我们感到了鹏鸣诗作在社会生活和文化心理两个层面的信息量。

但是这一切痛苦和无奈,无论是坎坷命运给予他的,或是城乡断裂给予他的,并没有击倒他,反倒使诗人在人生经验层面和生命哲思层面日益深沉,也使他在亲情、乡情的吸聚中强健自身,升华为更为博大的情怀,于是在他的诗行中迸发出了对国家民族至为激越至为动人的歌咏。请听听《致中国》:

中国的山我的筋骨

中国的河我的血脉

您把这些都送给了我

我还要什么

中

国

中国的贫穷是我的贫穷

中国的艰难是我的艰难

有朝一日我化成浓血

渗透给您

中

国

中国给了我一片领空

中国给了我一方热土

我飞翔的那一刻

哭着说声

中

国

…………

中国中国中国中国

中国中国中国中国

中国啊中国

中国啊中国

中

国

中

国

——《致中国》

母土之恋便这样转化为家国情怀，而在精神之家的漂泊之中，爱国恋族之情上升为灵魂中最为庄严的乐章演奏出来。这个乐章使多少人的心为之震撼。在这些诗行里，中国是如此深沉而又深沉地渗化进诗人的个体生命，而个体生命又是如此深沉而又深沉地融进整个民族群体喷薄而出的激情。

爱情·意绪

我分明听见你在序曲里徘徊

是谁把没有台词的帷幕拉开

让你这样子把我对待

在观众的面前无法彩排

今天我来时梨花已经盛开

满天的云彩满天的情怀

你却没有它的光亮它的洁白

犹如发紫的葡萄失去光彩

——《致情人》

情诗，鹏鸣写得最多，最投入，影响也最大，曾经出版过两本厚厚的《鹏鸣情诗选》。和诗人在都市生存的苦闷相对照，情诗既是他在都市喧闹中一种孤独的自我放逐，也是他在都市失衡中一种生命的自我实现。在情诗中，他放逐灵魂又安妥灵魂。

刚刚立秋又是一个连绵的雨季

长长的街巷在一片阴郁里淅淅沥沥

隐没车辆消失行人

孤独的我面对无尽的思绪

…………

你的心如同无言的旗帜

召唤重逢的日期

…………

> 我的心在这雨季就像滴滴雨丝
>
> 冰冰地打在我相思的草地
>
> ——《中秋雨夜》

> 犹如你在离去的夜晚无有一丝悲伤
>
> 犹如我在送别的月光下站在长长的路旁
>
> 犹如你在离去的刹那还要回首端望
>
> 犹如我在送别的瞬间还要随你飞翔
>
> 昨夜就是这么忧伤这么久长
>
> 昨夜就是这么揪心这么惆怅
>
> 你是否离去了　在那细雨霏霏的街上
>
> 我是否送别了　在那冰冷的广场……
>
> ——《梦中的女神》

诗人在爱恋中的激情与感受都很有几分现代色彩，这种现代色彩与他对老母、故土、旧屋的眷爱形成对比，表明了诗人精神上在难以步入都市的同时，也有正在步入都市的另一面。而这步入都市的通道，由于存在于诗人感情的最深处——爱恋的领域，不但在审美效果上刻骨铭心，在历史文化层面也便有着相当的深刻性。刻骨铭心的乡土之爱——母爱，和刻骨铭心的都市之爱——情爱，和谐共居一体，纵向上看，从心灵层面折射了中国社会转型期发生的数以亿计的民众由乡入城的大迁徙中，几代人所普遍经历过的在生存姿态和文化姿态上，由静到动、由农业文明到都市文明的历史性变化。另一方面，横向上看，又从心灵层面折射出还处在不成熟的都市文明中的中国当代都市人，在剧烈的动态生存中，对静态人生一步三回头的回眸和留恋，以及国人到底还不成熟的现代人格，是如何渴求以寻根方式营养和平衡自身。

让我再引他几句诗：

忧郁的情绪悄悄地流向悲壮的诗行

愤激的颓丧内涵渲染丰满的感伤

热烈的心境在潮湿的现实中把阳光仰望

和煦的春天该是轻风柔柔地拂翔

飘忽的灵魂把洁净的骨灰在山顶上高扬

海涛悲恸地把波浪汹涌地激荡

博大的胸怀无私地敞开红红的炉膛

接受洗礼一样的火光锻造刀枪

——《悲伤的山岗》

引这几行诗（尤其是那首更长的《空磨》，以及其他许多篇章），是想说，与上述那种带有现代色彩的感受和激情相匹配，鹏鸣在诗歌艺术追求上也有了相应的现代色彩。他的这一类诗歌，是那种淘尽了具体场景、具体事件、具体心情的，宏观感觉大生命、大宇宙的印象性的意绪性的诗情再现。鹏鸣从自然和生活景观中提炼恢宏苍莽的抒情意绪和哲诗意象，以密集的词语、回萦往复的诗句长咏短叹。诗人这时常常将诗句处理为先顺向而下，而后又逆向而上的螺旋形回流反复，不但总能做到通达流畅，而且在诗的结构和气脉、韵味上，构成别一种味道。这些诗，熔冶象征、隐喻、回忆、梦幻于一炉，形成纷至沓来的意象叠加，如丝如缕的语言缠裹，无处不在的氛围浸漫，使读者不期然而然地进入一种浓烈的意绪之场，而于其中受到打动，受到感染，受到启悟。正如许多评论家说的，这已是现代主义意象诗歌一派了。

2005 年 8 月 31 日，星期三，西安不散居

序常征小友诗集

  我和常征的父母以文会友好多年了，常听他们说起他，便不由有了几分亲切，心中一直以小友相待。只是直到今天也没有机会见面，待拿到这卷诗作，才算是和他有了第一次正式接触。

  翻开诗集，先是一惊，继则一叹，怎么说说笑笑之间，常征便由孩子变成大人，而且变成像模像样写诗的大人了呢？光阴真是白驹过隙呀。接下来，便由不得在字里行间对他做种种揣度，由不得用他的诗句来虚拟他，描绘他。

  我想，常征大约有那么点少年老成，像个多愁善感的小大人吧。在第二次断乳期之后，十几岁的他和他的同伴，争先恐后走出父本和母本的笼罩，去寻求精神个体的独立和生命自我的实现。在这条逃离少年、奔向成年的路途上，他是冲在前面的。他可能较同龄人更早地爱上了对周围世界做思的审视、情的和鸣、美的感受。尽管在我们这些"阅尽人间春色"的老者看来，常征的形而上活动还带着某种少年人游戏的色彩，属于那种由迷恋生活游戏向热衷精神游戏的转化的阶段，然而他则认真笃诚，甚至很有几分神圣。我们便不能不对一个精神生命的诞生行注目礼了。

  这些诗词告诉我，常征是一个正在自觉培育文化品格，努力丰富自己感情世界的小青年。他能够冲破少年人因幼稚而常有的羞涩，敢于在作品中对生命对社会的各种问题发表见解和感受，表现出热血青年指点江山、舍我其谁的气魄。他对人生对事业对学业，都具有目标感、责任感。尽管这种目标感现在还难以定型，也难以全部转化为社会实践，但他自己在主观上已经开始了对目标的追求和实践。在诗词创作上的执着和这部诗词作品的出版，就是一个证明。

常征正在丰富和提升自己的感情世界。诗里多次写到对父母的亲情，但已经逐步走出孩提的依恋，提升为一个独立生命和父母平等的对话。在这种对话中，有时爱被潜藏起来，你感到的是关切是理解、是审视是剖析，不时还会发出少年老成的生存慨叹。似乎也有了对异性的特殊关注，却没有让这种青春的美丽陷入少年维特之烦恼，目标的执着、青春的昂奋常常从中腾跃而起，与之形成交响。尽管我们从这种故作老成中看到的仍是稚嫩，那也是一种初春之美啊。

倚楼远眺，林下独步之时，在这个敏感的少年人心里，无论春花秋月、长天大河乃至田畴桑梓，都会唤起种种的共鸣和感应。同时，也会诱发他关于时序更迭、自然枯荣、历史兴亡、人生变幻的种种联想，种种比喻，种种喟叹，种种思索。也许你会说这是"为赋新诗强说愁"，我却把这看成一个青春年少者刻苦的审美练习，他会逐步学会各种方式的感觉借代、心理置换，各种形态的情绪渲染、气氛营造，以及各种手段的构思和表达。我更把这看成是一个青年的人生练习，这是更重要的——常征会在这一次一次的创作过程中长大，拔节、抽穗、扬花、灌浆、成熟，让周围的人一次一次刮目相看。

允许我送去一个祝福，一个深秋向初春的祝福。

      2003 年 5 月 5 日，星期一，西安不散居，一个非常的春天

原野上,好大一棵树

事情似乎有点不好理解:两位早已过了偶像崇拜年龄的老记者、老作家,在传主原野本人并不支持的情况下,用二三十年时间(那几乎是一个人有效生命的一多半)追踪他、采访他,积累有关他的资料,热忱执着地要把他推介给传媒界的同道,推介给社会,而现在终于把他写了出来。作者在书中不止一次直陈对这个人的折服和崇拜,别人可能不明何以会如此,我却略知就里。我了解原野这个人,我们在陕西的主流媒体共事多年,算起来他还是早我两年的学兄。再往白里说吧,我本人就是被他折服的人群中的一员。

原野,多么素朴、清淳、大器的两个字。这是主人公的名字,也是主人公的根性生存环境——他生长于斯的八百里秦川和他祖辈生长于斯的齐鲁大地,共有的名字。它会让你眼前展现一个画面:原野上,敦敦实实站着一棵好大的树。其实我是在一种极难专注的心情中打开这部书的。那段时间我老伴突遭车祸,股骨胫骨被折断,紧急住院手术,多日彻夜陪护,加之肇事单位领导的冷漠,这天心力交瘁地回到家里,睡前翻开了它,不料一气读了四个多钟头,竟然十过其八。还不能自已地爬起来记了几条感觉,大有一种要把这些感觉写出来的冲动。就我多年的阅读经验,这是很鲜见的。

原野老兄,我们平素都叫他"辕牛"或者树德,这条山东汉子,这个陕西愣娃,这位重量级记者,像重锤击在了我的心上。怎样做人、怎样做事、怎样做文章,在文字的展开中,伴随着那些我至为熟悉的人生的脚步声,回响于心头。

很有点沉重,为他报道过的那个极左的时代和多难的百姓,为我们民族、我们陕人在由封闭滞后走向改革开放过程中步履的沉重和足印的曲折，为一个以说真话为天职的记者在真正要说真话时所遇的强大阻碍和付出的惨重代价。

很有点折服，为书中记述的许多重量级稿件背后，那种沉甸甸的、重量级的人格力量。那已经远远超出了我平素感受的他那秦川牛似的个性：率真、倔强、阔大、君临天下；也远远超出了我们通常倡导的记者职业道德：为传播真实和真理，牺牲一切。这是一种能使所有人心跳加速、激情燃烧的人格力量，是一种能提升生存意义和为人之道的精神境界。

也很有点抱愧，面对这位熟悉的同学、同事、同代人，面对他在记者岗位上日积月累的作为，自己由不得像鲁迅先生在《一件小事》中写的那样，露出袍子底下的那个"小"来。为着自己不时会表现出来的软弱、从众、趋时，为着自己割舍不尽的种种小心小欲小利，我实在无法不抱愧。

一部写人的纪实作品，首先要求写出这一个和这一行，更高，则要求通过这一个、这一行写出这一代，乃至于写出整个民族和人类某些重要的精神质地。《原野》给予我最大的震撼，正是后一种震撼，是一种民族的、人类的大写的人格，对于芸芸众生的震撼。

在我的心目中，以原野兄的气质，是一个生而应该为记者的人，一个生而会成为特立独行的记者的人。他有一双让我辈大开眼界的"新闻眼"。能够在别人看不到新闻的地方逮住新闻，能够在生活的常态中发现异态，能够在事物的普遍价值中发现新闻价值。有时候甚至不是看，只靠感觉，便能捕捉到新闻因子。这该是一双有着红外线装置的"新闻眼"吧。

他有一张令我辈望而生羡的"新闻嘴"。采访之后、开笔之前，他并不立即伏案劳作，用笔和纸来表述，他喜欢先用嘴说。离开采访笔记和文字资料，根据自己采访中的记忆和感觉，海聊神侃。能记住的常常是最重要、最有特征的，能打动自己的也常常能打动读者。在反复的叙说中，用记忆去淘汰，在记忆中梳理、消化，逐渐将各方面的材料观点，改造、转化为记者主体的感受理解、表述方式。人家的故事，人家说的素材，便这样融解成从自己心里涌出来的话。在反复的叙说中，死文字转换为鲜活的口语，落在纸上，便成了有个性的、有表现力的、便于口传的活文字了。以此故，他写的报道总是一开篇便能抓住事物的特质，一开篇便能展示事物的亮点。原野便这样着，用口语改造文字，又用文字传播启动口头传播，使自己的新闻作品和惯常的新闻作品区别开来，给读者烙下深刻的印象，并在市井乡间长久地、广泛地流传开来。

他还有一双精力过人、老而不衰的"新闻腿"。重要采访必去事件现场，尽可能目击，尽可能越过各种转叙者语音的封锁，拿到第一手材料。走几十里上百里，待几十天上百天是常有的事。作为一位对历史、对时代、对真相、对读者有责任感的记者，他更相信眼睛而不轻信耳朵。这就要更多地用腿，用腿去跑出新闻而不是用屁股蛋把新闻"坐"出来。

当然，归根到底是他有一颗"新闻心"。这里面包括对新闻事业矢志不移的爱心，包括对社会各类潜在新闻因子原发性的、几乎是本能的共鸣，包括从业新闻职业所需要的各种素质。正是这颗"新闻心"像无形的力源推着他朝前跑，五十年停不下步子，直至退休，直至安上心脏起搏器，新闻依然像兴奋剂那样一次次使他在生命的跑道上加速。他的一生，心力脑力体力无疑都超负荷地疲劳，而谁又能说这种疲劳不正是人生的一大幸福、不正是生命的一种实现呢。

作为一个大学学新闻、多年干新闻、至今还热爱着尊重着新闻事业和新闻同道的人，《原野》让我翻检了朋友的人生和自己的人生，让我知道了许多新闻背后的故事，也重新学习了新闻采访写作的要领。所以我想着，无论从社会阅读兴趣还是从专业阅读兴趣的角度，这本书怕都是可以给读者以满足的。

我愿意在这里向两位作者表示真诚的感谢，不只是因为他们给了我多方面的阅读满足，更是因为他们以辛勤而富有创造性的劳动，在三秦大地上第一次将一位记者、一位一辈子为他人作嫁衣的人，着锦衣玉带，戴凤冠霞帔，隆重而又隆重地抬上了花轿。这不但体现了社会公正，也着实给纪实文学开拓了一个新的领域。

2002年11月24日，星期日，西安不散居

由不惑到随心

——段国超《文艺论集》序

我与国超，相识已逾二十年。他在渭南，我在西安，高速路虽然个把钟头就到，由于各自性格中的孤僻和时间分配上的吝啬，却一直疏于联系。专门的拜访简直想不起来是否有过，有时借会议、讲学的机会见了面，话也不多。要谈学问，这匆匆的一见如何能够进入？而除了学问国超又能说什么？应酬和寒暄话他不会说，偶尔硬着头皮说几句，由于极不到位，反倒弄得气氛尴尬，结果常常是相对无言。以后便干脆不说此类话了，连电话也像电报一样简要，闲话一句没有，正事也不啰嗦。再以后，便干脆只是写信了。

但我清晰地记住了顺路去他家那唯一的一次。那次他所在的渭南师范学院聘我为中文系教授，仪式之后，由我给学生做学术讲座。活动完了，他邀我顺便去家看看。单元房不大，是20世纪80年代那种老式的三室一厅，当时在学校已属最高档次了，非老教授不能享用。三间房，住了一间，一间用作客厅、餐厅、穿堂，还有一间紧闭着门，进人也只能推开一半，叫里面的书架顶住了。房内书架围满四壁，一律顶到天花板。房中间还楔进了两排。整个儿像一个小图书馆拥挤的书库。窗口放一书桌，也依然堆满了书，只留下两个胳膊肘的空地儿，上有台灯和老花镜。这张极像修表匠工作台的小案子，便是国超平素秘不示人的文字作坊了。书架上的书我未细看，倒是一直忘不了房中间两个书架上满满的杂志合订本，每一本都是他自己用线装订、用牛皮纸包封、用毛笔标号的。记得我心里一下就跳出了一句话：学海无涯苦作舟。这话平时说油了，反而成了文人嘴里酸腐的套话，那天，这句话由于和好友的人生行止相表里,却鲜活地画出了一个文化人的达摩面壁的形象和抱朴守素的境界。

作为中文系教授,国超这些年来在现当代文学史论和作家作品研究方面,发表了不少文章,也参与主持过几部现当代文学史教材的编纂,成果丰硕。他对鲁迅研究下的功夫尤深,在《鲁迅家世研究》《鲁迅论稿》等专著和相关论文中,他以扎实的史料考据和独具慧眼的研究成果,引起"鲁学"同人的关注,这方面,著名鲁迅研究者王富仁教授在给他《鲁迅论稿》作的序《中国新文化的几个层面》中已做评价。收在这个《文艺论稿》中的是国超文艺研究和评论的散稿。由于是散稿,横向上看,方面较多,反倒能够以斑窥豹,大致看出国超几十年务学的领域和为文的风致。这些散章大多成于几部专著出版之前的20世纪80年代或者更早一点,且是成板块状推出的,一段时期较集中地写几篇同类型的文章——譬如关于鲁迅,譬如关于现代文学史,譬如关于杜鹏程创作,譬如关于延安文艺运动,因而纵向上又可以视为后期专题研究的一种准备。

总的看,国超的研究论文比之他的作品评论更耐读,评论现代作家作品的文章又比评论当代作家作品的文章更耐读。他的论文朴实无华,却有一种沉甸甸的质感。有的篇幅不长,常有新的见解,这些见解不是靠一时的感受,靠即兴的发挥,能看出是长期积累的结晶。譬如《论子部小说》一文,触及了中国小说史上一个令前贤搔头、重要而又复杂的现象。他从探求子部小说自身演化规律入手,广涉汉魏以来子部小说的各种资料,给其做了基本定位。提出它的主体建构是兼有知识性和文学性的笔记体作品,从而将其与史传文学区别开来,也与广义的文言小说区别开来。文章以简明而有说服力的史料理清了子部小说的内容规范、品类系统和基本走向,论述了子部小说问世伊始在创作指导思想上崇实疾虚和尚奇贵幻两个体系,分析了两者的互相渗透、彼此斗争如何一方面成为此种小说演化发展的内在动力，另一方面导致了子部小说最终的分化。最后还阐释了子部小说给予唐传奇的深刻影响，提出了文言小说与子部小说之间同源分流的关系。不足万字的文章，史料信息、理论信息都十分密集。

在《〈史记〉：一部以人为中心的伟大史著》一文中，国超不但清晰地概括了《史记》对我国史学和文学发展的巨大贡献，而且翔实、充分地论述了《史记》写作中表现出来的两千多年前司马迁对于构成历史主体的人以及人的价值观的科学认识，并从这一科学认识出发，创立了以人为纲、为本位、为中心的史学体系。这就从史学和人学的根本关系上说清了中国自古以来文史不分家的原因，深刻而有创见。在这个基础上，国超又梳理总结了司马迁熟悉人、研究人、表现人的方法和特点，对建构有中国特色的文学、史学体系大有裨益。

国超已入花甲之年，教了大半辈子书，写了大半辈子文章。我们这一代人的精神生活，有相当长的一段岁月处在粗陋理性流行、极左思潮蔓延的时代，这免不了会在我们的思想和文字中留下印迹，有些印迹甚至终生难以消失。可以说，我们这代人是一直到四十多岁，才在改革开放时代的推进下，逐渐步入不惑境界的。我想，我们都不应该掩饰这一点。我们的责任是活到老学到老、向前走到老，不断汲取现代人文科学各种最新成果以营养自己，青春自己，更新自己。这方面，我和国超确实都有很长很长的路要走。令我敬重的是，国超在这本书的附录二，即自己撰写过而未发表的文章目录中，将极左时期写的一些"大批判"文论和评论也收进去了，其中有"批林批孔"、批"水浒"、批《园丁之歌》等那个畸形时代特有的"大批判"文章和凌厉口气。这种实事求是的科学精神，我以为是对待历史、对待自己的一种尊重，也表现出一种坦荡而又自信的情怀。

二十年来，国超便这样由四十而不惑，一步一步走进了耳顺和从心所欲的人生风景线。

2002年7月21日，星期天，西安不散居，习习凉风让盛夏生出几许秋意

遥远画面中亲近的人

我与粤基先生的交往，可以说最好地注释了"君子之交淡如水"这句话。年轻时即有尺牍往来，交而不识，从不谋面，一晃便三十年岁月、上万个日子过去了，却不意在省文史馆的会上相聚，他循着会议的报到册找到我住的房间，敲开门，慢声细气问："这是不是肖先生的房子？——"两双手三十年后第一次握在了一起。

那时我在《陕西日报》做事，因"文化大革命"被下放到了陕南西乡县大巴山深处，一个偏远贫困却溢满了绿树和山泉的村子。后来被《汉中日报》借去当不转行政关系的编辑，有点类乎现在的打工族。记得那年我采写了一则消息，是说洋县某刑事罪犯被判七年徒刑的事，加了一个"某某某伏法"的标题见了报。不几天就收到西乡署名刘粤基的"读者来信"，提出"伏法"是指死刑，用在这里很是不当。我当下热了脸，心里满是内疚，为自己犯的这个低级错误和给报纸造成的不好影响。记得还由此反省，像自己这样在"三面红旗大跃进"时代上大学的人，有的只是批判反动学术权威、"拔白旗、插红旗"的极左热情和匹夫之勇，实在学之甚少，知之不多，应该认真补补课才是。

于是我给这位刘粤基先生回了一封信，感谢他对报纸的关心，感谢他纠正了我用词之误。回信时，心里想着这该是一位县上的冬烘先生吧？或者是一位有很深来历的文士？他为何叫粤基呢？与广东、与南粤文化有什么关系？是不是和我一样，也是什么时候从南方辗转来到这秦巴山区深处之一隅的呢？很有一点希望相见进而相知的欲望。终因各种事情的干扰，没有见到这位一字之师。

时光过得真快，想不到当我们终于相识时，都已垂垂老矣。

看到粤基先生这些年执着于地方文史方志的爬梳整理，在汉江上游为着洁净我们民族和民间文化源头默默无闻地疏浚、引流、保护，心头不能不萌生敬意。上游的保护，关乎的是整个流域的生态，实际超出了地域保护的意义而成为全局性的一种工程，却常常不被时下的显学家们重视。对照这种短视，你能感觉到粤基先生目光的深长。

看到他执着于古典诗词和其他文学作品的创作而卓有成效，心中又不由泛起感动，既为社会文化的留存不辞担当，又给个人生命的宣泄寻找出口，那是怎样的一种和谐！一个人，只要目光锁定自己选定的目标而不移异，集中时间和空间去付出，期之以日月，是一定会有成效的。想到这些年来我将自己的时空资源、智力资源随意奉献于旁人的砧板之上、杂事的刀俎之下，那样子无恒也无奈地去抛掷所剩不多的生命，实在又生了几分自责，咀嚼到几味苍凉。

粤基先生嘱我为他的《晚晴拾贝》作序，想不到结尾落在自我的感喟上。行于当所行，也止于当所止吧，只好这样了。

2005年3月5日，星期六，西安不散居，春气萌动晴方好

读尹武平

阅读是一条静寂的小路，文字像丝带一样将你和作者的手绾在一起，就那么慢慢走着聊着，不经意间便走完了一段相识的路程。本来对他一无所知，读着他的文字、散文、札记、诗，便相识相知了，成了熟悉的朋友。

在阅读中相交，那是远比寒暄、吃喝、勾肩搭背、称兄道弟来得有味道、来得深挚的，因为作者在写作中要告诉你的，都是他最想、最急切要告诉你的，都是他储存了多年、挑了又挑的心里话，也是他改了又改、力图表达得最准最好的心里话。听着他在纸上这样的絮叨，你读到了作者在人生路上的所见所闻所感所思，也读到了作者隐藏在这些文字背后的性格、情绪，打开了他内部世界的这里那里。

这样的阅读经验我有过多次，这次读武平将军的《人生记忆》又经历了一次这样的感觉。

我和武平小兄素不相识，经朋友介绍他带着书稿来我书房，一进来就开门见山：我是尹武平！握手、倒茶、坐下，立即进入正题：关于这部书稿……好一派部队作风。他显然准备了很多话要说，那天也不巧，找我的人一连来了几拨，谈话不断被"拦截"，简直不容他尽心中之所欲言。无奈中，我俩几乎同时说：要不看书吧，都在书里了！告别时，他敬了一个笔挺的军礼，让书房里遽然便有了"沙场秋点兵"的气息。

作者青少年时代的向上，部队特殊生活的历练，家庭的亲人亲情，祖孙之间的天伦之乐，书中娓娓道来。以孩子的眼光对知了蜕壳细致入微的观察描绘；岳母用女性的双肩扛起全家重担，一只乳房喂小女儿，一只乳房滋养重病的丈夫；年轻时因受误解奋笔申辩，继而撕了申辩书用行动证明自己，终于入党提干；特种兵演习时的惊心动魄、扣人心弦；大战在即，上级了解到他们亲兄弟俩均在部队，决定临阵易参谋，不让他上前线，以免冒一家牺牲两人的风险，那种我们很少知道的军旅生活中的人性化关爱；在俄罗斯军事学院学习时，俄军教官罕见的敬业和专业；还有依依惜别相伴大半生的"无声密友"手枪时军人独有的伤感……一页一页翻过去，作者的人生像似断若续的长卷，缓缓地在面前展开。有故事有场面有细节，有许多触动人的地方。我看到这位军人如何意气风发从土地深处走来，跟着战神用勇往直前的步履写下人生的也是时代的篇章，晚年又用笔在稿纸上反刍自己的人生，写下自己的心迹，字里行间都是军人的责任、军人的情怀。我与武平就这样在写作和阅读中靠近，在倾诉与倾听中走进对方的心里。

跨过天命、进入古稀之年后，我越来越爱读史，爱读泛史类的纪实文字，倒渐渐疏远了那些美若彩虹或细得发腻的炫饰之文。好散文是不经意从生命深处流出来的，是一步步用脚也是用心走出来的。没有阅历这很难做到。阅世愈潜沉，笔墨愈老到，不期然而然便带着一种对复杂人生和复杂世界的理解，不，应该竟是化解吧。沉淀下来的生存经验形式化为文字，又去唤起读者相类似的经验和记忆——以青春的奋发点燃向上的激情，以战场经验唤醒英雄情结，以舐犊深情逗开会心的微笑。而用格言式的表达传输给读者的人生与工作中的那些体悟，年轻人要花多少时间才能获得？这就是文学的审美功效。我想武平在写作中定会生发出另一种成就感。

许多人在人生的拼搏阶段太忙碌，老了，退下来，钟情于习文著书实在是件好事。记得在座谈一位退休老先生的作品时，我这样说过：每个人的一生都是一篇文章，你的一生却比别人多写了一篇文章。你用生命在大地上写了一篇文章，又用笔在稿纸上写一篇文章。前一篇文章结出的是实践之果，后一篇文章结出的是精神之果。你拥有双倍的人生。

我想将这段再送给武平将军。是的，老一代将倾其一生的经历换取的财富回馈给社会、回馈给下一代，为社会降低了多少文化教育成本，又为多少人降低了人生的成本，那是不能用统计数字来表述的。

2015 年 11 月 20 日，西安不散居，雾霾昏昏然也

穆蕾蕾的散文

我与穆蕾蕾不熟悉，今年夏天在四川眉山市举办第八届冰心散文奖颁奖会上才有缘初识。了解一位作家首先是读点她的文字，文字是作家的脉象呀，这个人的一切在那些字符里应该是可以号脉似的号出来。便找了她几篇散文来读。读的时候想，不熟悉作者也好，完全从作品入手来感受她，也许反倒单纯。

穆蕾蕾的艺术感觉极好，她有很为敏感的美学神经。当她描摹景物，状写家长里短，常常会有一种超乎常人甚至超乎现实的感觉从笔下流淌出来。比如描述宝贝儿子说话，说孩子说出的字儿是一粒一粒甜玉米，馨香耐嚼。这是多么母亲化的感受，只有母亲，细腻又幸福的母亲才能写出这样的句子。她写静夜中的失眠，"我开始感到自己像一棵缺水的树"，"听觉越来越好。好到公路上的车声经常针一样从耳道里穿进来，然后将我像棉线一样拖出好远"。她就这样用艺术通感来转换美感，在这种转换中，强化了也泛化了美的传递。

读着读着，穆蕾蕾的笔像旋转舞台一样，旋现出了她人生另一方面的场景：民警和派出所里的生活，那种体察民性，关心民瘼，惠泽民心，悉习为老百姓办事的岗位责任和感情世界，甚至于写到跟踪、格斗和牺牲。这些英雄行为和楷模形象，从她水一般的灵动情怀和月一般的女性笔致下流淌出来，让我们在情怀的穆蕾蕾之外，看到了另外一个穆蕾蕾，那是有着大担当的穆蕾蕾。民警职务给这个穆蕾蕾带来了一点男子汉质地。在家常女子情怀的深处，冒出了些许须眉勇士的气息。她和她的战友既是老百姓生活中的"承重墙"，又向往着文化人心中的"东篱菊"。

二者如此交融在一位作家心中，似乎不那么协调，却恰好形成了穆蕾蕾散文内里的张力和描述的弹性。她让我们看到了作者书写两类生活、两种情怀的能力。其实，二者本是相互融汇着的，正如山溪和山脊组成了一道和谐的风景。她爱自己的家庭和孩子，也有许多女性的小情趣，这是小情小爱。她又有大情大爱，那是一位民警对社会和百姓需要承担的义不容辞的责任。这责任所以义不容辞，不正是因了爱民、爱岗的这个"爱"字吗？这责任所以根深叶茂，也正是因了它深植于那大爱的沃土啊。

　　家常之爱、女性之爱，使职业和社会的大爱有了动人的亮色；而后者又给前者以沉厚的基座。在两种爱的酬唱中，我们看到了穆蕾蕾和别的女性散文家不一样的地方。

2018 年 10 月 29 日，北京旅次

邢德朝的多重角色和多重人生

邢德朝小我一半，却是我的老朋友。相识怕有十来年了，谦和、勤恳，隔三岔五用这样那样的实绩叫你意外一回。这几年，竭尽全力主编三卷本《陕西文化人》，向海内外推介了一二百位陕西文化精英，使这个西部的省份有了一个新形象。围绕这套书的采访、摄影、编辑、出版、筹资、销售，德朝练就了在文化市场上翻江倒海的全套本领，成为小有名气的文化策划人。记得《陕西文化人》第一卷出版座谈会时，许多名脸、名嘴、名笔、名角、名记、名编在歌舞大剧院济济一堂，很有点文联、作协开全委会的架势。他们都是《陕西文化人》的入选者，平时各忙各的很少见面，有人便感谢德朝提供了这个机会。发言时我开玩笑说，何止这次见面要感谢小邢，他编《陕西文化人》，把我们这么装订到一起，只怕是世世代代想分也分不开了。

这个把陕西文化人装订到一起的邢德朝，不久又把自己三十多年的人生装订到一起，献给了社会，这便是他的个人诗集《年轮》。小邢在这本集子里，用诗行记录了自己，展示了自己，沉淀了自己。

诗在何方？诗在这里/诗在星空/那烁烁闪动的星/就是诗的语言/就是诗的标点/诗在城市/那繁华的街道/就是诗的排列/就是诗的句式/诗在工厂/轰鸣的车床/就是诗的韵律/就是诗的歌唱……接着他写诗在沙漠、诗在大海、诗在雨中、诗在你我之中，最后——"诗在何方/诗在天地之间/诗在万物之中/诗在无数的眼帘前/诗在绿色的草坪/诗在阳光普照的地方/诗在生命的土壤中/诗在跳动的心扉里"。这是他对诗的理解，也是他对生命的理解。在他看来，诗存在于生命的方方面面，而生命的深处又是流贯着诗的。只待有心人舀出来，大家便可做沁人心脾的一瓢之饮。

这样，我们在《年轮》中便听到了他经历过的农村和工厂生活在回响，也看到了土地和车间怎样给予他以实践品格和劳动者本色，又怎样涵养着他对社会生活对父老乡亲的爱。请看《奉献》："数着时间／迈向风华之年／汗有热的效应／情有美的舒展／心有诚的忠告／为了美的期望／愿用一寸光阴／抒写惊人的一页"。在诗歌早已冷淡工农的今天，他对劳动者精神真挚而动情的描摹，吹来了一股新鲜的风。《老家》《土窑》《出生地》《电站》《女工》《钢铁与图纸》，不但构成他的诗歌底色，也构成他的人生底色。

在爱情和亲情的吟唱中，我们进入了他的内心世界。《心》《伤感》《印象》《真诚》《致友人》，一道道质朴、明净的风景。没有前卫诗人、另类诗人嘈嘈切切错杂弹的心音和斑驳陆离的色彩，看到的是质朴而不浅陋，常从质朴中透出美的质地和思的质感；明净而不单纯，而是以简约提炼了的丰富和充盈。那种感觉，让人想起春阳乍起时在古城林子里晨练的年轻人。但是又有思索——"古币／一面有重量的镜子／记录一段说不完的历史／只有一幅陈旧的面孔／让后人阅读"（《古币》）。仅此数句，便可以测量出诗人的景深来。

读着这样的诗你恐怕想不到德朝会很现代，而他的诗恰恰就有这一面。他到底年轻，他处在现代生活的旋涡里，新现象、新话题、新时尚、新趋势、新的社会情绪和文化心理，冲击着他，裹挟着他，时时诱发他心中诗的共鸣。于是他写《广告》，写《信息》，写《读者》，写《情人港湾》，写《快乐球迷》，写《现场转播》。"一夜之后／所有的空间／属于你／信息／在你的身边／接受太阳的暴晒／热烈的思维／悬挂在意识的旗杆／理性／敞开大门／邀请每个情节／坐在五彩缤纷的看台"（《广告》）。崭新的生活引发崭新的比喻，造成崭新的感觉，你不由号到了一个时代的脉冲。

属于文化策划、经济运作的德朝和属于诗情的德朝，属于土地文明、工业文明的德朝和属于信息时代的德朝，便这样在人生路上并排行走，一个人好几道影子，让路人啧啧称奇。

2001年3月18日，星期日，最后一个月的谷斋

个人记忆中的城镇史

——《榆林往事亲历记》序

巨奎先生头发花白了,身板依然挺得倍儿直,推门进来先舒了一口气,开口便宣告:"正式出版了!"我懂得,这是指他牵心了十来年的《榆林往事亲历记》出版了。成稿十年终成正果,真为老朋友高兴,笑眯眯地让座,沏茶,听他数说原委。我说一本书经历了内部出版期间多年的读者检验,最终得到出版社的首肯,证明了他作品的生命力呀。他笑着摆了摆头,没回应我,兀自高兴着,也酸甜苦辣着。

亲历性的图书和文章,生命力不来自文学和美文,不来自"文"即"文饰"或"纹饰",而来自人生本身的质朴、世态原生的真切和存史的价值。巨奎是一位土生土长于榆林这块土地、从最基层干出来的干部,他以个人的目光、亲历的感受、冷静的心态、朴实的笔触,纪实了自己眼中一座城市几十年的变迁,正是这种个人化视角和历史文献价值自然而然的统一,赢得了广大读者,尤其是本乡本土读者的认可。据说内部发行期间,在榆林地区广为传播,赞誉者很多。读者和朋友乡亲的肯定,给了作者信心。巨奎又是一位对文字十分认真的老同志,广泛征集意见后,反复修改,终于正式出版面世。

过去我们读到的历史或历史演义,大都为宏大叙事的国家史、王朝史、社会史、政治史、民族史,或各式各样的群体史,像这样从个人经历和感受出发,对自己所处的城镇生活娓娓道来的个案性历史实录,还真是不多见。它以历史目击者、亲历者、见证者的身份,增加了记述的可信性和可感度,也就有了别一种价值、别一种味道。近年来口述实录历史很时兴，也许原因正在这里。

我和巨奎可谓故交，相识相交于20世纪80年代。有过一段工作上的交往，之后便没断过联系。三十年前，我带省级文化系统扶贫工作队去当时的榆林市（现在的榆阳区）工作，巨奎先生是市委副书记，各方面给予了我们的工作以诸多支持。他恪尽职守却又谦和淡定，刚毅老到却又文质彬彬，在我的记忆中留下一种难以忘怀的温暖。离开榆林后，他每来西安，我每去榆林，都免不了见个面、叙个旧，在相交中相知，一来二去便成了老朋友。这辈子我在工作中接触的人无计其数，由此而成为挚友的人并不太多，这需要真诚，还要有天性中的意会和默契，我与巨奎之间就有这种难得的真诚、意会和默契。算是一种缘吧。

《榆林往事亲历记》这本书，从各个时代、各个角度表现了榆林城区的变迁，国事、家事、公事、私事，都揉进去了个人的情怀、感受和思考。作者用白描手法勾勒出榆林城在各个历史阶段的面貌，聚焦了一些典型的社会和民众生活的镜头，写出了作者这一代人在20世纪六七十年代的人生风景和精神风貌。一个人和一座城，一座城和一个时代，便这样构成了这本书的写作特色和文化辐射力。

《榆林往事亲历记》并不执着于有意去写人物，却在一定程度上无意写出了人物。他笔下的人物中，最被读者聚焦的便是巨奎先生自己了——这是一个出身于小城的小民百姓之中的人物，从小家境并不好，全家老小靠着本分的勤苦劳作维持生计，一次一次遭遇时代坎坷加于家族的各种风暴。抗战时日寇飞机轮番轰炸殃及古城，新中国成立前夕国民党顽抗致祸于民，"大跃进"之后的大饥饿，"文革"中的种种闹剧和悲剧，都锻打了他的坚韧和执着，也铸就了他的严谨和低调。而党对自己多年教育所涵养的革命觉悟，领导职务加于自身的工作责任，又使巨奎具有了无私奉献和成熟老到的组织能力、管理智慧。这成为他终其一生的财富。巨奎一直在本乡本土任职，一直在父老乡亲眼皮子底下工作，尽心尽意为社稷为家国服务，为父老乡亲谋利益，这使他又永葆着一颗赤子之心。通常我们在文学作品中看到的，多是作家塑造的带有某种典型性的人物形象，在纪实作品和报告文学中读到的也是几经筛选提炼而具有某种独特性的人和事，像书中这样平常到平淡，而又在平淡中含蕴着丰富时代和命运信息的人物，便给了我们另一份难得的亲切和珍贵。

质朴、平直之美成为这本书吸引我的重要原因。写历史，白描淡写而不是浓墨重彩，巨奎在无意中竟然有了自己的尝试和探索。表现历史生活，难免受到作者价值观念的影响，但他总是以叙述替代评价，以个案替代综述和概括，尽可能避免直接去评断历史，这不失为一种智慧的写法。有些章节给人印象很是深刻，如童年生活，1958年"大跃进"、"放卫星"、公共食堂、修鞋的爸爸、"除四害"故事等等。这些章节所以感人，正在于作者是从个人遭遇出发，有意无意地触动了历史深处的脉搏。个人命运和时代风云一旦融通起来，生活画面的铺展之中就潜藏了反思，理性与形象也便会汩汩地流进读者心里。

2010年6月23日读内部文稿草成，2017年11月1日正式出版前改定，于西安望湖阁

文学是青春美的华彩

——序西安交通大学《大学》杂志作品集

文学是青年人的专利，文学是青春美的华彩。看着交大学子从青春生命深处迸发出来的这些文字，我不由得在心头一热，一页一页翻阅起自己那些远逝的岁月，那些在年方二八的时候，三五同学怀着刚刚萌动的青春激情和社会责任，在课余和假日加班出黑板报、手抄报、油印报的忙碌而有生气的日日夜夜。

时代变了，我的那一丁点的回忆，在今天的学子面前，简直羞于一提。请看看半个世纪后你们这一群还在上学的年轻人，有了多么大的能耐——

《大学》杂志在十年中编印发行十九期，好几十万字。组织机构，聘请余秋雨、陈忠实等名家顾问，组建西安市高校报业联合体，并当选主席单位。拍摄专题片，在百所高校建立记者站。在陕西多家高校举办的全省大学生征文大赛中荣获最佳承办奖。举办青春系列讲座、书签设计大赛；举办西安首届高校诗歌文化节、西安交大首届樱花诗赛、"当代青春文学与大学文化"讲座以及迎新生电影展播；协办第三届 e 拇指手机文学大赛；承办首届西安高校文化高峰论坛和语言文字规范化五十周年系列活动；联办首届高校期刊百花节。杂志获交大社团评比第一名，网络版获《中国青年报》等举办的大学生网络杂志优秀奖第一名。短短几年，杂志社由白手起家到编辑部有了新居，建设了编采排版图形工作站各种设备和硬件。并且，在不断地扩大发行中，正尝试着进入市场……

在我眼中，这些需要有相当的能力和经验的成年人才能完成的工作，都被你们这些小姑娘小小子兴高采烈地"玩"出来了！当然重要的不只是这些成绩,这些成绩未必是最出色的,而且毫无疑问,它们会在今后的岁月中被许许多多更新的更大的更切实的成绩覆盖了。重要的是我们从你们的创作和组织工作中感受到了青春的搏动和生命的追求。我们从你们书写的字里行间看到的是热忱、是创造、是勤奋,是青春生命在美之中、在事业之中的燃烧。我们也从你们那里感受到了时代的进步,感受到了进步的时代给年轻人提供了多么好的发展空间,也感受到了年轻人给予我们时代所增添的亮色。

人换了,事业延续下来,经过文学创作和组织锻炼的人一批一批走向社会。你们之中将来肯定会出作家,但也肯定大多数人并不都去当作家、当编辑、当出版家,但你们创造性的生命、意义性的青春则在这短暂的文学实践中得到了一次实现,组织管理能力也得到了锻炼。这一切都会转化为同学们美好的人生记忆,并在你们的一生中起作用。

我曾经年轻过,但我更羡慕新世纪你们的年轻。

2007 年 11 月 1 日,西安不散居

写作是人生的热身赛

　　这次作文大赛，是让参赛者根据作家贾平凹的一篇文章来续写新的故事，看着容易其实很难。有道是：创造新篇难，延伸别人的佳作更难，发展提升名人名作，当然难上加难，尤其难了！一篇文章所以被称为佳作、名作，肯定有其异于俗眼、不同凡响的地方，要延伸发展它，便不能在俗思俗套中兜圈子，要以自己的生命来融通原文的生命，将原作者的感受转化为自己独有的感受，大约才可能拓出一点新意来的。

　　青少年练习写作，不只为语文课有个好成绩。写作是人生的热身赛。写文章需要眼的观察，心的体会，脑的思考，需要将观察、思考、感受转化为语言，将语言组构成美文，以传播、感染社会。在写作中，你会不期然而然按照文章的境界去约束自己、升华自己。无论从哪方面来说，这都是对一个人素质的全面锻炼。

　　所以说，写作不只是知识和文字的整理，还是思考和感受能力的培育，是新颖和深度表达的训练，更是一个人观察力、感悟力、逻辑力、思考力、表现力的全面演习。它是知识教育、人生教育、品德教育、情操教育，它是德育、智育、美育。它会深刻地影响一个人的一生，影响一个民族的未来的面貌。

2014 年 5 月 14 日，西安不散居

短说《褒姒》

　　春日里，正是油菜花田在汉中盆地写满彩色文章的时节，秦巴山影在阳光映照下，与深弘的远天组成一抹空净。我翻开手头这本书，期盼着它会展现一幅怎样的画图。

　　她力图澄清一段流传甚广的古代故事，这便是周幽王为博宠妃褒姒一笑，烽火戏诸侯的故事。她告诉我们的是，周幽王其实不是取悦褒姒，是为了试验诸侯们的忠诚而点燃烽火，他因此失去了君王的信义，最后也便失去了关键的救援，失去了周朝的江山。

　　她力图重塑褒姒这位多有诟病的女性。写她的美丽、清纯、贤淑，写她如何无奈地被卷进宫廷的权力之争和是是非非，而内心仍能处污泥而不染。她看重感情，可惜当这种感情附丽于一位还算不上是英主的末代君王，当然也就很难保持住纯净。

　　她力图在历史画卷的展开中反思一种观念——"女人祸国"的观念。细腻的笔触下再现的宫廷生活在告诉我们：最后湮没周王朝的祸水，是王朝自身的腐败，是宫廷的争斗，是分封各国在强大之后觊觎中央政权的一种历史必然。

　　她叫宁惠平，曾经出版过长篇小说《桃之夭夭》和散文集《云淡风清》。这回又给自己定了一个繁重到要重新审视历史的任务，对她的执着，你不能不报以赞许的目光。

　　也许对古代生活的描摹还可以更符合历史的可能性，也许对人物的复杂性和内心冲突还可以更深地打开，也许日常生活话语还需要向文学话语大幅度提升，但她已经走出的这一步，是足够让我们喜悦的了。

窗外有两只鸟儿在鸣叫，叽叽喳喳絮叨着，鸟音中游动着似有若无的一缕凄苦，那是在讲述那个被误读千年的女性吗？

2015年4月25日，西安不散居

山花烂漫报春时

——序《镇安文学作品选》

十年前一个早春的日子,由西安城南丰峪口驱车跃上秦岭,此后整整一个上午,车爬行在这道山脉的层峰叠嶂之中。逆光下的群山在车窗外旋来又旋去,青灰的色调在眼睛里无边而无沿。远远近近都是光影的叠印,梦幻的迷离。

翻过黄花岭,乍然惊了一个激灵,漫山遍野,全是杜鹃花!那真是漫山遍野,彩色的流光灼着我的眼睛。全车人都被点燃了,话多起来,也有了笑声,由镇安盛开杜鹃一直说到镇安盛产才子。那时从镇安走出去的作家方英文已经小有名气,而留在县上的文人也各有各的特色,并不输于英文的。我便说了一句:这漫山遍野开着的,原来全是方英文呀!

好几年以后,从一个材料里看到,来镇安辅导创作的省作协驻会作家王晓新,几乎用同样的意思表述了他对镇安文学的印象,他说:镇安文学作者之多,就像花生、洋芋一样,一窝一窝的。

镇安在1998年便成立了作协,是全省中成立早、工作扎实的一个县级作协。镇安作协五年来,像山民采灵芝草那样,在大山的峭壁和褶皱里,精心而辛苦地发现培养作者,帮助他们改稿、发表、研讨、推介,于是有了这部四卷四十万字的《镇安文学作品精选》。在全省县级文联和作协抓作品、出人才方面,这部书不但是报春的乳燕,也展示了镇安如杜鹃花般的绚丽烂漫。

改革开放以来,从时序上看,镇安县的文学创作大致可以分为三个阶段。

一是 20 世纪 70 年代末到 80 年代中。县文化馆创办了《栗乡》《镇安文学》，成立了文学创作研究会，发现、培养、团结了一批活力充沛的作者。他们以极高的热情写小说、写散文、写诗、写报告文学，作品之多，势头之好，很是令人瞩目，不少作品也具有相当的质量。赵波、徐小平、孔令海、党振平、汪效常、马健涛、叶仁海、王立祥，以及后来名冠一时的陈彦、胡晋生等人，那几年在中央和省上文艺报刊发表的不少作品，可以说是这一阶段镇安文学水平的标志。

二是 20 世纪 80 年代中到 90 年代初。这个阶段又涌现了王德强、芦芙荭、毛甲申、程良华、李清文、张贻元等十多名作者，写作领域更扩大到杂文和小小说。他们以自己各类作品在省内外的广为发表，而成为镇安文学创作极具实力的群体。

三是 20 世纪 90 年代以来。邢显博、侯剑君、陈瀚此、蒋立勇、夏泽梅、樊明涛、何有文等人的作品频繁出现在省内外一些报刊上，有的还获得奖励，又为镇安的文学创作增添了新生力量。

镇安文学近三十年的历史脚步，在这部《镇安文学作品精选》中能够看到深深的印迹。不能不特别提到，这些年来还从镇安的土地上走出了方英文、陈彦、毛甲申、芦芙荭、马健涛等极富生命力的作家。镇安哺育了他们，镇安的山水给了他们灵气，他们为镇安增添了光彩。

从这部《镇安文学作品精选》中我们还可以感到，镇安作者视野开阔，题材广泛，而且力图从审美层面来再现山乡生活。他们的作品在民间性和生命感方面极具信息量，轻灵俊秀一如清泉在山间汩汩流动；同时又能艺术地展示改革开放时代的社会生活和心理情绪，着力于开掘社会转型年代人们生存状态、生活方式、价值坐标的变化在心灵深处引发的回响，不同程度塑造了众多具有时代风貌和个性特征的人物形象。所有这些，都给了我许多阅读的兴味和感喟。

马克思曾经创造性地论述过"物质生产和精神生产不平衡理论",他告诉我们,物质生活的相对贫困,经济发展的相对滞后,不见得直接导致或必然引发精神的贫困和艺术生产的滞后。苦难是精神的磨刀石,文学艺术的奇花异草往往生长在罕无人迹的悬崖峭壁之上。我们也许在这里找到了镇安文学之花历久弥绚的一个理由。

但我们更希望看到,也正在看到的是镇安物质文明和精神文明的比翼齐飞,我毋庸置疑地坚信:镇安的文学创作一定是这种比翼齐飞的一个重要的力源。

2003年4月30日,星期三,西安不散居,谷雨刚过时,"非典"流行日

帮你更深地进入社会

——评《税收与社会》的报告文学

"税收使人更深地进入社会",这是我几年前给《税收与社会》杂志写的一个题词。肖云儒一不会经商,没有缘分当大款,二无甚成就,没有本事当大腕,除了每月工资表上有个栏目标明扣除十块八块个人所得税,我与税收基本还是陌路人,远没有像许多现代人那样早已和税收成了老朋友。由此也可见自己的落伍了。

对税收和税务虽说连皮毛也不懂,从自己的感知出发却依稀有一点囫囵的感觉,这便是:远离税收也便相当程度地远离了社会,翻过来说,就是:税收使人深刻地进入社会。所以当时就那么用毛笔在宣纸上写了下来,是耶非耶,心里一直怀有忐忑。这次读"蜜蜂丛书"所收《税收与社会》历年刊载的报告文学结集《疾呼税收》和《直面贫困》整整两厚本、一千多页,倒觉得上面那个题词还真有些道理。何故?皆因我在阅读中得到了两点收获:一曰"这两本书使我更深地了解了税收",一曰"税收又使我更深地了解了社会"也。

透过一个"税"字表现社会人生

《疾呼税收》从题目看似乎是从税务部门和税务工作者的立场上来着眼的,其实书内文章视界很宽,视角也颇多。以事件为经纬的报告文学,有对共和国税务工作和税收状况的宏观扫画和深入剖析,有对一个社区一个行业税务战线的文学纪实,也有对拖税、漏税、抗税、骗税以及税盲、法盲的个案透视。以人物为经纬的报告文学,则既围绕收税人、管税人,又围绕交税人、用税人来展开生活画面，塑造个性特征，开掘内心世界。这些作品从各个方面——医疗、教育、卫生、房改、户籍、就业、经营、公仆服务、体制改革等等与纳税人生活相关的热点难点问题开笔，体现了对纳税人利益、感情和命运的无比关注，这且不去多说它。最难得的是，几乎所有的文章都是通过税的桥梁，去写社会，写社会的经济、政治、文化、情绪状态的。这里，税字只是载体，真正的目的是从一个字写出一种人生，看出一个世界，表现一段历史。我想，要表现如此千钧之重的分量，恐怕也只有这个"税"字能够担得起了。

报告文学的作者们正是抓住了税收这个现代社会信息密集的芯片，抓住了税收背后丰富的经济社会文化内涵，像辛勤的煤矿工人那样，先在"税"字上开个小小的竖井，然后朝地下层层掘进，朝四面八方挖巷道、开掌子面，渐渐地，读者眼前便出现了一道道风景，其中有不少是平素文学很少问津的领域，比如税务人员的情感心态，公务员下海的酸甜苦辣，大款的精神履痕，"红顶子商人"（有权力背景的商人）的历史倒影，律师心中天平世界的裂变，星期六摊位，西北第一市，直逼贫困的人群和贫血的国库，还有对各地打工族的写真，西北民族工业艰难的起步，等等。甚至还有一组极具智性品格的报告文学，这组作品，通过生活故事探讨市场经济下的道德问题，探讨陕西、河南、浙江等地区域文化品格问题。

在对社会生活如此色彩缤纷的描绘中，我们又常常能感觉到一些共同的深层话题贯穿在这些作品中。比如怎样处理个人与社会、企业与国家、情与法、灵与欲，以及当下利益和可持续发展的关系。作者们的思维是辩证的，他们不仅表现个人和企业作为纳税人对社会和国家的义务，鞭笞那些逃避义务的不良心态和违法行为，同时表现社会和国家对纳税人的责任，揭露那些铺张浪费甚至贪污盗窃纳税人血汗的蛀虫。他们不仅表现依法纳税的法的内涵和法的强制性，更关注自觉纳税的道德内涵和感情的驱动力，并进一步开掘，纳税如何使纳税人个体不但在法、理、情上有了爱国的自觉，而且在直接的经济利益上和社会、民族、国家交融一体，这样，老百姓的主人公意识和国家的民主制度便获得了坚实的经济基础。

还有一点，这些报告文学的作者，不仅现实主义地表现税收如何维系国家的强大和社会的发展，而且理想主义地去表现国家财政如何从根本上改善民族的生存环境和社会的基础设施，又如何从根本上改善文化教育条件，从而使社会进入可持续发展的良性循环，使民族精神素质和科技力量得以不断提高。这样来写税收题材的作品，便从一个行业的当下实际，展示出社会生活美好的前景。

编者对两部书的命名饶有深意：只有《疾呼税收》，才能《直面贫困》。疾呼税收就是疾呼国库的充盈、国家的富强；国家富强了才有能力直面贫困并改造贫困；而老百姓和企业脱贫了，税源更为丰厚，"疾呼税收"才能成为现实。开掘税收和贫困的内在联系，开掘国家富强和人民富裕的内在联系，便显出一种独到的深刻来。

在经济伦理深处浮现人文关怀

《疾呼税收》《直面贫困》两部报告文学，相对于某些专业作家写的纪实作品，在价值坐标和价值观上有微妙的转移，甚至校正了一些作品常有的偏颇。

自古以来，中国就是个重伦理的国家。伦理中心、家国同构、天人合一，是学术界公认的中国文化三大特点。中国文人、中国的人文知识分子，重道轻器，对人伦道统以及和道德精神相关的问题特别敏感，特别寸步不让。此处真用得上一句话："士可杀而不可辱也"，那是连命都可以不要的。岁月悠悠，社会更迭，道德价值、道德观虽然星移斗转不断进步，中国文人在这一点上却变化不大。

洪水猛兽的"文化大革命",对中国文人的道德精神和人格操守是一次粗暴到残酷的摧毁。那以后,心灵刚刚有所康复,野火春风的市场经济对中国文人又来了一次绵里藏针的嘲弄,带着谑笑敲打他们的心扉。文化人也开始了纸上谈兵的反击,抓住市场经济诱发的种种负面效应,写了一批纪实文学。各种各样的"忧思录"就是这个时候的产物。这些作品敏锐而又不乏犀利地抓住了转型期的社会问题、社会要求和社会心理,对种种不良的现象和心理做了正确而深刻的批判,这毫无疑问有利于历史的进步。但也应该说,此类报告文学偏重于精神判断、道德伦理判断,面对有些需要从道德伦理判断和经济历史判断的结合上来解决的问题,尤其是面对那些需要着重从经济历史坐标上来认识的问题,或是不得要领,或是隔靴搔痒,不免显出一点苍白和肤浅来。

正是在这一点上,《税收与社会》杂志的报告文学显出了自己的优势。这个杂志根据办刊宗旨、行业特点和读者对象,多年来致力于组织和写作经济报告文学。他们不但集中而又连续性地发行了大量此类作品,而且培养组织了一个相当有实力的作者群,比如曹钦白、杨鸿江、解维汉、屈路影、雁子、大营、李梅等人。就是几位专业作家,如冷梦、常扬、鹤坪、马玉琛,也都不是把自己关在书斋里的人,他们大部少有文人习见的温柔敦厚。作为女性,冷梦的作品更是可以敲出金属钢性的声音。这支以写经济生活见长的作者队伍,是我省文学的一个特殊群体,他们不但走出了"唯伦理"的局限,而且走出了以写农村生活为主的局限,大踏步地走向经济,走向城市,走向和新的生产力相关的生活领域。但是,他们又完全不同于当下很为时尚的、以闲适享乐为主调的城市青春文学,他们一贯坚持对当前生活和经济活动的深度关切和深刻了解,他们总是以改革当事者的身份和心态出现在生活和作品之中。因而他们的作品,便总是透出一股开拓前行的雄浑之风和有为向上的阳刚之气。从这个群体发表在《税收与社会》的作品来看,对经济类型报告文学写作的许多问题，在创作实践中已经做了有益的探讨，而且有不少尝试、探索是成功的，为此类报告文学的写作提供了理性思考的素材。

这些作者不但重视人文伦理而且重视经济伦理，他们认为，在生活中，凡符合经济规律的事物，归根究底也会符合历史规律；经济的，亦即历史的。所以他们在作品中致力于将经济问题和伦理问题结合起来，撕开传统伦理温情脉脉的面纱，在经济规律和市场调控的铁石心肠中发掘更高更新的人文精神。我们在作品中常常会读到这样急剧的转折：在传统心理感到最不近人情甚至有点残酷的地方，一种新的人文关怀温馨地出现了，人民最根本的利益终于得到了体现，个体的利益也得到不同程度的满足。许多报告文学写到的工人下岗和干部"一刀切"，开始的确有点无情，后来压力成为动力，下岗者纷纷学会各种各样新的生活本领和业务能力，重又显示出自己的人生价值，我们于是恍然明白了，原来这是比恪守旧的生活方式、比安贫乐道更高也更人道的人生价值呀。

其实，税收本身就交聚着两个系列的价值坐标。它当然主要是国家利益的体现，却又处处用于老百姓的福利；它当然主要从人民从社会的整体利益来安排用途，但最后受益的总是具体的家庭和个人；它当然主要是经济和物质利益在个人和国家之间的循环，其实它最终总离不开人民的精神利益——税收以及对税收的种种正确理解，一旦能够被社会认同而且付诸实践，老百姓的主人公意识和全局意识，政府的民主意识和廉政勤政之风，官员的公仆意识和为人民服务的自觉性，还有健康淳厚、高效俭朴的社会风气等等社会精神文明范畴内的东西，不是都获得了一种强有力的新动力吗？

在一个道德至上的社会里，很难看到文化人和文学作品对物质尤其是对金钱的肯定，更不要说赞扬了。但这批经济类型的报告文学，却敢于大胆肯定经济和物质力量对社会发展、人类进步的决定性作用。金钱，在形而上层面的话题里，在文学作品中，大多是丑陋不堪的。多少人怀着一种道德激情朗读过、引用过莎士比亚控诉金钱把黑变成白、丑变成美那一段警世的台词,我年轻的时候也一吟三叹地将它抄在自己的本子上。莎士比亚无疑正确而且深刻。但金钱其实只是财富的证券,只是物质流通的载体,本身并没有美丑是非可言。最开始,金钱是没有铜臭味的,在不同占有方式的流通中,到了不同占有者手上,金钱才带上了道德审美色彩——钱交给税务所叫贡献,打进赖昌星的账号叫赃款,捏在打工族手里叫血汗。这两部报告文学也写金钱的丑恶,有时却敢于把金钱写得很美丽(当然,这是钱背后人的美丽),这就让人耳目一新了。是的,税金是美丽的。老百姓自觉自愿交税金,税官们殚精竭虑收税金,公仆们克勤克俭花税金,还有,那些用税金建起来的林荫道、立交桥、学校和公园,都是当今生活中美丽的风景。从另一个角度看金钱,从另一个角度写金钱,理论上虽不能算创造,进入创作后却颇有新意。

用长镜头追踪历史人生的脚步

用长镜头远眺人生,用广角镜头揽进宏阔的社会,长期而不间断地追踪报道对象,也是《税收与社会》报告文学与众不同的一种创造。曹钦白和杨鸿江两位作者连续十三年跟踪报道了陕西长安县下柏良村乡镇企业造纸厂厂长史忍让,是一个典型的例证。恐怕除了社会学家费孝通老人在几十年间追踪过江村经济的发展,先后写了《江村十日》和《重访江村》,再也很少有人去做这样执着的长期的追踪了吧。曹、杨二人于1987年写下了第一篇《从人民的代表到人民的罪人》,报道了史忍让这位"陕西第一例因涉税判刑的企业家",试图通过对个案的调研,摸索出第一代企业家中某些人"落马"的社会因素和个人心理因素。这样,他们就不只是在写一个税案和一个违法者,更是在写"史忍让群体",写他所处的复杂的社会环境和心理背景,揭示出了这个人物走向辉煌和堕入悲剧的社会必然性。在以后的十三年中,他们又先后写了《再访史忍让》和《三访史忍让》以及震撼读者的《人生不归路》。在漫长反复的关注中,史忍让已经成为读者"熟悉的陌生人",大家和他一道经历社会改革中大大小小的震荡,也一道不断调整着、改变着社会观和人生观。两位作者通过史忍让事业的兴衰和命运的悲剧,演绎历史、社会以及人生的大文章,力图摸索出一条人性化、科学化和法制化相结合的税收工作路子,真是殊为难得呀。

经济类型的报告文学乃至于经济、金融题材的散文、小说和其他作品,税收文艺乃至于税收文化,现在才刚刚拉开帷幕的一角,更宏阔瑰丽的图景有待我们去探索、去描绘。《税收与社会》开了一个这么好的头,相信文学界和各方面的作者会一定很快跟上来的。我们殷切期盼着。

2001年9月6日,星期四,西安不散居

爷爷送你一本书

小豆豆：

六一儿童节快要到了，爷爷向你祝贺节日！

今年儿童节，爷爷不给你送玩具，爷爷给你送一本书，就是这本童话集《万花筒世界》。这本童话集是陕西省第二届青少年童话创作大赛获奖作品的选集，是未来出版社的叔叔阿姨加班赶出来，送给小朋友们的儿童节礼物。里面收集了全省各地好几十个县的哥哥姐姐编的童话故事，爷爷参加了这次童话大赛的评选，每篇都读过，那可是比爷爷给你讲得好听多了，有趣多了。

这本书不要让大人给你讲，要学着自己慢慢读。你想，一个字一个字读出声来，那不就是豆豆在给自己讲故事吗？有不认识的字和不懂的地方，可以问爸爸妈妈和老师，也可以学着查奶奶给你买的那本小字典。每读完一篇，你就试着去给小朋友讲。讲上十几篇下来，信不信，豆豆保准能成班上的故事大王。

豆豆，你平常总有问不完的"为什么"，为什么这样，为什么那样，把爷爷难住了，你还龇着小虎牙得意地笑。现在好了，对你许许多多的"为什么"，哥哥姐姐们在这本书里都说出了他们自己的想法和答案——

为什么我们要珍惜生命、珍惜时间？你可以看看《皮皮游时间国》和《时空转换器》；

为什么我们要保护生态、保护环境？你可以看看《最后一片绿叶》和《沙尘暴的生命之旅》；

为什么我们要团结友爱、认真读书？你可以看看《纸学校》和《快乐在哪里》；

为什么我们要艰苦勤奋、磨炼自己？你可以看看《小猫咪咪》和《无鳔的鲨鱼》；

为什么爷爷总说你还小、脑子还幼稚、还简单？你可以看看《找洞》和《狐假虎威续集》；

为什么爷爷总爱忆苦思甜、爱说"比爷爷那时候,现而今好到哪里去了？"你可以看看《小狗熊乘火车》和《下岗》；

为什么爷爷总爱唠叨"社会可复杂了，你长大就知道了"。你可以看看《特殊会议》和《歌星大赛》；

…………

你不光要一篇一篇读，还要一篇一篇想，把藏在这些童话故事背后的道理想个清楚明白；不光一个人想，最好把自己想到的说给小朋友们听，大家一起想一起讨论。读完了，想透了，没准儿豆豆便成了班上的小小思想家。

豆豆，这本书里还有三点值得你学习：一是要学会自己多动脑子，放开想象。你自小在城里长大，爱看电视，什么都跟电视里学，反而影响了想象力。农村的孩子放了学要帮大人干活，看电视少，便自己学着编故事，所以这方面本领却比你们强多了。没看这本书里，外县的小朋友编的好童话有多少，得奖的又有多少！

二是要学会把新的科学知识编进童话。许多孩子都把新知识、新气象编进了自己的故事，像电子网络、电气列车、时空转换器、基因培养、太空巡游等等，不一味模仿过去的童话，就显得新鲜，也能和课堂学习结合。

三是要学会说话和写作都尽量能够清晰、简明、生动。爷爷特别希望你能把《火柴打架》《最后一片绿叶》《无鳔的鲨鱼》《小狗熊乘火车》这几篇多读两遍，学习人家怎么把故事讲得简明清晰生动，又怎么把道理藏在故事里和故事融化在一起。这可能对你尽快改掉自己说话车轱辘转、写文章乱麻一团的毛病会有好处。

钟响了十下,你明天还要早起,不能多谈了。希望今晚你的梦是一个美丽的童话。

爷爷

2005 年 5 月 12 日晚 10 时,西安不散居

春　　泥

　　王艳是一位小学语文教师，任教已近三十年。在这套书中她以自己的教学实践为基础资料来做研究，带有个案研究的色彩。既可以实现自我提升，也能对读者、对教师和家长有所启发帮助。个案研究有时不免会有实践和认识上的某些局限，却无疑又会具有个人经验的具体鲜活和独特，对读者有着别一种吸引力。在我印象中，教学方面的图书，以个案研究的方法写，并不很多，也许值得提倡。

　　任教三十年的老教师还有这等精进事业的热情和心力，三十年的从教岁月，没有磨损和泯灭她的初心和初情，反倒加倍激发了她新的热情和思考，这着实令我心生诧异，对此书便很有了翻阅、探究一番的冲动。

　　一页一页翻过，读着王艳老师悉心搜集的资料、精心归纳的规律和对策，时不时有了惊喜，有了意会。我一步步掂量到，这其中她付出了多少劳动，多少思考和才情，多少可以关爱自己家庭的时间。

　　在孩子们稚拙的书写中，她用红笔圈出一行行好句子，那笔迹像舞蹈演员在舞台上连续的旋转，你感觉被浸到一种美的旋律之中。有孩子们驾驭文字时的童真之美、文学之美、察事观世之美，也有将孩子们引入审美境界的教师人格和生命之美。她以这种红圈的飞旋，共鸣着学生的辞章，也寄喻着自己的几许得意，对自己教书育人职业的几许自豪。是园丁一面擦着汗一面看着满园春色、满树硕果的那种感觉。你不由生出一份感动来。

　　王艳老师三十年不改初心、未泯初情那最深的原因怕就在这里了。岂止为生存？又何止为责任？这个岗位给予她和她同伴的，更是一份情愫、一份爱，是一茬一茬生命的花蕾在成长、成熟中挂果的笑靥。

园丁示你以花蕾，我们闻到了泥土的芳香，那是春日泥土鲜洌的芳香。

这套书包括两种教学辅导材料。第一种带有教学和写作辅导性质。分基础知识、阅读欣赏、范文分析、写作训练，以及名诗名文赏析、寓言童话介绍，对成长、友谊、亲情、师恩、科学、人生、自然等各方面分类描写的资料，整整八个板块十八个单元，活脱脱是一本小学语文教学的小百科了！

它帮助孩子们在阅读中学习写作，又在阅读和写作中学习观察、感受、思考、表达，乃至学习做人处世。它让你爱上的不只是语文和写作，更让你爱上生活，爱上语文和一切文化所表达的整个生命世界。

此书的第二种便是学生作文选萃了。遴选了许多王艳老师教过学生的优秀作文，以资读者借鉴。这些作文均是学生在课堂或考场现场限时写出来的。二十到三十分钟一次完成，入书时均没有再修改润色，是孩子们作文水准真实的反映，也是老师教学水准的真实反映。

对于小学语文教学我完全无知。我侧重阅读了入选的孩子们的好作文，也带着一点好奇与尊敬，翻阅了前半部分的资料和观点。心里推出的是两个带着惊叹号的大黑体字：喜悦！为孩子们，为老师，也为过去的、现在的、未来的家长读者。

2019 年 2 月 23 日，西安不散居

艺文百字评

董勇《雪泥鸿爪》

生命走过，这个世界便留下雪泥鸿爪，不久一切又会消失，大地复归宁静。万千生命，唯有人能将其变为记忆，又唯有文人能将其变为文字，回味于内心，传播于社会。生命于是永生。

董勇之勇，此之谓也。董勇亦董永，董永之永，亦此之所谓也。他的文字，内容驳杂，乃因生命多彩；笔法如柳枝在春风中披纷，可见才艺之活跃。他用脑用手创造生活，又用心用笔点化生活。他使我们多了一扇人生窗口，也使自己多了一重人生体验。

2003年11月20日，星期四，西安不散居

李小锋《美的断想》

你一直在秦腔舞台上创造美，现在却在案头思考美。你在形象与逻辑两个平台为美呕心沥血。

你的思考，你的表述，让我大为诧异：一位自幼学戏而啃书不多的人竟有这样深邃的学理思索。谁都能感受到其中沉淀了多少努力和辛苦，都能感受到这位年轻人内心逼人的力量。

你的理解，你的阐释，又让我处处意会：到底是融进了生命感悟和艺术实践的文字，理性从书本中腾跃而出，飞进读者的心灵，唤醒那些我们生命

中还沉睡的部分。

于是我自认为感觉到了你埋在心底的秘密：李小锋，你大概是不当大师死不休的啊。

2003 年 11 月 20 日，星期四，西安不散居

刘金亮《延川纪事》

在黄河拐弯拐成一个八卦圆的地方，在民间剪纸和布堆画的故乡，在《到一斗谷当村长》的山圪崂，在拥有过杜鹏程、路遥、史铁生、陶正等一批作家，创造了《山花》文学现象的县城，在沉默的延川河边，我认识了你。延川县山花烂漫的文艺成果中很少见到你的名字，你的辛劳和汗水却浸润在这片文化沃土之中。有些人不是砖瓦，不是钢材，也不是梁柱，他们是水泥，他们能把方方面面有序地组接到一起，牢固地黏合到一起，这才有了楼房。

在我的心目中，延川县委宣传部长刘金亮就是这样的人。

听朋友说金亮要把自己多年的文稿集书出版，我为他终于从幕后走到台前而高兴，不及拜读便急着写了这个手札驰达贺意。

2003 年 11 月 20 日，星期四，西安不散居

李新明《那年那月》

曲柔的水经由电变成强劲的力，沉睡黑暗的煤经由电化而为亮彻黑夜的光明。电深刻改变人类的生存，划分传统社会和现代社会。

文学也是电，给人动力，给心光明。李新明做的是另一种转化，他采集电力人精神的光彩，烛照社会和人生。于是光明的生产者沐浴在光明之中，动力再生为动力，给社会以新的福祉。

新明的生命也便在多重意义上闪光。

2003 年 11 月 29 日，星期六，西安不散居

丁晨《秋叶》

丁晨是个修路的人，用脚步丈量西部大地，心迹一点一点留在了漫长的路上。你从路上走过，便阅读了丁晨，阅读了他的伙伴们。

丁晨也用文字修路，修一条交通心灵的高速路。在这些文字中，你会植入自己的感悟，也便进入了他的世界。人变得如此贴近。

修路人丁晨在收工的时候，随手收割了一茬茬的五谷杂粮：小说、散文、纪实文学、新闻报道，诉说这个世界的丰富，告白自己生命的多彩。

丁晨永远在清晨。

2003 年 12 月 11 日，开省委扩大会的空隙中

王贵如《天籁》

西部是现代精神的平衡器，西部是现代情绪的减压阀，西部是现代人心灵中的天籁。贵如先生的文字引发了生命深处的感应。恢宏的全球视角，壮阔的西部景观，与秦本、郭多杰这样一家一户的生存个案交错，天穹下，牧歌般的自适人生和西海在新春涌动的潮音交响，而怡静的叙述和白描，又和人与自然内在的和谐造成文与质的同构。在镜头的切换中，西部便像清冽的空气弥漫浸润于我的心头。

西部是我的至爱，贵如是我的挚友。有两个贵如，一个承担着现代社会的组织管理责任，一个放任着自己的生命驰骋于草原。是西部使他的真性不

被泯灭，而得以拥有了双倍的生命。

2003 年 12 月 18 日，星期四，西安不散居

马培钦《马培钦篆刻》

于方寸之地创造万千气象，艺术之难莫过于篆刻了。艺术就是克服困难，难度愈大，愈有创造激情，愈可耐人寻味。读培钦先生印谱，金石碰撞之声历历可闻，生命在创造境界中变幻腾跃。时现堂正之美，酣畅之美，充盈之美，或呈错落之美，破缺之美，苍莽之美，百态千姿而不离笔墨之趣金石之味。

依余之见，马君若更重放达而稍轻矩度，恐更会有另一番风景的罢。

2003 年 12 月 22 日，星期一，西安不散居

张是涓《傻大姐主意》

请名人或者官人为书作序，给自己一个评价，这是聪明人；把未谋面而又未名的读者率真的来信作为书的序言，将社会给自己的说法公示于众，这便是傻大姐了。她傻在视为读者服务乃天公地道之事而无须彰显。

你于其中便感到了一种自信自强自省的心力，以及那种以读者为至尊的平民心态。你也会联想到"桃李不言，下自成蹊"的素朴，还有在精神上越过世俗直达上帝的智慧。

《验明正身》的哲与诗

作者在气质上是一个诗人，哲与诗组构成他心灵的太极图。而长篇小说

不能不是世俗生活的长卷。《验明正身》的全部努力和全部价值，也许正在于要超越这个悖论。小说家的笔墨透过世俗图画聚焦于人的精神本体，同时以哲诗烛照庸行苟活的世相。这种尝试最后的载体，便是既诗性又时调的语言。语言直接构成了作品的内容和气质。

致闫道勇《蓝衫根》

道勇同志：

好。因为明天上午要给陕西师范大学讲课，不能让研究生等着，实在无法分身来参加你的作品讨论会，望能谅解。

记得翻开《蓝衫根》时，看到李星先生写了超长篇幅的序，我便有了基本的信任。我这位老友很忙，日理何止万机，能这样舍得工夫，必有所好，必有所感，必有所思，必有说长话、写长文的冲动。看完第一篇《一料庄稼》，可不是吗？手里拿的真正是艺术品啊。

一料庄稼，写出一茬人的命运，一家人的兴衰。十五个以种烟时序命名的小标题，像十五个台阶，鸦片的生命在一步一台成熟，人的生命在一步一台衰败，冲突在一板一眼起伏深化，故事在一板一眼起承转合。其中不仅看得出浓烈的结构意识，看得出对形式感独到的悟性和把握能力，更让我感觉到作者对小说本体象征的追求。罂粟是暗喻的载体。植物的枯荣和家族的兴亡、人性的清浊绞缠在一起，同向而又反向地全息着，互制而又互动着。再加上对中国家族文化的开掘，对人物文化心理和生命原欲的展示，对民俗风情的铺陈，一路读下来，真是兴味盎然、感悟益多。

我们好像见过不超过两分钟的一面，脑子里已经搜索不出你的形象。我们是在小说中才真正相识的。谢谢你。

肖云儒

2003年3月12日夜

《海口晚报·观点》栏目

　　我想《海口晚报·观点》这个栏目，是承载媒体对当下社会现象和新闻事态各种见解的平台，社会各方面的思考和意见得以在这里传播和交流。编者肯定会把这个栏目办得平民化而又深邃、智慧，办得宽容而又独到。它应该是思维共生、和而不同的。它不会去给现实问题做结论，而只是提供观察现实问题的诸多思路和看法，以启迪社会思考，提升理性自觉。我相信《观点》很快就会成为《海口晚报》一个抢眼的栏目。

2004年11月12日，海口华日大酒店

徐岚的画

　　徐岚的花卉，花盈果硕，枝繁藤密；徐岚的翎毛，体大丰腴，色彩鲜丽，无不流露出对美好生命、和谐自然的向往。用笔用色常有变化，看得出在多方的学习中正在多方尝试，致力于博采众长为我长。若持之以恒，必有一日风格自出也。

李春平《步步高》

　　官场文艺流行，是近年来重要的文化现象。此类作品不但以大印数和大销量覆盖文化市场，而且通过通俗报刊的连载和影视改编播出广泛渗透进社会生活，转化为街谈巷议。在一些有见地的作家的努力下，官场文艺的审美品位提高很快，主要表现在：①由热衷于展览官场权术到冷静地展示执政智慧；②由单纯地谴责官场腐败到多维地呈示公务生态；③由仅从社会层面去展开政治斗争，到深入历史文化层面去开掘政治心态、文化心态；④由侧重写执政斗争情节到着重在情节中表现性格、命运，塑造人物；⑤由写政治动物的人到把政治人物放到复杂的社会生活、精神生活中进行全方位展现，凸现出人性的人、感情的人、意义世界中的人等等。由陕西秦巴山区走出来的沪上作家李春平在他的长篇新作《步步高》中，在上述几个方面都做了十分可贵的探索。

可以看出，作者不是带着对官场先验的看法，而是以采集来的素材为写作资源。作者身在其中十几年，对官场的酸甜苦辣有深切、痛切的感受。对他而言，官场已不只是生活，而是生涯；已不只是生活素材，早成了人生经历和感情烙印。身处其中而后又跳出三界之外，从民众、精英和社会的大视角上对这一段人生认真反刍、思考，丰沛的阅历被注进理性的光芒。作者对官场弊病有着鞭辟入里的透析，对官场人物又有着热切、善意的理解，更有理想主义的期冀，因而能在官场的杂色中发掘出美善的亮色来。只是笔墨还可以更展开，写得更细腻充分。

《冰冻的天使》

这是一部两个人的小说，很好读。他一气呵成写下来，让你一气呵成读下去。写了漂一族这个新社会群体的生存拼搏和内心苦涩，欲、情、德的矛盾几经起伏，感情描绘细腻，都看得出作者的努力与潜力。惜乎长篇结构意识稍差，仅有单线伸延，便容易单薄。

王治邦的画

至今没有见过王治邦，是从画中认识了他。我想这样更好，作品本来是艺术家的芯片，秘藏着他艺术和生命的各类信息，已经尽够我们阅读的了，见不见面倒在其次的。

他画山水也画人物，站在他的画前，你便感到一种艺术场对视角、对心灵的浸润。在山水画中，你能感到李唐、马远、石涛直至傅抱石、潘天寿、黄秋园的信息；在人物画中，你能闻到敦煌壁画的气味。这都是中国艺术长河的涛声啊。

在这些艺术芯片中，还含纳着一个文化场。似乎有文、史、哲的回响（听说他好读书），似乎有山河大地的屐景（听说他好游历）。以天道人道涵养艺道，他的画自然走着一条正道了。

再过几年如若有机会再读到王治邦的画，我想着笔墨一定会更老到，也一定会崛起着一种更个性的东西吧，那便对画家有了较这次更深的认识，见面不见面更是无所谓了。

2000年9月30日，周六，谷斋，一雨成冬时

唐庆华《商山吟》

翻开这册诗稿，活跃的生命气息扑面而来。庆华先生爱家乡，爱大地，爱朋友，爱历史文化，更爱今天的生活。他蘸着浓浓的爱意，于阳春烟景之中挥写大块文章，为梦魂牵绕的商山丹水做长歌短吟。当诗的帷幕徐徐拉开，一部商州音画便流淌进我们心里。你能听到父老乡亲的唱和，高山大川的呼应……

丁亥仲夏，西安不散居

王利娟其人其文其字

初见于舞台，是个好演家。再见于报纸，是个好作家。三见于书，是个好写家。四见于家宴，是个好喝家。身材姣好而才情四溢，每每暗自称奇。

其文切实，其书娟秀，而谦恭自持有加。每有笔会，坚辞不事炫耀，暗自一旁琢磨，随后书风必有变化。书友皆曰：此女不可小视，余亦常以其为策励也。

王盛华《遥远的白纱巾》

社会的痛苦、生命的痛苦、爱情的痛苦，经过诗心诗情的熔冶，成为美的晶体。在这个晶体的折射下，苦难放射出异彩，久违了的那个时代段落和生命段落，心头那一袭"遥远的白纱巾"，重新在我们记忆中亮起来……

2006 年 7 月 31 日，西安不散居

许浚《西部纪事》

我的朋友许浚，是一位充满生命激情的人。他爱诗，爱画，爱写作，爱书法，演说具有煽动性。他更爱工作，爱家乡陕北，爱整个西部。

许浚用自己的生命写了两本书，一本留在纸面上，结成集子，就是这部《西部纪事》，还有《山友》；一本留在大地上，留在陕北，留在他几十年来所有的工作中，留在这块至亲至爱的土地上。《西部纪事》也就是许浚的生命纪事。

一位具有丰富实践成果和实践经验，同时又具有丰富感情内涵和心灵体验的人，那是世上最幸福的人了。

不及细叙，遥寄祝福。

2006 年 3 月 26 日，西安不散居

王红武楷书《白鹿原》

陈忠实先生的长篇名著《白鹿原》问世以来,被转换为话剧、电影、电视、舞剧、连环画多种艺术形式,这些转换大都是由文字符号向视听画面的转换,形式的变化必然要引发内容的再结构、再创造。王红武以书法再现《白鹿原》,则是由印刷的文字符号向艺术书写的文字符号转换,是通过同一符号体系内部形式的艺术化转换而实现的一种新的艺术传达。洋洋洒洒五十万字,卷帙浩瀚,实乃书法艺术之巨作。从中我们领略了红武君的书艺,更读到了红武君的执毅之力和恒定之心。

杨则纬《春动年华》

这姑娘像放飞千纸鹤一样放飞自己花季的心灵。青春在这里没有过滤,也少有修饰。青春像毛边的小精灵无处不在,躲在字里行间向你眨巴着眼睛,然后如光如雾漫进你心里。

一本让年轻人不想走出青春的书,一本让中年人蓦然回首青春的书,一本让老年人感喟青春早逝的书。

朱占平的散文

我的朋友朱占平是著名律师,很少有人知道他还写得一手好文章。我感到此公具有一种激情的气质,早年在榆林歌舞团,这种气质在艺术中能够得到直捷的表达。后来职业变了,而生命激情依然,只是转移到新的渠道,一是在律师生涯中急公好义,敢为当事人两肋插刀;再便是落笔为文,让生命在纸上流泻。

这便构成了这本集子内在的特点:以生命激情去拥抱家乡、土地、童年,苦难也转化为美好的记忆;用带着感情的笔调将人生路上同行的友人,以及星星点点的遭遇、感悟记叙下来，成为永久的财富；或者，把激情埋伏在理性下面来讲述受理的案件，讲述自己投入其中的种种感悟和心得，略显冷静的文字中，不仅可以听到对社会对人生的法律警示，还处处能感受到一种道德的、感情的关爱。

在几亿几兆分之一的概率中，造化将生命给予了我们这些幸运者，我们实在要分外珍惜这几十年一去不复返的光阴。越来越多的人开始讲究生命质量。但生命质量何止只是指人生现实经历的质量呢？还包括人生在经验、审美、思考许多层面的伸延，后者是对生命的一种咀嚼，也是提升。你经历一次，再回眸一次，体味一次，思索一次，每次都是对生命的再享用。占平是真懂此中真谛的人，几个层面并进，拥有了几倍于常人的生命。祝福你，我的朋友。

白福祥的诗

我于白福祥先生素昧平生，是友人将他这部诗稿转给我，才使我对他有了这次遥感，尽管我们至今仍未谋面。白福祥先生和我都是1961年从大学毕业的，这便找到了他和我之间的一个生命的衔接点。我不认识他，但我熟悉他人生中的几个重要时代，这些时代，我们是在不同地域、不同职业的隔离中共同走过来的，这给了我一点小小的发言权。

一个人走怎样的人生之路，好像取决于某种必然性，其实有时也有不少偶然因素在起作用。福祥先生是关中人，当年从西北大学毕业，却被分配到了陕北，他就在榆林的中学那么实实在在待下来，和家人两地分居十多年。后来调回家乡富平，又自足自适地在乡村中学执教，又是二十多年。他在哪里想必都干得很努力很出色，因为他从教师一直干到当了校长。

他学的是中文，年轻时，生命渴求表达的激情肯定燃烧过，但后来他将一生交给了教育，悉心去启迪下一代的灵智。教余写一点诗，不求感染公众，只求倾诉个我，不求闻达于世，只求实现自身。这些写自己、为自己写的诗，便显出了质朴和真切，当然也显出了拘谨。

人进入老境，会感觉到流光逝去的可怖和遗韵留存的珍贵。生命一点一点在消失，我们手里能够抓得住的还有什么呢？也就是这些文字和文字所牵动的回忆了。

2004年7月29日，星期四，西安不散居

难为孩子们了

今年高考作文题从语文教学的角度看，出得挺不错的，但是要写好，也真难为孩子们了。这个题目为写作提供了一个较大的空间，题后有个（注意），只要求把寓言作为一个思考的引子，不见得在文中具体用，加之立意可以自定，文体可以自选，题目可以自拟，很便于考生发挥主动性、创造性。这题目空间大却并不模糊，提出了"请就感情亲疏对事物的认知这个话题写一篇文章"的明晰要求。内容相当的确定性，也使考试有了可比性。它提供了思考的素材，即《韩非子》中的寓言，又提供了思考的大体走向和重点，很有点儿像数学题：给你几个已知条件，去求未知。

这个作文题还好在对考生的思考力、知识面辐射较宽，便于考察综合素质。要把感情的亲疏远近和认知处理事物的正误深浅的关系这个问题说准、说深，起码涉及考生在认识论、伦理学方面的知识和理解，涉及考生对知与行、理与情以及行为与情理关系的认识和理解，涉及道德、感情、行为自控和超越偏见、保持健康心理，涉及考生对当前生活和社会的了解程度等等许多方面。对考生在以上各板块中进行智慧杂交和知识重组的能力，也是一个检验。

几乎在这同时，我们便感到了考题的不足：难度稍大了一点。高中生对现实生活所知甚少，很难联系实际，更难有真切的体会。最后恐怕是说空道理或帽子加例子的居多。要求十七八岁的人把这个问题说深说透说鲜活，有点不切实际。唉，也真是难为孩子们了。

一句话说文化人

张锦秋——她是唐代建筑之美的一个标志，也是当下建筑艺术的一个标高。

李若冰——西部正在大开发中变得年轻，这位写了一辈子西部的老作家却把苍劲留给了自己。

贾平凹——他的美丽都写进了书里，便更显出自己的美丽；他的执着都写进了书里，留给自己的便全是质拙。

吴三大——他把生命的苍劲老辣由内心挪到了宣纸上。笔墨越发老到，精神便越发显出年轻来。

王愚——坎坷一生，终于有些疲倦了，疲倦的他仍然止不住对世界的关注。

商子雍——滔滔不绝地写，口若悬河地说，他是西部文化人较早进入现代传媒的一个。

韩骥——在他丝丝缕缕的头发和沟渠纵横的脸上，你读到的是古城当代建筑史和活地图。

杜中信——我夸他的书法，他告诉我："最近长安城崛起一位摄影家知道吗？""谁？""杜中信。"

2001 年 8 月 21 日，西安不散居

索云峰：城墙是一方印

西安城墙是长白胡子的历史老汉刻下的一方印，它盖在黄土地的烟尘里，也烙进古城人的心里。

读索云峰的摄影作品集《西安城墙》，就像在翻阅自己的生命，翻阅身边几百万乡党的生活，翻阅一个民族苍茫的历史。

你知道西安的城门楼是个啥？活脱脱一座历史博物馆的入口！随着索云峰的镜头，你徜徉在这世界最大的古都文化展厅中，一茬一茬从小听来的、读来的那些历史风云、著名人物、市井习俗、诗词歌赋，在别处是印在书上的历史，来这里一下便成了故事里的一个角色。

城墙是有呼吸，有记忆的，城墙绝对是个生命体。

感谢索云峰的艺术劳动，他用镜头留下了城墙的生命。

2008 年 6 月 3 日，西安不散居

任致远《论程式》

作者在研究生期间，能立志撰写学术专著，并以专著的写作带动和组织自己对经典原著的系统钻研，精神可嘉。作为一部专著的绪论，本文从一个较高的理论视觉上介入"中国程式"这个课题。论者不只将"程式"看成中国艺术的形式特征，更将其看成中国艺术的核心精神和中国文化的核心精神，以及民族致思方式的根本特征，这就远远走出了艺术的、美学的范畴，而进入了对中华民族文化特质、思维特质的深层哲学探讨。我以为这是一种关于中国文化的元思考，极有价值。由于是绪论，稍嫌简约，期待以后各章节能有丰富而深刻的展开。

2004 年 8 月 15 日

《西安晚报·艺术博览》

新年伊始,《西安晚报》在娱乐版之外又增开艺术版,说明编辑敏锐感觉到了民众文化需求正在发生的变化——由一味地围堵时尚到追求更多样、更持久、更有深度的内容。艺可以愉悦人,陶冶人,启迪人;术可以给人以智慧,以知识,以技能。艺术文学不只是人类表现美和欣赏美的一种心性,也是我们实践人生和品味人生的一种乐趣。《艺术博览》专版正是这样一座怡人情怀的花苑,人人可以来这里游憩、神会,在这里和文坛艺苑各个品类沟通,和文化生活、社会生活沟通,也和作者、读者的心灵与感情沟通。

2008 年元旦,西安不散居

《天汉》

汉中是大汉王朝的摇篮。《天汉》把历史的后院旋转到前台;将韬光养晦转化为励精图治、蓄势而发;将历史事情提升为有情景、有性格、有温度的人生故事。夜追、拜将、暗度陈仓,几个关节点写得细腻精彩;又以散点式的人物内心剖白性格、缀连情节,在故事的开展中带出地域风情。如此种种,使《天汉》成为表现汉中、表现这段历史的第一部成功的长篇小说。

刘明琪《下庄,下庄》

下庄是一群人,一段记忆,一个世界。木槿、地软、连翘、镰刀这些土命人,演绎着黄土地上早已逝去却从未消逝的生活。明琪以意料之外的角度、了无痕迹的结构、浓郁的乡情、老到的语言,从斑驳芜杂的生活中过滤出清纯的乡音,启动了植入在我们心中的原生文化程序。一缕缕由昨天的故事酿出来的乡愁,便像秦腔那样浓浓淡淡、絮絮叨叨响了起来……

阿里援藏书

神奇山川，诡奇传说，传奇人物，新奇动物，勾勒出这本书独异的雪域风情线。流淌在阿里冰雪荒原深处的，却是一股爱恋的温泉，思念的暖流。这是那方热土的温暖，也是一位对那方热土付出过生命的人内心的温暖。质朴的文字一旦有了温度，便也有了真切，有了虔诚。真切和虔诚，难道不正是一本好书的生命吗？

有景有情　有韵有思

——读王世焕《槐荫词》

四川大学出版社出版了王世焕先生厚厚的一册《槐荫词》，令我很有几分惊讶。他是新华社一名资深记者，我是他的老朋友，也是他新闻作品的老读者，但他的词作如此丰富，"词龄"又如此长，却是我没有想到的。

《槐荫词》收集了作者从 2010 年到 2014 年 7 月间的词作近百首。这些词作展示了多姿多彩的生活画面和作者对社会、人生的思考。平仄很是讲究，又能巧妙地化用古诗和典故，将情境、意境和物境融汇在一起。王国维先生有云："词以境界为最上。有境界，则自成高格，自有名句。"世焕虽不是词人大家，却能追求词的境界和音乐感，读来犹如品明前茶，口有余香。

世焕追求词的音乐美，很有心得。他有写四季的一组套曲，在色彩、情调有节奏的起伏变幻中，一年时序如旋律渐次呈现，读来亲历其境而感同身受。阳春里："春风吹醒山坡树，杨花轻盈空中舞。坡上有人家，山沟开野花。雨中红湿处，风后青芽吐。待到踏青时，花香飘小溪。"（《菩萨蛮·春趣》）仲夏里："雨后南山结伴游，遥望群峰，近赏溪流。潺潺流水去难留。一道河湾，几座山丘。直下飞流泻不休。雨也飘飘，风也飕飕。此时游客兴尤浓。湿了眉头，爽了心头。"（《一剪梅·携妻游太平峪》）暮秋里："小园残，红叶坠，片片飘零堆地。秋已暮，露为霜，萧疏草木黄。林中鸟，蕙兰草，风冷凄凄正少。深夜静，雨濛濛，声声滴到明。"（《更漏子·暮秋》）隆冬时："小园晨起雪纷飞，绿树露冰枝。青苗尖上，层层银裹，愈显草风姿。忽然红日穿云过，满院映朝晖。枝上梨花，融成冰水，悄悄滴人衣。"（《少年游·瑞雪》)四季景色若人生风光,引人遐思。

古人填词非常讲究声韵美。我们心向往之而不能至,但讲究声韵仍是填词起码的要求。声韵是音乐美的基础。他的词,时而慷慨激昂,若飞瀑腾空:"滔滔河水,万里咆哮急。怒吼轰鸣穿巨石,卷起团团雾气。"(《清平乐·壶口》)时而如山泉缓缓流过,荡漾出一点浪花:"寒风初住,叶满长安路。试问行人何处去?总是匆忙脚步。"(《清平乐·漫步》)时而气势浩然,若纵马疾驰:"雄关台上,北望河山壮。铁马金戈曾扫荡,踏破匈奴金帐。"(《清平乐·登镇北台》)"谁念当年,日军铁骑,曾践扎兰绰汗山。今朝里,眺国门雄伟,永固边关。"(《沁园春·游呼伦贝尔大草原》)面对自然灾害造成的破坏,他又流露出对民生的殷殷关切:"地动山摇蜀国灾,天高水阔陕人怀。泪眼濛濛心里堵,无语,同胞遇难使人哀。"(《定风波·芦山地震》)。

世焕先生的词作有的近乎口语,却蕴含着深刻的哲理和人生感悟。他在张良留侯庙感慨:"读书台上放眼量,阵风狂,但微凉。千年追忆,老道在何方?今古英雄多少事,超智者,有张良。"(《江城子·再游留侯庙》)在秦代养马岛抒怀:"驯马岛礁依旧,游人地,古迹全销。想当年嬴政,金戈铁马挥刀。"(《扬州慢·养马岛》)能够触景生情,触景生理,显示了作者丰富的人生经历和思考智慧。

在词作的路子上,世焕先生不断探索,有景有情,有韵有思,开局已经相当好。相信他会不断有新水平的新作呈给读者。

2014 年 12 月 11 日,西安不散居

白云深处有位白先生

见过本书作者白玉稳一面，是在终南山下的汤泉之畔。那天我们一见如故地聊，之后读他的文字，又听他一见如故地倾吐，便明白了，蓝田沿山一带称他"白先生"，实在是实至名归，恰切到骨子里去了。

他的职业是先生，教书育人几十年，桃李遍及南山，亦有洇漫而至天下者，说起来便自感得意而恬适。他的业余也是"先生"，舞文弄墨几十年，声名亦遍及南山，亦有流散而至天下者，他也一直自得愉悦于其中。

我更看重的，是他言谈举止和字里行间弥散的那种气息，那气息告白了这位白先生好令人向往的生存追求和内心状态。

这正是先生的状态。先生者，不在庙堂而在乡间，半务形下半求形上，不重闻达天下而重内心无愧。——玉稳正是此等人物。

他就写他的山，他的原，他的汤峪。他就写他的日子，他的亲友，他的学生。写没上麻药自己从自己躯体中取出土炸弹片的铁骨铮铮的父亲，写文质彬彬的文友、俏丽婷婷的女子，还有身处其中的明山秀水。

他的文字简朴坦诚，通达中透出一股山乡的清冽。顺流而下的行文中时不时跳荡出几朵幽默，那幽默不炫智慧，只是流露着老友之间勾肩搭背的了无拘束。于是我们感到了作者的真性情与真趣味，还有他自信自得自适自如的活法。

玉稳就这样悠如白云地讲课、写作，闲来拜山访友、品茶论道，与天、地、人经意不经意地相酬对。将责任承担、心性放任、文字追求和生命方式融于一体，藏器于绿水，崇德于青山。这是我向往了终生的活法呀。他小我二十好几岁,能活得如此明白,好羡慕煞人也。

你道"白先生"这名号如何呢?

2017 年 8 月 1 日,西安不散居

刘高兴长篇

刘高兴是地道的农民，至今还在家乡的土地上。一度在西安城打过工，那时被称为农民工，当然还是农民。农民写诗的有，写散文、小说的有，写长篇小说的就不多了，刘高兴实在是罕有的一位。

与众不同的是，高兴是大作家贾平凹的发小，几十年中没断了往来，到了五六十岁，平凹以他为原型，写了一部长篇小说，书名就用的是他的名字：《高兴》，后来拍成电影，也叫《高兴》，在全国放映。这样的事，可以说是文坛少而又少的一段佳话。

还不止此，他当了别人长篇小说的主人公原型之后，自己又拿起笔来写了一部长篇小说，而被出版社看中，得以面世。说真的，这样的事我还是第一次遇见。

他的故事，他的视角，他的笔法，以及给予你的感受都与众不同，有一股草根的清冽气息。读完你就会感受到。

给程征画展贺信

老友程征小兄：

您的画展在长安开幕，我恰好不在长安，失之交臂，内心说不出的遗憾，特发贺词数言，让电报带去愚兄的祝贺。

您以几十年的辛劳，成为三秦美术评论与理论研究的领衔人物，并跻身全国美术评论的第一线。你为画坛的每一朵花培土，每一棵苗润水。多少画家的水墨印迹中能看到你汗水的濡染，而山花烂漫之时，默默辛劳的你只是躲在丛中微笑。

近年你重操画笔，以艺术实践实现自己的审美理想，将多年对艺术的思考，转化为亲力亲为的艺术探索。这使你的作品具有很高的美学站位和强烈的创新色彩。祝贺您的成功！

希望重操画笔一定不要放下钢笔。我们欣喜多了一位优秀画家，却不愿意少了一位艺术评论家！我相信在创作实践与理论引领的结合上，你会独树一帜！

肖云儒

2018 年 3 月 17 日

延安文艺　精神永存
——《延安文艺档案》总序

一

延安文艺作为一种文艺现象，一般特指从1935年10月中国工农红军经过二万五千里长征到达陕北，至1948年春中国共产党中央离开陕北这十五年中，以延安为中心，包括陕甘宁边区和其他革命根据地在内的革命文学艺术。它不但在空间上超越了延安，在时间上也超越了延安。它早已成为一种文艺精神、文艺现象、文艺传统的代称，远远超越了那个特定的时空。

延安文艺是中国现代革命文艺全面奠基的时代，延安文艺座谈会可以说是这个时代最隆重的奠基礼，而毛泽东《在延安文艺座谈会上的讲话》（以下简称《讲话》）则是指导中国现代革命文艺整个进程的元典思想。延安文艺不仅是中国现代革命文艺史的开篇和绪论，也是中国现代文化史乃至中国现代史极为重要的一章。

今年5月是毛泽东《讲话》发表七十周年纪念。七十多年过去，延安文艺正在岁月的烟尘、时代的变迁和观念的革新中渐行渐远。随着众多亲历者的先后离世，抢救收集第一手原始资料，整理还原延安文艺本有的格局和情景，系统记述中国革命文艺洪流的形成和发展，以典籍的形态将这一非物质文化遗产保护下来，让延安文艺的活化石留存后世，已经刻不容缓，需要分秒必争。

太白文艺出版社精心组织权威团队，以巨量的工作、艰辛的劳动，及时编纂出版了这套《延安文艺档案》。全书由"延安音乐""延安文学""延安美术""延安影像""延安戏剧""延安文艺·文论"六部分组成,共四十余卷、两千多万字、两千三百多幅图片,几乎网罗了可以发掘到的关于延安文艺的全部资料。这部皇皇大著,使一段重要的历史存活于现世,镌刻于青史,实在是一件功德无量的事。

《延安文艺档案》需要专家和读者积以时日的检验。笔者参与过此书的一些前期策划工作,很愿意将自己了解的情况和初步阅读的感觉,在这里与大家交流。

我感到,就撰著与编辑本身而言,这部书起码有如下四个特色:

真切而详尽的资料辑揽——除了原始档案资料、概述性和个人回忆资料,还加进了大量当事人的回忆文字与口述实录。回忆者自己有立场局限、视阈局限、记忆局限和认识局限,编者在选择中对个人化倾向和当下现实坐标的影响,都尽量淡化,尽量保持历史记录的客观、公正与宽容,保留那一时期艺术、文化甚至政治生活的原生复杂性。这就为读者、研究者留下了理解和感受的较大空间,也为切入历史深处留下了较多的缝隙和渠道,留下了较多的可能性。

原生而活态的历史再现——这套书在编撰风格上,注意了对延安文艺时期现存的史论分析和系统的研究成果,但更采用了大量老图片和亲历者真切的个人回忆来复现历史。由两千三百多幅图片构成的场景再现视觉,与亲历者场景文字描述产生的联想视觉,穿插交融,在读者心中引发了双重的形象展示,实现活态的历史再现。这是一种保存艺术文化活化石的记事方式,给后代提供了可以通过文字阅读、音响聆听、影像直观和舞台展示,来感知体验延安文艺、继承弘扬延安精神的一种多维多途、多彩多姿的新认知方式。

档案风格的科学梳理——全书在整体的内容构思和结构设置上,体现出传统档案和现代信息整理的科学性、规范性和系统性。音乐、文学、美术、影像、戏剧、文论六大板块全面涵盖了延安文艺的方方面面。每套丛书又大都由概论、史志、组织、作品、人物、期刊、重大活动与展览、演出以及物证（文物图版）、人证（口述实录回忆）组成，从各个角度和切点将原本呈自然态的、复杂交织着的延安文艺现象，做了有序的爬梳与理性的观照，为今后开展进一步的研究提供了丰腴的资料，打下坚实基础。

编纂群体的权威色彩——这套丛书聘请了周巍峙、贺敬之为代表的延安时期的著名老文艺家为总顾问，他们是那个时代的亲历者，是延安文艺活的、原生的资料库。又聘请了王巨才、刘文西、赵季平、陈忠实、肖云儒、吴天明、李树声、梁茂春、陈彦、李继凯等多年创作延安题材、研究延安文艺的文艺家、理论家担任主编、主笔和学术顾问，他们将自己在艺术实践和学术研究中多年积累的心得融进了字里行间。这个编纂群体的权威色彩，为丛书的质量提供了保证。

二

延安文艺产生于一个特定的时代，和一切历史文化现象一样，当然也会带着那个时代的一些局限性。譬如过度强调文艺为政治服务、为当下中心工作服务等。但当这一切都是真诚地为着中华民族的生死存亡时，又得到了历史相当的宽容和民众广泛的认同。其实，如果我们不拘泥于表述的字面意义，而抓住它的精神实质，就可以鲜明地感到：毛泽东关于文艺要为抗日服务、无产阶级文艺是无产阶级整个革命事业的一部分等论断，实质上是提出了文艺的美学价值和社会使命辩证统一的科学命题。他指出，为艺术的艺术、超阶级的艺术、和政治功利社会相抵牾的艺术，实际上是不存在的，文艺总是自觉或不自觉地承担着一定的社会使命。文艺为先进的社会使命服务，不但不会损害它的美学价值，倒是会大大提高它的美学价值。这种服务越是自觉越是艺术，文艺的美学价值就越能得到充分的实现。

而从更深的层次上看，延安文艺最值得重视的价值，在于它凝聚了人民文艺的基本精神。这一基本精神极大地超越了时代局限，成为中国文艺永恒的路标。我们不妨把人民文艺的基本精神简明地提炼为三句话，即文艺来自人民生活，文艺要为人民服务，文艺家要和人民结合。——这是一条通过与人民结合达到为人民服务的文艺发展道路，这条道路是由延安文艺在实践中勘探出来、而由《讲话》在理论上总结出来的。这个永恒的命题，是延安文艺生命之所系，也是一切文艺生命之所系。不论时代如何发展、文艺如何变化，人民文艺这一基本精神是长青的。

1942年5月毛泽东的《讲话》，是延安文艺运动指导性和总结性的文件。他在这个讲话中开宗明义指出，"我们的问题基本上是一个为群众的问题和一个如何为群众的问题"，我们的文艺应该成为人民文艺，"它应为全民族中百分之九十以上的工农劳苦民众服务，并逐渐成为他们的文化"。毛泽东从延安文艺运动鲜活的实践出发，从文学艺术的美学价值和社会使命入手，对历史实践主体与艺术创作主体的关系做了马克思主义的科学解答。人民是历史实践的主体，人民的选择是历史的最终选择，也是艺术的最终选择。文艺的美学价值最终体现为文艺在何种程度上反映了这一历史实践主体在历史进程中的业绩和主动性，以及他们在历史实践活动中表现出来的精神形象——性格、心理、感情、情绪等等。这既是作品社会价值的核心，也是作品艺术魅力的根由。

文艺如何将新的生活美转化为新的艺术美？延安文艺和《讲话》在理论和实践的结合上总结出了一条唯物主义反映论的路子，这便是要求文艺工作者长期地、无条件地、全心全意地到工农兵群众中去，然后进入创作过程。欧阳山、柳青、李季等正是遵循这条路子，长期在农村、部队生活，和人民大众一道从事前无古人的社会实践，体察他们当家做主的心态和感情，才写出了《高干大》《种谷记》《王贵与李香香》等一大批已经成为历史主人的新的工农兵形象的作品，开创了新的生活美转化为新的艺术美之先河。

文学艺术家作为创作主体，既是历史实践主体人民大众的一部分，又是以艺术劳动的分工来为人民大众整个历史创造活动服务的特殊的一部分。他们不仅应该是人民群众历史活动的书记员，更是历史实践主体美学形象的创造者、精神世界的发现者和传播者。人民的艺术形象，作为历史实践主体的艺术形象，能否在心灵的和审美的进程中确立，有赖于作家艺术家的劳动。因而文艺归根结底要反映人民大众的生活和情绪。文艺的社会功能和美学价值就是这样辩证地统一在为历史实践主体——人民大众的服务上。

《讲话》进而提出，作家艺术家要为人民大众服务，就有一个改变自己的立足点和思想感情的问题。艺术劳动既然需要创作者心灵和感情的大量投入，艺术创作主体和历史实践主体如果在思想感情和艺术趣味上差异很大、隔膜很大，要正确、深刻地传达他们的精神世界是很难的，要服务也是服务不好的。这样毛泽东提出了要改变文艺工作者对人民大众不熟不懂的状况，要深入生活和群众结合，学习他们，描写他们，同时教育他们和提高他们。

文艺来自人民生活，文艺要为人民服务，文艺家要和人民结合——《讲话》紧紧抓住人民这一核心价值，由此出发，展开论述了文艺与革命、文艺与生活、普及与提高、作家世界观的改造、文艺批评标准等一系列问题，成为指导人民文艺发展的思想体系，引领了整个新民主主义革命和社会主义建设时期的人民文艺实践。这使延安文艺当之无愧地被誉为中国当代人民文艺的渊薮和圭臬。

历史上一切进步的、优秀的文艺作品，总是在不同程度上、以不同方式与人民的生活和人民的情绪保持着某种深刻的联系。由于历史和认识的局限，过去要在艺术实践和艺术理论上根本解决这一问题一直存在着难度。是马克思主义为根本解决这个问题提供了理论依据，马克思、恩格斯和列宁都在这方面做过明确而精到的论述。但在他们所处的时代，人民群众的文艺实践还不够丰厚，人民群众的文艺运动还没有兴起，经典作家的思想也就没有赶上和人民文艺的实践完美结合的历史机遇。延安文艺运动和毛泽东文艺思想的完美结合,使马克思主义的人民文艺观得到了创造性发展。《讲话》的理性精神通过大众化的延安文艺运动转化为整个社会的艺术行为,在千百万老百姓的实践和心灵中开花结果,乃至造就了一个中国文艺的灿烂时代。

三

五十五年前(1957年)我第一次读《讲话》,记得当时最真切的感受便是它的开拓创新精神,便是它的察人之未察、言人之未言的勇气与风度,以及包蕴于其中的创造激情、思考穿透力和表述的鲜明与机智。以后每读一次,使我怦然心动的都是这种创新激情与开拓精神。1984年,我将这种感受发展为理论文字。正是这种感受,激发了一个普通读者与那位伟大作者之间的共鸣和交流,点燃了潜藏于心的创造激情,拓宽了自己的眼界和胸襟,也诱使我进一步去探寻埋伏于《讲话》之中的开拓性思维结构和思维方法。多年来,关于《讲话》我发过不少言、写过不少文章,总是情不自禁地想谈这个题目。

每一项社会实践,每一种物质的、精神的产品,留给历史的都有好几个层次的内容。首先是实践的、物质的、理论的既在性内容。其次是含纳在某项社会实践或物质、精神成果中的结构性内容。再次是实践主体或创造主体固化在某项社会实践活动或物质、精神产品中的特有的情绪心理内容。

五四运动作为中国现代史上一次宏大的思想解放和革命实践运动,留给历史的,不只是它所提出的"德先生"和"赛先生"的思想文化内容,反对卖国的"二十一条"、为中国共产党成立做准备的历史社会性内容,也含纳着一种启开精神枷锁、融汇中西文化的思维结构、思维方法,还有启蒙救亡、铁肩担道义的人生激情。历史会一页页翻过去,但含蕴于其中的创造性思维和创造激情则会永远给人们以启示和激励。

我也是从这几个层次来理解延安文艺和《讲话》的。延安文艺和《讲话》

留给历史的，既包含着毛泽东从延安文艺实践中提炼出来的一系列具有中国特色的马克思主义文艺思想观点和文艺方针政策，以及延安文艺的成功实践；也包含着毛泽东在提出、阐述他的观点时表现出来的开放性思维结构和创造性思维方法，以及流贯于延安文艺运动中的那种自由开放的、极富创造性的情绪状态。这几个层次，都是《讲话》留下的精神财富，在过去七十年乃至今后，都会对我国的文化艺术深远地发挥作用。

在三个层次上，延安文艺和《讲话》的内在气质都是开放、开拓、创新的。

首先，从既在性内容的层次看，延安文艺和《讲话》的历史首创精神和思想启蒙作用主要表现在两个方面：

一是对文学艺术的美学价值和社会使命的关系，对历史实践主体与艺术创作主体的关系，做了马克思主义的科学解答并用艺术实践做了验证。如前所述，这种解答是反映论的，又是辩证法的。古往今来，能够将这个众说纷纭的问题解答得如此深刻而又浅显，如此具有普世意义又有中国特色，恐非延安文艺和《讲话》莫属。

二是从生活与艺术的关系入手，在理论与实践的结合上有力地促进了新的现实美转化为新的艺术美这一精神创造过程。

历史唯物主义者主张，生活是艺术的源泉，美客观地存在于人类的社会生活之中。延安文艺和《讲话》反复强调并印证了这一观点。问题不止于此，当历史发展到了人民大众已经由被压迫被剥削者翻身做了主人，而且在革命根据地建立了自己的政权，开始有了自主的政治、经济、文化生活时，社会生活新的根本性的变化，必然产生新的美。如何将这种新的生活美（包括新的人物、新的精神面貌、新的社会实践和生活图画）转化为新的艺术美，是延安文艺工作者所面临的新课题，也是他们能以建立新的人民文艺，为中国乃至世界文艺宝库做出新贡献的历史机遇。

其次，从结构性内容这个层次看，延安文艺和《讲话》在文化结构、思维结构和思想方法上，多方面表现出创新和开放特色。

《讲话》在通篇的论述中体现出一种多维的文化结构和开放的思维结构。这不仅与毛泽东本人的文化构成和思维结构有关，也是延安文艺运动、延安文化人乃至我们党整个领导层文化构成和思维结构的一种聚光。

毛泽东有着深厚的中国文化功底，年轻时代又大量阅读了《天演论》《国富论》等西方哲学、经济学著作。青年时代这种中西文化交汇，在后来的革命生涯中升华为马克思主义与中国文化传统和革命现实斗争的结合。为准备《讲话》，毛泽东在延安文艺界做了大量的调查研究，研究中外哲学和美学，重读《鲁迅全集》，读俄国民主主义批评家"别、车、杜"（别林斯基、车尔尼雪夫斯基、杜勃罗留波夫）的论著。知识结构的多维给思维结构的开放以重大影响。所以在《讲话》前毛泽东就指出，我们不能光演边区创作的节目，也要演国统区的、外国的节目。他首先提议演《雷雨》，不久，《带枪的人》等不少中外名剧相继在延安上演。

从延安当时的文化环境来看，也是比较开放和重视融汇的。且不说"中国新文学运动是以西洋文学的输入而开始的"（周扬）这样一个"五四"以来就形成的大文化背景，就拿陕甘宁边区来说，文艺工作者相当一部分是从沦陷区、国统区聚汇而来，其中不少人在欧美和日本、东南亚学习或生活过，直接受过西方和东方文化的影响，他们构成边区传播和应用世界文化的重要因子。反法西斯战争的世界性决定了中国抗战文艺的世界性，延安是中国抗战文艺的中心，中国抗战文艺是世界反法西斯文艺的重要组成部分，这使延安文艺在精神上、题材上、艺术追求上与当时的世界文化有着血缘的联系。

这种开放的文化氛围和文化结构，是《讲话》唯物辩证法理论建构和思维方法的重要成因之一。毛泽东从中国社会和文艺的实际出发，紧紧抓住文艺与人民的关系这个主要矛盾，以此为立足点来解决其他问题，在论述各种问题时又总是在两种或多种要素的结合中来建构理论框架。比如对文艺观，既谈人民文艺主旨和现实社会问题，又谈文艺的特殊规律；对文艺的发展，既谈普及又谈提高；对文化遗产，既谈继承又谈批判；对外国文化，既谈取精又谈去糟。

《讲话》不只是一般地谈多种因素的结合，还具体分析各种因素交互作用的矛盾运动过程，也指出各种因素在结合过程中可能产生的不平衡状态。比如，强调现阶段中国文化不是封建的或殖民地的文化，也不是社会主义文化，而是"无产阶级领导的人民大众的反帝反封建的文化"，即新民主主义文化。它首先是为工农兵的，同时也把城市小资产阶级劳动群众和知识分子包括在服务对象中。他既批判了"宁要大众不要艺术"，强调政治忽略艺术的观点，又批评了强调艺术否定政治，主张艺术至上或为艺术而艺术的观点。这就抵制了"左"的和"右"的倾向。

《讲话》认为，为人民服务的方向和艺术创作的规律是一致的，因而重视文学艺术的美学意义，强调文艺的典型化原则，主张对中国和外国丰富的遗产和优良传统，要继承、借鉴、为我所用。《讲话》明确指出，革命文艺家要学习马克思主义，但"学习马克思主义是要我们用辩证唯物论和历史唯物论的观点去观察世界，观察社会，观察文学艺术，而不是要我们在文艺作品中写哲学讲义。马克思主义只能包括而不能代替物理科学中的原子论、电子论"。这里，既反对苏联拉普派那样简单地用辩证唯物主义世界观代替文艺创作方法，又批评了否定世界观对创作的指导作用的倾向。《讲话》反复强调，革命文艺是人民生活在革命作家头脑中反映的产物，既重视作品的客观性（人民生活），又重视作家的主体性（作家头脑）。也正是由此出发，毛泽东强调了作家深入生活（客体）和改造世界观（主体）的同等重要性，等等，无不充满了辩证法。

再次，从情绪性内容层次看，在延安文艺和《讲话》中，鲜明地流贯着一种思想启蒙者、精神解放者和文化开拓者那种自由、自主、自信的精神状态和情绪状态。这种情绪状态是一切历史进步期和社会上升期的主流精神状态，也是一切创造者、拼搏者的主流精神状态。它会超越具体的行业、具体的时代、具体的历史实践，对人类生命和每个人的生命起引燃、激扬作用。

毛泽东是五四运动——中国现代史上第一次思想解放运动的参与者，在这次思想解放运动中，冲决封建的思想牢笼，产生了李大钊、陈独秀、鲁迅等一大批思想先驱。作为他们年轻的战友，毛泽东是在那一代思想启蒙者和开拓者的精神氛围中成长起来的，而且在以后的革命实践中发育和成熟了自己精神创造者的心态。延安时期是中国现代史上的第二次思想解放运动。

毛泽东是这次思想解放运动的发动者和引领者。这次思想解放运动使中国革命从以王明为代表的教条主义束缚下解放出来，确立了毛泽东思想在中国革命运动和文化艺术发展进程中的历史地位。《讲话》与先后发表的《反对党八股》《新民主主义论》等著作，以及活跃的边区文艺运动，所表现出来的磅礴气度和创造激情，使我们能以将潜藏在其中的情绪性内容和第二次思想解放运动的博大精神气度交融为一体，那么真切地感受到了一个新历史时代的脉搏——

那是敢于面对新的现实，鲜明地提出新问题，创造性地解决新问题，开拓新的思考路子、理论路子和实践路子的创新意识；

那是善于抓住机遇，从社会的整体环境和宏观格局中，借助历史推力，果断解决某一方面问题的历史智慧；

那是在广泛深入的调查研究、平等真挚的讨论讨教中，在传统、现实、未来的交集中，集思广益、博采众长，凝聚新思路的开放融汇精神；

那是重视理论与实践相结合，并能迅即将启蒙的思考转化为广大民众的共识，转化为社会实践行为，转化为新的文化艺术模式，而进入历史的文化实践力、执行力；

那是论者和实践者在从事精神创造时，能够充分发挥自己的创造素质和潜力，而进入一种自如、自信、自主的最佳精神状态；

中国作风、中国气派、中国智慧，创新的内容、创新的思维、创新的激情——这就是我们从延安文艺和《讲话》中强烈感受到的。

四

当我们谈到要坚持、发扬延安文艺传统和《讲话》精神，开创社会主义文艺新局面时，有句大家常说的话，这就是：坚持是发展的基础，发展是坚持的保证。这当然对。也许需要补充的是，发展也许本来就是坚持的题中之意。坚持它的基本精神，既包括坚持它富于历史首创精神的既在性内容，也包括坚持它多维开放的结构性内容，更包括它自由创造、积极开拓的情绪性内容。坚持《讲话》的基本原则，就包括坚持它的创造、开拓精神。这也就是坚持发展。发展才能证明它永恒的生命力，才能更好地坚持。如果以坚持《讲话》的基本精神为理由，最后导致了对文艺创作这样那样的束缚，是不是从根本上违背了《讲话》的精神呢？

历史发展到今天，我们的文艺面临着全方位发展、创新的历史新课题。延安文艺和《讲话》关于人民文艺观的三大要点（文艺来自人民生活，文艺要为人民服务，文艺家要和人民结合）所涉及的六个主题词："文艺""文艺家""人民""人民生活""服务""结合"，几经历史性变迁，内涵有了极大的丰富和发展。"人民"的内容变了，"人民生活"（包括精神生活）的内容和形式变了，"文艺"的面貌也变了，"文艺家"的思想艺术素养变了，文艺为人民服务的路子宽了，文艺家与人民结合的目的任务方法手段也丰富多样了。在这每一个变化中，都有着创新、拓展的广阔天地。

而且，现代人知识构成的变化和现代科学特别是思维科学的发展，既印证了也极大地丰富了马列主义的认识论和辩证法，使我们思考文艺各类问题有了更好的条件。改革开放以来，第三次思想解放运动蓬勃兴起，奉实践为检验真理的标准,在邓小平理论和科学发展观指导下,现代市场经济引发了社会生活的深刻变化,引发了政治、文化和价值观念的深刻变化,中华民族更是进入了一个历史上前所未有的物质生产力和精神生产力大解放的新时期,这为我们继承发扬延安文艺和《讲话》的基本精神提供了最好的历史机遇和社会环境。我们要不辜负时代的要求,承担起这一历史责任。

2012 年 5 月 1 日,西安不散居

这块土地因精神而辉煌

——"陕西精神"丛书《爱国守信的陕西人》前言

在编写这本书的时候,陕西这块土地上的许多人、许多事总是萦绕于心,挥之不去。

有人说陕西的地图,乍一看像秦始皇陵里的一尊跪射俑,那说出了它的沧桑和苦难。有人说它更像一把钥匙,不错,它的确是打开中华文明宝库、中国历史长廊的一把钥匙。还有人说,它像塔,一座耸立在北中国大地上的塔,黄河在它脚下宁静地流过,激越地南下,朝着东方奔涌而去。是的,这是一座文明积淀而成的塔,是中华民族精神的标高,是中国人文化人格的象征。

二十年前,我与知名音乐家赵季平访问澳门,澳门濠江中学校长杜岚女士听说陕西乡党来了,不顾八十高龄,登门来看望我们。这位青年时代投身革命、参加中共地下组织的陕北女子,后半生长期生活在澳门,以爱国主义精神培育南国英才,信仰从未动摇。1949年10月1日新中国成立,她冲决种种阻挠,在澳门升起了第一面五星红旗。记得那天她和我们用家乡话聊塞上故土,聊昔日战友。下午又陪我们去濠江中学参观。孩子见了她便围过来,叫"杜奶奶""老校长",气氛是那样的令人陶醉。

1965年,我作为报社记者去陕北米脂高西沟采访。这里是早于大寨而知名全国的水土保持典型,支部书记高祖玉是全国劳模。他领我去山峁坡沟转悠,看满山梯田、满沟绿荫,却很少说话。走到林子深处,蓦然回首发问:"彭老总还在挂甲屯劳动吗?尔格咋样了?"问得我心里一阵发紧。其时中国已经阴云密布,一场政治风暴正在来临,彭老总早已罢官,被监控在京郊挂甲屯劳动，而千里之外的一位陕北农民却牵挂他，牵挂社稷和国家的安危。我用异样的目光看了高祖玉一眼，这就是老区的人民！四十六年之后，在电视人文片《陕北启示录》中，已经八十多岁的高祖玉卧病在床，对着镜头一字一顿地说："我一辈辈在高西沟治山治坡，种树养山，尔格黄河的水还没完全清，可那里面没有高西沟的泥沙！"句句掷地有声。我与这个节目的导演康健宁在电视对话中点评："如果整个北中国都能像高西沟这样，保证自己村子没有泥沙流入黄河，黄河能不清吗？中国有什么事情办不好吗？"总是将自己的家园和整个国家、民族联系在一起，这就是陕西人！

户县曾经有位叫杨伟名的大队（相当于村）会计，同样"位卑未敢忘忧国"。1962年我们国家因极左路线和自然灾害而极端困难的时候，他和他的同伴以"三个共产党员"的名义向党组织写了一封《当前形势感怀》（又名《一叶知秋》）的信，用自己的真实感受，提出要用"当年主动撤离延安的果敢精神"给"捆绑得动弹不得"的国民经济"解带松腰"，要求"国家立即把计划经济的范围收缩到应有限度，同时相应扩大非计划经济的范围"。他们最早提出了"初期社会主义"的理念，对当时流行的"建立革命政权之后就是社会主义"的观点，明确表示"我们的回答是否定的"，它只能是"初期的"。在那个风雨如磐的时代，他当然在劫难逃，被最高层点名批判，在残酷的批斗中死于非命。杨伟名是当之无愧的农民思想家，应该在中国当代思想史中占有一席地位。他被收进了存史的志书《陕西人物志》，我在为这部书写评论时，一开头就写了杨伟名的事，把发现并收集了他的事迹作为《陕西人物志》的重要成果。杨伟名不但"我以我血荐轩辕"，而且"我以我思启中华"。这是陕西人的风骨，更是民族的风骨。

时光推到了2003年的春天，有天《华商报》记者来电，说有个在关中打工的旬阳人龚德银，拾到三十多万元银行卡和现金，千方百计交还了失主，要我就这件事做一点评论。当时我手头正忙得不可开交，恳请报社另找个人谈。第二天，仔细看了报载的龚德银事迹，心中很不平静。这不是一般的拾金不昧，他是在失主误认为他想以还钱趁机敲诈一把的情况下，背负着沉重的误解，自己掏钱，远行千里去成都当面还钱的。这样，事情就非同小可了。"德银""德银"，"德"在"银"前，非德之银分文不取，它表现了龚德银执守诚信和道德精神的高度，也揭示了当下社会诚信普遍缺失的问题，有着多少可供思考的信息！陕西人诚实守信的人格力量催动我当即拨通《华商报》电话，主动要求再谈谈龚德银……

上面写到的这些陕西人，有的编进了书里，有的没有编进去，但他们都"编"进了历史，"编"进了我们心里，给我们以抹不掉的记忆和取不竭的营养。我常常因他们而自豪，也因他们而自愧。常常因他们的高大而渺小自己，又因他们的高大而高大自己。是的，他们的确是塔，是标尺，衡量着每一个人的人生。

在陕西省委宣传部、陕西人民教育出版社的领导和责任编辑苏瑾同志的指导下，我和西安外事学院中文系、新闻系的十几位老师冒着酷暑，竟然不到十天便完成了这部十五万字的书稿。大家的辛劳和热情都是超量的，不为别的，就因为我们钦佩老陕，就因为我们也是老陕！

太希望让更多的人尤其是青少年朋友知道这些优秀的人，知道这块肥沃的土地。这是一块像黄河一样黄过的土地，像红旗一样红过的土地，像安塞腰鼓一样飞腾的土地，像秦巴山水一样会永远永远绿下去的土地。我们就生活在这块土地上，与书中记述的这群人相伴。

请诸位翻开书页去感受他们吧！

2012 年 7 月 13 日，西安望湖阁

我和孩子们共同的朋友

我是《少年月刊》的老读者。这"老",一是指时间长,已经连着读了好几年,期期不断;二是指年龄老,以我五十七八的年龄,又不是陪孙子读,如此忠实于一个少年刊物,在读者中大约不多。

每月接到《少年月刊》,我兴趣盎然地翻着,眼前有一张张小脸花骨朵似的开放,有一双双大眼睛明澈如泉地照耀。稚气的笑从绿茵上滚来,刚刚换毛的小鸡一群群地跑过。我感受着蓓蕾如何转为花季,第二次断乳又怎样在孩子们的心灵中完成,自己似乎又经历了那一段早已远逝的人生,已然衰老的生命于是得到了补充,得到了激活。

这时候我常常有一种遗憾:可惜没个孙子。真想有个孙子和我一起共读,它会是一座多么好的桥梁,让祖孙的生命在桥头携手。这种遗憾使我每期读完,都定时将刊物赠给楼下邻居的小女孩。有年年底,编辑部一次送来全年十二期,要我做一点年终的翻检,读完后,我用丝带扎好,送给一位胖乎乎的"小公鸡"做新年礼物。小男孩"嘀"一声惊喜,颠颠地捧回家去了。《少年月刊》是少年素质教育的一个校外讲坛,是少年人素质实践的一个社会舞台。少年是一个特殊的人生段落,处在孩子向成人转化的过程中,也正在从母亲乃至学校的怀抱中挣出来,开始用好奇的目光窥视着社会,试着在社会实践中学步,不知不觉地形成着自己的人生观和社会意识。《少年月刊》抓住了这个至关重要的年龄段,从学校和社会的交叉点上,从德育、智育、美育的融汇点上,展开自己的编辑思路。在选题策划方面,他们提出了三点要求:一是与时代育人的主旋律合拍,二是有利于拓宽孩子的知识视野,三是有利于培养孩子们的审美意识和审美能力。

在长期的阅读中，我品味出《少年月刊》有这么几个特色：

抓住全社会关心的大事，在小读者中做文章。比如去年围绕香港回归，刊物就举办了"给香港小伙伴的一封信"征文竞赛、"书画寄深情"书画竞赛、"香港知多少"知识竞赛三项活动，富有知识性、趣味性、感情性，又具有少年人的特点，为小读者提供了一个参与这次重大社会实践的舞台，把爱国主义教育搞得鲜活实在。

用先进的少年典型，现身说法引导小读者的思想和实践。刊物专门开辟了《少年新星座》栏目，先后刊发了二百多个在德、智、体、美各方面表现突出的先进典型，给小读者提供了可触可摸、可学可仿的榜样，引起很大的反响。许多学校班级的墙报都转摘了这个栏目里的事迹，有的还连载了小读者的学习反映。

突出操作性较强的行为规范教育和"五自"实践教育。刊物以国家教委颁布的《小学生日常行为规范》为内容，改编成琅琅上口的七字句儿歌，使孩子们知道应该做什么，不应该做什么。规范儿歌以其易懂、易诵、易理解、易操作，很快在小学生中流传，出版社很快出版，省上宣传部、文明办、教委联合发文在全省小学生中推广普及。对于自学、自理、自护、自强、自律"五自"实践活动的报道也能注重少年生存实践能力的培养，通过实例教育孩子们学会生存，学会关心，学会服务，学会创造，培养他们从小关心他人，关心社会，将德智体美和心理能力、实践能力熔冶一炉。

愿《少年月刊》这朵全国少年期刊园地的奇葩，更加鲜艳，更加芬芳！

1998年7月27日，西安谷斋

吃什么，怎样吃

陕西师范大学的朋友来访，说他们想编一本刊物，叫《通俗文学选刊与评介》，在汪洋大海的通俗文艺作品中披沙拣金，使读者能以较少的时间对通俗文艺有较多的了解，较多的享受。

这实在是件大好事。对行色匆匆、忙碌终日的当代读者来说，节约时间无异于延长生命，而饶有兴味地阅读通俗文学，又丰富了生命。早该有这一类刊物的，我只感到它出世得迟了些。编者告诉我，刊物的内容主要是三大类，一是各类社会热点的纪实文学，一是社会辐射面大的法制文学，一是人生的特别是情感的小品随笔。总的，是想从平民意识出发，为广大读者提供一份尽可能精美的文化快餐。编者既然处处为读者设想，我想一定会受到读者欣欣的欢迎。

就文艺编年史看，近几年可以说是通俗文艺爆炸的时期。通俗文艺大潮，趁着商品经济大潮兴起，伴着商品经济大潮起伏，它本身构成现代一种重要的文化现象，又对现时代的社会文化心理推波助澜，潜移默化。作为一种文化现象，它也有明显的不足。这不足最突出的表现，就是鱼龙混杂，良莠不分。

放目综览，通俗文艺大潮以蓝色为基调，像海那般蔚蓝，天那般蔚蓝，舒展、健康而富有生命力。也不时夹杂着黄的、黑的种种杂色，亦有谓之"擦边球"的金黄色、灰暗色一族。社会精神食品，不择、不洗、不切就端上餐桌，对进餐者的危害就不只是伤及牙和胃了。

这样，选择的必要，评论的重要，就显示出来。制作者给社会提供可吃的食品，而选家、评家告诉你吃什么最好，怎么个吃法最好。既有利于广大读者的健康和胃口，也有利于精神食品的烹饪者校正、调整自己的菜谱。刊物对文艺和社会的双向联系作用，编者对创作和欣赏的双向导引作用，尽在其中。

中国自古就有"选家"。选编、评点是中国传统的文字文化在社会传播时的主要特点。历史上一些著名的选家和选本，著名的评家和批本，影响常常超过原作者和原作品。前者如昭明太子《文选》和《四库全书》，后者如金圣叹评点的《水浒传》和《西厢记》，脂砚斋批点的《红楼梦》。选家与评家从事的是一种创造性劳动。他们站在比作者更宏观、更纵远的高度，对社会文化产品进行二度创造，进行精加工。他们或是去粗取精，去野遗文，去芜存菁，去丑扬美，或是画龙点睛，锦上添花，探幽发微，简意赅义，将社会文化中的真善美保存起来，播扬开去，流传后世。在某种意义上说，我们看到的事实是，选家、评家才是中国文化史。也包括文艺史的编纂者，流传至今的一部中国文化史、文艺史，其实是由选家、评家执笔的。说这些似乎有些言之过重、小题大做，用心不过是想提高编者的荣誉感和责任心，把刊物办得更好而已。

说到选，当然有标准。选择就是侧重，也就是淘汰。我们当然侧重思想艺术、内容形式尽可能好一点的作品，但眼界不可不宽，胸襟切忌不大。齐放的百花，争鸣的百家一定不能被一己的爱好固限。说到评，自然也有各种写法。其中有一种写法，我想在这里特别提倡一下，这就是中国传统的评点和眉批。紧扣作品内容，随文就论，做论析，谈感受，写鉴定，发喟叹，不拘一格却一语中的，方便了读者，又节约了篇幅和时间。何乐不为，却不知是否可为？这是编者的事，原谅我多嘴了。

1993 年 10 月 31 日，谷斋

百 期 感 言

一百期是两年多光阴，七八百个日日夜夜。

《社会保障报》一百期之后，是20世纪第一百年的来临。一百年的屈辱、奋起、拼搏、改革、发展，我们才能在今天大谈社会保障的权利和义务，成绩和问题，以及相关的广泛话题。《社会保障报》谈的是社会保障方面的各类具体问题，而又无不在谈中华民族的百年话题、世纪话题：解放与改革，和平与发展。

《社会保障报》出刊两年多之后，是全球21世纪的来临。世纪之交的中国，人民生活得愈来愈好而且还可以更好。生活愈好，愈希望少一点风险，多一些稳定和保障。《社会保障报》持续了两年的话题，将会从20世纪延续到21世纪，常说常新，永无止境。社会一步步发展，话题一层层深入。报社的同人为此辛苦了七百多个日夜，还要再辛苦下去，但换来的将是20世纪的感谢和21世纪的问候。

每个人都是社会保障的对象，都会遇到社会保障各类相关问题。每个人都是读者，都是政府的工作对象和报纸的服务对象。传媒是信息载体，又是政府主管部门和人民群众的桥梁和纽带。它将政府的条令法规化为舆论，化为民间话语，人爱听，听得懂，用得上。它又将民间的疾苦和要求反映上去，通过政府的筛选和糅合，转化为权力话语，变成指令性或指导性的意见，落实为社会操作。报纸既代表社会保障的宏观管理者和组织者，又代表接受保障的自然人个体。老百姓是纳税人，是社会保障公积金、公益金的提供者，他们关心这笔钱怎样花、怎样花好，理所当然。政府为人民管好用好这笔钱，报纸协助政府和人民管好用好这笔钱，也一样理所当然。

一件关系到所有人的事必然引起最广泛的社会关注，一张专门谈论、传播这件事的报纸，自然拥有最广泛的读者。理论上应该如此，实践中还有差距。弥合差距的任务落到报社同人身上，归根结底是四个字：办好报纸。

1998 年 12 月 20 日，西安谷斋

让小平的形象走进孩子们心里

陕西人民教育出版社策划编辑的《邓小平爷爷的故事》，是一本孩子和大人都喜欢读的书。我揭开第一页，便再没放下，一直读完，在最后的衬页上随手记了如下的印象。

这本书最大的特点，是从精神品质的高度来记叙邓小平的一生。在讲述他对新民主主义革命、社会主义建设，特别是改革开放以来中国的振兴所建树的丰功伟绩的同时，着重发掘人物历史活动背后的精神光彩、人格光彩。特定人物的人生活动，哪怕是邓小平这样历史伟人的活动，都会受到所处时代历史时空的制约。对于20世纪80年代以来才进入生活的孩子们，要达到感同身受的交流，不可能没有一点时空的隔膜。但是，一旦将不同历史时空的事情上升到人格品德的境界，具体的时空限制就被突破了。我们民族世代相传的优秀精神之河，就把战争年代和和平年代的人，把隔代的爷爷和孙子，溶汇到一起。邓小平爷爷在那些陌生的时代发生的一些陌生的故事，也就因为转化为讲关爱、讲情趣、讲道德、讲亲情、讲信念、讲意志、讲机智勇敢等等孩子们正在学习、培养的优秀品德，而和他们深深地联结在一起。政治化的伟人因此而成为生活化的平民，领袖也因此而亲切化为爷爷。一切遥远可敬的故事，化为能可亲、可仿的榜样。

这本书又一个特点，是通过一个个生动有趣故事的讲述，写出了邓小平这个人。不但表现了他的主要思想品质（如书中所分的七类），而且表现了邓小平一些重要的个性特征，譬如果敢干练、执着坚强、沉稳、风趣、快人快语。特别是表现了小平同志自小就具有的那种不安现状、改革求新、勇于开拓的精神，使我们看到了邓小平改革开放理论和实践的历史渊源和思想性格基础；由于故事不是回忆文章，多从小处着眼，从具体事件和细节着眼，小平同志的性格表现得鲜活生动，跃然纸上。

还有一个特点，是全书结构上的纵横结合、时空结合。《邓小平爷爷的故事》不是传记，它打破了传记严格的时序缀连结构，将邓小平一生的命运经历，通过一百个小故事表现出来。全书按人物精神品德分类，横向组合，每一辑却又大体按时间来排列故事。这样，既能让读者明晰地了解小平爷爷精神境界的几个主要方面，又能从每一辑的顺序中约略地看到这一品德的形成、发展过程，约略地读到精神成长过程背后主人公的革命经历。编者的精心结构，使这本故事书具备品德故事和传记故事的双重特点。

这本书，孩子们喜欢读是无须说的。读这本书，对下一代培养优秀精神品德，粗知邓小平理论很有益处。就是成人也很可一读，是大家形象地了解邓小平理论的一个渠道，对坚定我们走中国特色社会主义道路，做一个有高尚品德和情操的人，都是有好处的。

1998 年 5 月 16 日，谷斋

我在阅读未来

未来出版社出版的《跨世纪的一代》——中国少年"五自"丛书为培养跨世纪接班人做了一件十分有意义的事。许多人对我说,这部书很值得一读。我找来想翻翻,却放不下来,连续三个晚上读到午夜以后。

我感到我在阅读未来。新世纪的中国和新世纪的中国人在书中向我招手。

这套丛书,是出版界以纪实文学形式对少年"五自"——自学、自理、自护、自强、自律活动全面、形象的展示,给少年儿童一种个体、生动、形象的教育,可以说开拓了"五自"教育的视野和途径。

和国内已有的同类少儿读物比较,我感到这套丛书有如下鲜明的特色:

它是第一部全部以当代少年真实的人物、故事为内容写作的大型少儿社会教育丛书。过去此类少儿教育读物,大多收集的是中外历史人物的故事,是成年人的故事。小读者们在阅读时,终归有一定距离。由于历史的变迁和人生阶段的相异,物质生存条件和社会文化环境发生了变化,有的东西免不了过时,在今天生活实践中缺乏具体的仿效性和操作性,虽然精神上可以触类旁通,但书中人物的楷模作用总会受到不同程度的影响。"五自"丛书记叙的全部是近年来孩子们中间出现的真实人物,有的人物、故事还辐射到国际社会,在思想与实践的某个方面与世界接轨。这样一种鲜明的时代感和开放性,更便于小读者由读转化为实践,由精神的汲取转化为操作能力的提高。

丛书的五卷,内容虽然是从"五自"活动的角度来选择的,面却很宽,基本上将近年来全国各地发现的优秀少年收纳到了一起,使我们比较全面地看到"五自"活动的成果,也比较全面地看到了新一代接班人的精神风采。

人是社会的聚光镜，书中所写的优秀少年儿童，预示了21世纪中华民族新的形象。他们使你对今天的中国更有信心，对明天的中国更具希望。

就少儿基本素质教育看，丛书各卷内容有较强的现实针对性。编撰者比较熟悉当代少年的现实状况，了解他们的各种需求，也把握了他们确实存在的某些缺陷，有针对性地选择题目，取舍材料。

少年处在形成自己人生观的时期，《自强》《自律》两卷中许多篇章都能从改革开放和现代化要求出发，从人的素质建设出发来选题选材。少年儿童还没有走出家门和校园、正式介入社会生活，法制观念和法制实践能力差，《自护》卷有的文章记叙了少年人通过法律手段保护自己、保护亲人的故事，针对性很强。独生子的溺爱，使相当多的孩子缺乏挫折教育，缺乏拼搏精神，缺乏吃苦耐劳的实际磨炼。丛书各卷大量选用了以超人的意志和毅力，克服困难、顽强拼搏而取得某种成功的孩子的故事。刻苦学习、严于自律、几经挫折终于发明汉字全息码的杜冰蟾和登上国际数学奥林匹克奖坛的李平立、杨云和；十岁起便独立支撑家庭、照顾瘫痪的父亲，同时取得优异成绩的何雪；在家长帮助下，以惊人毅力和不治之症顽强搏斗，使幼小的生命发出光彩的李欢和宋涛等等，这些孩子的事迹是那么打动着、激励着你，给你注入新的生命活力。这些篇章可以说是全书写得最好的部分。

丛书各卷文笔大都自然质朴、明白晓畅，既没有枯燥的说教、故作艰深的哲理，也没有故意矫饰的稚气，符合少年主人公的状态，适合少年读者的口味。特别可贵的是，丛书花相当多的篇章写出了现代少年人的心灵真实和生命魄力。少年，作为特定的人生阶段，处在第二次断乳期——精神断乳期。他们正在告别童年，免不了有这样那样的稚弱之态，这使他们的生命中回响着一种天籁。他们又正在迎接成年，生命的自立自强又常常冲破童真闪耀出独立人格的光彩。这是少年时代生命特有的魅力，其中有生命原色的纯真，也有生命转换期的多色交汇。我们看到了人的第二次诞生。你因此感慨人生,更因此热爱人生。

1996年12月,西安谷斋

教是心之烛　文是情之焰

西安高级中学经历了清代、民国和新中国三个历史时期，是陕西著名的学府。

1924年鲁迅和京津各大学名教授夏元瑮、王桐龄、林励儒、蒋廷黻、陈中凡曾在这里为暑期学生讲学，原来鲁迅先生的《中国小说的历史的变迁》的讲稿就产生在这里。杨虎城、李仪祉、赵寿山、孙蔚如、严克伦、李瘦枝、武伯纶、柳青、王戌堂、雷雨顺、梁跃等等，这些声名卓著的科学家、文学家、政治家、学者、世界冠军，都曾是学校的师生和创办者，都受过她的哺育。学校的历史，是由一连串闪光的名字缀连起来的。

这本作文精华，是全国重点中学作文精华中的一本。书中主要是收集各校的选篇，为一个学校出专册，还是第一次，殊为难得。其中的议论文，大都从中学生活或者中学生目力和心力所及的社会生活中炼题旨、立观点，且论必据迹（事实），迹又多取自他们所知、所学、所历的现实生活，角度纷繁，层次清晰，表述朴实。详略失度者有之，纪次无法者绝少。虽无深湛精到的宏论，富有思想启动力的见解却在这里闪烁。少年人的聪慧机敏有时竟是那样别出心裁，而锐利和直捷又常常使人痛快无比。

读记叙文和散文，新鲜、洁净的生活气息扑面而来。有少年人的纯情真性、童心稚趣，也有由少年向青年过渡、进入人生精神断乳期时那种挣脱依附的骚动，走向成熟的思索，告别幻想的切实和超越自我的责任。含泪的微笑，欢悦的愁苦，种种愠、恼、颦、嗔都输进了青春的创造活力和人格的自强、自立、自为。从写作看，或素淡真朴，或锦心绣口，很有几篇表现力强的文字。

从诗中能看出灵性，看出小作者们已经初步具有了逐级强化感情并以感情熔铸客观物象、创造意象的能力。当然，玄虚和浮泛在青少年的诗情中也是难免的。小说的意蕴开掘和性格塑造不能过高要求，但明显可以看出思索社会问题和注意细节心理描写上的追求。至于教师的评语，从那种如切如磋的平易态度、如琢如磨的精心指拨中，你能感觉到一种内在的热忱、认真和收获者的喜悦，点铁成金的三几百字，浓缩着铁棒磨成针的长期辛劳。这一切，都可以视为学校语文教学的结晶和升华。它是学生课堂知识与生活感受的延长、交融和再造，是对学生作文技能、生活知识、品格情操的全面锻炼。它让你重温了校园生活，又看到了师生的基本素质，看到了长期形成的学校精神。致天下之治者在人才，成天下之才者在教化，教化之所本者在学校。学生们不断提高的成绩，不断成长的才能，以及将来不断增添的对社会的贡献，都是对学校教育最好的酬谢和彰扬。这本小册子，是献给老师、献给母校一份珍贵的礼品，也是向社会的一份汇报。

　　欣喜地读着这些文字，同时以慈祥、温馨的目光注视着这些半大孩子。我的忘年的朋友们，你们也许感觉不到，在我们的社会中，在人生的旅途上，这种充满爱意的目光是无处、无时不在的。它将追随着你们，一直走下去，走下去。

1991 年 1 月 7 日，西安

你的好帮手

电影电视是当代最大众化的艺术门类。它通过最现代的传播手段，诱发着最大面积的欣赏活动，也就需求着、结晶着最大众化的评论。这种评论不仅表现在专业评论以大众的思路、大众的文笔去面对老百姓，而且表现为老百姓对鉴赏、评论活动的广泛参与。

普通影视观众的鉴赏评论活动，就其根本意义上来说，是一种将他娱转化为自娱的艺术活动，在欣赏评论过程中，屏幕银幕上的生活故事、人物命运，由他经验转化为自经验；作品的题旨意蕴，由他导引转化为自导引；作品的形式美由创作者的异己于欣赏者的创造转化为欣赏者自身的审美积淀。从这个意义上看，影视鉴赏活动因了它的大众性和生活化，远远超出了艺术的欣赏范围，而成为人民大众精神生活的重要内容，成为老百姓心灵吐纳的重要渠道。如果中国古代有"高台教化"之说，认可戏剧是民众教育的重要舞台，那么，"银屏教化"则是当代生活的一个普遍现实。多少人的社会历史和现实生活知识是从影视中获得的，多少人的人生态度和感情流向受着银屏形象的影响。

然而电影电视，编导有个怎么拍的问题，观众又有个怎么看的问题。正确的鉴赏，是对浩如烟海银屏信息的一种过滤。它分拣良莠，分辨清浊，充分发挥作品美善的感染力和启动力，而消解作品的杂浊。怎么拍、怎么写都需要学习，既向社会学，也向书本学；在书本的学习中，既需要理论，又需要知识，当然，更需要以理论和知识来启动潜在的灵知，融解为一种综合的不可分拆的鉴赏素养。

我想，这部《影视鉴赏知识词典》就是为着这个目的而编写的，它面对着广大观众在欣赏中的需要,也热情地为创作评论服务,为影视的播放者和宣传者服务。它可读性强,通俗、简明、切实;它知识性强,在一条一条词目的点射中,看得出内在的逻辑和体系性;它信息覆盖面宽,一册在手,举凡银屏影视的史、论、人物、名片、风格流派样式、技法、论著以及其他相关信息一眼览尽。它是老百姓喜欢吃的那种快餐,菜和饭一切齐备,既可热蒸现卖,又提供了长久的营养。它是学习影视路上的路标,虽不能代替你走路,却可以省却你走错路或在十字路口无所措的种种麻烦。

当然了,不是一读此书便可登堂入室,即刻进入鉴赏、评论新境界的。由纸面知识的学习,到影视鉴赏时活的体味和深的思考,进而涵养成一种既在的能力,还有一段距离。这需要许多的过程,需要较长时期人生体味的积累,需要对欣赏者自身灵气和悟性的发掘,需要思维能力的培养和锻炼。在所有这些过程中,这本词典将是你值得信赖的帮手。

创作和欣赏作为一个有生命的循环系统,互为补偿,相与激活。社会影视鉴赏水平的提高,一代有影视文化的观众群的形成,将会反过来给创作输入新的启动力。观众更充分的理解、更深刻的共鸣、更苛严的需求、更阔大而活跃的议论,无一不激励或诱发编、导、演、摄新的灵感。这本书所提供的知识将从影视的创作与欣赏,亦即从艺术的生产和销售两方面,促进文化市场的活跃。产销两旺,那该是怎样的好季节。

1992 年 7 月 21 日,岚楼

一本大书

文物大省需要文物大书，旅游大省需要旅游大书。摆在我面前的《陕西文物旅游博览》（以下简称《博览》）就是这么一部大书，一部沉甸甸的书。《博览》对陕西文物旅游资源介绍的全面，内容的丰富，文字的简洁，图版的精美，装帧的华贵，实在不愧"博览"，堪称精品。

陕西终于有了一部和自己足以自豪于世的文物旅游资源和文物旅游事业基本相称的好书，沉厚的历史文化终于有了一次比较精美的包装。我们实在还需要更多、更好宣传介绍陕西文物旅游的图书。

从编辑思想上看，《博览》的一个显著特点，是处理好了三个关系。一个是文物和旅游的关系。以往的文物、旅游图书和宣传资料，虽然也在一定程度上将文物和旅游做了结合，但在全局上，将二者的结合作为一种明确的编辑思想，却不多见。对陕西来说，文物是旅游市场价值的主要载体，旅游则是文物体现现实价值的重要途径，又是抢救、保护、开发文物的重要经济基础。将文物和旅游在一定程度上结合起来，互助互惠，共进共荣，是极可取的新思路。

一个是高雅与通俗、学术与实用的关系。《博览》避免了文物研究和文物图书中，因为注重专业化而常常显出的那种枯燥和艰涩，也避免了旅游宣传资料中，往往注重实用性和市场效益而容易显出的那种花哨与浮泛，较好地将学术性和大众性、科学性和宣传性、提高和普及结合起来，将国内读者和国外读者的不同要求结合起来。

再一个是全局总揽和局部展开的关系。由于书中对每个景点和每条风景线的介绍，都是在全面展现全省文物风情的背景上展开，而最后又组接进陕西文物旅游的网络之中去的,所以,相当程度上避免了有些单独介绍文物景点的资料所难免的渲染和夸张之词,而是在陕西历史文物的总体关系中,区别主次轻重,进行科学评价和切实宣传。这既使得读者对每一个文物旅游点的历史价值和审美价值能有较为准确的认识,也使得读者对陕西文物旅游总网络有了一个层面清晰的印象。

从内容上看,《博览》一个不可忽视的特点是,介绍陕西历史文化时的全面性和立体感。以我挂一漏万的印象,过去对陕西文物景点的介绍,主要侧重于对宫廷文化和宗教文化方面,这是对的。历朝宫廷和寺庙常常集中了一个时代文物文化的精华,是一个时代文化水平的重要标志。但绝不是全部。《博览》除了介绍周、秦、汉、唐各朝代的宫廷文物和宗教文物外,也以比同类图书更多的篇幅和更高的自觉性,介绍了陕西古代的文人文化和乡土文化。前者,如司马迁祠和墓、蔡伦墓、仓颉庙、王维辋川故居和褒斜道石门及摩崖石刻,更不要说西安碑林了。后者,如韩城党家村民居、关中农村面花、耀州瓷窑遗址等等。除此而外,又介绍了陕西主要的风光文化,如华山、壶口瀑布、朔方大漠等等。宫廷文化、宗教文化、文人文化、乡土文化、风光文化,五管齐下,使得陕西的文物旅游资源在书中得到了全面而又立体的反映。对我这样行外的读者来说,陕西历史文化在书中成为熟悉的陌生人,呈现出熟悉而又新鲜的面貌。

《博览》的结构也很有特点,这便是将大家对陕西文物、旅游点长期梳理、归纳的一种认识,转化为该书的结构。这种认识大体是,陕西文物、旅游点呈现着三层网络:第一层,以西安历史文化景点为中心区,向东、西、南、北辐射四条文物带。第二层是,处在文物中心区和文物辐射带中的各个文物园区,如西秦的周文物园区,西安、咸阳等地的秦、汉、唐文物园区,汉中的三国文物园区,延安的革命文物园区,还有法门寺佛教文物园区,楼观台、白云山道教文物园区,宜川—韩城黄河风情园区,等等。在这些文化文物园区中，有的只有一个景点，有的还包含着若干景点，这些景点又构成网络的第三层。我们可以看到，《博览》的结构也大致有这么三层。"千年古都游""世界奇迹游""丝绸之路游""三国遗踪游"和"黄土风情游"这五大部分（即第一层题），大致是网络的第一层次。五大部分下的第二层小标题，大致是文物网络的第二个层次。第三层小标题（如二层题"延安"下，又分"宝塔山""凤凰山""延安革命纪念馆"等第三层题；二层题"周原"下面，又分"西岐都邑""西周宫室遗址""西周甲骨文""西周青铜器"等三层题），大致是文物网络的第三个层次。一本书的结构，能体现、凝聚长期形成的一种既科学又约定俗成的认识，很难能可贵。恐怕这也正是《博览》一书科学性与大众性相结合在结构上的体现。

正如有些同志指出的，在再版或编制音像版时，如果能够将历史文物与旅游点的仿古建筑和塑像注明，我想效果将会更好。

1996年6月15日，西安谷斋

怡 我 情 怀

容嵩送来了他和赵寿昌编著的这部书稿，要我作序。此前他还送来过报告文学集《灰色浪潮》。两年不见，有点显老。刚过不惑之年，言老似乎过早，是一种倦容。不用说了，当然是为了生养这两个"孩子"。但他是高兴的，像世上一切母亲一样，为伊消得人憔悴，又为伊而有了真幸福。

近年来，旅游热历久不衰，看来还会长期持续下去。现代政治经济生活的一体化趋势，空前地加剧了社会联系、社会交往。老百姓生活水平的普遍提高，使更多的人有了旅游的经济基础。社会生活节奏的加速，诱发了人们对自然的向往，对旅游的心理需求。愈来愈多的人走出家门，饱览异地异域的自然风光和民俗风情，同时于旅游中释放在繁杂的日常生活中积郁的种种心理情绪，平衡各种各样的心理倾斜。这是旅游文化建设、旅游文艺创作发展和深化最好的社会基础。

《中国名山水游记欣赏》是其中的一个成果。

这几年，中国古代散文选编和赏析一类的书，出得很不少。专门选编中国古代游记并配以赏析文章的集子，大概也有，恐怕不会很多。我在翻阅时，能够感觉到两位作者搞这本书的良苦用心——从大范围看，他们在铁路系统工作，具体职务又属于文化教育部门。可能是铁路与旅游的血缘关系，使他们选择了游记，选择了配以白话译文的编法。又可能是文化教育工作的职业责任，使他们选择了高品位的内容——名山水、古游记，和高品位的编法——加上散文式的赏析文章。如此将古典文学精华的传播和旅行导游的实用结合起来，未尝不是一种追求。这种追求对于提高时下流行的旅游文化品位，对于将弘扬民族文化的工作切切实实地做到老百姓中去，我想都是有益处的。

这部书稿的译文和赏析，经过西北大学赵俊玠教授的审订，在信、达、雅方面当是没有什么问题的。一部面向群众的读物能够这样去做，表现出作者的严肃态度，时下流行的特别是以青少年为对象的古文今译，常常有点拘于信、倾于达而疏于雅。在历年出版的各种带译文的《古文观止》本子中，我个人最喜爱的，仍然是几十年前由国学大师胡朴安审订的译文。那是每篇译文都可以离开它的母体而成为独立的美文来欣赏的。这样，对于更广大的、不以研究学习古文为业的读者，也可以允许他们直接去读译文，得到散文美的享受，而同时也就间接地受到了中国古典美文的熏陶。如有机会，本书倒是也可以再朝这方面努力的。赏析文章在写法上的构想很值得称道。它不拘一格，将文章背景的介绍、游记作者的介绍、有关游记写作知识的介绍，乃至中国山川名胜的介绍，融在个人的欣赏感受之中，随意、自如、娓娓道来。你无须正襟危坐，在漫不经心的翻阅中，就可以得到多方面的综合性营养。这是广大普通读者所欢迎的写法。如果要来一点书生气的挑剔，就是对中国文化天人合一的特点，还可以倾以更多的关注。中国古代文人，常常在游记中借山川自然寄托人生追求，暗示自己对社会的看法，展现自身的精神境界，甚至自塑心象——文化人格。欧阳修在他的名篇《醉翁亭记》中云："醉翁之意不在酒，在乎山水之间也。"其实还隐藏着一句："文人之笔不在山水，在乎人情世相之间也。"当然，对以普通读者为对象的读物，本是不应当这样要求它的赏析文章的。

容嵩、赵寿昌以自己的辛劳，给我们带来了神游祖国山川的享受，实在应该感谢他们。

1991 年 11 月 5 日赴京前于西安岚楼

想起鲁迅

——读"阳光杯"获奖杂文

赤热酷暑的那几天,读了友人推荐的刊于《陕西工人报》"阳光杯"杂文大奖赛中的十篇文章,生出几许清凉,几许绿荫,还有几许叫你额上发热、背上出汗的辛辣,又有几许发汗之后的豁然通畅。那是一种读鲁迅的味道,痛快、犀利、感喟、怜悯、激愤相交织的味道,有一种既想深入地去伸延思索,又忍不住马上坐言起行说点什么、干点什么的冲动。

是这样,读着读着,我想起的正是鲁迅。

最先想起的,是鲁迅对历史、社会、人生和国民精神的思考。许多文章都具有鲁迅式的从具体社会现象的脉搏入手,对社会肌理和国民精神进行诊断的能力。市场经济似乎将我们推入了一个忙于策划、忙于运作、忙于将一切事物都量化,纳入生产、包装工艺流程,而后计日程功的年代。一切皆不量化,混沌何以成事?一切崇尚量化,而消解了对质的重视,又何以成大事?人人坐而论道,难免玄谈误国;人人皆不思道,或者只动行而下的脑筋,只做与操作直接配套的思考,又怎么得了,又何以了得!社会越工业化和信息化、越物化,社会越需要思想者,人越要保持心灵中那个形而上领地不被侵犯。杂文从来是思想云霓驰骋的蓝天,在这个天空里,集中着社会的良知与思考。这次征文命名为"阳光杯",可以说纯然又不纯然是巧合:有的文章,的确给我们被物之雾迷漫的脑海里透进一缕阳光,使你在习以为常的生活表象中看到了思想阳光照射下的奇丽景象,激发你对自身以及自身所处的环境进行自审。

接着想到的是鲁迅的忧国忧民精神，那种对历史的责任感。这次得奖杂文中可以说贯穿着鲁迅的这种精神，有对党风民风不正的忧患，有对国家命运的忧患，有对市场经济运行中不良现象的忧患，也有对历史发展和生态平衡的忧患。前不久，有篇散文对中国文化"预约痛苦"表示异议，针砭了"居安思危""丰年想到歉年"等等防患于未然的文化心理。从证实中国文化过度重视守成和平衡来看，未必没有道理，但是忧患意识以及作为这种意识内涵的高度社会责任、人生责任，从广远坐标上审度观察眼前事物的气度，对一个民族是至关重要的。没有远虑，必有近忧，没有群体之虑必有个体之忧，这些杂文大多是从社会的消极现象落笔，剖析其背后的精神病灶，以苦口良药疗救各种社会丑恶，起到的却是强健国民心灵、推进社会发展之作用，这正是杂文、漫画特殊的社会功能，是那种为老百姓赞赏的啄木鸟式的忠诚。写杂文从来有风险，有风险而还有这么多作者顶风挥笔，其中有的老作者几十年如一日不松懈手中的投枪，在不少文人纷纷在金钱驱使下放弃雅文艺而转向俗文艺的今天，参加这次杂文赛的作者便显出了中国知识分子令人敬重的良知和品格。这个群体使我们对中国文人的文化人格又一次坚定了自信。

这些杂文还让我想起鲁迅式的辛辣与幽默。尽管时代的变迁使许多社会问题的根源、背景、性质、后果有了改变，鲁迅的具体笔法，也需要在继承中革新，但鲁迅笔法作为一种文体风格，一种话语思维，是常青的。读"阳光杯"的一些文章，像吃芥末三丝，辣得你涕泪横流，却像打了喷嚏一样浑身通畅，有时也免不了破涕为笑。这些文章使我悟到，深刻到犀利才有辛辣，忧患到激愤才有辛辣。由犀利走向博大才有幽默，由激愤走向超越才有幽默。最后，见解加上才情再加上智慧才有辛辣和幽默。辛辣和幽默双管齐下，或融辛辣于幽默之中，这种鲁迅风，暗传着中国文化的独异色彩。在先秦诸子的文章中，寓庄于谐，洞烛幽微，微言大义，述而不作，举重若轻，已是蔚然成风。在这一组杂文中，我清晰地感觉到了中华民族文化智慧密码的传递。我想，这是笔法，也是作者心态，是文风，也是文化境界。

也因为想到了鲁迅，便感到这组文章到底也还有不足。作为报纸杂文，更多地关心当前社会的具体问题是对的，大多数篇什在就事论理上也做得较好。只是相当多的篇什还不能开掘到国民素质和文化心理层次，谈事理、法理、情理的居多，谈做人、铸魂、炼情则不足，而这个境界正是鲁迅的境界。没有这个境界，文章很难走出时文时论的影响。

另外，前面说到过，鲁迅笔法要在时代的发展中更新，这更新是多方面的，其中有一个思路，我早有想法，但未见杂文界大面积的实践。这个想法是，在继承鲁迅或中国文人杂文传统的同时，能否探索一种大白话杂文，用老百姓的生活话语，表达老百姓对各类社会问题、人生问题乃至精神文化问题最鲜活、最前沿的看法，以及时传递底层最新的思想信息。此类文章最近一两年已在报章上显示端倪，开花结果的时候恐怕为期不远了。

1996 年 8 月 17 日，谷斋

丰收青睐勤奋的人

我认识袁银波，当在十二三年前。十一届三中全会之后，我们这些知识分子落实政策从各自下放地回到西安，回到原先工作的宣传文化单位，又续上了那曾经熟悉的采访写作工作。很快就参加了作协的一次有关文艺界拨乱反正的座谈会，在这个会上我见到了他。银波为座谈会搞服务工作，一身军绿，满脸淳朴，在"小袁、小袁""银波、银波"的唤声里，进进出出，默默地，忙忙的，实实在在的。那时代，有相当一批复转军人进入文化单位工作，我想他是他们中的一个，特别显得朴实的一个。

后来听报社杨田农、刘宏超介绍，才知道他有一个比其他农家子弟更坎坷艰辛的少年时代，又有一个比其他战士更有精神内容的青年时代。他酷爱写作，自学成才，在部队写了大量的新闻报道和文学作品，多次立功受奖。带着他的农村户口，同时也带着他的一摞一摞作品，由复员军人而通讯干事，而记者编辑，最后到省文艺创作研究室（作家协会和其他文艺家协会的前身）。招收创作干部时，在推荐的十名佼佼者中，他成为唯一一个被录用的。从此，银波有了城市户口，也有了一个能够从事自己喜爱专业的可心的职业。这当然不只是一次户口的转迁，也不只是一次命运的转迁，对一位文学创作者来说，这主要是一次生活视野和文化环境的转迁。少年时代的农村生活，青年时代的部队生活，一旦和城市生活接轨，和艺术创作环境接轨，时代和社会就像一望无际的原野展现在他眼前。静态的黄土地景观有了呼吸，河、白云在空中和地上呼应着流动，错落有致的树林构成一个又一个循环往复的生物圈。穿插其间的城市和乡村，展开一个又一个复合繁杂的人生社区。生活以从未有过的宏阔和立体感召唤着他渴求观察美的眼睛和渴求表现美的笔。同时，城市生活和农村、部队生活接轨，也使袁银波能以多维的文化坐标特别是现代都市文化的坐标来重新感知、开拓原有的乡居生活和童年记忆，使他对自己的生活积累由耳熟能详一跃而为耳目一新，由烂熟于心一跃而为灵窗开启。

记得前几年有这样一个故事，一位乡镇企业的采购员带着巨额现款去南方做生意，他将钱装在一个破麻袋里，随便扔在座椅底下。火车在湖南境内遭到车匪洗劫，所有的阔佬和密码箱无一幸免，只有这麻袋安然无恙。这叫我想起袁银波。在他毫不起眼的"麻袋"里，这些年给社会攒积下多少财富！

仅是他送给我的各类公开出版的著作，就在案头堆了一尺多高，整整十三本。最近的，是1993年由中国广播电视出版社出版的《圆圆"王国"神神秘秘的故事》一套六册近八十万字的童话、寓言、散文、传记、报告文学作品集。他告诉我，还有两部长篇报告文学和一部长篇小说已经脱稿；另外，写自己人生历程的长篇三部曲《我是天上哪颗星》（写童年经历）、《红色的霹雳》（写青年经历的伞兵生活）、《新昌氏春秋》（写在新闻文艺单位的生活经历）也正在写作。其中有许多篇什都得过省内和全国性的奖励。而银波在儿童文学创作的组织活动中所费的精力，在我看来几乎可以和创作并驾齐驱。这些年，筹备成立陕西儿童文学研究会，筹划全省儿童文学创作评奖，创办并主编《宝葫芦》《神童》好几个儿童文学刊物。在陕西儿童文学事业的发展繁荣中，银波留下了自己深深的脚印。

银波就是这样，像他的农民父兄一样，一镢头一镢头开出了自己的人生和创作之路。

在银波卷帙浩繁的各类作品中，数量最大而且产生了影响的，是他的还处在起步阶段的作品。他对今后创作的安排，看来是要以精力从事小说，特别是长篇小说的创作，文坛将对此拭目以待。因此，不妨把最近出版的六册丛书《圆圆"王国"神神秘秘的故事》看成银波在不惑之年到达的一个创作中转站，也不妨把这套书看成他童话和寓言创作的一个阶段性小结。

银波的许多童话和寓言能够抓住孩子特有的心理和思维，并用孩子特有的语言和行动方式表达出来。像《圆圆"国王"》中，园园将他生活环境中所有的东西：皮球、足球、玻璃球、铁盒、铁环、苹果、小汽车，全部当作自己生活世界的臣民；在《蛋蛋玩蛋》中，蚂蚱诱骗蛋蛋学鸡鸭和山雀去孵蛋玩，闹出许多令人啼笑皆非的笑话；芦花鸡则在《无蛋收蛋》里侵占帽帽鸡的生蛋成果，都表现了孩子天真、纯净、稚气的质地，表现了孩子善于联想，善于将客观世界拟人化，看成像自己一样有思想、有感情的活跃的生命体这样一种致思方式。这不仅符合小主人公和小读者的性格心理，而且为作品跳出现实的拘泥，展开童话的浪漫境界和寓言的广阔联想提供了情境和语境。问题不止于此。更可贵的是，银波能够跳出对童心单纯而抽象的描绘，将儿童心理、思维和言行方式置放到一定的社会生活环境中去，折射出时代精神文明的吉光片羽。比如向美、向善、向上之心，比如对生活的爱恋和纯真的友谊，比如诚实刻苦，以及在对人世和生命色彩纷呈的幻想中，呈现出来的积极的、进步的生活理想和社会理想。《圆圆"国王"》在孩子爱玩的天性中，烘托出刻苦学习、承担责任、珍惜光阴等等人生观念和道德观念的萌动。《蛋蛋玩蛋》将社会生活中是非善恶熔铸进益虫和害虫的关系。《无蛋收蛋》则在两只鸡的关系中倡导诚实劳动，贬抑侵占别人劳动的不良行为。这样，在童真的描绘和童心的展示中便看到了孩子们正在开始形成的美好人格。天真的童心于是导向对真善美的文明追求。与这样的内容相适应，作者表现出运用联想和比喻手法的相当能力。通过联想，将不同范围与质地的东西，组构成新的童话意象。通过比喻，将画面的意义转化为心灵成长的意义。

银波的童话和寓言注意向孩子们传播自然、历史、社会、人生各方面的知识和含蕴在这些知识中的规律和哲理。童话是生活的浪漫浓缩，寓言是生活的哲理简化。读他的童话寓言，好像自己也有了一双童稚的眼睛，一颗童稚的心，好奇地、渴求地观察着、感应着这个新鲜世界，吸收着花鸟虫鱼、山河树草、传说故事和正在眼前展开的五彩生活，并且在作品的引导下，初步地懂得一点隐藏在这些自然和社会现象下面的规律性的东西，懂得一点这些现象辐射或影射的哲理。有时，他的童话和寓言还在故事情节和"人"际关系的展开中，传导了许多文明社会要求的行为规范，这就不但极大地满足了孩子们的求知欲望，而且满足了初入人世的孩子自我塑造的迫切需求，帮助和激励他们从心灵到言行向一个美善的境界靠拢。

　　银波的童话和寓言有相当一部分是在民间传说、历史故事的基础上推陈出新的，表现出作家对童话、寓言创作民族化的执着追求和探索。这种推陈出新的特点，常常以现实生活和时代精神为坐标，在传统的故事之中翻出新意。他善于将现实生活和童话世界有机地联系在一起，有时童话世界成为现实生活的投影，有时童话世界成为现实生活的反衬，有时童话世界成为现实世界的启明星，有时童话世界成为现实世界的清醒剂。更多的时候，作家喜欢反其道而行，用逆反思维改造传统故事，引出相反的结论。如《诸葛亮三请刘备》，反用《三国演义》中刘备三顾茅庐的故事，从现实生活的一些现象出发，改造为诸葛亮三次去向刘备送礼走后门求职。其中不难感到作家自己在人生道路上的感慨。这一类型的传说，他写了不少。反其意而用，本是童话、寓言出新的一个重要手法。著名的儿童文学老作家金近就常常采用"与故事原主题相反的意思来写"的手法。只是采用这种手法，特别是在改造那些世代流传、家喻户晓的传说故事时，要有历史主义的态度，要有一定的史实史料依据或性格心理依据，才能拟真可信、合理顺情，也才能站得住，流传开来。如果离开故事的历史环境和人物性格心理的特定氛围，不顾读者对特定故事世代形成的约定俗成的接受心理，随意翻新，随意现代化，极容易使儿童读者对历史文化的认识产生混乱。这是需要引起注意的。

　　已经说到了不足，不妨再啰嗦两三句。一是哲理的开掘要更注意新意。

对儿童文学来说，哲理意蕴当然不能要求深刻，但应该要求在开掘哲理时有新的角度、新的表述。要在人们看不到或很少看到联系的地方，发现生活形象、人物形象连接后碰撞出的思想火花，而不要习惯性地走轻车熟路。二是语言还需要锤炼。对自己的语言要求不能停留在准确、鲜明、生动上，艺术语言需要性格化，需要讲究作者个人的色彩、风格，有时还需要讲究陌生化，讲究对流畅的适当隔断，对正规语法的适当破坏——这一切，当能够和表现内容结合起来时，常常会极大地增强语言的表现力。三是在对各种体裁、题材大量尝试的基础上，要注意质和量的关系。人的精力有限，创造有新意作品的可能性也并非无可穷尽。银波已入不惑之年，应很好地回顾总结前一阶段的创作，认清自己的所长所短，认清自己的生活积累、性格气质和已经初步形成的艺术思维、表现手段更适合写哪一类题材和体裁，适当缩短战线，选准重点，集中精力创作重点作品。作者对此已经有了想法，并对下一步的创作做了安排，我分外高兴。

银波的勤奋已经得到了丰收的犒赏，丰收必将继续青睐勤奋的银波。

1993 年 12 月 20 日，谷斋

延安革命开拓精神在现代农业建设中的发扬

我对延安、对陕北的感情可以说延续了三十余年,整整半辈子。从20世纪60年代到90年代,多次去那里采访写作,蹲点扶贫,也汲取着这块土地给予我的营养。记得我写过反映神府煤田创建的长篇报告文学《黑色浮沉》,写过支持陕北兴办文教事业的爱国港商《胡星元传》,主编过反映榆林城乡社会主义建设新貌和改革开放业绩的散文集《榆林纪事》。在陕北,我有着一批多年相交的朋友,有着许多难以忘怀的经历。我怀着一种思乡的情怀,眷恋着这块土地和生活在这块土地上的乡亲。我总是情不自禁地把他们光荣的过去当作自己的自豪,把他们正在创造的业绩当作自己的辉煌,也把他们漫长的艰苦当作自己的苦难,又在他们和困难坚忍不拔的斗争中产生一种高山仰止的感觉。

这种感情,使我一有机会就想去陕北。去不了,便千方百计从有关的阅读中得到满足。薛保勤、李昺写的关于延安的研究报告《从"红色革命"到"绿色革命"》以它对延安生态农业的翔实报道和较深思索,又一次触动了我心中的这根弦。

这篇具有文学色彩的研究报告,描述剖析了延安生态农业的崭新思路和丰硕成果。成果令人振奋,叫我们在看到延安、陕北近年来通过煤、油、气资源、优势向产业优势转化并走向振兴的同时,又看到了延安通过基础农业的现代化建设走向振兴的现实和远景。如果说黄土地和黄土地上的革命给陕北传统的经济和文化奠定了基础,那么现代基础农业和基础工矿业将像黄土地上新的土层,给延安的现代化奠定丰厚的基础。

思路的意义不仅在于思路所产生的物质成果本身,更在于它对精神、文化、思维领域所起的辐射作用。在这个意义上,对古老而又革命的延安来说,这场绿色革命的意义在于:第一,它是延安在精神文化上和古老告别的一个标志。对人与自然关系新的认识、农业基本建设中的大生态思维等在生态农业工程中体现出来的现代思维,以及和这种思维相应的科学操作体系,在新一代延安人(干部是它的代表者)的思维和实践中生根开花,表明延安人在思维方式、实践方式上进一步走出了传统。它将会在远比生态农业要宽泛的领域内产生辐射性影响。第二,它还标志着延安在新的历史时期从精神内涵上真正继承并发扬了延安革命精神。过去我们从艰苦朴素、自力更生的角度理解延安精神较多。这是正确的,在享乐主义、媚洋崇外之风有所滋长的今天,从这个角度继承发扬延安精神尤为重要。但是,对延安精神"革命"的内涵,亦即革新、改革、开拓的内涵,我们阐发得不够,如何在新时期社会经济发展中继承发扬这种革新、开拓精神更实践得不够,这就极容易造成一种延安精神过时了、陈旧了的误解和错觉,容易使继承、发扬延安精神纯粹成为一种光荣传统的延续和传承而和新时期的现代化建设脱节。其实延安革命精神中"革命"的含义,如果超越当时党领导的新民主主义革命和民族革命战争具体的政治革命含义,它给予后人的启动,主要是一种开拓、革新精神,一种不走老路、不因袭传统思路,根据实际情况开创新思路、新格局的精神。毛泽东在延安窑洞里总结出来的新民主主义革命的科学理论和成功实践,既不同于中国原有的旧民主主义革命,又不同于俄国的社会主义革命,就是这种开拓、创新的典范,陕甘宁边区就是这种崭新的社会形态成功试验的典范。正是在开拓、创新这一点上,延安革命精神和新时期改革开放精神有着内在的一致。

在当今的改革开放和社会主义经济文化建设之中,如何抓住开拓、创新的精神内涵继承发扬延安精神,这几年正在引起重视,却还是一个有待深入解决的问题。这篇文章所介绍、研讨的延安生态农业工程,可以说是在现代农业建设中对延安精神一种深层的继承和创造性的发扬。作者将文章命题为《从"红色革命"到"绿色革命"》，表明他们对此有着明确而深刻的理解。正是这种深刻的理解，使得这篇文章跳出了对生态农业的具体的事实报道和工作研究，在某种程度上升华为对延安精神在两个历史阶段传承和嬗变的阐发。恐怕这是文章最有启发的所在。

1996年10月，西安

都市生活里的土腥味

——读孙毅安散文集《我的父亲》

毅安是我人民大学的小学友,所以加个"小"字,乃是因为我比他早毕业近三十年。在校虽无缘同桌,离开学校后却邂逅于长安文艺界,又有了近二十年的友谊史。这位小学友让我一直引以为自豪,因了他在电影剧作和影业管理上的累累成果,也因了他正直率真的为人。他的自述散文集《我的父亲》,不是写自己如何如何五马长枪,而是目光瞅准树根,告诉我们一树繁花下面有着怎样的泥土。

这部散文集由四个长篇散文《我的老师》《我的母亲》《我的父亲》《我的同学》组成,每篇几万字。四篇大散文有两组关键词:一是"我"。"我"而不是"我们",表明带有强烈的私人叙事、私人纪实色彩;二是"父母""老师""同学",即童年记忆中的亲情和友谊,而不是家国、天下和人生事业的大事。这两组关键词,不但暗传了散文集的大致内容,也暗传了这些文章的艺术角度、写法和基调。作为读者,我是根据这样的暗示,来确定自己的阅读期待的。

但预定的期待被大幅度突破了,几乎不出三页,我就当了作者的俘虏,然后几度笑得前俯后仰,几度给老伴和正上小学的小孙女转述,给作者发短信。读着读着,不再笑了,完全浸泡在作者用文字酿造的"原味生活汤"中。那是既不现代也不小资的都市草根"生活汤",带着底层生活的况味,那是古城道北社区独有的味儿。尽管酸甜苦辣咸五味俱全,却被笼罩在、融溶在幽默感很强的乐观情绪之中,那是一种生命自信、生存韧性和生活能力,是对艰难生活的化解和蔑视，是一种心理上恒定的优势，也是一种被陕西人称之为"皮实"的河南人的生存方式和文化方式。

毅安把这一切写得像高清晰电视那样逼真，却没有失去自己的理性判断和感情倾向。他十分注意捕捉、提炼庸常生活中表现出来的美好情感和价值坐标：互爱、互助、正直、坚韧。他们也有缺陷和毛病，也有这样那样不实际甚至不适当的欲望，这恰又正是生命放松的纯真和可爱状态。我便这样被感染了，庸常中的高尚，弱势中的强劲，而不能不让我陷入自省。

毅安的散文表现出一位电影剧作家的优势和特点，这便是善于写人物，而且是在人物的语言和行动中，在生活细节和特定场景中，几笔便把人物写出来。他的散文不重连贯的情节，而重视一个个生活的亮点，将一些闪光的场景、细节或者是独特的感悟，做不连贯的缀连。看似不那么中规中矩，却是生活肌理一段段活的组织，具有原生态的丰富性和鲜活感。有时，在生活细节和心理细节的描绘中，又插以恰到好处的点评或自省式的思考，像对焦老师的几段点评，还有女生暗中喜欢男老师的点评："青春不可抗拒地来临了，花季少女们按着心仪的老师的形象，去设定她们对异性的初步认识和评判标准。"这都强化了、提升了读者对他描述的生活现象的感受，触发读者对类似生活场景和心理经验的联想——启动联想正是审美的重要元素和功能。

他在散文中首先写出了自己。"我"，一个自小生活在西安道北社区的孩子。在西安这个河南移民的聚居区，河南文化为主流的社区，他被称为"老此"（西安此地人）而成为"少数民族"。他一直活得很放松，像一朵无名的小花，在城市底层的沃土中，自在地开放，在生命力极强的移民文化与本土文化的交融中，由一个调皮捣蛋而又聪颖无比的小屁孩，一步步自强，一步步成熟。这个"我"，是孙毅安散文观察和感受的本体，也是文章的叙事委托人。长篇散文中所有的人和事，读者都是通过"我"的目光和心灵去感知的。

他写出了西安道北社区一个洋溢着人情和爱心的民众群体和师生群体。这个民众群体由于处在单位（企业）大院文化和街巷邻里文化、安土重迁的长安文化和流动生存的河南文化这样多重交叠地带而充满活力，表现出独有的亲切感和生动性。师生群像，尤其是教师群像——"焦老师们"，写得十分感人。教师职责的神圣，使他们任劳任怨；长辈对下一代的爱心，又使他们在辛劳中感到幸福和喜悦。他们帮扶孩子们走出蒙昧生命，进入一个有意义的、智慧的新世界。笔触一旦由学校教育的职业性关系，切入长幼生命承续的感情关系，人物也便由师生角色转化为父子、母女角色，性格和情愫被充分调动起来。许多地方感人至深又令人忍俊不禁，你由不得会感叹人生的美好、生命的美好。

敢于直言不讳写自己的父母，表现了毅安的勇气和成熟。用各种人生和感情的亲历性镜头，表达和抒发对父母的爱，是人人都能做到，也是许多人都这样写过的。可贵的是敢于抓住、剖析这种人伦之情的独特性和复杂性。毅安将父母和家人当作长安城里平凡到有些平庸的家庭来写。在一个艰难的时代，他们的才情和理想被生计的奔忙掩盖、挤兑了，而他们的幸福，又恰恰是从养育孩子、婚丧嫁娶、油盐酱醋，甚至怄气吵架这样尘土般的日子中品味出来的。同时，他们的才情也又会从尘土般的日子中被蒸馏出来。他写了母亲对父亲、对这个家永远的爱和无尽的辛劳、无私的付出，也写了母亲感情生活中的遗憾和怨怼。他写了父亲出色的才情和能力，对权力小小的欲望，以及这一切在那样一个窒息时代不可能实现的淡淡惆怅。甚至写了父亲一度发生的"红杏出墙"和最终回归对家庭的责任。作者能够将这些不完美放到人生长河和历史时段中去展示，以复杂的心态、复杂的笔墨表现复杂的人生与性格，充满了理解和宽容，又能触摸到埋伏于其中的深湛，便有了一种缺憾之美，这让我们看到了毅安的成熟。

毅安笔下的市井生活和市井人物群像，在城市的卷轴中展开，但这不是一般的都市生活，而是我们不妨称之为"都市泥土"的环境。市井底层，家长里短，在远去中被强化了的童年记忆，这样一些在都市生活中最富泥土腥洌味儿的特定空间，使人们能够一定程度上从当时闭塞、穷困、极左的阴影下冲决出来，获得某种精神上、性格上和价值坐标上的松动和解放。这是一种空间对时间的解构，特定生存空间对特定生存时间的解构。有了这种解构，他笔下的人物才可能在那个时代还如此自信、自强、自立，还如此自爱与互爱，还如此发育生长了自己那些有着缺陷却又可敬可佩的生命。

这些毅安烂熟于心的人物，也便这样在我们心中呼之欲出。你不能不慨叹人性的强大，爱和美的强大，生活与生命的强大。生命与人格的力量，与生活智慧、技巧相比，二者实在有道与术之别。唯有生命与人格的力量，才是艺术和艺术家力量的根基。毅安从来没有过唾手可得的幸运，他在需要不断拼搏、竞争才能汲取到养分的土壤中长大，于是这土壤给予他的是不息的强韧和奋进。毅安的前路告诉我们他会有怎样的后路，无须过分夸奖，你暗暗为他攒劲就行。

2010年4月9日，西安不散居

生命归家于"血地"

——评周矢长篇小说《书香门第》

1994年,莫言在北京师范大学的硕士论文《超越故乡》中提出要建立高密东北乡的文学王国。他历数了许多作家关于故乡对创作的非同小可的意义,譬如海明威认为故乡是作家创作的"摇篮",康·巴乌斯托夫斯基认为故乡是每位作家收到的最重要的"馈赠"。但这些提法都没有莫言自己对故乡的感受那样富有感情内涵。他在论文中说:"作家的故乡并不仅仅是指父母之邦……这地方有母亲生你时流出的血,这地方埋葬着你的祖先,这地方是你的'血地'"。真是一针见血的表述。

当然无须说明,对于以再现人类感情和精神世界为己任的文学创作,这"血地"远不只是空间的、生理的概念,更是作家感情、个性、艺术视角和创作特色的"血地",是作家整个精神生命和内部世界的"血地"。每位作家从自己的"血地"出发,此后无论行走多远,也许终生漂泊异乡,故乡都如血液永远流动在他的血管里,挥之不去地萦绕在他作品的字里行间。

陕西许多作家从家乡走出来,有的执着地写家乡这块"血地",如陈忠实。有的,他们的人生、他们的作品也许早就超越了故乡,但只要稍稍究其就里,就无不可以感觉到"血地"执拗地存在,如贾平凹,如高建群。还有的,命运早就将他们从故乡剥离开来,在异乡生活了终生,他们在创作的初始曾经热忱地写过自己栖身已久的异乡生活,也写出了影响,但最后,当创作臻于成熟,却神使鬼差般殊途同归,重又"归家",回到文学和人生的这块"血地"上来,精耕细作自己的家族和故乡。叶广芩由写秦巴山民到写京华的皇城望族，走的就是这条路子。此刻摆在我们面前的《书香门第》，宣告了又一位老作家周矢也选择了这条路子。他们和其他走这条路子的作家们一道，实际构成了陕西作家队伍中一个还未被称为群体的群体。

我与周矢是几十年的老朋友，我知道他是旅居西安的江苏人，也知道他曾栖身于一个极有历史信息量和文化承载力的大户老族。因了同样长期生活在异乡文化之中，因了同是异乡游子，对他便一直有一种说不清楚的天然的亲切感。只是在匆匆的交往中我们更多谈论的是彼此当下的生活状况和创作状况，也就多少忽略了对周矢异地生存心理和怀乡情绪的开掘、探究和感受。惭愧，我对他的内心世界其实是所知甚少的。

是《书香门第》这部作品打开了周矢，让我看到了秘不示人的另一个他，原来这个人（也包括我在内的这么一群人），可见的一面是在异乡的现实生活中为生存、为事业劳作拼搏，不可见的一面，却是在思念中、在骨子里、在灵魂中，终生对他生命的原生"血地"不离不弃，终生在和那些记忆中的人用地道的乡音交流对话，和那些记忆中的事在灵魂中缠绕纠结！

现在时的异乡生存和过去时的原乡记忆终生切割着、撕裂着这群人，使他们比本土作家多了一层精神痛苦，当然也就多了一份文化感受和创作资源。游走于现实与忆念之间，多少会影响他们圆融无碍地介入当地生活，会影响他们感知遥远家乡鲜活的生活进程。但是异乡与原乡在比较中的融通，往往又能够构成创作中新的视觉和体验。在进行文化积累与审美表述时，他们可能部分缺失了乡情、亲情和文化语境的依傍，这会增添创作的障碍，殊不知也往往会使记忆中的生活更个性化、更情绪化，更有距离所产生的美。

这是我读《书香门第》最强烈的感受。我发现了一位老朋友、老作家内心隐秘的归家情结和恋乡世界，其中有痛苦失落，也有自豪和自足。到了晚年，这块隐伏在记忆中的"血地"终于从血管里喷薄而出，以一个文字书写的艺术世界，展现于世人面前，这种发现兴奋着我的审美情绪。一路读来，痛苦着他的痛苦，失落着他的失落，也满足着他的满足，而且由不得从这个角度去探寻作品的成败得失。

《书香门第》的结构很像周矢家乡小舟上抛出的渔网，从束在渔夫手里的一个网领，即三太太的晨骂，向生活的河面宽阔地撒开去。然后，细腻而有几分唠叨、自得中显出一点卖弄地开始铺陈苏北小城的民俗风情，鱼香、粪臭、市声、不离手的水烟筒与"纸芒子"，闹市般的刷马桶声，晨起必吃的鱼汤细面和养油蛋，左手渔鼓右手锣、被小童用竹棍牵引着穿巷而过的算命先生，节前年头少不了的祭祖、画糕、柏枝、锡箔"包子"……作者在描绘中不能自已，我们也为作者的描绘所陶醉。

在小城风情的展开中，那张结构性的渔网在水中渐次张开，情节、人物、背景从三个板块、两个层面向前推进。三个板块大致是石城匡旭昌家族、上海匡仲非和军阀游勇杨家舍驻地这三地故事，传统家族、沪上生活和军阀混战在这三个板块中穿插展现。两个层面则是家、国相交错，时代风云、命运纠葛相纠缠。既在历史景深中，浮现出匡家家族与抵抗扬州屠城的英雄史可法的血缘联系，又在三爷匡旭昌从军阀孙传芳残部手里义救小城的行为中，显示了匡家与史氏家族相呼应的血性。

而当生活河流中鲜活的鱼儿纷纷网罗到这个结构中，作者开始收网了。在大年前大约半个月的时间里，各条线索渐渐收束，终于在年关重又交织到了石城匡家大院，交织到了以晨骂开篇的三太太身边。这时，各路故事都临近了尾声，三太太也最终停止了她的晨骂，驾鹤西归而去。留下的是历历在目的一群人物、一段传奇，还有无边的沧桑。

将"血地"话语做精致的文学性转化，以老到的文字从容地叙事、简约地点染心理，形成一种自如而又成熟的文学之美；以散文精细、泛漫的笔法对家族情怀和小城风俗极尽铺陈、晕染；却又组装进有起伏、有高潮、有悬念的戏剧之美中——周矢着实让我们领略了一回"姜是老的辣"。他对这个家族哀其不幸、憾其不争却又炫其终于有为的复杂感情，对原生"血地"在心中压抑了一生又酿造了一生的爱恋，终于在审美层面得到了尽情的倾诉。作者在这种倾诉中是那么舒心畅意，读者在领略审美愉悦的同时，也收割了一份沉沉的历史悲凉。

融接、辐射小说三个板块和两个层面的，主要是三个人物，这便是三爷、三太太和儿媳姜含之。三爷匡旭昌纵向承接了匡家亦即史可法家族的精神，虽仍有一股血性，却因历史的远行，少了一点英雄气，多了一点乡绅味，很有点强弩之末了。三太太是横向辐射小说各个结构板块的人物，她处在转接各个场景、各个故事的三岔路口，像"交通警察"那样维系着小说的起承转合。

而作品最有活力的融接者，我以为应该是姜含之。她从精神和行动上传承了匡氏家族的内在力量，她的主见、泼辣、干练和担当，是那段混乱历史和那个破败家族难得的一抹亮色。她让我们感受到时代将变，家乡将变，传统家族形态将变的历史新信息，以及在这些变化中传统家族内部潜藏的更新自身的生命力。这时候，一种历史乐观主义和生命乐观主义便油然在心中升起。

2014年1月8日，西安不散居

他的诗情令你怦然心动

——序孟建国《东篱诗探》

"东篱",这是陶渊明采菊悠然见南山的地方;"诗探",又何止是探求诗艺呢?其实乃是诗人探象于社会、探真于人生、探胜于文化、探美于自然的大探求。建国先生用《东篱诗探》为自己的诗集命名,自有深意在焉。

阅读这部诗集,就是在阅读建国本人,阅读一个人掩映在社会身份之下那无比鲜活的生命、无比生动的内心世界。在这里,社会担当之美、生命追求之美、审美情趣之美,都是那么的浓郁,那么的馨香。我一首不漏地读过去,随手记一点心得,还由不得摘几行美句智言。最强烈的感受是:诗情原来可以这样营养一个人的生命,而一个人的生命竟然又可以这样丰富诗歌。

我想从"社会探象"谈起,而后再谈"人生探真""文化探胜""自然探美"。"社会探象"这一辑,处处显示着诗人心中草根情怀和社会担当的相融相汇,为民之德与为官之德的相谐相和。他忧愤深广地关注民瘼,疾呼为老百姓减负(《减负歌》);因能与家乡的童友重聚,而在把酒话桑麻中惬意万分(《故乡夜话》);调任异地还梦魂牵绕工作过的地方,"只借东风捎一信,相询父老可康宁?"(《忆凤翔》)在《下县任职八年感念》一诗中,更是用一组纪录片式的简洁而逼真的镜头,再现了自己的民本立场和草根情怀:"踏雪访寒入村寨,冒雨解忧到柴门。囊中轻重口中食,日间萦怀夜间铭。年年运筹若许事,难负百姓不了情。"《久旱逢雨》就更感人了:"凭窗望长空,一夜几看天,无雨逾三月,烈日焚心肝。治县亲民事,衣食最系牵。忽闻风雨急,顿觉眉宇宽。"

这些诗是如此质朴、真切、动人，让我时时想起杜甫杜工部来。不错，读孟建国，从社会担当到民本精神，从心境到诗艺，你都能读出浓浓的老杜之风。我们虽不刻意把他当作官员写作来读，诗人的从政背景却深刻地铸造着他诗的质地。正是公仆这一无法剥离的身份和刻骨铭心的阅历，经过情绪内化和审美提升，才造就了他这种有大方的格局，有沉厚的忧患，有社会的脉跳的诗风。

"人生探真"和其他几辑，则体现了诗人的生命情怀、文化情怀、审美情怀与社会担当在冲突中的熔冶。人的社会性与生命感、文化感，熔冶在字里行间而铸为一体。对平民生活始终如一的渴求，甚至返璞归真、躬耕陇亩的向往，时不时会真切而又诗化地表达出来。"文章百年爱，宦海一时荣。孜孜勤自勉，雪野看飞鸿。"（《踏雪》）"检点行囊傲无物，回首旅程笑萍踪。留点天真顺人性，伊谁碌碌追浮云？"（《五十自度》）一个"傲"字，一个"笑"字，价值倾向尽出。阅历没有使诗人圆滑和机巧，却转化为一种宽厚和成熟："从来清流难为水，不浑不浊不成尊。清者自清浊者浊，任他春夏与秋冬。"（《观水》）"岁月漂白了昂扬的激情，却擦不去厚重的沧桑。"（《我的母校》）有时候，个人性情与职务规范之间那种常有的纠葛和无奈也会徘徊在他的诗行中："任事唯恐辱使命，竭诚总耻问前程。石痴难融江湖水，树直不随流俗风。笑将浮云推心外，方寸一点常存真。"（《黄楼吟》）诗人从社会角色加于自己的身份中超越出来，而自由地去展示个性化的内心世界，诗歌成为他表达性情、感情的重要渠道。

《岐下泪——哭父亲》是那样震撼了我。在外地遽然接到父亲病逝的噩耗："京华接电即飞赶，失聆遗教呼苍天。杜鹃啼断父子梦，声声带血渡关山。"诗人以那种超常的真切和急管繁弦的激越，亦哭亦诉亦议，将抒情、叙事、议论融于江河直下的诗行中，塑造了一座中国父亲的青铜雕像，真正是"平凡崇高一农夫，清影长留天地间"呀。

父亲、土地、乡亲、乡情，在建国的诗中组构成一个意象链条，从这个链条中可以解读到诗人民本精神和社会担当幽深的渊薮。他为政的热忱与责任不仅是职务赋予的，也不仅仅是被我们说滥了的革命觉悟和理想信仰。他出身普通农家，老百姓本是他的至亲骨肉。他的责任感是从血液中涌动出来的，是胎里带，是出自亲情乡情亦即人情的深处，是因爱所至。职务因了亲情而内化为一种自觉。当出身带给他的先天自觉和职务带给他的后天觉悟，圆融无碍于心灵之中，我们便读到了这动人心魄的生命之歌和人生之叹。

在"文化探胜"和"自然探美"中，诗人又将自己的文化审美情怀与社会担当融汇起来，将自然美、风光美、民俗文化、历史文化之美和具有独特性的个人审美经验融汇起来。我们既看出了建国作为一位从政者对美、对文化内在的心灵渴求，对用美和文化来陶冶自身的自觉意识，也感受到了他以文化审美情怀积极平衡、消解繁重社会担当的心态。一些诗，除了以对美独特的感觉让我们惊喜、讶异，还常常从大自然和文化的变迁中引申出种种深邃的人生哲思。写海潮："莽莽荡荡不可拒，逆水触石便粉身，纵然一时成气势，到底埋没无息声。"（《秦皇岛观潮》）写雪："贫富贵贱皆润泽，远近亲疏尽素装。世间何物似此物？公平持正惟茫茫。"（《长安雪》）写秋光："流光溢彩秋世界，都是农人茧手扮。"（《秋光》）或者将自然美拟人化，使主体、客体熔冶一炉，以胸臆重塑山川，化山川为胸中沟壑、心中意趣。此中的妙品首推《塘莲》和《兰花》。"同流合污非夙愿，冰清玉洁事也难。且将足腿入泥水，留得身首作青莲。"竟想得出这样来写莲！

在文化风物诗中，建国常常思接千载，拓展风物诗的精神含量；有时还和自己的人生熔接，以诗意生存来提升实践生存的境界。你看他对诸葛亮的慨叹："天地存肝胆，江山阅忠贞，竭尽股肱力，成败皆英雄。"有时又能以一种新视角，切入历史的宏大叙事，开掘出全新的人生信息。八国联军占领北京，慈禧西逃，在西安曾与关中安吴寡妇会面，向这位富商筹款。诗人没有按习见来写这件事，而是探幽发微其中的人性内涵，写两个孤身女人的惺惺惜惺惺："寂寞两寡妇，同知空闺难；同情胜拜谒，同病乃相怜。一寡治国艰，一寡治家难，必多知己语，必为独命叹。"这样写，让人眼前一亮。

这样，我们又从诗集中读出了第二个意象链，即生命、山川、文脉和艺象的链条。从这条意象链条中，不但可以感受到大自然和大文化如何丰富、润泽了诗人的生命，而且感受到了诗人如何以社会、人生的大坐标领略世界的胸襟气度。当然不止于大坐标，其间还镶嵌了多少溢满诗美的妙句，像"壁切一线天，水跌满江银"，"终南云半遮，清辉明如霞，尘雪虽几重，寒梅犹著花"，还有《华山秋》中那一连用三十四个"秋"字起头的抒情，像戏曲大段唱腔一样，又何等的汪洋恣肆，酣畅淋漓。建国的诗，和那种炫耀纯技巧、玩弄小情趣的诗作真是截然不同，是一种大风景。

总之，作为一位用诗来倾诉生命感受和艺术感受的人，建国无论写社会之象、人生之思、文化之态或是山川自然之美，无不是在写诗人自己，写诗人心中的社会、人生、文化和山川，写诗人在多角度感受世界中表露的生命情怀、价值坐标、人生追求和审美情趣。以作者自身作为内在的诗情形象和诗情意象，在诗歌创作中是常见的，可以说，建国先生在诗中的自我形象，塑造得丰沛而有质感。我们完全可以从诗中感觉他，读懂他。

2009 年 12 月 27 日，西安不散居

长篇小说《流年》即席谈

衷心祝贺朱西京一百二十万字三卷本长篇小说《流年》的出版！

这是一部记录了一个特殊时代、特殊人群、特殊命运的小说；

这是一部那一代历史当事人生命深处喷薄出来的小说；

这是一部具有相当文学档次的小说。

《流年》——一部真切而又艺术地记录了一个特殊时代、特殊人群生活和命运的小说。特殊时代——极左的"文革"时代，特殊人群——下乡知识青年群体。因为这样的时代、这样的人群以前没有，以后也估计不再会有了，具有唯一的、特殊的历史认知价值。又因为作者是在四十年之后来写那一段生活，时代的变迁、认识水平的变化和当事一代人（包括他们的代言者作者）的成熟，使这部作品能够从一个新的时代高度、一个新的认识水平、一个新的人生阅历和襟怀上来审视这一段社会史和人性史，所以《流年》写出了较以前"文革"知青题材作品的新面貌、新水平。

《流年》——一部出自那一代人切身生命感悟和人生经历的小说。创作是生命的激情喷薄，是人生的深度回味，是生命和人性有意味的展示和有意义的阐释。这使《流年》有了难得的真切、细腻，有了许多拌和着血泪的触动人的地方。它不仅有历史文献价值，而且有异态人性和异态感情的文献价值。它不仅写出了那一个时代、那一代人的苦难，而且不由自主地在苦难中写出了青春的蓬勃向上，青春的欢悦快乐，青春的纯真和美丽。

《流年》——又是一部具有相当文学档次的小说。它远不止于自叙传，远不止于文学纪实，远不止于真切细腻和血泪倾诉，更显示出一种文学的、审美的品格。作者有很强的形象记忆能力，很强的形象想象能力和重组能力。

他的结构意识，对文字的把握，以及在铺排情节、塑造性格、捕捉细节、开掘内心世界等方面的努力，都令人刮目相看。

这一切，使《流年》成为近年来我省长篇小说的一个重要收获。我要为那一代人也为陕西文学感谢朱西京，也期待西京大幅度地向长篇艺术境界提升，写出更好的作品。

2009 年 3 月 27 日夜，匆匆

以氏族传奇辐射历史风云

——序《古鬲国传奇》

第一次读这么一部书——一个中华上古氏族的当代传人，用笔拨开千年尘封的岁月，去发掘自己那个早已湮灭的族群，发掘她如何趁势而兴盛，趁潮而起伏，最后在历史的风浪中衰竭并被湮没。作者以传奇的笔法，将自己氏族的兴衰枯荣复现于世人的眼前，让我们感之慨之，唏嘘不已，也让流淌在这位鬲族鬲姓后人血脉中对根脉的怀念、对原型的感应，得到了现实的文化释放。

作者从一个中华上古小氏族的历史探秘下笔，处处展现的是那些隐藏于历史幕后的人所不知的故事，却又处处和历史前台的人所熟知的夏、商、周主脉相交织，相熔接。探索族群命运之一孔，而窥测历史主流之全豹，鬲人的生活于是在某程度上成为民族行进的原型，也为我们感知上古文化找到一种元语言。像是地质钻探取样化验，收集岩芯中蕴藏的各种信息资源，以透视整个大地的脉象。用丰腴的史实和鲜活的人物、故事，填充了远古史中的那些虚线，似有若无的族群记忆于是转化为白纸黑字的历史演义。记忆被文字定型，记忆成为历史。

我说的是摆在案头的这部书稿：《古鬲国传奇》。它的作者鬲江慧今年只有二十五岁，一位毕业于北京大学光华管理学院的金融学硕士，是古鬲氏族一脉亲传至今的仅剩两千多位鬲姓人群中的一位。鬲江慧在求学期间，就和父亲鬲向前先生合作，撰著了专著《鬲与鬲文化》，接着又独立完成了这部关于古鬲国的历史传奇。以她在家族中年轻而又年轻的年纪，以她离文史遥远而又遥远的专业，你怎么也想不到会是这么一位女传人，第一个承担起续写自己氏族历史传奇的任务。其实不奇怪，她背后是世世代代祖先殷切的目光。她的责任是整个族群的责任，她的执着是整个族群的执着，她的激情也是整个族群的激情。鬲江慧不过是族群文化的代言人、族群历史的执笔者。

我以为各位大可不必将这部书作为文学创作范畴的小说来读。从细部看，此书的传奇演绎固然不少，大脉络却是坚守历史事实的再现，它少有文学描写，多用叙述和白描交代史实和故事。但各位也大可不必将此书作为史书来读。因为古鬲国本有许多史焉不详的地方，作者用传说、传奇、演义和适当的合理想象来修缮史料的欠缺。单纯从这两个坐标都容易误读这部书。

还是作者的定位"历史传奇"比较准确。首先它是历史，是古鬲国历史粗线条的复现。它以上、中、下三篇的结构，通过大的连续和小的跳跃，叙述古鬲国一些重要的历史人物如太鬲、仲鬲、皋陶、偃胶鬲、伊尹、偃鬲爻等人的业绩。鬲人怎样帮助大禹治水，怎样探索青铜器制作和熟食烹饪；死谏太康，发明陶鬲与陶甑；教育少康大战寒浇，中兴夏朝，而后又助商灭夏；反对殷商纣王暴政未果，又策反迎接周武王。最后鬲国被灭，族人被放逐到陕西临潼，改鬲姓，隐于乡里，繁衍至今。在叙述古鬲国历史大脉络的同时，作者往往以史料简单的记叙为蓝本，演义了一些故事、传说，添加了一些场景画面，此书便既有了历史的真切感，又有了传奇的可读性。

作品整个的叙述，取了一种全知的第三人称角度。叙述者悬浮于历史与民族之上，既对鬲人有明显的感情倾向，又自如出入于中华古代历史的宇空，这又多少消解了个人的、民族的偏爱，而显现出历史的冷静和公正。

鬲本是鬲人最早发明创造的一种日常生活器物，它有力地促动了人类进入熟食生存的阶段。在历史演进的过程中，逐渐以器物命名发明创造它的氏族和疆土、命名族人姓氏，终于成为整个族群的"共名"。以此为基石，再升华为族群的精神符号和文化图腾，直到演化出许多相关的神话和传说故事——这种由器物到精神的提升,这种"器以承文""器以载道"的现象,在中外古代史上常有发生。它说明物质文明在人类发展进程中基础性的作用,更说明物质升华为精神的必然性。器物在不断使用中转化为使用者的记忆芯片和文化精神,转化为族群的亲和力、凝聚力,认同感和归属感。它会像旗帜、像火炬一样引领、照耀族群前行的征途。这是民族生存发展的必需,历史进步的必然。

我们常说的中华民族的文化自觉和文化自信,不正是这样一点一点、一层一层集聚而成的吗?

作者第一次尝试历史传奇这种写作样式,又是写鬲人生存史的第一部,自然会有诸多的遗珠之憾。比如历史生活细部真实性的展现还嫌不足,在描绘上古先民日常生活时常会出现超越当时文明水平的错位。一些介绍器物专业知识的表述还可以更有机地融入传奇写作语境的规定情境。还有,如何运用作者与乃父在上一部研究性著作《鬲与鬲文化》的理性成果,对先民氏族生活历史哲学层面做一些形象的拓展和暗喻,以深化读者对这一段生活的感味和认识,也有很大的提升空间。

我们期待来日。

2013 年 3 月 13 日,西安

岁月给人以胸怀

——序张兴轩《岁月的碎片》

打开老友兴轩先生的这部《岁月的碎片》,那不是在读书,是在读岁月。我们这个年龄段所经历过的那些岁月,我和他在一起相处的那些岁月,一页一页展开。一切都发黄了,又一切都还鲜活着,一切都有了水痕斑痕,唯有记忆与友谊常绿着,绿得是那么生气勃勃。

光阴和岁月,我们每个人都是一步接着一步走过来的,没有一秒钟的缝隙。但岁月一旦成为过去,便开始了淘汰和选择,有的沉入了忘却永恒的黑洞,有的进入了记忆明亮的灯箱,岁月也便被许许多多虚线和盲段隔离开来。那些留在记忆中的,就是被兴轩称之为岁月碎片的东西。毋庸说,能够冲决忘却而存入记忆的岁月,尽管已成碎片,其实都是我们生命中较为精彩和深刻的东西。而被文字、影像记录下来的人生,更是多了一层艺术的剪裁取舍。兴轩这书名,实在道出了一点阅世的深度。

我与兴轩在年轻时相识,在动荡中相知,友谊在成熟的生命季节趋于成熟,在老迈的生命季节若老酒般至醇。六年前,我在一家报纸开《讲书堂》专栏,在近三十篇谈书的文章中,有一篇谈的是一本没有正式出版的《油印本歌谣体文学史》,作者便是兴轩。他用几百句歌谣将皇皇几千年的中国文学史唱出来,朗朗上口,简明易记,可谓出奇之书。记得我引了第六章"元代文学",只六句:"'关马白郑'紧相连,杂剧进入新阶段。关汉卿写《窦娥冤》,王实甫写《西厢记》,《汉宫秋》是马致远,'荆刘拜杀'招招鲜。"——这里的"关马白郑"指元代四大剧作家关汉卿、马致远、白朴、郑光祖,而

"荆刘拜杀"则指元代四大名著《荆钗记》《刘知远白兔记》《拜月亭记》《杀狗记》。我这样描绘这本书："封面是用蜡版刻出的镂空字，内文用20世纪五六十年代才有的那种老式打字机打出，手工油印。纸是沾满黄斑油迹的油光纸。墨色不匀，重处洇成疙瘩，轻处掉笔漏画……"

20世纪60年代中期，兴轩从永寿县通讯干事的岗位上调到《陕西日报》当记者，我们住进了一间宿舍。他每晚在办公室工作学习到深夜，第二天必定比我起得早。一起来便打水开窗，洒扫尘除，大有《朱子家训》要求的古君子风度。他质朴好学，中师毕业后工作了好多年，换了好多岗位，却一直不放弃大学梦，一直在系统准备大学文科的考试。这个《油印本歌谣体文学史》就是他准备高考时自编自印的。我兄长般地敬重他。

"文化大革命"我被下放到大巴山中，当时单身，一些书刊无处存放，便托付给兴轩。三年后，他因解决家属的"农转非"，调到三原红原航空锻铸厂。又二年，我恰好在三原县成了家，向他表示了想调到这个厂的愿望。当时他写的散文《延安人的胸怀》遭到极左路线不公正的点名批判，处境并不好，但还是尽心尽力帮我办成了调动，这样我们便又在一个厂里工作了。

在厂里安好家，兴轩将他保存的我的书刊悉数归还。我发现不少篇页，都用红铅笔打上了各种符号，那是认真读过、认真想过的印记。在"文革"的混乱中，有几个人能这样潜下心来读书、思考呢？心里不由生出了许多感动和感慨。

兴轩以他的质朴和实在，在红原厂兢兢业业一直干到厂党委书记退休。职务工作耗去了大半生精力，而对文学和艺术的追求却一直活跃在生命深处。形而上的追求、感情宣泄的意愿，平素被具体繁忙的实际工作烟笼雾锁着，退休之后，这一切便有了释放的机会。他不但重又拿起了文学的笔，同时拿起了艺术的笔。散文、评论、随笔以及书法、绘画，轻车熟路，一发而不可收。——这便是摆在我们面前的这部《岁月的碎片》了。

兴轩的文字，保留着20世纪60年代的风格，是那种朴实无华的叙述和描绘，像拉开帷幕一层一层去揭示意蕴、表现人物。他写家乡的文字，基本思路是社会发展变化中的新旧对比，这十分符合一位从这块土地走出去几十年后重又返回家乡的游子心情。《重返学梁》是此类文章中的佳作，字里行间溢满了作者对家乡的眷恋和那挥之不去的童年记忆。惜乎太长，如若能再简约一点，倒会产生更强的感染力。

兴轩写人物，少用白描勾勒或侧向点染，而是像中国水墨画那样，用层层叠叠地铺陈渲染，在积墨中慢慢把人物凸现出来。《哭亡姊》是这类写法的典型。用充实的素材去铺垫、涵养姐弟之情，又将浓郁的姐弟之情流贯、融汇于素材的铺叙之中。姐姐的形象，完全可以跻身于中国农村妇女的艺术群像之中。

在晚近的作品中，兴轩写了很多读史札记。经历了时代的风云和命运的坎坷，个人生命进入了一种秋天才有的高远境界。眼界的扩展，境界的提升，使作者天然具有了历史眼光和历史情怀。当他以这种目光和情怀来读史论人，一股沉静之气便从中升腾起来。在这些文字中，我们会忽略对写法的关注，只是一味去体味个人生命与历史风云不期而然的响应。

集子里还收有一些他在陕报当记者时写的通讯报道，也包括那篇受到错误批判的散文《延安人的胸怀》。这些长篇报道或散文当时都在社会上产生过很大的影响，现在看来，尽管大都已经过时，但那个时代的价值观、社会现象和民众心理，无论作为特定历史阶段的现象或教训，都有富集的信息价值。作为那个时代走过来的一位亲历者，读来常常忍不住掩卷叹息，有时也会浮上几许苦涩和无奈，苦涩和无奈中又带着一丝回味的温馨。

《延安人的胸怀》在那个极左的时代能着力去写一位基层农村支书全力发展生产的事迹，实在难能可贵。其实，以今天的眼光来看，这篇文章本身免不了也有种种极左的痕迹，就这样还受到了点名批判，戴上了"反党反社会主义"的政治帽子，那个时代被畸变到何种程度可想而知了。四十年后将其收入集子留下来，好像留下了一把历史标尺，指证着那个病入膏肓的时代。这就有了远比证明一篇文章及其作者的无辜更为深远的意义。

2011 年 12 月 5 日，西安望湖阁

跑步人生，别忘了和灵魂对话
——谢斌散文集序

在大家心中，电视主持人过的是那种奇光异彩、欢声笑语、口吐莲花的人生，很少有人想过在异于常人的生活背后，他们有着怎样庸常的日子，他们心中真实的风景又是怎样的。我认识谢斌，是2002年夏秋之交，陕西文联在黄河壶口瀑布现场组织了千人《黄河大合唱》，由谢斌和央视资深主持人赵忠祥主持。认识了她却不了解她，直到这次读她的散文，才多少揭开了这位主持人内心世界的一角。

在这些散文中，谢斌卸下了彩妆，走出灯光的环绕，闭上了总是叙述别人而倦怠的嘴，在职业所难得的缄默中，用笔静静地倾诉自己——不是倾诉自己的故事，而是倾诉自己的心性。我看到了一位爱宁静，好清纯，多悟、善感、喜思的女子。

她亲近黑夜："你好黑夜，我的老友，我又来和你谈心了。"这可以读为作者内心对曝光的厌倦，对孤独与安谧的向往。

她眷恋纯真："那是一个不相信眼泪的年龄，一个对一切都懒得解释的年龄，一个以为时间能改变一切的年龄！那时的我们有解释的勇气却没有解释的耐心，如今的我们有了解释的耐心却缺少了解释的勇气！""岁月让我们明白该发生的一切往往是凡人无力改变的。"

身处急促而喧闹的人生，她保留着一份审视："为了不被抛弃，我们拼命地奔跑。在奔跑中我们迷失了方向，我们错过了风景、错过了亲情、错过了友谊、错过了梦想，甚至错过了灵魂。"因而她呼吁"放慢脚步，等等你的灵魂,和灵魂对话"。

谢斌的倾诉并不沉重,却很真切,带着一点青春的惆怅。在这种倾诉中,我们读到了她在职业角色和个体生命之间积极寻找平衡的渴求。职业角色要求她恒久地关注外部世界,这容易转化为一种恒定的视角惯性,以致忽视自我的生存。而全力展开与社会与他人的对话,又容易忘却了与自己心灵的私语,甚至不再习惯打开自己的世界。在大众化生存中如何保持个人的空间,在娱乐化生存中如何保持文化的追求,在世俗化生存中又如何保持高洁的性情,这是我从谢斌散文中读出来的感觉。

这种生命和角色的积极平衡,这种职业异化和心灵把持的良性循环,难道只是对主持人这一类公众人物有意义吗?处在传媒时代的旋涡中,个我世界如何保持相对的独立和封闭?在繁忙的职场生存中,如何不忘修为自己的人格、涵养自己的心灵、保存自己的性情,不正是每个现代人都正在面临的问题吗?

谢斌在大学里学的是文学,这可能有助于她在以后的职业中能够着意保存自己的生命感觉和艺术感觉,有助于她捕捉平淡中的美,提炼隐伏在感觉中的哲理,也使她的文学表达比较到位。你看,"牛奶是童话,咖啡是生活。甜的是牛奶,苦的是咖啡。牛奶让人酣然入睡,咖啡让人恍然清醒。如若在咖啡里加一点牛奶,让咖啡的苦融化在牛奶的甜里,回味生活的深深浅浅与是是非非,就都变成了醉人的醇香"。你看,"没有喝醉过的生命就像没有轰轰烈烈爱过的生命一样是空洞的。酒,喝的时候痛快,醒的时候痛苦!"你看,"倾听风的诉说,能带给你一片自由广博的世界。在这广场上,只有我,在静静地听风讲着许多故事"。总能给心灵的意会找到一种艺术的表达,这真是她的本领了。

谢斌主持节目很有档次,我想那原因是多方面的,其中有方法和技巧,更深刻之处怕在于自身的文化情调和人格修为。主持人既然担负着向大众传播文化的任务，大体上应属于公共知识分子群体。但我们并不一般地要求主持人都要学者化，这要求高得有点不着边际，要因主持的具体节目区别对待。但是在当下，对整个浸泡在大众娱乐和世俗生活中却感觉很滋润的电视主持人来说，要求他们对心灵的湮没保持足够的警惕，要求他们对自己有所秉持、有所追索，实在很是必要。这既是业务水平提高之所需，更是生命平衡和人生境界之所需。谢斌的散文常常触发着我们这方面的思考，真是殊为难得。

2010年2月16日，西安不散居南窗，春气萌动之时

致忽培元作品讨论会

培元兄并转大作讨论会：

近好，因早已定下的事不能来参加讨论会，请能谅解，并致祝贺！你是我几十年的朋友，是我所尊敬的作家。

养育了你的陕北高原，给你骨子里铸造了一种气度，是那种宏大的豪强的气度；一种诗性，是那种理想的浪漫的诗性。这气度和诗性贯穿于你写作的始终。读你的作品，每每会为这种气度倾倒。

执着的人生信仰和长期的公务身份，又带给你一种责任，是那种对民众、对社会、对历史的责任。你的笔从不离开劳作在大地上的人们（你写了陕北和大庆），从不离开改造大地、改造历史的人们（你写了革命者和父老乡亲）。

但我从来不曾将你和时下流行的官员写作混同在一起，你从事的是真正的文学意义上的写作。无论写什么题材，你总是从历史、文化和审美的角度来把握、来驾驭、来表述，而且表现出自己独特的能力。你那种俯身阅世的写作姿态和沉着老到的文学语言，素为我所善爱。

祝讨论会成功！

祝你和与会的文友同道在佳作迭出的同时，注意节劳，珍爱自己！

肖云儒

2010 年 5 月 16 日，西安

韩怀仁的长篇小说《大虬》

原先我知道韩怀仁是大学教书的领头人,却又能唱秦腔,喜搞曲艺创作,方方面面都非常活跃。没有读韩老师的作品的时候,他在我心目中只是一个内心生活非常丰富的军中文化人。

读了这本书,我改变了对韩老师的印象。韩怀仁老师不仅是一个具有丰富内心生活的、多才多艺的军人,而且是一个地道的作家!他的写作已经进入了文学创作的境界,艺术的境界。他在这部作品里表现出来的形象的记忆能力、想象能力、表述能力,都告诉我:这是一位进入了文学创作境界的、层次比较高的作家,不能小视。读完全书后,我认识了作为一个作家的韩怀仁先生。

这部长篇给我最突出的印象有两点:

第一个突出印象:作者采取了一种非常简便的结构方式,把非常庞杂的社会矛盾冲突全部网罗进来,而且体现出一种文学结构之美。非常简便的结构方式,就是纵向线性结构,就是毕莲仙和陈大虬这两个人的爱情,很单纯。就是这两个人命运和感情的发展,揽尽了半个多世纪中国社会的起伏、跌宕、坎坷和发展,揽尽了中国村社文明乃至整个社会的文化优长和弊端。这种线性的结构又是非常开放的,他把人性的磨砺、命运的纠葛和时代的风云这三个东西结合得非常好,我不详细地分析了。

第二个突出印象是:这部作品里边包含了"两个冲决,两个突围"。我读到有些反思中国当代社会历史的小说,常常容易局限在从社会政治层面来反思极左路线,实际上没有走出营造极左路线或者造成社会政治层面各种坎坷的社会原因,而进入个人命运和文化心理层面。韩老师这部作品不一样,他在这部作品里实现了"两个冲决,两个突围"。第一个冲决和突围是:以陈、毕两个人惊心动魄的爱情故事，冲决了中国传统社会的各种各样的关于爱情的桎梏。那种梁山伯与祝英台、罗密欧与朱丽叶式的至死不渝的执着，这种不顾一切外界压力、自己解放自己的决心，非常惊心动魄。它说明爱的、美善的力量完全可以冲决中国传统村社文化的严密封锁围堵。

第二个冲决和突围，就是作者并不仅仅从社会政治层面来反思"文革"以及"文革"前后的"左"倾思想、"左"倾路线对中国社会的危害，而是用人性，用老百姓的人性力量来冲决政治社会的弊端。这给我们提供了一种新的启示。鲁迅曾经说过，悲剧是把人性美好的东西撕裂了给人看。但是，看了韩怀仁的作品，竟叫我想着要在先生的话后边再补充一句话：悲剧是把人性美好的东西撕裂了给人看，但是人性、劳动者的人性又把这撕裂了的灵魂重新在一个感情层面熔铸了给我们看。它反映了人性的、亲情的、美善的、道德的种种力量是永恒的，他让我们在悲苦的生活背后，感知到对中国社会的信心，感知到对中华民族人性的信心，也感知到中国村社文明种种弊病的深处的光彩。

这是作品给我的两点比较强烈的感受。

韩先生用毫不作秀的、家常的、日常的、讲故事式的语言，叙述了一个远不是通俗文学所能承载的内容，一个非常文学化的、有审美内涵的内容。

如果说有什么不足，我感到小说的中腰有点弱。开头非常好，前三分之一或者五分之二，非常精彩。看到中间我一度失去信心，就是写1985年那部分，有点交代过程的感觉。后面也很不错，整部作品是一个马鞍形。当然，我们不能要求一部长篇处处都精彩。几十万字的长篇有两大块比较精彩，已经不容易了。

邢小俊用两支笔画世界

邢小俊用两支笔在画世界，一支文学之笔是以心灵作纸，画记忆，画梦；另一支记者之笔是以现实作纸，画一个更公平、更美善的社会。

说邢小俊的这两本书，要把话题拉回 2002 年 4 月 23 日。这一天，从未谋面、素昧平生的邢小俊以《华商报》记者的身份给我来电，要我对拾金不昧的新闻人物龚德银拾金不昧在宣传后，得知他其实收了失主四千元酬金一事发表看法。我没有详细看关于此事的连续报道，不了解来龙去脉，加之对当时媒体常常小题大做、无题炒作之风有点看法，便婉拒了。放下电话，找来报纸看了看相关报道，岂知完全不是我想象中的炒作，而是一个含纳着时代价值标准转换的、有深度的报道。他们不但报道龚德银拾金不昧千里迢迢送钱上门的美德，也报道他收了失主四千元开始没有给记者说的事实，以及后来终于有勇气面对事实，面对自己的内心冲突过程，还报道了整个社会对这件事由苛求到理解、到宽容、到赞赏的文化心理上的变化。我拨通了《华商报》的电话，承认自己的判断有误，并对龚德银一事谈了自己的看法。

第二天的报纸便登载了小俊以《我看到一个真实的灵魂》为题的报道。是这样写的："昨日下午 4 时 45 分，记者的电话突然响起，无论如何没有想到是肖云儒先生打来的。因为 4 月 23 日记者就龚德银拾金不昧该不该收取酬金一事曾采访他，却被婉拒。原因是肖先生对当下有的媒体借一些没意思的题目有意炒作，把常态事物过度异态化的做法不满意。他在看了相关报道后在电话中说：'你们报道很有思想深度和文化眼光，让我看到了一个真实的灵魂。'他说，报道中对龚德银拿酬金时的犹豫，拿了不愿让大家知道,怕大家对他失望的剖析非常真实,正因为真实,使龚德银不但可敬而且可亲可爱。龚德银开始不敢向媒体袒露酬金的事,源于中国文化的某种弊端,人们总是按二元对立的简单逻辑,把好人、坏人简单化。好就好到白璧无瑕,坏就坏到一无是处,看不到社会现象和精神现象的丰富性和复杂性。其实正是因为表现了这种丰富性和复杂性,才显示了这个人物和这个报道的价值。"

小俊的《大策划》所刊载的一些有影响的报道,几乎都有一个共同的特色,便是执着地写老百姓,为老百姓说话,发掘老百姓的心灵光彩。譬如《全国第一个农民工免费大学诞生记》《QQ妈妈救助烧伤男孩》《一次非典型的农民工讨薪》《民间力量助推西安立法绿化》,一看题目便知道新闻的价值向度。即便是一些时政报道,他也总会不由自主地从民间立场和草根视角切入,譬如《省党代会的"市民化解读"》《省政协委员走进咱社区》《区县领导体验百姓难心事》等等。

这种独特的、持久到执着的新闻角度,引发了我探究小俊内心世界的兴趣。新闻报道的客观性,要求记者将自己隐藏起来,从报道中一般不容易看到记者的内心世界。所幸我读到了小俊的另一本书——《泼烦》。这是一本散文集,是一本字里行间处处表露作者心迹和情愫的书。在《泼烦》里,邢小俊摘下了记者的面纱,由客观报道的幕后走到了主观倾诉的前台。他的散文并不是每篇都在写自己,但每篇中都有自己。"邢小俊"其实是他散文中无处不在的主角。

意味深长的是,高建群、王朝阳给《泼烦》写的序,以及小俊的自序,都用了相似的题目——《一个优秀的灵魂》《一个不平静的灵魂》《一个泼烦的灵魂》,我们不妨问一问,散文中的小俊呈现的到底是一个怎么样的灵魂呢?是一种怎样文化身份和情感主体呢?

他的灵魂永远眷恋着土地。这在"土炕"一辑中表现得淋漓尽致。他眷恋那块土地，眷恋那土地上的种种风情民俗，眷恋那土地上辛劳生活的"土命人"。

他的灵魂永远系在父老乡亲身上。这是"超度"和"万象"两辑的主题曲。他感恩父母，感恩乡亲，感恩朋友，超度一切有恩于自己的人，自己的灵魂也从中得以超度。

他的灵魂向往、追慕的是沉稳，是素静，是质朴，因而在现代都会的喧闹中常常会感到"泼烦"（《泼烦》）、"落寞"（《西京落寞的历史废城》）、"无根"（《无根之城》），因而他最为关注的，便是和他一样的被现代都会无情摆弄着的那一群人（《城市拾荒者》）。

当我读出这些属于小俊灵魂层面的信息，恍然更深地懂得了他的新闻报道。抓这些具有浓郁草根气息的报道，不完全是出于职业身份，更出于自己的生命追求和文化身份，出于自己的感情倾向。这可能是他作为记者不同于别人之处，也是他在《大策划》一书中收纳的那些报道所以能够获得大成功的原因。小俊告诉我们，记者这个职业不能光靠新闻敏感、写作技巧和勤奋态度，最根本的是感情，是立足点以及二者所决定的胸襟与思考。

而作为一位散文家，他与别人又有不同之处。他不是那种停留在咏叹、感慨层面的作家，他在作家与记者两重职业中转换而相得益彰。他以记者干预现实的笔，将自己散文中抒发的情愫转化为审视、促动社会的现实行动。这使他的文学咏叹调不但有了人生根基而且有了现实力度。不妨这样看，小俊是用两支笔在画世界，一支文学之笔是以心灵作纸，画记忆，画梦；另一支记者之笔，是以现实作纸，画一个更公平更美善的社会。

我的一生，前半截当记者，后半截搞文学，也算是个既写散文也写新闻的人。我不知是否读懂了小俊，却实在是启示了自己。

2010年10月23日，西安不散居

"三农"是中国的"一号文本"

——评莫伸长篇报告文学《一号文件》

像砖头一样厚的长篇报告文学《一号文件》，是老作家莫伸献给中国农村、中国大地、中国根脉的一份文学厚礼。在我的印象中，像这样通过中国农村实际来解码国家决策进程，又透过国家决策过程来解剖中国农村问题的文学作品，较为少见因而弥足珍贵。

从20世纪80年代初始，中央常以每年的"一号文件"提出有关农村、农民、农业问题的新政，这反映了"三农"在国家顶层关注和顶层设计中常常处于"一号位置"；中国自古以农立国，千百年来，农业从来是中国的"一号命脉"；世界上最绵长、最成熟的农业文明，从来是中国的"一号文明"；占总人口绝大多数的农业人口的生存状态、占总面积绝大多数的农村社区的发展状况，也从来是中国的"一号国情"。即便在现代化进程中，"三农"问题也通过生态文明建设、新农村建设、城镇化建设和农民工潮等诸多渠道，通过农业文明在城市化进程中的现代转型，牵动着国家全局的发展。改革开放以来中央关于农村发展问题的各种决策，正是为了解决"三农"在现代转型过程中的各种新问题，科学地推进这一历史进程。

"三农"问题，在过去和今后相当长的历史时期内，都是我们国家、我们民族的"一号文本"。

聚焦《一号文件》的文学报告，望题生义，极容易陷入从文件出发，即描绘决策内幕，用生活实例印证、解读文件内容的路子。这种由上而下的视角，不但容易概念化、图解化，更难于打开中国社会、中国农村的内里，打开中国农民的内心诉求和精神活力。作者莫伸的可贵，在于敢于反其道而行，以一百八十度的华丽转身，深入农村发展实际和农民心灵情绪，从大地出发，由下而上地展开自己的描绘。他为作品定位的一号主角，不是文件本身，也不是顶层决策者。他的一号主角是农民，是在自己的生存实践中探索、思考和创造的农民，是作为土地主人和历史主人的农民。

作品细致描绘了生活在这块土地上、地北天南的农民探索者。1962年，户县以杨伟名为代表的农民思想家群体，在越来越贫困的集体化道路上，作为中共党员，给中央写了一万多字的《当前形势怀感》，开宗明义要"报忧不报喜"，要送"苦口之药""逆耳之言"。在对农村现状真切的分析中，写下了应该永存史册的几段思考：

社会主义在中国要分两步走，目前建设的社会主义还只是"初期社会主义"，应该以当年主动撤离延安的精神在极左的路子上朝退的方向后撤、调整。

农村要在群众自愿的基础上，集体与单干并举。自由市场要适当放开，中小型工商业不应改造。

真正的民主应该是让群众的意志能广泛及时而正确地集中上去，形成切合实际的政策贯彻下来……

和杨伟名并肩前行的，有洛川的李新安，他直接给毛泽东上书，陈述在最适合栽种苹果的黄土高原，应大力发展果业，而不必拘泥于以粮为纲；有志丹的农民和基层干部，他们抵制毁林开荒，坚守绿色疆土，终于使家乡成为闻名的绿地；有宝鸡闫家坪民主选举、村民自治的探索实践；有靖边群众对荒沙的执着改造；有神木群众对暴富之后精神文明建设的真切呼唤……如果作家的足迹能大幅度走出三秦，解剖更多全国农村变革的样板，视野和容量当会更大。

正是书中描绘的这一大批农村探索者、农民思想家和他们千千万万个伙伴，以自己的行动和思想，有时甚至是用自己的命运和性命做抵押，奉献出零零点点的灿烂，一次次转化为"一号文件"中的语言，凝聚成改革开放以来顶层设计的英辉。有了农民群众在实践中前导性的探索，有了决策者对实践者智慧和经验的汲取和提升，才有今天我们希望的田野上的阳光普照。

1986年春，"一号文件"发布后不久，我恰好去江苏华西村访问，记得与当时还健在的吴仁宝书记座谈时，大家希望他解读一下刚公布的"一号文件"。这位在土地上滚了一辈子的老书记说了一段振聋发聩的开场白，他说，其实"一号文件"的精神不在纸面上，不在嘴巴上，而在土地上，在华西村这样千千万万个村庄的所作所为中。中南海是根据我们农民做过的、正在做的总结提炼出来的啊！

人民群众才是历史的创造者，是新的制度政策、理念方法的创造者，这是马克思主义的唯物史观，也是莫伸以六十万字的篇幅要告诉读者的最要紧的一句话。

2014年1月10日，西安不散居

汇 泉 成 溪

——序董发亮《山溪》

  董发亮的勤奋，无论创作和办事都有节奏、有效率、有成果，在文艺圈有口皆碑。我曾戏云，此公若耕田，必是教授级农夫无疑；若去当木工，也会是比八级技工更高一级的九级木工。这不，才给他的评论集《山泉》写完序，不待老夫喘口气，这部序文集《山溪》的样稿又放在了案头。一个让你写序都写不过来的人，你说他有多勤奋？这从集子里各篇文后所注的写作时间和地点，也约略能找到答案。文章大多是在商州这个大本营写的，还有在丹凤、柞水各县村镇写的，更有在西安省委党校、鹤城、杭州各地旅次中写的，其中2007年7月7日这一天就在广州东方宾馆写了《结伴人生如诗》和《人生就应该这样活着》两篇序文。而元旦、春节和假日，几乎成为他写文章的专用时间。

  发亮是一位广涉各文艺门类的评论者。举凡小说、诗赋、书画、摄影、民俗民艺、文化资源保护，他都通过序文发表了许多内行的、有时很精到的见解。他不遗余力推介传播商洛文化人和文化艺术成果，只要商山文化需要，总是热忱、精进地去学习、钻研文化艺术各个门类的专业知识，天长日久，逐步地成为商山大地的文艺通才。现代社会背景下的文化发展和艺术繁荣，需要专才也需要通才。专才可以在某一领域实现突破，取得成果，通才则有助于优秀成果的推介，使个别性成果转化为全社会审美文化共有的财富，使广大民众的心灵得到营养。但这是一种幕后的劳作，要有甘当人梯的精神。好厨师一把盐，是盐使菜的口味恰到好处，但世人皆称赞菜好而不称赞盐好。是臊子提升了面的档次，而世人皆曰面吃得过瘾而不曰臊子吃得过瘾。董发亮亮能把"盐"和"臊子"当得如此这般津津有味，你就只有敬佩。

《山溪》《山泉》《山风》从题目看，有着关联性，是通过文艺的窗口来展示秦岭、展示商山的。《山溪》是董发亮写作的又一个好收成，但从中更能感受到整个商洛文化艺术的大面积丰收。作为商洛市主管文艺的宣传部副部长兼文联主席，董发亮能将社会职务的担当和个人爱好的事业融为一体，并在职务和事业两块土地上丰收，这给我们怎样当好一名文联干部，怎样搞好文艺群众团体的工作多所启发。文联文联，文联的干部应该既能文（有专业水平）又善联（有联络服务能力）。作协作协，作协的干部也应该既能作（有创作评论能力）又善协（有协调管理水平）。尤其是这些部门的负责同志，更是最好能通过自己某种业务专长的影响力，来促进联络服务协调作用的发挥，这才能联在内涵上，联在关键上，才能使文艺工作者的心中的"山泉"汨汨流淌成山溪，汇流成浩瀚的大河。

2008 年 11 月 23 日，西安不散居

远村的文化追求

远村最早是以诗人形象在我的记忆中出现的。我听过他甩动满头长发在大集会上激情朗诵自己的作品,那现代色彩浓郁的诗句,让我即刻将他和阎安、狄马、李岩等几位出自陕北高原的诗人融成一组群像。

陕北青年诗人是我们这块土地上最早的现代诗群。他们骨子里的诗性浪漫,他们在远方对现实社会俯瞰式的观察和钻探式的哲性思考,使这个诗群从荒原直接切入了现代。

后来,或为了追梦,或为了生存,他们先后都有过离开高原的经历。有的重又回到了陕北,而在异乡留下来的,几乎都或多或少搅进了渺小生存、崇高理想和挥之不去的乡情这三者之间的心灵冲突和感情苦闷。就像远村在这本书《一个人的天堂》里所写的那样,生命在苦闷、孤独、悔恨和不能不依然前行中,无奈地吟叹。这样的心境无法摆脱郁闷,却总能育出好诗。不是有"病蚌成珠"一说嘛,这该就是了。

这次远村送来他的新作《向上的颂歌》,我先读的是他的字画。未读诗文,已经从字画中感受到一种中国古代文胆的高古之气。在我的揣度中,远村的字画正应该是这样的奇拙朴实而又随意自然,而不应该是秀美、壮美或其他什么美的。他不执意追求字与画表层的美,而是让自己的生命气质、诗人气质,自然地在宣纸上流淌出来,他的书画因此反倒具有了较高的文化质地。

继而我选读了他的几篇诗文,却依然是那种现代苦闷,依然是那种世界视野和那种人类情怀。对他在书画和诗文中表现出来的"中西不同调",我始有好奇,继则理解。中西坐标在一个人身上的这种穿插交错,正表明了人类文明在深处的相通啊,正表明中国古代的文胆和高士,与现代世界的人文追求是朝着同一方向的啊。无论古今、中西，生命到了高处都有一样的寒冷，一样的孤傲，一样的苦闷。诗文书画是什么？艺术是什么？不过是生命苦闷的象征。能将古今、中西最高洁的那些人文追求，自然而然、不期而然地融汇于一己之心、一己之笔，远村好生了得！

近几年，诗文书画同步创作、熔冶一炉，在文化人中渐成风气。对此世人爱从利益层面理解，且多有调侃。其实并不是不可以换个角度去感受，恐怕这是文化人一种悟觉、一种提升。各类艺术，若水，若空气，无处不在于我们的人生。文化更是全面陶冶着我们的人格。如果从事某种文艺创作的人，自然而然地有了诗文书画的全面追求，也许他便开始了由一个行业性的艺术人逐渐进入一个完整文化人的高远境界。自古以来，中国的王羲之、王维、苏东坡，外国的达·芬奇、米开朗琪罗，谁不是这样？

谁又敢说远村不是这样呢？

2012 年 4 月 20 日，西安不散居

咏水之沛 若水之韵

——序陈再生《长歌水韵》

这是一部奇特的韵文。有诗之韵,却不好算作诗选,有文之美,却不好说是文集,我感到似乎应该归入那种具有民谣色彩的"智言集"一类。先引几段,诸君不妨稍稍感觉一下。

  山水两相依,关联殊难离。山得水而活,水依山而媚。

——《水与审美》

  红楼无泪梦不成,西游水帘斗龙宫。三国大战数赤壁,梁山水泊聚英雄。

——《水与名著》

  斩水水不断,击水水无创。焚水水不燃,刺水水无伤。

——《水性风格》

  水川流不息而动,人自强不息而奋。水变化莫测而活,人生机无限而进。

——《水与哲学》

  水性本质主公平,衡量基准为水平。执守端平一碗水,公道处事民心赢。

——《学水公平》

  遇水而生因水长,有水而存无水亡。应知水德报水恩,珍重生态水保障。

——《当报水恩》

再生先生以简朴如话的文字,传达了密度很大、分量很重的信息,这些信息是形而下、形而上同步，实用价值、思考价值兼具的。作者让多维的信息交织着、绞缠着，经由简朴的文字光缆，直接通达于你的心中。作者的想象、思考引燃了读者的再想象、再思考，一同出入于水内水外的多彩世界。他深知思而无言，足不出户；言而无文，行之不远。他力图将智慧化成格言，思考育为警句，在社会广为流布的过程中，得以逐步进入民众口碑，影响社会行为。

在我国传统文体，特别是民间文体中，有《名贤集》《增广贤文》一类的格言警句集萃，在浩如烟海的楹联、牌匾中，更有丰富的智言巧思和大道若拙的思想资源、语言富矿。这些都流传到了今天，在民俗、民艺、民间节日中极有活力地生存着，但在现代专业作者的诗歌和文章中，这样的写法是愈来愈少了，更遑论完整的文体追求。这很可能是现代诗歌和哲言在民间难以流传的一个原因。近年崛起的手机短信中的哲思智言，堪可视为民众对当代精英写作这一缺失的一种自发性的弥补。再生先生对当代智言文体的自觉探索，倒是兀地给了我们一点惊喜。

《长歌水韵》的每一篇都是写水的，是名副其实的"水韵长歌"。全书四辑、二百一十三条多智言，水是唯一咏歌的对象，这在当下的出版物中很为鲜见。作者透过一滴水写尽大千世界。他不是表象的写水，也不止于写表象的水，他是透过老子《道德经》"上善若水"的核心思想来解读水，解读人生精神的；他也是透过对水的咏叹来解读《道德经》，解读中国道文化精神的。诚如作者在"悟水载道"一节中所言："观察自然水，悟道哲学水，深谙社会水，体验人生水"，是的，他写的既是自然之水，又早已是文化之水、心灵之水；既是形象之水，又早已是理象之水、寓象之水、灵象之水，是整个的水世界和大生命世界了。

作者的思考和笔触，篇篇从这个"水"字出发，由水想开去，写开去，写生命，写自然，写社会，写人生，写道德，写修养，写哲理，写自然，写责任，写工作，写思维；写对当下的忧思，写对未来的期冀，写对水韵人生的憧憬；写水的性状、功能、品质、风韵；写水与庄稼、林木、环境、风景、茶酒的关系；水与交通、气象、灾害、医道的关系；水与风俗、审美、文艺、五行、太极、神话、爱情的关系；水与教化、哲学、历史、法治、国运的关系。通过水的凸透镜对大千世界洞烛幽微之后，却——收束，又回到这个"水"字上来，真是一部难得的穷水之思，穷水之文。

阅读时，我想，作者这样的谋篇布局，是不是尝试着想将老子《道德经》"一生二，二生三，三生万物"的思想，转化为一种围绕"一"个"水"字展开"万"象的写作结构呢？水与道与文，形与意与美，对象与精神与表达，在书中很自然地处于一种同构和全息状态，这真是很有意思的探索。阅读后，我又想，作者抓住一个"水"字长歌不止，实在是选好了对象。这世上除了水，还有什么物事能有如此宏大的内容含量，如此宏大的生命和精神的承载力、辐射力呢？这些，都让我们感觉到作者襟怀之中有一种大格局。

再生先生长期在行政岗位上担任领导工作，由基层到县市、到省上，他的写作身份和他的职务身份当然有联系，却拉开了相当的距离。当下的"官员写作"，主要有这么几类，一是从自己的爱好出发业余创作的诗歌、散文等文学类作品，一是对自己职业生涯的回忆录或回忆类作品，一是对自己长期工作实践的总结、思考、建议类作品。对"官员写作"我是理解的，领导岗位是一个社会信息、心理信息密集的地方，是需要付出大智慧、大辛劳的地方，也是一个人的道德操守、生存能力、爱恨感情经受大考验的地方。这都为写作提供了丰沛的资源。他们拿起笔，对自己多年职务实践做审美审视和文化表达，对社会、对文学都是件好事。随着社会文明水平和审美水平的不断提升，尤其是公务员队伍文化素质的明显优化，"官员写作""总裁写作"一类现象将会越来越多，质量将会越来越好，应该像对其他业余写作一样，加以鼓励、提倡。

再生先生此前也曾经出版过诗歌选《三余录》，即"工作之余、阅读之余、饭后茶余"写下的一点"诗录"，用诗句聊以记事、言志、抒情。作者所以强调这个"余"字，恐怕是想力图将自己的领导职务和业余写作两重身份加以区隔。到了这部《长歌水韵》，作者区隔自身两种身份的意图更明确、更自觉了。在书前的《道白之话》中，他卸掉了官员身份，将自己明确定位为"三者"，即《道德经》的学习者、水的恋慕者、社会的思考者。这"三者"都是精神劳动者的身份，而非决策组织者的职务身份。作者写作这部智言集的契机，也是因为喜好哲学，尤其倾慕"上善若水"的哲学；喜好用道文化和水文化中的哲学去反思世情、国情、党情以及干部情绪、社会情绪中的种种现象；喜好从人文生态学的高度去关注涵养水、治理水、使用水的诸多社会问题和文化问题。这都表明，研究、思考、写作的身份已经取代决策、组织身份，上升为创作过程的主角，这从他对"智言"文体的自觉的探索中，可以得到证明。

当然，从《长歌水韵》中我们也能鲜明地感受到作者在多年实际工作中养成的真诚的社稷责任和真挚的恤民感情。这恰好从一个侧面打开了作者内心世界中的美好。甚至可以说，在"道"与"水"两个主角之外，我们又感觉到了隐藏于字里行间的第三位主角："心"——作者的社稷情和恤民心。

再生先生一再要我提点意见，作为文友不好推却。我感到书中有些对水的描绘、思考、感受，如果能够寻找到更智慧、更文气、更特色的表达，《长歌水韵》恐怕会更加赢人。

2011年10月7日，西安不散居，重阳时分，久阴初晴